Katharina Wolter
Pieta

© 2005
RHEIN-MOSEL-VERLAG
Alf/Mosel
Bad Bertricher Str. 12 D-56859 Alf
Tel. 06542/5151 Fax 06542/61158
Alle Rechte vorbehalten
ISBN 3-89801-027-9
Ausstattung: Cornelia Czerny
Korrektur: Thomas Stephan
Druck: Siebengebirgsdruck Bad Honnef

Katharina Wolter

Pieta

Roman um ein Frauenleben in der Eifel

RHEIN-MOSEL-VERLAG

Mein Dank gilt allen, die mir Anregungen zu diesem Buch gegeben haben und meiner Enkelin Helen Wolter, die mir über die Stolpersteine der neuen Rechtschreibung hinweghalf.

Die Figuren meines Buches sind von mir frei erfunden. Ähnlichkeiten mit lebenden Personen sind rein zufällig.
Die Bibelerzählungen sind freie Interpretationen von mir.

Katharina Wolter

1. Kapitel

Gerade hat sich das kleine Mädchen ein bisschen unterm blühenden Kirschenbaum hingestreckt. Rösje will sich ausruhen. Der Vormittag war ja auch anstrengend genug gewesen. Fünf Stunden Schule, davon zwei Stunden Sport, die einen kilometerweiten Anmarsch zu dem im Wald liegen Sportplatz beinhalteten. Dann Laufen, Ballwerfen und Springen in die Springgrube. Mit dem Sport hat sie's nun mal nicht. Alle anderen laufen schneller, werfen weiter. Springen geht ja noch, sie ist halt ein magerer Grashüpfer mit langen Beinen.

Behaglich kuschelt sie nun im moosdurchsetzten Gras, blinzelt ins grüne Blätterdach über sich, wartet schon lange auf die Kirschen, die viel zu langsam dick werden. Jeden Tag eine ins Mäulchen gestopft, wieder ausgespuckt. Nix zu machen, immer noch knappisch und sauer, wenn auch schon mit trügerischem Rot. »Lo kann mer nix dran mache«, denkt Rösje, »loa muss die Sunn noch besser schäine, immer schäine, schäine un schäine, su warm un hell be hout Medtag.«

So ein winziges Strählchen zwinkert durchs dichte Kirschenlaub, sticht Rösje in die Pupille. Schnell kneift sie die Augen zu, hört nur noch aufs Summen der dicken Hummel und entschlummert.

Nicht lange genug kann das müde Schulmädchen schlafen. Schon pirscht sich Fränzchen, ihr kleiner Bruder und spezieller Quälgeist, heran, und kitzelt mit einem langen Grashalm ihre Stirn. Sie schrickt auf, routinemäßig schlägt sie aus, ihre kleine Faust prallt an Fränzchens Rippen, der lässt sich sofort mit allerhand mehr Gewicht als das seiner Schwester auf sie drauf plumpsen, und schon ist eine zünftige Katzbalgerei im Gange. Quietschen, schnaufen, knuffen, zwicken. Da ertönt vom Hof her die Stimme der Mutter:

»Röösje! Röösje! Bo biste?« Keine Antwort. Der kleine Deikert hat seiner unterlegenen Schwester mit seinen kurzen, dreckigen Fingern den Mund verstopft. Er reitet ihr mit dem Hintern auf dem Magen, sie zappelt mit Armen und Beinen wie eine Biene, die auf dem Rücken liegt. Die Mutter aber ist den ihr wohlbekannten, verdächtigen Geräuschen nachgeeilt, packt Fränzchen beim Genick, reißt ihn hoch.

»Dou wüster Jung! Weile awer erein mit dir, hout jehste net mehr spille.« Mutter Kätt gibt ihm mit der flachen Hand ein paar Klapse auf den Hintern, er trollt sich maulend ins Haus.

Kätt hat ihrem zerzausten Mädchen auf die Beine geholfen, putzt ihr Rotz und Tränen ab, strählt mit den Fingern das zerzauste strohblonde Haar. »Dou arm Dinge, hat en dech widder esu rummeneert, na woart mei Jingeltje, deine Vadter kimmt gläich haam! Dann kann en sech of eppes jefasst mache, der Lousert!«

»Ach, lass doch Modter, sag em Vadter nix.« Rösje hat schon wieder Mitleid mit dem Kleinen, nimmt ihn wie immer in Schutz. Sie bemuttert den um drei Jahre Jüngeren von jeher. Sie hat sich wieder der Länge nach ins Gras gelegt, sagt gähnend:

»Lass mich noch e bißje penne, Modterche, ech han net vill Schullaufgabe hout ze mache.«

»Dann schlaf noch e half Stündje, die Tant Plun hat jefroacht, ob dou mit ihr off Schwannekirch wells jon, dou sollst aafholle, wenn se den Rusekranz bät.« Rösje quält sich ein müdes »Joa Modter« ab und drückt ihr Gesicht mit einem Seufzer ins Gras. Sie kann die fromme, strenge Tante nicht ausstehen. Freundlich ist die zu Kindern nur, wenn sie ihre »Zähne aus« hat, was bedeutet, dass ihr künstliches Gebiss irgendwo im Wasserglas liegt, weil sie wehe Bellere (Zahnfleisch) hat. Ja, und mit eingefallenem Mund ist man zwangsläufig bescheidener als sonst. Die alten »Veddere und Base« (alte Männer und Frauen) gehen ja meistens mit großen Zahnlücken, denn künstliche Zähne sind zu teuer. Jedoch Tant Plun hat das Tränken eines Kalbes schon frühzeitig vier Schneidezähne gekostet. Es muss ein kräftiges Kälbchen gewesen sein. Tant Plun stand in gebeugter Haltung, drückte seinen Kopf in den Milcheimer, um ihm das Saufen beizubringen, als das unterdrückte Tier ihre Faust abschüttelte und mit seinem Schädel hochfuhr, der Plun mit Schmackes gegen den Mund. Und weil ihre Backenzähne sich eh schon nicht mehr als erhaltenswert erwiesen, bekam sie ein ganz neues, schönes »Jebeß« mit regelmäßigen, schneeweißen Zähnen, so teuer, dass nicht nur das rebellische, sondern noch ein zweites, ganz unschuldiges Kalb verkauft wurde und sein Leben beim Metzger aushauchen musste. Mit den weißen blitzenden Zähnen, die beim Sprechen nur ein scharfes, zischendes »SSS« zuließen, jagte Tant Plun dem Rösje Furcht ein. Seufzend drückt das Kind sein Gesicht auf seine mageren Arme. Mit der Ruhe war es aus, denn heute Nachmittag, während sie durch andere Dörfer gingen, würde sie bestimmt nicht mit bescheiden eingefallenen Lippen beten. Rösjen würde präzise und ausdauernd ihren Teil des Wechselgebets bestreiten müssen, da gibts kein Pardon. Darum verlässt sie ihr Lieblingsplätzchen unterm Kirschbaum und geht zur Mutter ins Haus. Die bindet ihr ein frisches, weißes, besticktes Sonntagsschürzchen vor, kämmt ihr das Flachshaar und knüpft zwei hellblaue Schleifen an ihre Zöpfe. Solchermaßen getröstet, tritt das Kind an Tant Pluns Seite den »Gang« zur etwa fünf Kilometer weit gelegenen Schwanenkirche an. Plun trägt einen schwarzen Stoffbeutel und sagt:

»Ech han Empelesaft (Himbeersaft) und en Botterbreck (Butterbrot) debäi, dat jet et ewwer erst off em Rückweech ze esse un ze trinke.« Gleich nach dem ersten Rosenkranz, der unweit des Pfarrdorfes Forst zu Ende gebetet ist, hat das Kind schon Durst, die Kehle ist trocken. Es schielt nach dem schwarzen Beutel, an dem sich die Konturen einer Flasche abmalen, aber es wagt nicht, um einen Schluck Himbeerwasser zu bitten. Doch als die beiden an Pfarrhaus, Kirche und Friedhof vorbei sind und Tant Plun resolut in den Pfaffenhauser Weg einbiegt, hört Rösje den »Boor« plätschern. Sie rennt auf ihn zu, hält die kleine Hand geübt zur Schale gerundet unter die Zutt (Auslauf) und trinkt sich satt am frischen Brunnenwasser.

Die Tante ist stehen geblieben, dreht sich um, weil sie das Kind an ihrer Seite vermisst, sieht wie es sich mit dem Gesicht schräg unter der Zutt am Wasserstrahl labt und ruft:

»Heh! Bo bläivste dann?!« Rösjen ist mit ein paar flinken Sprüngen wieder neben ihr, bekommt jedoch eine Ermahnung.

»Wenn mer wallfahre jaht, moss mer Durscht aushalle, sonst helft dat bädde nix!« Jetzt wagt Rösje eine Antwort:

»Awer wie ich mit meiner Modter neulich jange säin, durft ich och Wasser trenke, un de Modter hat och jetronk am Forschter Boor.«

Daraufhin zischt Tant Plun ein scharfes, verächtliches »SSS« durch die Zähne:

»Däi Modter – bat weiß die dann schun?!« Jetzt ist Rösje aber sauer, denn auf ihre Mutter lässt sie nichts kommen. Trotzig geht sie neben der strengen Tante, und als die im steilen Pfaffenhauser Weg wieder einen neuen Rosenkranz anfängt, betet das Kind nur widerwillig. Die heiligen Worte werden routinemäßig heruntergeleiert, und darum wird sie bei der nächsten Beichte bekennen müssen: »Ich habe unandächtig gebetet.« Nachdem Tante Plun und Rösje die Steinbrücke über den Brohlbach betend überschritten, schnaufend und betend die kleine Anhöhe überwunden haben, liegt ein weites, flaches Land vor ihnen, nun geht es sich etwas leichter zwischen hohen Kornfeldern, grünen Kartoffeläckern und blühenden, süß duftenden Kleefeldern. Auch unter ihren Füßen der schmale Feldweg ist zwischen den tief eingeschnittenen Wagenspuren mit niedrigem weißem Klee bewachsen. Bauernkinder kennen alle wilden Blüten und kleinen Früchte, die man auslutschen oder knabbern kann. Und ohne lange zu überlegen hat sich Rösje in den kühlen Klee gehockt, sie pflückt die weißen Köpfchen ab und saugt genüsslich den Blütennektar. Tant Plun, die auf ihr »heiliger Bartholomäus bitte für uns« kein »wir bitten dich erhöre uns« hört, dreht sich um und ermahnt das säumige Kind mit scharfen SSS-Lauten geschwängerten Worten. Schuldbewusst läuft es wieder neben der Tante her, die einen großen Schritt hat. Die Kleine muss jedesmal zwei machen, wenn Plun einen tut. Aber nun, da das Türmchen der Schwanenkirche am Horizont aufgetaucht ist, betet Rösje mit neuem Eifer, bald kann sie sich in der kühlen gotischen Kirche ausruhen, und auf dem Heimweg gibts dann den Himbeersaft. Von fruchtbarem wohlbestelltem Ackerland umgeben steht die alte Kirche. Anstatt eines Hahnes als Wetterfahne ziert ein Schwan die Spitze des Türmchens. Ein grünsaftiger Anger voller Apfelbäume, dessen tief hängende knorrige Äste schon mit jungen, schwellenden Früchten übersät sind, ist der Kirche vorgelagert. Gleich hinter dem Chor beginnt ein Bauerngarten voller Bohnen, Salat, Lilien und halbwilden Rosen, der sich bis zum naheliegenden Gehöft hinstreckt. So liegt das Haus unserer lieben Frau, nicht anders als die meisten Häuser der Eifelbewohner, eingebettet in Früchte, Blumen und Gräser, als hätte sie nichts anderes im Sinne als Weizen und Kartoffeln zu ernten, am Mittag eine Schüssel Bohnen, Salat oder Zuckererbsen für ihre hungrige Familie aus dem Garten zu holen. Allerdings erinnert der altehrwürdige Bau an seine adlige Herkunft, er stammt aus Zeiten, in denen die Bewohner der Eifel eher in Hütten als in mehr oder weniger schmucken Häusern lebten. Den Rittern und Grafen war es weniger wichtig wie die Menschen lebten, als dass sie lebten. Wer hätte sie ernährt, wenn nicht die Bauern, ihre Burgen Wehrtürme und Kirchen gebaut, wenn nicht die Handwerker und Leibeigenen im Hungerlohn? Nun sind die stolzen Burgen zerstört und verwaist, aber die Schwanenkirche steht immer noch da und birgt das Bild der »Schmerzhaften Muttergottes« mit ihrem toten Sohn auf dem Schoß.

Über einen schmalen Trampelpfad durchs hohe Gras erreichen unsere Pilgerinnen die niedrige Seitentür. Tant Plun drückt die klobige schmiedeeiserne Klinke nach unten und die schwere eisenbeschlagene Eichentür nach innen. Rösje wird von einem ehrfürchtigen Schauer erfasst, nun, da sie vor dem Seitenaltar kniet, dessen filigranes, teilweise vergoldetes, neugotisches Schnitzwerk im Gegensatz steht zu der Figur, die es umrahmt: Eine Mutter, die ihren gefolterten, ermordeten Sohn auf ihrem Schoße hält. Jede blutverkrustete Wunde an seinem entseelten Körper brennt nun im Mutterherzen. Nicht nur ein Schwert, wie der greise Simeon ihr damals im Tempel geweissagt hat, durchdringt ihn. Die messerscharfen Stiche sind nicht zähl- oder messbar. Es ist das Bild der Mütter aller Zeiten. In Zeiten von Kriegen und Hungersnöten, Mord und Totschlag im Namen der Ideologien. In Zeiten der Aufklärung und des materiellen Fortschritts und Wohlstandes, die den Hunger der Seelen nicht stillen und den heranwachsenden Kindern oft nur trügerisches Glück vermitteln.

Das trauliche Bild der Weihnachtskrippe, das süße Glück der jungen Mutter nach überstandener Geburt, sollte eigentlich den Karfreitag überstrahlen, tut es aber nicht. Oft bleibt später nur die Pieta, eine gealterte Mutter, die ihr krankes oder gefährdetes Kind im Herzen trägt, dem sie nicht mehr helfen kann.

Rösje versteht und weiß von alldem noch nicht viel. Nachdenklich betrachtet das Kind das Bild so genau wie es sich alles beguckt, wie es alle Dinge genau erklärt haben will, was aber keiner tut, und so muss es sich wie so oft selber Antworten suchen auf Fragen, die man eigentlich nicht stellen, ja nicht einmal denken darf: Jesus, so hat sie es in der »Christelehr« (Religionsunterricht) gelernt, ist freiwillig in den Tod gegangen für uns. »Wie konnte er das seiner Mutter antun?«, fragt das Kind. Und ob Maria ihn nicht lieber behalten hätte, und ob sie schon wusste, warum er das getan hat?

»Kind, warum hast du uns das angetan?«, fragt Maria ihren zwölfjährigen Jesus im Tempel. »Siehe dein Vater und ich haben dich drei Tage lang mit Schmerzen gesucht.« Selbst sie, die Heiligste, wagt es Fragen zu stellen. Ob sie diesen Mord wirklich so fraglos hingenommen hat, denkt Rösje – und – »Herr, was du erduldet ist alles meine Last, ich habe das verschuldet was du getragen hast«, heißt es in einem Karfreitagslied, und, wie kann Maria mich liebhaben, wenn ich dran schuld bin, und warum ist der Jesus auf ihrem Schoß so klein, ganz dünne Ärmchen, war doch ein Mann und dreiunddreißig Jahre alt, hat der Kaplan gesagt.

Das Kind weiß noch nicht, dass selbst die größten Männer im Bewusstsein ihrer Mütter immer kleine Jungen bleiben. Sicherlich wollte der Künstler das hier ausdrücken. Ein scharfes Flüstern reißt Rösje aus ihren suchenden Gedanken:

»Mir bäden eweile die Litanei, holl aaf!« Tant Plun hat schon das Gebetbuch aufgeschlagen, sie beten nun die »Lauretanische Litanei«, in deren schönen, poetischen Vergleichen die Muttergottes als »geheimnisvolle Rose« und »elfenbeinerner Turm« benannt und angerufen wird. Dabei ist es dem Kind plötzlich ganz froh und warm ums Herz geworden, ja es vergisst für heute seine quälenden, verbotenen Fragen, nimmt die Kerzen und den Blumenduft des Altars wahr und freut sich auf den Heimweg mit Himbeersaft und Weißbrot. Dass die Tante extra ein Weißbrot für heute gekauft hat, versöhnt Rösje: »Se is doch net esu janz bös, de Tant Plun.«

Der Sommertag hat sich schon geneigt, als die Pilgerinnen zu Hause ankommen. Tant Plun muss noch die vier Kühe melken und Rösje hat noch ein paar Rechenaufgaben zu machen.

»No, wie woar et dann?«, fragt ihre Mutter, und weil Tant Plun ihr zum Lohn zwei Groschen in die Schürzentasche gesteckt hat, sagt Rösje:

»Och ja, ech jelawen schun, sos hät se mir net die zwien Grosche jän.« Sie sitzt hinterm Tisch und macht Hausaufgaben, flink lässt sie die zwei Münzen im untersten Fach ihres hölzernen Griffelkästchens verschwinden, das ist ihr sauerverdientes Geld. Und gleich morgen früh wird sie im Dorfladen sein und sich den dicken, weißen Radiergummi kaufen, auf den sie schon lange ein Auge geworfen hat, den mit dem roten Aufdruck »Gummi Arabicum«, denn ihr derzeitiger ist so abgenutzt, dass sie ihn kaum noch zwischen Daumen und Zeigefinger klemmen kann.

Mutter Kätt stellt einen Stoß Teller auf den Tisch: »Biste bal fertig met schreiwe? Mir äessen jeleich, der Vadter un die Läit vom Rummelevereinzele sein schun hamkumme.« Rösje löst noch schnell ihre letzte Rechenaufgabe, räumt ihre Schreibutensilien in den Schullesack (Schulranzen), hilft dann ganz selbstverständlich beim Tischdecken. Zehn Teller, Löffel und Gabeln, Messer braucht es keine, weil es wie meistens nichts zu schneiden gibt. Kätt stellt schnaufend einen Zehnlitertopf voll Griesmehlsuppe auf den Tisch. Und weil sie aus frischer Kuhmilch gekocht ist, hat diese Suppe ihren prima Geschmack und hohen Nährwert. Rechts und links platziert sie dann je eine große Emailleschüssel, eine voll geschmälzter Krumbiere, und eine hoch gefüllt mit frischem Kopfsalat.

Die Familienangehörigen, ergänzt von zwei Frauen, die heute mithalfen Runkelrüben vereinzeln, nehmen in guter Laune ihre Plätze ein. Feierabend nach so einem Tag mit gekrümmtem Rücken und Hitze, Feierabend vermischt mit dem Duft von ausgelassenem Speck und gekochter Milch, das geht einem durch und durch, da lacht man selbst über harmloses Gefrotzel bei Tisch. Rösje sitzt zwischen ihrer Mutter und Liesbeth, ihrer ältesten Schwester, neben dieser Peter, der zwei Jahre älter ist als sie, am Kopfende hat Vater Fritz seinen Platz und rechterhand der kleine Lausert Fränzchen, der meistens etwas ausgefressen hat. Auch heute Abend schaut er von schräg unten scheu zum Vater auf. Der jedoch lacht ihn freundschaftlich an, scheinbar haben Mutter und Schwester ihn nicht verraten. Da riskiert er schon wieder, seine Nachbarin, die sechzehnjährige Pittjes Gisela, anzutupsen. Die ist immer dazu aufgelegt mit ihm zu schäkern, bei von deren Tischnachbarin, der Janickels Trein, ein missbilligendes Kopfschütteln hervorruft:

»Pschscht!«, macht sie und rammt der Gisela ihren spitzen Ellbogen in die Rippen, dass ihr jäh das Lachen vergeht. Trein arbeitet schon dreißig Jahre als gelegentliche Tagelöhnerin auf dem Hof, hat sozusagen Hausrecht und weiß, was sich gehört. Rechts neben ihr, Rösje schräg gegenüber, hat nämlich der »Grußvadter« japsend und ächzend in seinem Lehnstuhl Platz genommen, geleitet von Lena, der zweitältesten Schwester, die sich am oberen Kopfende niederlässt.

Der alte Bauer, immer noch Besitzer und Herr des Hofes, außerdem die Autorität in der Familie, fängt an zu beten:

»Im Namen des Vadters-Sohnes-Geistes-Amen – Herrgotthimmlijervadter seechne diese Gaben, die wir von deiner milden Hand zu uns nehmen wern – aam, Vadter unser der du bist.« Jetzt fallen alle mit lauter Stimme ins »Vaterunser« ein, und anschließend mit gutem Hunger über die einfachen, herzhaften »Gaben« her.

Rösje ist kein großer Esser, nach einem Teller Griesbrei mit etwas Zucker und Zimt bestreut, ist sie schon satt. Mutter Kätt mahnt: »Äess doch noch e paar Krumbiere un Schloat«, weil sie sich Sorgen macht wegen des dünnen, schnell wachsenden Mädchens. Und weil sie der Ansicht ist, dass manche Krankheiten in den Familien erblich sind, denkt sie oft: »Hoffentlich beerbt dat Kind net unser Ännchen, dat hat och nie richtije Appeditt jehatt – un ist mit sechzehn Joahr an der Schwindsucht jestorwe.« Ännchen war eine jüngere Schwester von Kätt gewesen.

Rösje indes schiebt den Teller von sich und sagt: »Ech säin satt.« Ihr ist der Appetit nicht zuletzt deshalb ganz vergangen, weil der Grußvadter wieder einmal so ungeniert über den Tisch gehustet und seinen Schleim herausgewürgt hat, um ihn dann umständlich und geräuschvoll in den Eimer mit Sägemehl auszuspucken, der steht sonst neben dem Ofen, während des Essens halt neben seinem Lehnstuhl. Sie darf allerdings den Tisch nicht verlassen, bis alle fertig sind. Der Großvater passt genau auf, dass alle Regeln eingehalten werden, dass nichts aus dem aus vielen Vaterunsern bestehenden Abendtischgebet, in dem eine ganze Anzahl Heilige und Nothelfer angerufen werden, ausgelassen, und außerdem »Allerabjestorbenen Seelen« gedacht wird. Darum dauert das kombinierte Tisch- und Abendgebet mindestens eine halbe Stunde. Für die Erwachsenen, die nun gesättigt sind und froh, dass sie eine Weile untätig dasitzen dürfen, mag es eine Art Meditation sein, halbandächtig und ein bisschen schläfrig die wohlbekannten Gebete und Anrufungen mitzumurmeln, jedoch den Kindern ist es oft zu langweilig. Fränzchen trommelt mit den Füßen gegen die Backmulde unter der Tischplatte, Vater Fritz drückt nach einem strengen Blick des Großvaters die zappelnden Beine nach unten. Rösje kann die Augen nun nicht mehr offen halten, nickt ein und lehnt den Kopf an Mutters Arm, die ihn aus Mitleid eine Weile da ruhen lässt, aber ein lautes Tocktock, ein alter knorriger Knöchel, der auf die hölzerne Tischplatte klopft, lässt Rösje und Kätt hochfahren, beide beten nun mit letzter Kraft: »– Stunde unseres Todes Amen!«

Kätt und Lena geleiten den Großvater aus der Stube in seine Schlafkammer. Lena muss in dem kleinen Zimmerchen nebenan schlafen. Sie darf die Tür über Nacht nicht schließen, damit der kranke Mann jemanden hat, den er jederzeit rufen kann, falls er etwas braucht, und dass er keine Angst zu haben braucht, er müsse alleine sterben.

»Eijentlich müsst dein Modter häi bei mir äen der Kammer schlafe, dat wär ihr Flicht«, sagt er oft zu Lena, wenn sie nicht schnell genug aus ihrem Bett an sein Bett kommt, »Awer seit mein Fraa duut äes – un dann oos Kätt verheirod, han ich joa keinen Menschen mehr.«

»Grußvadter, ech sein doch bei dir, bat wellste dann?«

»Ech säin nass jeschwitzt, do mir e anner Himd an.« Leni nimmt eins von den weißen Hemden aus handgewebtem Leinen aus der Truhe, zieht ihm das feuchte aus und das trockene an. Die Sommernacht ist schwül, auch sie ist naßgeschwitzt aber zu müde sich selber abzutrocknen, sie lässt sich wie sie ist auf ihr Bett fallen. »Un morjefrüh widder int Rummelefeld«, denkt sie, »könnt ich doch amol richtich ousschlafe, un iwwerhaupt, wenn der Grußvadter will, kann der sich noch janz gut selwer et Himd wechsele, neulich hat en sich allein off de Weg jemach un is zu Fuß jange bis no Dümmes of die Spoarkass un hat den Kunstdünger abbestellt, den de Vadter bestellt hat, der alt Geizkragen! Als ob meine Vadter en dumme Jung wär.« Mit diesem widerspenstigen Gedanken schläft das geplagte Mädchen ein.

Nach dem Vereinzeln von Runkelrüben gehen die Eifeler Frauen und Mädchen durch die Kartoffeläcker und hacken das Unkraut aus, später noch einmal durch die Rübenfelder, ehe die größer werdenden Pflanzen den gesamten Boden überwuchern und die Arbeit behindern.

Erst wenn die Hackfruchtäcker ganz sauber dastehen, kann vor der Heuernte eine kleine Verschnaufpause eingelegt werden. Was heißt hier Verschnaufen? Man (frau) kann sich nun der Haus- und Gartenarbeit ungehindert widmen. Sie kann auch mal zwischendurch ins Nachbarhaus und ein kleines Schwätzchen halten. Kätt geht gerne zu ihrer Schwägerin, der »Schnäidersch Marie«, ins Oberdorf. Mit ihr versteht sie sich gut, viel besser als mit der Nachbarin Plun, ihrer Kusine väterlicherseits.

Marie ist für sie wie eine ältere Schwester, wenn die ihr einen Rat gibt, weiß sie, dass er aus einem klugen Kopf aber auch einem guten Herzen kommt. Marie kennt weder Neid noch Eifersucht. Sie ist meistens ganz zufrieden mit ihrem bescheidenen Dasein und es macht ihr gar nichts aus, dass andere Frauen sich etwas einbilden auf ihre Herkunft und ihre Äcker. Johann, ihr Mann, verdient nicht gerade viel als Briefträger. Marie jedoch hat die Nähmaschine und einen Stoß »Staelle« (Schnittmusterbogen) ihres Vaters geerbt, hat sich, nachdem sie als junges Mädchen nur schwere Feldarbeit verrichtet hat – sie war sieben Jahre als Magd auf einem großen Bauernhof auf dem Maifeld verdingt gewesen – das Nähen selber beigebracht, und schneidert ganz passable Sonntags- und Werktagsbekleidung für die Dorfleute. Schon als Schulkind hatte sie neben ihrem Vater gehockt, mit Nadel und Faden gearbeitet, Nähte versäubert, Knöpfe angenäht und dem »Schneidervater« so manchen Kniff abgeguckt. Gar zu gerne wäre sie auch Schneiderin geworden, aber so viele Aufträge hatte der Schneiderjuppes auch wieder nicht, dass er auf den Verdienst seiner heranwachsenden Kinder hätte verzichten können, denn es waren derer sieben an der Zahl. Fritz ging als Knecht in einen Winzerbetrieb an die Mosel, Marie als Magd aufs »Mawelt« (Maifeld) und die Mutter hatte noch fünf kleinere Geschwister satt zu machen. Als diese alle bis auf den Jüngsten aus der Schule entlassen waren und außer Hause eine Stellung hatten, starb die Mutter, und Marie kam heim, wo der Vater, schwach auf der Brust und müde vor sich hinstichelnd auf dem Schneidertisch saß. Nach einem Jahr legte er sich ins Bett, ließ sich dankbar von Marie versorgen bis die Lebenskräfte nach einem weiteren Jahr ganz entschwunden waren.

»Dou krichs et Häusje un de Nähmaschin«, sagte er eines Morgens und gab ihr ein Stück Papier in die Hand. »All die Joahr haste mir un däiner Modter treu un braf et Jeld abjeliewert«, er zeigt auf das Papier, »ich han et neulich vom Lehrer unerschreiwe lasse, et is gültig, dat Testament – so, un nou ruf mir de Pastur, et is an der Zeit.«

Und so hatte Marie nach ihres Vaters Tod ein eigenes Dach überm Kopf und heiratete ihren Hennes, mit dem sie schon einige Jahre ging. Bald hatte sie das kleine Haus in schönste Ordnung gebracht, es war gemütlicher und wohnlicher als manches große Bauernhaus. Und deshalb hält sich Kätt auch so gerne hier auf, wenn sie ein bisschen Zeit hat an Sonntagnachmittagen, aber auch wintertags, wo es genug zu flicken, zu spinnen und zu stricken gibt. Der Winter hat zwar seine rauhen Seiten hier auf den Moselhöhen, daran ist man jedoch gewöhnt, er bringt aber etwas mehr Ruhe als die drei übrigen, arbeitsintensiven Jahreszeiten.

Rösje schläft »Owenoff« (1. Stock) bei Lisbeth im Bett. Gerne kuschelt sie sich an die große Schwester, da braucht sie sich nicht so zu graulen und im Winter ist es schön warm unterm Federbett zu zweit. Es ist kein Ofen im Zimmer, der Mond scheint durch die Eisblumen des kleinen Fensters, das Kind ist erkältet und wird jede Stunde von einem Hustenanfall geweckt. Wie so oft im Winter hat die ganze Familie die Grippe, den einen hat es mehr, den andern weniger erwischt, am ärgsten natürlich den alten Bauern. Er liegt nun schon zwei Wochen flach im Bett. Leni hat auch Fieber, und darum bemüht sich Kätt, ihrem Vater alles gut und recht zu machen. Die Pendeluhr unten in der Wohnstube hat gerade zwölfmal geschlagen, als Rösje ihre Mutter die Holztreppe hochkommen hört. Das Elternschlafzimmer ist nebenan, durch die dünne Lehmwand kann sie jedes Wort verstehen:

»Kätt, kimmste endlich int Bett, et is schon widder medte Noacht.«

»Joa, joa«, seufzt die Mutter, »de Vadter, – ieh der mich john lässt.«

»Kätt, dou bis vill zu anflällich (geduldig) met deinem Vater, dou brauchs och deine Schlaf, komm her, ich wärmen dich.«

Das Kind hört die alte Bettstelle drüben knarren, Mutter liegt nun im Bett, die Eltern reden noch eine Weile, alles Dinge, die ein jeder in der Familie weiß, wichtige Dinge, die nicht geklärt sind. Das Kind hört wie sein Vater sagt:

»Wenn en dir wenichstens et Haus of de Namen schreiwe ließ, wenn ich dran denken bat dou schon alles für deine Vadter jedon has!«

»Has ja recht Fritz, ich darf net drüwwer nachdenken, uns Resi hat mit alldem nix to don. Mit zwanzich Joahr en Beamte jeheirod un in die Stadt jezogen, dat hat et gut, und dat meint am End noch wat ich all für en Vorteil hier hätt.«

»Wenn deinem Vadter wat paseert, un der hat die Sach net jeregelt, dann müssen mir dem Resi dat halwe Haus errausbezahle, awer dat machen ich net mit, dann jin ich noch lieber int Ruhrjebiet schaffe, als dat ich mich hier krumm un buckelich schufte für anner Leut.« Das Kind hört die Mutter seufzen:

»Fritz, sei so gut, hür off, ich dät gern schlafe, ech han kein Kurasch für mit em Vater üwer dat Thema zu schwätze.« Die letzten Worte klingen weinerlich, der Vater sagt:

»Beruhich dich Kättche, vielleicht wird et all noch gut, schlaf gut – gonacht.« Noch ein gemurmeltes: »Gonacht Fritz«, und es ist still. Auch das Kind weiß, nun ist es eine Weile gut, jedoch hat es das alles schon oft gehört und weiß selber, dass es im Grunde gar nicht gut und überhaupt nicht richtig ist, soweit kann es schon denken.

Es hat noch seinen einfachen, kindlichen Glauben. Darum kommt es nicht klar damit, dass oft die ganz frommen Leute wie Tant Plun und der Grußvadter böser sind als andere, die nicht soviel wallfahren oder beten. Der leise rasselnde Rosenkranz begleitet den Grußvadter wo er geht, sitzt oder liegt. Darum müsste er doch wissen, dass man nicht so böse sein darf, nicht fluchen, nicht über andere Leute herziehen, die Mutter nicht schikanieren, und den Kindern Angst machen, wenn sie mal irgendeine seiner vielen Anordnungen und einen seiner Ansprüche nicht genau befolgen. »Käenner de net folje, kummen in de Höll!«

Und immer hackt er auf Vater Fritz herum, er sei kein richtiger Bauer, weil sein Vater ein Schneider war, Fritz ein Habenichts, keine Furche Ackerland unter den Füßen – »un dat er su eppes erläwe mosst, dat et Kätt su en Lumpekerl jehäirod hat!« Und doch ist Fritz für Rösje der beste, freundlichste Vater auf der Welt, und ganz fleißig. – Und wie immer kommt das Kind in Gewissenskonflikt. Man darf ja nichts Böses denken über andere, auch nicht über Grußvadter. Mich hat er ja manchmal ganz gern und gibt mir einen Groschen, wenn Fränzchen nicht dabei ist. Mit diesem versöhnlichen Gedanken ist das Kind auf einmal eingeschlafen. Schläft solange, bis der nächste Hustenanfall es wieder hochfahren lässt. Lisbeth zieht Rösje unters Federbett murrt:

»Deck dich zo, et wird mir kalt«, aber Rösje erstickt fast, heult und ruft nach der Mutter. Schon geht die Tür auf, der Vater kommt, er ist froh, dass sein Kättche endlich schläft. Er kümmert sich um Rösje, hält seine kühle Hand an ihre Stirne.

»Käend. Käend, dou has ja huh Fiewer, häi is et vill zu kalt in dem Kämmerche.« Kurz entschlossen hebt er das Kind aus dem Bett, wickelt es in eine Decke und trägt es hinunter in die noch warme Stube, wo er aus ein paar Stühlen und der Lehnenbank, Kissen und einem alten Federbett schnell ein provisorisches Bett baut und das Kind samt einem warmen Ziegelstein an den Füßen hineinkuschelt. Im Kochofen ist noch Glut, die facht er an, kocht Holunder-Fliedertee mit braunem Zucker, setzt sich neben das Kind und flößt ihm langsam und schluckweise das heiße Gebräu ein, der Hustenreiz ist erstmal weg. Der Vater deckt sie bis ans Kinn zu, dann breitet er noch eine schwere wollene Joppe über das Federbett.

»So, eweil schläfste moal schien«, sagt er und will gehen.

»Vadter jank net fort, ich gräilen eso«, piepst das Kind, und Fritz setzt sich geduldig auf einen Stuhl, steckt seine große Hand unter die Decken, hält das kleine heiße Händchen wie ein Vögelchen in seinem Nest.

Der graue Wintermorgen kriecht schon durch das Fenster, als Rösje aufwacht. Fritz sitzt immer noch neben ihr, sein Kopf ist auf der Tischplatte auf seinen Arm gebettet. Rösje hört das leise Schnarchen, sch-scht scht, und fühlt sich geborgen, weil er noch da ist. Sie zieht an seiner Hand:

»Vadter, Vadter, ich han so en Duascht, Vadter, Vadter, ich sein janz klätschepuddelsnaß.« Fritz tut noch einen kurzen Schnarcher und schreckt hoch, weiß im ersten Moment gar nicht, wo er dran ist.

»Kättche bat es?«, fragt er, dann spürt er seine kalten Füße, den steifen Rücken und merkt, dass er gar nicht in seinem eigenen Bett liegt, spürt die Feuchtigkeit seiner rechten Hand da unter der Decke. Das Kind sagt nochmal: »Duascht, Duascht«. Fritz steht auf, gibt Rösje abgekühlten Tee in die Tasse, den sie gierig trinkt.

»So, eweil holen ich dir e trocken Hemd.« Er stocht das Feuer, im Wasserkessel ist noch warmes Wasser, das er ins Waschbüttchen schüttet. Mit einem Stückchen Kernseife, Waschlappen und Handtuch gewappnet kommt der Vater zum provisorischen Bett schält das kranke Mädchen aus den durchgeschwitzten Sachen.

»Siehste, mei Mädche, dat Fiewer es schon fort«, sagt er, wäscht ihren mageren Körper, zieht ihr ein trockenes Hemd über, und da kommt auch Mutter Kätt mit frischen Biberbetttüchern. Lisbeth hat ihr schon gesagt, dass der Vater mit Rösje hinunter in die Stube gegangen war. Bald darauf geht es dem Kind richtig gut.

Als die Geschwister so eins nach dem anderen aufgestanden und in der warmen Stube erschienen sind, thront es hinterm Tisch in seinem Bankbett und genießt den Krankenstand. Das Tollste ist, sie braucht nicht in die Schule. Der Vater schreibt eine Entschuldigung, die er der Schreiners Hildegard mitgeben wird. Im selben Schuljahr wie Rösje, kommt sie jeden Morgen um sie abzuholen. Sie braucht Rösje unbedingt, denn die ist gescheiter, die weiß immer die Hausaufgaben. Hildegard macht sich gar nicht die Mühe sich etwas zu merken. Jeden Nachmittag kommt sie mit dem Schullesack, schmeißt ihn wie ein lästiges Objekt auf die Bank, stößt immer die gleiche Frage hervor:

»Bat han mir off?« Dann machen sie und Rösje gemeinsam die Hausaufgaben. Nun ja, als sie nun zur Stubentür hereinkommt und Rösje liegt da hinterm Tisch im Bankbett, weiß sie schon, dass sie heute alleine gehen muss, ist betröppelt. Vater Fritz gibt ihr das kleine, aus seinem Notizblock gerissene Blatt Papier, worauf er eine Entschuldigung geschrieben hatte.

»Joff dat dem Lehrer, un sag em en schöne Gruß von mir.« Stumm dreht sich Hildegard um und will gehen, als Rösje ihr nachruft:

»Dou muss awer hout selwer offpasse bat ihr offkricht, ich bleiwen mindestens dräi Daach dehaam!« Noch trauriger will Hildegard nun gehen:

»Et is de hiechste Zäit, ich muss jon, kummen sos ze spät«, murmelt sie.

»Komm hout Noamendaach bei mich, ich helfen dir schräiwe«, tröstet Rösje ihre Freundin noch, die dann etwas fröhlicher »Tschüüsss!«, ruft und in den Schnee hinausstapft.

Als nun der Kaffeetisch gedeckt ist, können die Geschwister nicht ihre gewohnten Plätze einnehmen, quetschen sich an der vorderen Tischseite zusammen.

»Dräi Daach wills dou krankfeiere?«, fragt Leni. »Bild dir nur nix ein, denkste mir brauchen keine Platz am Desch?« Fränzchen ist eifersüchtig, weil seine Schwester nun krank ist und ein Ei bekommt. Er kriecht unter den Tisch und kneift sie in die Seite, so dass sie »Au!« schreit.

»Loaß dat arm Käend in Ruh!«, sagt Vater Fritz, zieht Fränzchen am Ohr unterm Tisch hervor. »Et war vill krank dies Noacht!« Rösje wirft dem Vater einen dankbaren Blick zu, der redet weiter:

»off em Speicher is noch e klein Öfche, so en ›Buxebeintje‹. Dat stellen ich in et Kämmerche, e Stück Ofenrohr han ich och noch, dann machen ich e schön Feuerche an un dann können die Mädje et da viel besser aushalten, et is einfach zu kalt owe für e krank Käend.«

Und Vater Fritz hält Wort. Als er den Pferdestall ausgemistet, mit Peter das Vieh gefüttert und alle Stalltüren mit Schtriebäiche (Strohballen) gegen die grimmige Kälte abgedichtet hat, steigt er mit dem Ältesten auf den Hausspeicher, und sie stemmen gemeinsam das Buxebeintje herunter ins Kämmerchen, schließen es mittels eines Ofenrohrs an den Kamin an. Fränzchen will seine Sünde gegen Rösje wieder gut machen, schleppt schon ein Bündel Stroh und Reisig herbei, der Witz von einem Öfchen wird gefüttert, der kleine Lausert darf das Streichhölzchen ans Stroh halten und nach anfänglichem Gequalme brennt das Feuer lichterloh. Es bullert förmlich, so gut zieht das Buxebeintje, und weil das Ofenrohr mindestens zwei Meter um die Ecke des Kämmerchens geleitet ist, breitet sich schon nach einer halben Stunde eine angenehme Wärme aus, und nach einer weiteren halben Stunde fängt sogar das dicke Eis an den Fensterscheiben zu schmelzen an. Peter hat einen ganzen Stoß Scheiterholz an der Wand hochgebaut. Mutter Kätt freut sich auch und meint:

»Et is schun gut, dat mei Vadter im Bett liegt, dat der dat net merkt mit den Brandholz, sos dät er üwwer die Verschwendung grummele.«

»Der hat nix zu grummele, dat Holz han ich un de Peter im Berch all abjemacht, jerissen, aus dem Tal errousjetragen, jesägt un jespaalt, un dat Öwechje han ich von dahaem mitjebracht.«

»Dat weiß ich ja, Fritz, er brouch et ja net zu wissen, ich sein jedenfalls richtich froh, dat et nou su schien warm is häidrinn.«

Noch vor dem Mittagessen liegt Rösje wieder in ihrem mit heißen Ziegelsteinen vorgewärmten Bett, es kommt ihr hier vor wie in einem ganz anderen, neuen Zimmer, so schön warm! So heimelig knistert das Feuer. Das Kind liegt ermattet, langsam steigt das Fieber im Laufe des Tages, aber nicht mehr so arg hoch. Der kleine Kopf brummt ein bisschen, kann Gottseidank nicht mehr so viel und genau denken. Große runde Löcher sind aus dem Eis der Fensterscheiben herausgeschmolzen und das Kind sieht ein Eckchen Winterhimmel, ein Stück vom Kirchturm mit Schallloch (Turmfenster) und ein Stückchen Glocke dahinter blinken, einen Zweig des schneebedeckten Nussbaumes, auf dem sich eine Kohlmeise schaukelt und die Federn sträubt, so dass der Schnee auseinanderstäubt.

Die Mutter kommt herein und bringt Tee. Das Kind macht sich Sorgen um den kleinen Vogel und fragt:

»Modter, habt ihr och die Vijelcher jefüttert?« Das ist nämlich sonst seine Arbeit; die Vögel füttern, die Katzen, den Hofhund und was sonst noch an kleinen Tieren herum »kreucht und fleucht.« Schmetterlinge, Bienen oder Hummeln, die sich sommertags durchs offene Fenster in ein Zimmer verirrt hatten, scheuchte Rösje mit Geduld hinaus ins Freie, jeder Käfer oder Ohrwurm, der hilflos und irritiert über die Dielen krabbelte, wurde von ihr behutsam aufgehoben und an die frische Luft befördert.

Einmal hatte Rösje sogar heimlich eine Maus aus der Drahtmausefalle befreit, in eine kleine Kiste gesteckt und gefüttert. Aus Angst, von den großen Geschwistern ausgelacht zu werden, hatte sie die Zigarrenkiste mit dem Mäuslein in der Futterküche hinter der Kleiekiste versteckt, jedoch als sie am anderen Tage mit einer Brotkruste und einem kleinen Stückchen Speckschwarte zur Fütterung ihres Schützlings in die »Foderküsch« kam, sprang die große, schwarze Katze mit der heftig piepsenden Maus zwischen den Zähnen an Rösje vorbei ins Freie.

Damit hatte sie nicht gerechnet, lief wutentbrannt der Katze nach, konnte sie aber nicht mehr einkriegen und stand verwirrt da. Das war doch Muschi gewesen, ihre Lieblingskatze mit den grünen Augen, welche sie immer dann so genüsslich zwinkernd zu einem schmalen Schlitz verengte, wenn sie auf Rösjens Schoß lag und heftig schnurrend genoss, wie das Kind ihr seidigweiches, schwarzglänzendes Fell streichelte.

Da hatte es lange darüber nachzudenken und zu grübeln, dass ein Wesen einmal so sanft und zärtlich sein konnte, ein anderes Mal aber auch ein mörderisches Biest. Es wusste noch nicht genug von dem Kreislauf der Natur, in der, so wunderbar sie ist, letztendlich das Gesetz des Fressens und Gefressenwerdens herrscht.

Ein paar Tage danach hatte Muschi sich in der Scheune oben im weichen Heu ihr Wochenbett eingerichtet und kurz darauf vier Katzenkinder geboren. Jedes hatte seine eigene Farbe und war anders gemustert; schwarzweiß gefleckt, grau getigert, rotgrau gestreift, nur eins war kohlschwarz wie seine Mutter. Fränzchen und Rösje waren außer sich vor Bewunderung! Als sie die Katzenbrut entdeckten, waren die Tierchen schon über ihre neuntägige Blindheit hinaus, blinzelten aus ihren dunklen Äuglein verwundert die Kindern an, und Muschi hatte nichts dagegen, als sie die Winzlinge in die Hand nahmen und streichelten. Auf einem Bauernhof ließ man meistens alle jungen Katzen am Leben. Katzen wurden immer gebraucht, teils zum Schmusen, teils zum Mäuse oder Ratten jagen.

Nun gab es aber noch größere Raubtiere in und um die Gehöfte, das waren Marder und Füchse. Wenn Marder in einen Hühnerstall gerieten, lagen am anderen Morgen einige Hühner, vornehmlich aber Junghennen da, die Köpfe abgebissen, das Blut ausgesaugt. So war ein Marder auch an die Katzenbrut geraten als Muschi frühmorgens ihre Kinder alleine gelassen hatte und in den Kuhstall gegangen war, um ihre Schüssel Milch zu schlecken. Sie wusste genau die Melkzeit. Mutter Kätt goss jetzt reichlicher ein, schließlich saugten die vier Jungen die ganze Nacht an Muschi, so viel und oft sie Lust hatten. Die kam sich morgens vor wie ausgetrocknet, trank gierig und hatte gerade genüsslich den letzten Tropfen Milch geschleckt, war dabei, sich Schnäuzchen und Schnurrbart zu säubern, als ein jämmerliches jaulendes Miauen sie aufhorchen ließ und mit einem Sprung aus dem Kuhstall in die Scheune trieb. In irrsinnigem Tempo raste sie die hohe Leiter hinauf, stürzte sich todesmutig auf den Marder, der gerade das graugetigerte Kätzchen am Genick hatte. Der Räuber ließ das Junge fahren, es gab einen grässlichen Kampf zwischen Katze und Marder, den Muschi bestimmt nicht hätte gewinnen können, wenn die Kämpfenden sich nicht ineinander verbissen hätten, über den Rand des Heubodens gerollt und hinunter in die Tenne gestürzt wären, wo Peter gerade hinzukam, um mit der morgendlichen Arbeit zu beginnen. Mit dem Heugabelstiel drosch er auf das Tierknäuel ein, der Mardes entwich, und Muschi hockte aus vielen

Wunden blutend da. Peter wollte sie aufheben, aber sie fauchte ihn an und kroch hinkend zur Leiter, erklomm sie mühsam, um nach ihren Kindern zu sehen. Das grau getigerte Kätzchen lag ein Stück weit neben dem Nest und war verblutet.

Während Rösje in ihrem Krankenbett an die Kätzchen denkt und vom vergangenen Sommer träumt, ist sie gerade ein bisschen eingeschlafen. Fränzchen kommt leise ins Kämmerchen geschlichen, geht auf Zehenspitzen ans Öfchen und legt ein Scheit aufs Feuer. Kätt sieht ihn herauskommen, und wie er ganz leise die Tür hinter sich zumacht, denkt sie lächelnd: »Is doch en gode Jung uns Fränzje, wie der so besorgt um et Rösje is.«

Im selben Moment kommt Schreiners Hildegard zur Haustür herein, mit ihrem Schullesack auf dem Rücken. Da spielt der gode Jung sich sofort als Beschützer auf, er versperrt der verdutzten Hildegard den Weg, sagt laut und ruppig:

»Nix da! Dou därfs net bei uns Rösje, dat is vill zu krank, janz schwer krank is dat, jank heim un mach dein Schullaufgabe selwer, dou dumm Deer!« Und Hildegard will sich gerade umdrehen und den Rückzug antreten, sie traut sich nicht, an dem »fresche Panz«, so nennt sie ihn heimlich, vorbeizugehen, als Rösje, vom Geplärr ihres Bruders aufgeweckt, aus dem Bett springt, zur Tür eilt, sie einen Spaltbreit öffnet und von oben her ruft:

»Hildegard, komm eroff, der Drecksack hat dir nix ze sagen! Ich helfen dir schreiwe, su schwer krank sein ich joarnet mehr!« Als nun Hildegard mit ihren Nagelschuhen die Treppe hochstampft und in Rösjens Kammer hinein verschwindet, denkt der kleine Junge: »Nou woar ich emol extra brav, han Holz eroff jetron un alles, un nou sein ich als widder en Drecksack, dann is et egal bat ich mache, da kann ich ja eweile och en einem Stück immer fresch sein.« Er stürmt die Holztreppe hinauf und tritt mit seinen kräftigen, ebenfalls mit Nagelschuhen bestückten Fußballbeinchen mindestens sechsmal gegen die Tür, die ihm das blöde Hildchen vor der Nase zugeschlagen und von innen verriegelt hat. Tränen der Wut und Eifersucht laufen ihm über das knallrote Gesicht. Der Großvater schreckt im Bett hoch und wimmert selbstmitleidig:

»Bat sein ich doch häi en meinem eijene Hous für en arme, alte un kranke Mann! Daach und Noacht ka Roh vür dene missratene, unjezogene Bällech!«

Er klopft mit seinem schweren Eichenstock an die Wand, Kätt eilt herbei, um ihn zu beruhigen, Fritz eilt hinauf um sein »wüst Käend« zu bändigen. Er straft nicht sofort, sondern lässt sich von Fränzchen erzählen, was passiert ist. Schließlich gibt er dem Sohnemann eine Kopfnuss, putzt ihm die Nase und meint begütigend:

»Dou has et sicher gut jemeint, un dat Rösje darf net Drecksack son, awer dou darfs och net wider die Dür träde, wenn mir dat all so mache däte, wären uns Düren all schun lang kabott, kurz und klein wären die dann, und dann dät üwerall die Kält erein kumme.«

»Ich machen et net mehr, Vadter«, verspricht der kleine Zornnickel, nimmt sich zum tausendsten Male vor, ein braves Kind zu werden. Keiner kann in so ein Bubenherz hineinschauen und sehen, dass es sich im Grunde nichts anderes wünscht als Liebe, es aber nicht sagen kann. Keiner macht sich groß Gedanken darum, wie schwer es so ein fünftes Rad am Wagen, will sagen fünftes Kind hat, um ein bisschen mehr Anerkennung und Aufmerksamkeit zu bekommen. Aufmerksam werden die Großen aber meistens erst dann, wenn man nicht gehorcht oder etwas Schlimmes anstellt, und darum stellt man eben immer wieder etwas an und weiß selber nicht, dass sowas aber das genaue Gegenteil von Liebe einbringt.

»Vorsicht! Offjepasst! Ech kummen!«, brüllen helle Jungenstimmen draußen. Schlitten sausen die leicht abschüssige Dorfstraße hinunter, der Schnee ist festgefahren und glatt, Fußgänger könnten sich kaum auf den Beinen halten, wäre da nicht an den Häusern entlang ein schmaler Streifen mit Asche gestreut.

»Ich weiß eppes Jingeltje, jeh e besje Schlidde foahre, Fränzje, doa kannste dech oustobe un bis dann e besje ruhijer wenn de heim kimmst, un loaß dann die Fraaläit in Ruh«, sagt Fritz. »Komm ich holen dir deine Schlidden vom Speicher erunner, tu dir schon emal deine Jacke, de Metsch un de Hänsche (Handschuhe) an.«

»Au ja!«, schreit Franz, und kurz darauf stapft er an seines Vaters Hand durch den etwas höheren Schnee am Straßenrand aufwärts bis zu Abfahrt. Aber heute ist hier der Deuwel los, selbst die großen, schulentlassenen Völker »fahren Schlitten«, haben Mädchen vorne draufgepackt, die sich kreischend chauffieren lassen, und die wildesten Buben landen öfters nicht ohne eine gewisse

Absicht im Straßengraben, weil sie sich nach so einem Sturz mit den Mädels im Schnee wälzen können.

Vater Fritz sieht mit leichter Verwunderung seine sonst so ruhige, fromme, gerade mal fünfzehnjährige Tochter Leni mit lachendem, erhitzten Gesicht auf einem Bockschlitten sitzen, von dem flotten, siebzehnjährigen Schreinerjupp mit beiden Armen fest umschlungen und festgehalten. Sie bemerkt ihren Vater gar nicht, als sie mit Schmackes an ihm vorbeisausen, der Jupp und die Leni.

»Nou kuck emol an, uns braf Lenche«, denkt Fritz, »et wird och schun gruß, lo muss ich e Aug droff halle. Annereseits, bat hat dat Mädje vom Läwwe? Et schafft de janze Daach eso fläißich, un nachts lässt ihm der Grußvadter kein Ruh. Ich tät et ja als emal ablösen, awer der alt Querkopp well mech ja net sehn an säinem Bett!« Schon wieder einmal in betrübliche Hilflosigkeit geraten, wird Fritz von seinem Sohn aus den traurigen Gedanken gerissen:

»Vadter, komm foahr mäet mir, ich säin ze bang für allein, die Gruße rennen mech üm.« Fritz aber will nicht von Leni gesehen werden, will ihr das bisschen Spaß nicht verderben. »Uns Leni weiß wat sich jehört, et passt selwer auf sech of«, denkt der Vater und sagt zum drängelnden Fränzchen:

»Weißte wat? Mir zwin jehn hinten auf de Retscheweg, der ist och richtig steil, un doa han mir vill Platz, doa kimmt uns keiner in die Quer. Setz dich droff, ech zejen dech«, sagt Fritz und dann zieht er seinen Filius die steile Retsch hinauf. Ein paar zaghafte Spuren ziehen sich hier auch durch den Schnee, und oben angekommen sehen sie da noch eine junge Frau, die Knüppersch Lisa mit ihren zwei Kindern, dem Alfredchen und der Zilli, beide gehen sie noch nicht zur Schule, die trauen sich auch noch nicht zu den Großen auf die spiegelglatte Dorfstraße.

»Eweile haste Jesellschafft«, sagt Fritz, und zur Lisa gewandt: »Wellste net e bisje off et Fränzje met offpasse, dat en keine Unfug macht? Ich muss nämlich haam jon, mir han e poar Kranke in de Bette liejen, und et Kätt hat all Händ voll zu don.«

»Secher dat, jank nur ham, et Fränzje kann mit em Alfredche Schlidde foahre un ich mit dem Zilli.«

»Dankeschön Lisa, un schick ihn haam, wenn et däister wird. Tschüss dann, un schick dich Jung!«

Zu Hause angekommen schaut Fritz sofort bei Rösje herein, die immer noch hustend und fiebrig im Bett liegt. Schreinersch Hildegard ist gerade mit ihren Schulaufgaben fertig geworden, packt ihre Sachen und will gehen.

»Hoffenlich biste bal widder gut«, sagt sie, »ich han kein Lust so allaen in der Schull.«

»Zwien Daach wird et noch daure«, meint Fritz und befühlt Rösjens heiße Stirn, »richt dat dem Lehrer aus.«

»Dat machen ich, goode Besserung, Gonacht«, sagt Hilde und macht sich auf den Heimweg. Der frühe Winterabend senkt sich schon hernieder, die Straßenlichter gehen an und verjagen die dunklen Schatten. Hildgard ist froh, sie »greult« wenns dunkelt, jedoch sieht sie da ein paar Gestalten, die blitzschnell in den Schatten zwischen Haus und Scheune verschwinden. »Ber is dat«, fragt sie sich, erkennt im Vorbeigehen aus dem dunklen Winkel jetzt deutlich zwei Stimmen, die ihres großen Bruders Jupp, und die von Leni:

»Los mech jon, Jupp, autsch! Dou drecks mir jo de Rippen äen!«

»Komm, Leni. Sei net eso bös üwer mich, – jof mir eine einzije Kuss, ich don dir jo sonst nix.«

»Dat han ich noch nie jemach, Jupp, dat derf ich net, dann kann eppes passiere!«

»Sei net esu dumm, Leni, von em Kuss krichtse kein Käend, probier et nur emoal aus, dat es schien!«

»Nou ja gut, ewer zuerscht lässte mich los, ich machen et dann freiwillig, zwinge lassen ich mich zu nix.«

»Dou bis ja och dat bravste schönste Mädche im Dorf. Komm her mit deinem leeve Schnüssje!« Und Hildegard hört nun ein leises schmatzendes Geräusch, und danach »Mmmmm«, und es hört aber lange noch nicht auf mit dem »Mmmmm.«

»Dat eine einzije Kuss eso lang daure dät, wusst ich noch net«, denkt Hildegard. Schnell rennt sie weiter, will es ihrer Mutter verraten, hält jedoch kurz vor der Haustür inne und überlegt es sich anders, sie wartet im kalten Schnee, trampelt sich die Füße warm solange, bis die große, schlaksige Figur ihres leichtsinnigen Bruders um die Ecke in den Hof einbiegt. Mit großen Schritten und breitem Grinsen will er an seiner kleinen Schwester vorbei ins Haus. Hildegard, die sich bei Rösjen so sanft und geduldig fügt, ist in Wirklichkeit gar nicht so ohne. Inmitten von vier Jungen als einziges Mädchen aufgewachsen, hat sie lernen müssen sich zu behaupten, denn da ging es oft ziemlich rau her.

Jetzt wittert sie eine Chance für sich, sie stellt sich vor ihren viel größeren Bruder, schaut ihm dreist ins Gesicht:

»Ich han dich jesehn!«, sagt sie triumphierend. »Wenn dou mir net fünf Grosche jevs, verroaden ich dich, dou has dat Leni in die Eck zwischen Jockems Hous un Scheuer jequackst, ich han et quietsche jehiert!« Jupp eschreckt sich zuerst, dann aber packt er die kleine stämmige Schwester bei den Schultern und schüttelt sie:

»Unnersteh dich! Dou klaen Hex, wenn de och nur ein einzich Wörtche verzells, machen ich Mus aus dir!« Hildegard nicht faul, tritt dem langen Lulatsch mit aller Wucht die Nagelschuhe gegen das Schienbein, so dass er jaulend sein Bein festhält, während Hildchen flink im Hausflur verschwindet, nicht ohne sich noch einmal umzudrehen und halblaut zwischen den Zähnen hindurch zu flüstern:

»Denk dran, fünf Grosche morje früh off de Hand!« Fluchend will Jupp nach ihr grapschen, sie jedoch verschwindet blitzschnell in die Küche, wo ihre Mutter sie freundlich empfängt, und das brave Mädchen lässt sich nichts anmerken, tut als könne es kein Wässerchen trüben.

»Goden Omend Moderche«, sagt sie schmeichelnd und hängt ihren Schullesack an einen Haken hinter der Tür.

»Haste dein Aufgabe all richtich jemacht, Levje?«, fragt ihre Mutter. »Wie jeht et denn dem Rösje, is et noch viel krank? Hoffentlich haste et net üweranstrengt.«

»Bestimmt net, dem jeht et gut, kann de janzen Daach im Bett bleiben un kricht wat gutes ze ääße un Empelesaft ze trinke, ich wünscht ich wär och emal krank.«

»Versündig dich net, dou dumm Dinge, sei Gott dankbar für dein gut Jesundheit!« Mutter Bäb ist ein wenig ärgerlich. Hildegard hat wirklich sehr selten irgendeine »Malesse«, ist ein bisschen träge, hat immer guten Appetit, während ihre zwei jüngeren Buben, die Zwillinge Herbert und Otto, von klein an schwierig großzukriegen waren, und das hatte schon in der Wiege angefangen mit all dem »Jebrutschel«, wie die Frauen es nannten. Gott sei Dank hatten sich die jetzt Fünfzehnjährigen im vergangenen Jahr gut »erausjemacht« und waren kräftig genug, um eine Lehre anzutreten. Da sie noch immer unzertrennlich waren, lernten sie beide das Schneiderhandwerk bei ein und demselben Meister in Müden an der Mosel, wohin sie jeden Morgen mit dem Fahrrad fuhren. Bäb seufzte, so oft sie daran dachte, dass ihre Hätschelkinder nun so hart gefordert wurden, hoffte innig, dass sie es aushalten könnten ohne krank zu werden. Jetzt hört sie sie gerade heimkommen und die Fahrräder in den Schuppen bringen.

Bäb spitzt plötzlich die Ohren, denn sie hört nun ihren Ältesten die Treppe zum Owenoff (1. Stock) hinaufeilen. Wo er wohl wieder gesteckt hatte, der Schlingel? Sein Vater arbeitet jetzt fast täglich bis spätabends in der kleinen Schreinerwerkstatt, die neben einer winzigen Landwirtschaft mit zwei Fahrkühen, einem Schwein und fünfzehn Hühnern die siebenköpfige Familie recht und schlecht ernährt.

Alois Junglas, der Schreinermeister, hatte in den letzten zwei Stunden schon ein paar mal nach dem Peter gerufen, gefragt, wo er bliebe, der sollte eigentlich in der Schreinerei helfen, weil Alois vor kurzem einen guten Auftrag erhalten hatte: Fünfzig Tische und Bänke für einen Kirmeszeltbesitzer. Das ist eine sogenannte Ringeltaube für den kleinen Betrieb. Im April soll alles fertig sein, und dann würde Alois sich endlich eine elektrische Hobelbank anschaffen können. Vorerst besaß er in aller Heimlichkeit einen Ohrenschützer, den er sich auf einer Ausstellung gekauft hatte, weil er dort erlebte, dass so eine elektrische Hobelmaschine noch mehr kreischte und krachte als seine alte Bandsäge. Im Geiste sah er sich schon mit diesen unglaublich schicken Lärmschützern auf beiden Kopfseiten, an der neuen, blinkenden Hobelmaschine stehen. Jetzt musste er halt noch alle Bretter mit dem Handhobel bearbeiten.

Ein geschäftstüchtiger Maschinenvertreter, das »Escher Jüppche« wie er in den Dörfern, die er bereiste, allgemein genannt wurde, hatte bereits dreimal beim Schreiner-Alois vorgesprochen, ihn beschwatzen wollen, die Hobelmaschine doch auf Pump kommen zu lassen, jetzt, wo er einen so dollen Auftrag habe. Mit dem Vorschlag war er jedoch bei Alois auf Granit gestoßen.

»Ich han all meiner Läbbdesdaach noch nix of Pomp kaaft. Wenn ich mir eppes annschaffe, bezahlen ech dat bar off de Hand, un damit basta!«

»Sei net esu altmodesch Alois, wer heutzutage vüranner komme will, der muss eppes riskiere, wenn dou wüsst – bat all schun für Leut bei mir jeborgt han, dann tätste Augen machen!«

»Dat is mir egal, bat annere machen jeht mich nix an, ich riskieren dat net, et könnt mir ja eppes passeere und dann hät mein Famillich de Schulde off em Buckel. Jüppche, komm widder wenn ich Jeld han!« Und der flottgekleidete Vertreter war heimlich fluchend aber verbindlich lächelnd abgezogen, und hatte »So en altmodijer, sturer Sack!«, vor sich hingemurmelt, als er auf seinem Motorrad zum Dorf hinausgefahren war. Und darum hatte Alois auch heute mit der Hand gehobelt und gehobelt soviel seine Kräfte hergaben.

Peter, der kurz vor seiner Gesellenprüfung steht, hatte sich schon nachmittags mit der Ausrede aus der Schreinerwerkstatt entfernt, er müsse noch unbedingt eine Arbeit für die Berufsschule schreiben. Nun, da er aber die Schlittenbahn interessanter gefunden hatte, ist es Abend geworden und die Arbeit war noch nicht geschrieben. Bäb geht hinauf und findet ihn fleißig arbeitend auf seiner Bude hocken. Er war aufgeschreckt, als er die Mutter kommen hörte, hatte sie an ihrem unverwechselbaren, festen Schritt erkannt, nun lässt er sich nichts anmerken, weder Verlegenheit noch Schreck, er schreibt eifrig, den Text mit den Lippen nachformend. Aber Bäbb, die keiner so schnell hinters Licht führen kann, zudem hatte sie ihn ja zwar schnell und leise, aber für ihre guten Ohren deutlich hörbar die Treppe hochlaufen hören, fragt unbeirrt:

»Bo woarste den halwen Nomendaach lang? Verzell mir nur net, dou häs su lang un viel jeschriwwe! Loaß mech emol kucke!« Sie ist näher getreten und schaut ihm über die Schulter, zählt mit den Augen: eins, zwei, drei, vier, fünf, sechs Zeilen schnell hingeschmiert, ein dicker Tintenklecks obenauf. Mit ihren rauhen Arbeitsmutterhänden fasst sie von hinten seinen Kopf, streicht ihm halb strafend, halb besorgt liebevoll über Haar und Nacken:

»Jung, su jeht dat net weider mit dir! Su bestehst dou kein Jesellepüfung! Deine Vadter schafft sich kabott, un dou has nix anneres im Kopp als Flurwes (leichsinniger Unfug), spille jon un hinner dene Fraaleut herspingse, dafür haste späder noch jenuch Zeit, wenn de et jeschafft hast, eppes aus dir zu mache!« Jupp ist an und für sich nicht böswillig, darum hat er sofort die besten Vorsätze, als Bäb das Zimmer verlassen hat. Er verschiebt die Arbeit über Holzleime auf den späten Abend, und hilft seinem Vater Bretter hobeln bis Bäb zum Abendessen ruft. Von der Dorfstraße tönt auch noch spätabends das lustige Johlen und Kreischen der Dorfjugend beim Schlittern, aber der Schreinerjupp ist nicht dabei, obwohl ein paar Mädchen im Halbdämmerlicht der schwachen Straßenlichter vergebens nach ihm Ausschau halten.

Es ist wieder Frühling geworden. Rösje ist seit Ostern im vierten Schuljahr und ihr kleiner Bruder Franz im ersten. Die größeren Kinder rufen immer noch »I Dözz!« hinter den Erstklässlern her, was jedoch nicht lange anhält, weil die Kleinsten in der Schule nach vier bis sechs Wochen schon wesentlich mehr Buchstaben erlernt haben als das »i«. Fränzchen lernt schnell und leicht, nicht zuletzt, weil er vier ältere Geschwister hat. Von klein an hatte er nichts anderes erlebt, als dass der Tisch in der Wohnstube am Nachmittag mit Schreibtafeln, Heften und Büchern übersät war. Oft hatte er dabeigesessen und auch schon Buchstaben auf der ausgedienten Schiefertafel mit dem Riss in der Mitte gemalt, an seinen kurzen zehn Fingern zählen und rechnen gelernt und sehnsüchtig darauf gewartet, auch ein Schulkind zu sein.

Nun geht er jeden Morgen neben Rösje her, den großen ledernen Schulranzen, der schon seinen Brüdern viele Jahre treu und brav gedient hatte, auf seinem kurzen Rücken. Vater Fritz hatte ihn zwar repariert und poliert, neue Schnallen und Haken vom Schuster anbringen lassen, zusätzlich zwei Löcher zum kürzerstellen in die Schulterriemen gebohrt, was aber nicht verhindern kann, dass der Schullesack dem Fränzchen bis über den Hintern hängt.

Mutter Kätt sieht ihm nach, der Knirps tut ihr leid, weil er nach ihrer Meinung nicht groß genug ist für sein Alter. Fritz, der seine Frau am Fenster stehen sieht und seufzen hört, tritt neben sie und legt tröstend seinen Arm um ihre Schultern:

»Dou wirs sehn, Kättche, der wiest (wächst) noch, der is am End größer wie sein Brüder.«

»Ich hoffen dou behäls recht Fritz, ich befürchten manchmol, ich wär schun zu alt jewest für dat Kind of de Welt zu bringe, un dat et darum esu klaen bliwwe is, ich woar immerhin schun fünfundvierzich Joahr alt, bie dat Kerltje jebore is.«

»Unsinn Kättche«, sagt Fritz und gibt ihr einen Kuss, »dou bis hout noch net ze alt für alles – für alles wat schön is!«

»Nou ewer emal langsam, dou ale Flappes, Keanner han ich jenuch, meinste net?«, antwortet Kätt lachend und gibt ihrem immer noch verliebten Fritz einen tüchtigen Klaps aufs Hinterteil. Noch viel mehr und härter arbeiten müssen die beiden, seit Peter, der Älteste, bei den »Preußen« und der alte Bauer nun vollends bettlägerig geworden ist. Da bleibt kaum noch Zeit und Kraft übrig für »all dat wat noch schön is.«

Wenn ein Junge zum Militär eingezogen wurde, sagte man hie und da immer noch, aus alter Gewohnheit: »Der is bei de Preuße«, wenn auch inzwischen ein ganz anderer in Berlin »dat Ruder in der Hand hat«. Der hat zwar teilweise noch dieselben preußischen »Noupen« (Angewohnheiten) wie der »aal Wellem« (Kaiser Wilhelm) was Militär und Eroberungsgelüste anbetrifft, jedoch seine ganze Gefährlichkeit haben die meisten Landbewohner noch immer nicht begriffen. Die Bauern werden von der Regierung gefördert, ja sie stehen beim Adolf ganz besonders hoch im Ansehen, wegen der Idee von »Blut und Boden«.

Der deutsche Bauer und der deutsche Arbeiter sind jetzt ganz groß in Mode gekommen. Schöne Bilder allenthalben auf Plakatwänden, in Museen und Zeitungen; der arbeitende deutsche Mensch! Strotzend vor Gesundheit, blond, blauäugig und braungebrannt, als Zeichen seiner Tüchtigkeit mit Sicheln, Ähren, Hämmern und Maschinenteilen dekoriert, deutsches Blut in allen Adern – dem kann so leicht keiner in der Welt das Wasser reichen!

Aber alle diese Propagandamätzchen werden von vielen arbeitenden kleinen Leuten nicht sonderlich ernst genommen. In erster Linie ist es dem Arbeitsmann wichtig, er hat Arbeit. Und sein ganzer Stolz ist, er verdient genug, dass sein Schornstein raucht. Gewiss, in jedem noch so kleinen Dorf tun sich Einige hervor und üben Macht aus, die andern fügen sich dem System halbherzig, oder auch innerlich wiederstrebend. Im Übrigen dreht sich alles um die allgegenwärtige Arbeit, Sommer und Winter, Saat und Ernte, und gegen die Obrigkeit kann man eh nichts machen, das konnten die einfachen Leute noch nie.

Süß klingen der Generation des verlorenen Weltkrieges die großen Worte von der widerhergestellten deutschen Ehre. Die Schmach ist getilgt, wir sind wieder wer! Es geht wieder aufwärts im Lande und alle werden satt! Nur wenige denken darüber nach, und die meisten sie bemerken es nicht, dass es ein Scheinwohlstand ist, ein ungedeckter Scheck sozusagen, der dazu dient, ein Heer mit den dazugehörigen Waffen für den Krieg zu rüsten. Nur einige sind sich sehr schnell bewusst, dass bei all dem Geschwafel von Freiheit und Ehre die wahre Freiheit klammheimlich aus ihrem Vaterland entschwunden ist. Die Freiheit der Rede, der Presse, der Religionen und der Rassen. Die Bespitzelung und der Terror haben sich, auf dem Lande vielleicht etwas langsamer als in der Stadt, stets und beständig breitgemacht, denn es kam nicht mit einem Schlage. Ehe man sich versah, war das totalitäre System komplett. Spätestens zum Zeitpunkt der sich immer deutlicher abzeichnenden dunklen Kriegswolken, die sich über den hochgepriesenen deutschen Gauen zusammenballen, bemerkt der wachere Teil des Volkes den Betrug, begreift in etwa für wen und für welchen Preis es gearbeitet hat. Doch nun ist es für alles zu spät. Widerstand bedeutet den sicheren Tod. Lieber sich ducken und abwarten, schließlich will jeder gerne leben und seine Familie nicht mit ins Unglück stürzen. Die Sippenhaft war und ist das infamste und sicherste Druckmittel der Tyrannen aller Zeiten und Länder.

Von den Schulkindern wird erwartet, dass sie zum »Dienst« eine Uniform anziehen; braune Hemden mit schwarzen Halstüchern und ein Koppel mit Schulterriemen für die sogenannten »Pimpfe«. Für die »Jungmädel« ein dunkles Röckchen, schneeweiße Hemdenbluse mit vorn aufgesetzten Taschen, und um den Hals ebenfalls das schwarze Dreiecktuch, unterm Kinn mit einem braunen Lederknoten gehalten.

Als Rösje ins fünfte Schuljahr kommt, wird sie automatisch in die Schar der Jungmädelschaft eingereiht. Auch sie hätte gern eine Uniform, damit sie nicht vor den Anderen zurückstehen muss. Sie ist nun ein gutes Stück gewachsen, auch etwas kräftiger geworden, das einzige weiße Blüschen, welches sie besitzt, spannt über der schon leicht sprossenden Brust, die das Mädchen eher schamhaft zu verbergen sucht.

»Ech säin net fruh damit, dat dou su en Uniform han muss«, sagt Mutter Kätt, »awer ech will och net, dat dou jepiesackt wirs, wenn de kein hast, ich jän dir e Leinenhemd vom Grußvadter, dann kann dir die Tant Marie en Bluus draus nähe, un den dunkelblaue Rock vom Leni, der is dem sowieso zu klaen jeworden, den kann se dir passend mache. Dat schwarz Tuch und de Lädderknodde vom Peter seiner Hitlerjungeuniform kannste droff mache, der brouch dat net mehr.« Hochzufrieden zieht Rösje mit dem Päckchen Altkleider zur Tante Marie, die hat schon etliche Uniformen für die Dorfjugend genäht hat. Aus alten, getragenen Sachen etwas Properes zu zaubern, ist für sie kein Problem. Mit dieser Fertigkeit wird sie in den kommenden Jahren noch eine sehr gefragte Person werden, denn in nicht allzu ferner Zukunft werden in Deutschland mehr Kleidungsstücke gewendet und geändert, als neue hergestellt, abgesehen von der Massenproduktion von Militäruniformen.

In die kleine, enge Welt des Eifeldorfes dringt kaum eine Nachricht aus der großen, weiten Welt hinein, denn aus den kleinen Radioapparaten, den sogenannten Volksempfängern, hört man nur die zensierten Nachrichtensendungen, die größtenteils für Propagandazwecke und Völkisches missbraucht werden.

Wir schreiben das Jahr 1937. In Endingen tragen sie den alten Jongles Bauern zu Grabe, wenig beweint, außer von Tochter Resi, die schon lange im Wohlstand einer städtischen Beamtenfrau lebt. Sie hatte zuletzt ein paar Wochen lang ihren Vater gepflegt und endlich eingesehen, was ihre Schwester all die Jahre geleistet hatte. Ob dieser Erkenntnis hatte sie ihren starrköpfigen Vater überredet, der Kätt und dem Fritz den Hof zu überschreiben.

Zur gleichen Zeit sterben in China tausende Menschen einen grausamen Tod, hingemetzelt von ihrem japanischen Nachbarvolk.

In Shanghai werden die Zeichen gesetzt für das Töten von völlig Unschuldigen und Wehrlosen, weil plötzlich Bomben fallen in eine kaum bewaffnete Stadt mit millionenfachem Menschengewimmel in den Straßen, sowohl auf Paläste als auch in die Elendsquartiere der ameisenfleißigen kleinen Leute. Kulis sterben zu hunderten im Laufen vor ihren Rischkas. Ihr Blut vermischt sich auf dem Asphalt mit dem ihrer reichen, vornehmen Fahrgäste, während die brechenden Augen mit völligem Unverständnis auf ein vielstöckiges Hotel starren, dessen Stockwerke wie aufeinandergestellte Spielkarten ineinanderfallen.

So gut wie nichts erfährt man im Eifeldorf von den Ereignissen in der weiten Welt, außer sie dienen der Propaganda.

Im Bürgerkrieg auf der Pyrenäenhalbinsel dürfen erstmalig wieder deutsche Soldaten ihren Heldenmut beweisen und für eine »gute«, wenn auch fremde Sache sterben. Großtaten der Legion Condor im Kampf gegen die Kommunisten in Spanien sind es wert durch die Volksempfänger dem deutschen Volke präsentiert zu werden: Zum Beispiel die Zerstörung der baskischen Hauptstadt Guernica durch einen Luftangriff deutscher Flugzeuge. Dass aber daraufhin ein spanischer Maler namens Picasso auf der Weltausstellung in Paris sein später in der ganzen Welt berühmtes Bild »Guernica« als Aufruf gegen jeglichen Krieg vorstellt, davon erfährt man in unserem Lande kein Wort. Der Betrachter dieses Bildes sieht Ungewohntes, Nichtheldenhaftes. Bruchteile von Häusern, Tieren und Menschen in chaotischem Durcheinander; Augen neben dem Gesicht, im Todesschrei erstarrte, weit aufgerissene Münder, ein einzelner Pferdekopf mit schauerlich aufgesperrtem Maul die Menschheit anklagend.

Solch ein Bild nennen sie hier entartete Kunst, es hätte keinerlei Chance, in Deutschland anerkannt zu werden, denn gegen Künstler solcher Art hat hier schon längst ein Feldzug begonnen. Freies Denken, Schreiben oder Malen gehören auf den Scheiterhaufen! Malverbot, Schreibverbot, Redeverbot, Auftrittsverbot, man muss sich daran gewöhnen. Allerdings sind manche Gesetze und Verbote im Eifeldorf gegenstandslos, hier hat kaum einer je gemalt, gedichtet, geschrieben oder einen Auftritt in der Öffentlichkeit gehabt. Interessieren würden sich die Leute schon für etliche grandiose Ereignisse in der übrigen Welt.

Jongles Rösjen zum Beispiel würde gerne staunen über die Golden-Gate-Brücke in San Francisco, die größte Hängebrücke der Welt, welche man jetzt für den Verkehr freigegeben hat. Sechsspurig, siebenundsechzig Meter über dem Wasser, doppelt und dreifach so hoch wie der Endinger Kirchturm, könnte sie sich staunend ausrechnen, und zweitausendsiebenhundertvierzig Meter lang!

»Dat sein bal drei Kilometer – vielleicht eso weit bis off de Schwanekirch – Luftlinnich nadierlich«, würde Vater Fritz sagen.

Nun erfährt man aber sowas Tolles nicht, also hat man nichts Tolleres zu reden, als über die Vorkommnisse in Dorf und Pfarrei, dem »Kischbell«, dass der und der schwer krank ist, dass die und der geheiratet haben, (hämisch flüsternd, die mussten), oder dass die oder der im Kirchspiel gestorben ist und das Begräbnis ist übermorgen und »da muss ich wohl hinjohn dat is en Kusin von meinem Vadter«.

Das wichtigste Thema ist immer und überall die Arbeit, die Frucht, die nun bald reif ist und abgemäht werden muss, oder dass sich der Ortsbauernführer eine der neuartigen Erntemaschinen, einen sogenannten Selbstbinder angeschafft hat, der nicht nur doppelt so breit mäht, sondern auch automatisch die Garben aufsammelt, bindet und ablegt, und da braucht man glattweg drei Personen weniger bei der Ernte.

Und während Fritz mit Pferd und Mähmaschine das Korn mäht, Kätt und Lisbeth die Halme aufsammeln, zu Garben bündeln und Leni mit Bindernadel und Kordeln bewaffnet recht flott das Getreide zusammenbindet, erneuert der französische Dampfer »Normandie« seinen Weltrekord für Atlantiküberquerungen – er hatte schon einmal, im April des Jahres, das Blaue Band errungen.

Man erfährt auch nichts darüber, dass bei Weimar das Konzentrationslager Buchenwald errichtet wird. Von Dachau hat man schon was läuten gehört, und dass diejenigen, die einmal dort inhaftiert waren, kein Sterbenswort darüber verlieren, was man ihnen dort angetan hat. Es existiert darüber einer der vielen, hinter vorgehaltener Hand erzählten politischen Witze, die in allen unterdrückten Völkern in einer Art Galgenhumor als Ventil für Angst und Resignation benutzt werden:

Ein entlassener Häftling, der von seinem besten Freund nach seinen Erlebnissen in Dachau befragt wird, fragt zurück:

»Kannst du schweigen?«

»Wie ein Grab!«, versichert der Freund.

»Kannst du auch wirklich schweigen? Es ist mir unter Androhung des Todes verboten darüber zu sprechen!«

»Ich kann schweigen, das weißt du doch!«

»Schwöre es mir, dass du schweigen kannst!«

»Ich schwöre dir – ich kann schweigen!« Nach einigem Zögern macht der Exhäftling den Mund auf und sagt:

»Ich auch.«

Einzelne Worte der deutschen Sprache werden zu feststehenden Begriffen, zum Beispiel das Wort meckern. Menschen sprechen, verschiedene Tiere, vornehmlich die Ziegen, »meckern«.

Im Sprachgebrauch sagt man von einem ewig unzufriedenen Menschen, der sich über vieles »unnötig« beschwert: »Der hat aber auch immer was zu meckern.« Die Braunen aber verdrehen hier diesen Begriff, indem sie jede noch so berechtigte Kritik am herrschenden System als meckern bezeichnen, das bedeutet, jeder Andersdenkende, der den Mut hat seine Gedanken zu äußern, wird als notorischer Nörgler und Querulant abgestempelt. Daraus entstand (hinter vorgehaltener Hand) folgende Tierparabel, die vieleicht von »Der Hase und der Igel« der Gebrüder Grimm abgeleitet wurde, als Rätselfrage:

»Eine Ziege und eine Schnecke machten einen Wettlauf von Köln nach Berlin. Wer von den beiden, glaubst du, hat gewonnen?«

»Natürlich die Ziege!«

»Falsch, die kam nicht weit, denn sie hat nach einer halben Stunde vor Freude über ihren Vorsprung laut gemeckert, daraufhin wurde sie eingesperrt, und so konnte die stumme Schnecke zwar langsam aber sicher ihr Ziel erreichen und darum hat sie den Wettlauf gewonnen.« Eine weitere Scherzfrage betrifft wiederum die Ziege:

»Welches Tier ist zur Zeit das glücklichste Tier in Deutschland?« Antwort: »Die Ziege!«

»Warum denn die?«

»Ei, weil sie noch meckern darf, und sie darf noch etwas in die Wiesen (Devisen) machen.« Es ist neuerdings strengstens untersagt, deutsches Geld ins Ausland zu bringen. Devisenschieber ist auch ein neuer Sprachbegriff, ebenfalls mit größter Verwerflichkeit belegt. Devisenprozesse grassieren im Lande, Schauprozesse, in denen man vorzugsweise katholische Ordensgemeinschaften diffamiert, die in anderen Ländern Niederlassungen haben, die natürlich schon immer mit ihren Mutterhäusern finanziell zusammenhingen und betreut werden mussten.

Auch das Wort Staatsfeind, wohl in Bismarcks Zeiten schon recht gebräuchlich, ist wieder an der Tagesordnung. Wehe dem Deutschen, den von oben her sein Bannstrahl trifft, denn der kann mit seinem Leben vorsichtshalber schon mal abschließen.

An einem Vormittag in der Adventszeit stellt die Lehrerin den Kindern ein Aufsatzthema vor, welches die Geburt Jesu in Bethlehem zum Inhalt hat, und beschreibt ganz schön, wie Maria und Josef keinen Platz in der Herberge fanden, und wie das Jesuskind in einem Stall bei Ochs und Esel geboren wurde, die Überschrift lautet: Ein Weihnachtsmärchen.»Nehmt eure Hefte heraus und fangt an!« Die Lehrerin will sich der nächsten Klasse zuwenden, als Röschen Leiendecker, die wir als Jongles Rösje kennen lernten, plötzlich die Zeigefingerhand hochhebt.

»Na, Röschen, was willst du?«, fragt das Fräulein Lehrerin.

»Aber das ist doch kein Märchen, das ist doch wahr, das ist doch wirklich so gewesen mit dem Jesuskind damals in Bethlehem!« Zum ersten Male erlebt Rösje, dass das sonst so rechthaberische Fräulein etwas verlegen lächelnd nach einer Antwort sucht und fragt:

»Woher weißt du denn das so genau?« Rösje ist maßlos erstaunt. »Wie kann die Lehrerin, die ja schließlich alles wissen muss, mich so was Dummes fragen?«, denkt das Kind, für das die Menschwerdung des Gottessohnes schon immer eine unumstößliche Wahrheit gewesen ist.

Unsicher und verwundert schaut Rösje in die Runde, sieht, dass die meisten Kinder ohne nachzudenken schon die Überschrift »Ein Weihnachtsmärchen« geschrieben haben.

»Nun gut«, sagt das Fräulein, welches einer gläubigen, christlichen Familie entstammt, sich aber dem von der Regierung vorgegebenen Lehrstoff beugen muss, »nun gut, suche dir eine eigene Überschrift aus.« Ihr Elternhaus hat in der Lehrerin gesiegt.

So geht das Jahr 1937 zur Neige, ohne dass die Ideologie der NSDAP überall einen entscheidenden Sieg in den Köpfen und Herzen der einfachen Leute erringen konnte. Die Kirchen sind zur Stunde der Christmetten mit Menschen gefüllt wie eh und je, in den staatlichen Einrichtungen feiert man, allerdings neu aufpoliert, das altgermanische Julfest.

Am Neujahrstag haben die Jongles städtischen Besuch. Im Hof steht ein Auto, das ist für die Dörfler schon der Gipfel des Reichtums und der Vornehmheit. Schreiners Hildegard, die zu ihrer Freundin Rösje will, steht zögernd in Jongles Hof, hört lautes Stimmengewirr und traut sich nicht hineinzugehen.

»Unne steht et Hildegard!«, ruft Fränzchen schadenfroh. »Et is noch net emal zukühn für erenn ze kumme!«

»Verzell net su en Quatsch!«, sagt Rösje, geht in den Hof und holt Hildegard herein:

»Dou brauchs kein Ängste zu han, et is nur die Tante Resie un der Onkel Erich, die sein janz freundlich, un der Günther un et Ilse sein och debei, mir spillen jerad Mensch ärjere dich net, dou kanns helfe.« Hildegard steht noch eine kleine Weile unschlüssig an die Innenseite der Tür der großen, sonntäglich gemütlichen Bauernstube gelehnt, in der sie sich sonst wie zu Hause fühlt. Aber da ist Ilse, das dreizehnjährige Stadtmädchen. Die langen, noch etwas staksigen Beine in hellen Kunstseidenstrümpfen, schwarze Lackspangenschuhe an den Füßen und dazu trägt sie ein wadenlanges, rotes Samtleid, und ist so viel hübscher gekleidet als Hildegard in ihrem dicken selbstgestrickten Schafswollpullover und dem karierten Humpelrock aus grobem Wollstoff, darunter sieht man die zweirechts zweilinks gestrickten braunen Wollstrümpfe an kräftigen Waden und, weil ihre Sonntagsschuhe gerade beim Schuster sind, ihre groblederen Nagelschuhe.

Fränzchen zeigt mit dem Finger auf die Werktagsschuhe, grinst und kichert. Hildegard schämt sich sehr. Brennende Röte fliegt in die helle Haut ihrer runden Wangen. Schön an Hildegard sind die frische helle Gesichtshaut, die großen, blaugrauen Augen und das dichte gewellte Blondhaar, welches in zwei langen Zöpfen rechts und links herunterhängt.

Sie stellt das genaue Gegenteil der schlanken, feingliedrigen, dunkelhäutigen Ilse dar, deren glänzendes, schwarzes Haar in langen Schillerlocken auf das zarte Filigran ihres schulterbreiten, weißen Spitzenkragens fällt.

Vielleicht ist es gerade dieser Gegensatz, der die beiden Mädchen vom ersten Augenblick an magisch anzieht und aufeinander zugehen lässt. Ilse lächelt Hildegard an, und ihre großen braunen Augen richten ihren Sammetblick in die Grauaugen des erstaunten, rundlichen Bauernmädchens, als sie sagt:

»Du bist also die Hildegard, von der meine Kusine mir so viel erzählt hat?«

»Hm, dat sein ich, un dou bis et Ilse, von dem mir et Rösje immer verzellt hat.«

»Schön, dass du gekommen bist, komm spiel mit uns!« Freudig erregt und mit heißen Wangen sitzt Hildegard neben Ilse. »So ein feines Mädchen und die mag mich«, denkt sie, nun schon auf hochdeutsch, weil sie sich ja noch nicht mal mehr in Gedanken vor Ilse blamieren möchte. Als sie aber nun auch noch anfängt hochdeutsch zu reden, sagt Ilse:

»Du kannst platt sprechen, das verstehe ich, meine Mutter spricht auch oft mit meinem Vater Eifeler Platt, der stammt doch aus Mayen.«

Und so wird es ein wunderschöner Nachmittag am Neujahrstag von Neunzehnhundertachtunddreißig. Die Erwachsenen haben sich viel zu erzählen, trinken Malzkaffee und essen Hefekuchen in verschiedenen Variationen. Aufs Hefekuchenbacken verständen sich die Frauen hier immer noch am besten, meinen die Städter, und niemals schmeckte ein Kuchen aus der Konditorei so gut wie hier euer Streusel- und Rollkuchen.

Kättchen fühlt sich geschmeichelt und sagt bescheiden:

»Dat han ich noch all von meiner Modter jelernt, un wahrscheilich schmeckt der Kooche deshalb esu gut, weil der im große Steinbackowe geback is, und der wird extra nur mit Bucheholz jestoch, wenn mir Kooche backe.«

»Wirklich exzellent Tante Käthe, ganz große Klasse dein Äppelstreuselkuchen!«, sagt der siebzehnjährige Günther, während er mit vollen Backen mampft.

»Äeß nur Jung, äeß!«, lacht Kättchen. »Dou has lange Seite, da passt noch viel erein!«

Günther, ein langer Lulatsch mit seinen einmeterachtundachzig, hat einen unstillbaren Appetit. Fränzchen sieht bekümmert, dass sein heißgeliebter Kuchen angesichts der vielen Münder dahinschmilzt wie Schnee in der Sonne. Und als Günther wieder einmal mit seiner großen Hand zwei Stück Streuselkuchen auf einmal ergreifen will, zieht ihm Fränzchen den Kuchenteller fort und brummelt böse:

»Annere Leut wollen och noch eppes han! Dou has schun siewe Stücker jäes.« Mutter Kätt geniert sich, und Mama Resi meint entschuldigend:

»Achje, uns Günther is net satt zu krieje, der is halt immer noch am wachsen.«

»Hoho!«, lacht Fritz. »Will en dann zwien Metergroß jän?«

Günther, der ein dickes Fell sein Eigen nennt, schiebt sich zum Abschluss seelenruhig noch ein ganzes Stück von der dünnen, saftigen »Äppeltoart« in den Mund, spült ihn mit Malzkaffee hinunter und lehnt sich dann behaglich zurück, reibt sich den Bauch, klopft seinem kleinen Cousin beruhigend auf den Rücken und sagt, bewusst im Eifeler Platt:

»Eweile sein ich satt, – kuck elo, et is noch eppes für dich üwerich bliwwe.« Fränzchen nickt und schämt sich ein bisschen, weil Mutter ihm einen strengen Blick über den Tisch hinübersendet. Günther aber wendet sich seinen beiden Kusinen zu, die sich nur zu gerne mit dem netten Stadtjungen ein bisschen flirtenderweise unterhalten. Er hat mehr Bildung, geht aufs Gymnasium und versteht schon genug Englisch, um daheim am Radio die ausländischen Sender abzuhören. Jetzt erzählt er den staunenden Mädchen, dass der englische König Edward der Achte im Jahr zuvor aus Liebe auf den Thron verzichtete und nun, nur weil er die bürgerliche Lady Simpson geheiratet hat, noch nicht mal mehr in England wohnen darf.

»Ja, awer so eppes«, sagt Leni, die wegen dem Schreinerjupp der in der Ferne bei den Soldaten weilt, auch schon weiß was Liebe und Sehnsucht bedeuten. »Awer so eppes romantisches!«, schwärmt sie. »Un därf net mehr daheim wohnen! Ja spinnen denn die Engländer?!«

»Hm, et heißt doch secher net umsonst, dat die all so en Splien han, die Engländer«, meint Lisbeth nachdenklich.

»Na ja, dafür haben wir jetzt in Deutschland aber 'ne Menge Leute, die einen noch größeren Spleen haben mit ihrem Blödsinn von der sogenannten ›nordischen Rasse‹«, belehrt Günther die Mädchen. Die wissen das auch, aber so richtig ausgesprochen hat es hier im Dorf noch keiner.

Lisbeth zum Beispiel hat großen Kummer, weil ihre beste Freundin, die Hannelore Mayer, vor einigen Wochen nach Palästina ausgewandert ist, weil sie wegen der seit 1935 geltenden Nürnberger Rassegesetze hier in ihrer Heimat keine Zukunft mehr für sich sah. Acht Jahre hatten Lisbeth und Hannelore gemeinsam die Schulbank gedrückt, dann war Hannelore in Koblenz auf die Hildaschule gegangen. Aber an jedem Wochenende oder in den Ferien kam sie zur Lisbeth. In Jongles Haus war sie immer gern gesehen, alle mochten das freundliche, stille Judenmädchen, egal ob es den Parteileuten im Dorf recht war oder nicht. Lisbeth seufzt:

»Mein best Freundin et Hannelore, is erüwer no Palestina jemach, dat woar für mich schwer. Immer han mir zwei zesamme jehalle, ich han nix of et kumme lasse, wenn et och e Juddemädche woar. Wer weiß, ob ich et jemals in meinem Läwwe wiedersehn.«

»Zwei meiner Schulkameraden sind ebenfalls mit ihren Eltern ausgewandert, nach Amerika«, sagt Günther, und plötzlich bekommt er einen verklärten Blick: »Amerika! Amerika! Wenn ich doch auch dahin könnte!«

»Ei borim willste dann eso weit fort? In Kölle is et doch och janz schön«, fragen Lisbeth und Leni wie aus einem Munde.

»Sicher dat, aber wo ist da die Freiheit? Wir müssen uns in Allem ducken! Wo ist die Freiheit in der Kunst und was ist mit der Musik zum Beispiel? Was wir hier aus dem Radio hören, ist meist nur Marschmusik, Walzer und Operettenkitsch! Amerika! Satchmo, der Schwarze mit der phantastischen, tiefrauen Stimme, – und Gershwin! – Porgy und Bess!« Jetzt wird die Stimme des Jungen auf einmal traurig leise:

»Gershwin ist gestorben in diesem Sommer – kaum einer hier hat es erfahren und wir in unserer verdammten Isolation dürfen keine Musik mehr von ihm hören, geschweige denn machen. Artfremd heißt es da, und Negermusik! Der Neger ist rassisch minderwertig heißt es da. Aber, – euch kann ich es ja erzählen – aber wir spielen ihn trotzdem! Wir haben eine geheime Band gegründet, vier Jungs aus meiner Klasse, der Unterprima. Wir haben da einen versteckten Kellerraum vor der Stadt. Dem Jürgen sein Onkel wohnt da, hat einen Bauernhof. Also den Keller haben wir total von innen abgedichtet. Da treffen wir uns, hören die verbotene Jazzmusik im Radio, versuchen mit unseren einfachen Instrumenten in etwa die neuesten Stücke nachzuspielen. Eine Anzahl alter Notenblätter konnte der Bernd vor den Flammen retten, ehe sein Vater, ein Musiker, den Befehl zu deren Vernichtung ausführte.«

»Ich kenn die amerikanisch Jazzmusik jar net, wie die noch modern woar hier in Deutschland, do hatten mir noch kein Radio, tät ich emal jern hören suwat«, sagt Lisbeth. Günther betrachtet den Volksempfänger, der im schwarzen Bakelitgehäuse und vorne mit einem runden tuchbespannten Lautsprecherloch versehen auf einem winzigen Wandregal steht, und sagt:

»Ich probier es heut' Abend mal, ob ich da einen englischen Sender hereinholen kann, müsste eigentlich hier auch zu kriegen sein.«

»Da sein ich awer emol jespannt droff«, freut sich Lisbeth.

Draußen senkt sich der Winterabend auf die niedrigen Dächer, über deren schieferbeschlagenen Schornsteinen der Holzrauch weiß in der Kälte steht. Hildegard ist auf dem Heimweg, sie ist so selig wie sie es noch nie war, das fremde Mädchen! Obwohl doch Rösje schon von ganz klein an ihre Kameradin und Spielgefährtin ist, so selbstverständlich und vertraut wie sie mit ihr auch immer war, das hier ist ein ganz neues, wunderschönes Erlebnis! Hildegard redet leise mit sich selbst:

»Un, et will mir en Brief schreiwe mit nem Bild drin, wo et droff is! Un so e fein Mädche is et Ilse, dat dat mich üwerhaupt han will als Freundin!?« Hildegard wirft den Kopf in den Nacken, sieht auf einmal, dass die Sterne heller strahlen als sonst, und zu allem Überfluss sprüht für den Bruchteil einer Sekunde eine Sternschnuppe über Schmitzes Scheunendach. Um den richtigen Zeitpunkt nicht zu versäumen, ruft Hildegard ganz schnell einen Wunsch hinterher:

»Ich wünscht et Ilse dät immer häi bleiwe!« Ein Wunsch, der momentan glücklich macht, ein Wunsch wie tausend andere, die nie in Erfüllung gehen können wegen der Umstände. Aber man darf sie trotzdem haben, als Ersatz für die triste Wirklichkeit. Die Realität ist nämlich die, dass die »Kölner« zwei Tage später mit ihrem Automobil heim nach Köln fahren und ihre Verwandten und deren Nachbarmädchen zurücklassen.

Hildegard hatte jede freie Minute in Jongles zugebracht, immer darauf bedacht, einen Blick oder ein Wort von Ilse zu erhaschen. Ausdauernd und hartnäckig wartete sie in Jongles Stube schon frühmorgens, bis das schöne Stadtmädchen erschien, sie begrüßte und nach dem Frühstück sich ihr gänzlich widmete.

Rösje wunderte sich, konnte anfangs nicht begreifen, wieso ihre altgewohnte Freundin, deren Leithammel sie bislang gewesen war, sie kaum noch beachtete. Hilflos war sie dieser neuen Situation ausgeliefert, darum traf sie die Eifersucht und der Verlust mit doppelter Wucht. Sie motzte und zog sich auf ihr Zimmer zurück, entfachte das Kanonenöfchen, hockte sich daneben und dachte nach:

»Et Ilse fährt üwermorje widder fort, dat is gut. Un wenn nächste Woch die Schull widder anfängt, kimmt dat Hilde widder bei mich un will von mir bei de Aufgabe jeholf han, un dann, un dann helfen ich ihm net mehr! Dann kann et emal sehn, wat et für Noten kricht demnächst! Ich wette et bleivt sitze, schad em jar nix der untreu Tomat! Dem dumme Ludder!«

Nach diesen süßen Rachegedanken hatte Rösje innerlich Dampf abgelassen, es ging ihr besser, sie las eine Stunde in dem neuen Heidi-Buch, welches sie Weihnachten bekommen hatte, und ging hinunter in die Stube, wo es gemütlich war mit den Gästen. Rösje ließ die ungetreue Freundin mit der Ilse kungeln und half ihrer Mutter. Die hatte ja schließlich für neun Personen das Mittagessen zu kochen. Es bedeutete viel Arbeit. Kätt griff an solchen Tagen gerne auf altbewährte Eifeler Rezepte zurück, die sehr schmackhaft und sättigend waren, wenn viele Münder gestopft werden mussten. Sie kochte einen großen Pott Bohnensuppe aus »welle Bunne« (reife, ausgepflückte, große bunte und weiße Bohnen, die am Abend vorher eingeweicht werden mussten). Danach einen riesigen »Deppekoche«, zu dessen Herstellung fast ein ganzer Eimer »Krumbiere« geschält und gerieben werden musste. Rösje rieb verbissen Kartoffeln auf dem alten Reibeisen, dessen spitze blecherne Zäckchen gefährlich und scharf nach außen standen. Ihre Finger bluteten bereits an mehreren Stellen. Als Mutter Kätt das merkte, sagte sie:

»Komm Keand, ich machen dat fertig, verbind dir emal dein Fingere, dou arm Dinge, jank un spill mit dene Mädche.« Aber Rösje sagte eigensinnig:

»Nae, loas mech!«, und »rappte« weiter. Kätt merkte, dass da etwas schief gelaufen war, sah Ilse und Hildegard eifrig in ihre Poesiealben vertieft, in welche sie sich gegenseitig Sprüche schrieben und Blümchen malten. Bedauernd strich sie Rösje übers Haar, aber die knurrte nur böse und schüttelte die sanfte Berührung ihrer Mutter ab. Die wendete sich seufzend um und schnitt Speckwürfel für die Suppe. Kätt spürte, dass sie ihrem Kind nicht helfen konnte, da wollte und musste es eben alleine durch. »Et fängt och schun an un wird groß«, dachte die Mutter ein bisschen wehmütig. So schlichen sich zwei Tage dahin, endlos lang und kummervoll für Rösje, viel zu kurz für die glückselige Hildegard.

Als nun am Morgen des vierten Januar das Auto mit lautem Geknatter zum Dorf hinaustuckert, um in der nächsten Kurve hinter Pittjes Feldscheuer endgültig zu entschwinden, rennt Fränzchen hinterher, will mit der Knatterkiste Schritt halten, steht aber am Ende schnaufend und prustend still und drückt sich die kleinen Fäuste in die Rippen wegen des Seitenstechens, das ihn am Weiterlaufen hindert. Fritz und Kätt, Lisbeth und Leni, die viel Spaß mit ihrem Cousin hatten, natürlich auch das Nachbarmädchen Hilde, alle winken noch, rufen »Tschüüss! Macht et gut! Kummt gut heim!«, als Hildegard in ein fassungsloses Schluchzen ausbricht.

Rösje, die ein wenig abseits steht und klammheimlich froh ist, dass sie weg sind, im ersten Moment schadenfroh, vergisst angesichts der Unglücklichen alle Eifersucht und sämtliche Rachepläne. Sie geht hin zu der Hilflosen, legt tröstend den Arm um sie und sagt:

»Heul net eso, et Ilse schreivt dir sicher bald, un – un – ich sein ja och noch da.« Und Mutter Kätt, die Bescheid weiß, denkt wieder einmal: »Bat han ich doch für gude, anständije Käenner.«

Wie eh und je steht nach den Weihnachtsferien, am Nachmittag des ersten Schultages die faule Schülerin bei ihrer alten Freundin auf der Matte. Rösje lässt sie herein an den großen Stubentisch, die Schulsachen werden ausgepackt, und dann hilft sie ihr einen Aufsatz zu schreiben und bei den Rechenaufgaben obendrein, als sei nie etwas zwischen ihnen gewesen. Und als das dicke Mädchen schon am Tag danach mit einem veilchenblauen Brief zu Rösjen kommt und atemlos hervorstößt:

»Et Ilse hat mir jeschriwwe, un e Bild is drin, häi läs emol!«, ist Rösje ganz still und froh, liest den Brief, bewundert das Foto, und die alte Eintracht zwischen den beiden Mädchen ist wieder hergestellt. Rösje Leiendecker hat eine wichtige Lektion fürs Leben gelernt; nämlich, dass Eifersucht, Rache und Schadenfreude eine sehr verdrießliche Angelegenheit sind, die einem alle Freude verderben und an nichts Schönes mehr denken lassen. Drüber hinwegspringen, über sich selber hinweg auf den anderen zu, der einem weh getan hat, damit tut man nicht nur ihm, sondern auch sich selber gut. – Aber es braucht alles seine Zeit, vor einigen Tagen erschien es Rösje noch unmöglich, sich jemals wieder mit Hildegard zu befassen, und nun? »Dat is nun alles Schnee von jestern«, sagt sie verwundert.

Das Jahr 1938 nimmt seinen Lauf. Im Dorf hat sich äußerlich nicht besonders viel verändert, immer noch bestimmt die Feldarbeit den Lebensrhythmus der Menschen. Berlin ist weit weg, jedoch die unheilvolle Macht derer, die dort das Ruder fest in der Hand haben, hat sich längst bis ins letzte Dorf ausgebreitet. Jeder, dem die Regierung nicht geheuer ist, darf es nicht laut äußern. Das Versteckspiel ist schon zur Routine geworden. Man hat sich daran gewöhnt, dass ein Reichsarbeitsdienst und eine starke Wehrmacht regelmäßig die Söhne zum Dienen einziehen.

»Soldat mossten mir schließlich och all werden«, sagen die alten Frontkämpfer von Vierzehnachtzehn, »Awer hoffentlich träift der Hitler et net zu weit, dat et wieder Kriech jet«, sagen die Frauen von Vierzehnachtzehn, und »Pah, dat riskiert der Franzmann und der Englänner net, diesmal däten wir jewinnen«, strunzen die alten Frontkämpfer, die den verlorenen Krieg noch immer nicht verwunden haben. Es geht halt nichts über eine stramme, preußische Erziehung von Kindesbeinen an, mit Gedichten und Liedern von vaterlandstreuen, völkischen deutschen Dichtern in den Fibeln der Erstklässler angefangen bis zu den Lese- und Deutschbüchern aller folgenden Schulklassen. »Hoch tönt das Lied vom braven Mann ...!« und »Zum Rhein, zum Rhein, zum deutschen Rhein! Wer will des Stromes Hüter sein!?«

Aber Mutter Kätt, die in ihrer Jugend den von der Kirche verbotenen Heinrich Heine und andere Aufklärer gelesen hatte, sagt, und davon ist sie felsenfest überzeugt:

»No all dem wat passiert is, dat janze Elend un die ville Dude, jibt et eweil keinen Kriech mehr, dafür is die Menschheit heutzutachs viel zu offjeklärt.« Sie müsste nur etwas genauer hinhören die gutgläubige Kätt, welche Liedtexte die Schulkinder heute wieder auswendig lernen müssen, zum Beispiel:

»Ein junges Volk steht auf zum Kampf bereit ...« und: »Wir werden weitermarschieren, bis alles in Scherben fällt! Denn heute gehört uns Deutschland und morgen die ganze Welt!«

Das ist nur einer von hunderten hirnrissiger Texte oder Sprüche. Aber Mutter Kätt hat überhaupt keine Zeit, sich darüber allzuviele Gedanken zu machen, schließlich muss das Heu gewendet werden, später die Garben gebunden, die Bohnen geerntet und eingekocht, die Krumbieren ausgemacht, die vielen »Äppel« gepflückt. Und zum Herbstende müssen die Rummele (Runkelrüben) und Steckrüben vor dem Frost in Kellern oder Mieten sein.

Im Übrigen liest sie immer noch gerne am späten Abend und sonntagsnachmittags in den eigentlich schon immer und neuerdings wiederum streng verbotenen Büchern mit Heines wunderschönen Gedichten, von den Nazis ausgemerzt, weil ihr Verfasser ein Jude war.

Die früher nur ab und zu Ausgeliehenen, sind nun ihr Eigentum geworden, weil ihre alte Schulfreundin, die »Mordjes Selma« sie ihr geschenkt hatte, bevor sie zu ihrem Sohn in die USA ausgewandert ist. »Gott sei Dank, et jeht ihr gut, der Selma, et brauch hier die janze Verfoljung net mehr auszuhalle«, denkt Kätt, wenn sie wie heute Vormittag nach dem Bettenmachen vor ihrem geöffneten Kleiderschrank stehend die Reihe Buchrücken betrachtet, die liebevoll in Leder gebunden und mit goldgeprägten, verschnörkelten Aufdrucken versehen auf dem obersten Brett des alten Eichenkleiderschrankes stehen, welches ehemals für die Sonntagshüte vorgesehen war. Kätt streichelt ehrfürchtig das dunkle, feine, kühle Leder und denkt dabei an Selma und ihr dunkelschimmerndes Haar mit den schmalen Goldklämmerchen drin. Plötzlich hört sie jemand die Treppe hochpoltern, hört die unangenehm resolute Stimme der Tant Plun, und verschließt hastig den Kleiderschrank.

»Dat dät mir noch jeroad fehle, dat dat die Beecher sehn dät«, murmelt Kätt, zuckt zusammen, als Plun auf ihre unmissverständliche herrische Art an die Tür bummert, das »Herein« gar nicht erst abwartet und im Schlafzimmer ihrer Verwandten steht.

»Ich muss mit dir schwätze, un zwoar allein!«, kommt es wie aus der Pistole geschossen aus Plun heraus. Kätt überwindet ihre althergebrachte Unterordnung, nimmt einen tiefen Atemzug und sagt verhältnismäßig ruhig:

»Goode Morje Plun, bat haste dann eso Wichtijes, dat dou eso offjeregt bis?« Plun wundert sich ein bisschen über Kätt, die scheinbar nicht mehr so leicht einzuschüchtern ist wie früher, sie stockt einen Moment, dann aber blitzt die alte Kampfeslust in ihren kleinen, grauen Augen auf. Schnell schließt sie die Tür hinter sich und zischt:

»Dat dou nix merks, dat wunnert mich!«

»Ei, bat soll ich dann merke?«

»Mer meint dou wärs schäll un daaf (blind und taub)! Euer Lisbeth träift sich mit em Kerl erümm. Mit einem von dene Zugezogene unne aus der Hohl.« Vor dem folgenden Wort entfährt Pluns schmallippigem Mund das schärfste, abscheulichste »SSSSS«, das ihr neues, schneeweißes Gebiss zu Stande bringt. »En ›Evangelijer‹ – ich wollt et net jelawe, ich han meine eijene Auge net jetraut, äwer ich han et selwer jesehn!« Wohl erschrickt Kätt in ihrem Innern, jedoch nur für einen kurzen Moment, sie kennt ihre Lisbeth, weiß, dass sie sich auf ihre Älteste verlassen kann:

»Nou äwer mal langsam, Plun, uns Lisbeth is e anständig Mädche, da lassen ich nix droff kumme, un wenn et wirklich irjendwo en Freundschaft jeschloß hat, heißt dat noch lang net, et träift sich erumm.«

»Nadierlich, dat hätt ich mir joa denke könne, dat dou so en leichsinnig Einstellung has, dat wusst ich schun lang. Mein Gott, wenn dat dei Vadter erläwwe jemusst hätt! Awer der hat schun immer jewusst, dat mit dir net viel los woar, sonst hättste de Fritz net jeheirat, aus su ner Familich bo der hestammt, da brouch mer sich üwer dein Pänz net zu verwundere!« Kätt ist schneeweiß geworden im Gesicht, soviel Boshaftigkeit verschlägt ihr die Sprache. Wiederum tut sie einen tiefen Atemzug, macht die Kammertür weit auf und sagt tonlos:

»Plun, eweile reicht et. Jank deiner Weech (geh deiner Wege), un eins will ich dir soan, uns Keanner brouchen net mehr mit dir off de Schwannekirch bäde zu john, wennse dich richtig kenne däte, fallen die mir am End noch vom Jelaawe (Glauben) aaf!« Plun greift sich ans Herz, schnappt nach Luft wie ein Fisch auf dem Trocknen, so etwas hat ihr noch keiner gesagt, ihr, der von sich und ihrer Religiosität zutiefst Überzeugten. Wortlos dreht sie sich um, flüchtet fast die Treppe hinunter und zur Haustür hinaus. Jetzt erst besinnt sie sich auf ihr eigentliches Vorhaben, nämlich für die Sittenreinheit und die Glaubenstreue ihrer Sippe zu sorgen, dreht sich auf dem Fuße um, traut sich aber nicht mehr ins Haus zurückzugehen. Sie spuckt auf die ausgetretenen Basaltstufen, zischt ihr verächtliches »SSSSS«, und stößt hervor:

»Sodom un Gomorrha!« Dann verlässt sie hoch erhobenen Hauptes den Jongles Hof und verspricht sieben »Jäng (Bittgänge) off de Schwannekirch«, beileibe nicht für ihr eigenes, sondern für das Seelenheil ihrer bedauernswerten, in die Irre gehenden Verwandten.

Die von Plun zur Herumtreiberin abgestempelte Lisbeth wundert sich in der danach folgenden Zeit über so manchen misstrauischen Blick, über versteckt-abfällige Bemerkungen oder Fragen aus ihrem Verwandten- und Bekanntenkreis im Dorf. Sogar ihre Freundinnen aus dem Kirchenchor, in dem sie seit ihrem dreizehnten Lebensjahr mitsingt, weichen ihr aus, bis auf eine einzige, und das ist die Schneidersch Regina, ihre Cousine väterlicherseits. Und für all das hat die »fromme« Tant Plun gesorgt.

Sie, die keine Messe oder Andacht versäumte, erlaubte sich über jeden im Dorf ein Urteil, verbreitete es unter Gleichgesinnten und Nochnichtwissenden. Und selten wurde jemand, über den sie ein Urteil fällte, begnadigt oder gar freigesprochen, mildernde Umstände gab es da auch nicht. Im Falle Lisbeth Leiendecker war es sehr schlimm ausgefallen, hauptsächlich deshalb, weil Kätt ihr, der strenggläubigen Tugendwächterin, die Tür gewiesen hatte. Es war nicht »die Rache des kleinen Mannes«, wie es ein Sprichwort in ähnlichen Fällen ausdrückt, sondern diesesmal ist es die Rache einer kleinkarierten Frau.

Es ist Regina, die Lisbeth anläßlich eines Sonntagnachmittagsbesuches bei Tante Marie alles erzählt, was ihr zu Ohren gekommen war, und Lisbeth mit einem Mal bedrückt werden lässt. Nun weiß sie nicht mehr wie es weitergehen soll, denn sie mag den Thomas Bender, ja mit einem Mal kann sie sich ein Leben ohne die gemeinsamen Sonntagsnachmittagsspaziergänge gar nicht mehr vorstellen.

»Er is mir ja so sympathisch«, so hatte sie bisher gedacht, und, »ich kann mich mit ihm viel besser unnerhallen als mit annere Jungen.« Doch jetzt, wo ihre Freundschaft mit dem aus Norddeutschland zugezogenen Forstgehilfen durch die zweideutige Schwätzerei von Tant Plun scheinbar in aller Munde, und darum bedroht, weil er nicht katholisch ist, weiß sie plötzlich, dass sie ihn liebt. Glück und Angst kämpfen in ihr. Trotz ihrer achtzehn Jahre ist sie völlig unbewandert in Liebesdingen, sie ist das erste Mal verliebt.

Völlig harmlos und unbeschwert waren bislang die Treffen mit ihm gewesen, nie war sie alleine mit ihm spazieren gegangen. Es war vielmehr so, dass sie und Regina ihre Naturwanderungen zu zweit in den vergangenen Sommermonaten irgendwann immer zu dritt machten.

Leise hatte der junge Mann durch die Zähne gepfiffen, als an einem schönen Sonntag helle Sommerkleider schon von weither durch das Blättergrün schimmerten, und er schließlich zwei schlanke junge Mädchen, die sich gleich groß, mit schulterlangem blondem Haar und schmalen hellen Gesichtern erstaunlich ähnelten, über die lange Schneise auf sich zukommen sah.

Er hatte bisher noch keinen Freund im Dorf gefunden und verbrachte auch seine freien Stunden gerne im Wald. Da fand er immer Gesellschaft. Die hoch aufstrebenden Buchen, deren glatte helle Stämme, sich erst in beträchtlicher Höhe verzweigend, über ihm ein wundervolles, grünes Dach bildeten, die von der Wurzel bis zum Gipfel eine kleine Welt für sich darstellten, die so manches beherbergte. Vögel, Eichhörnchen und die unzähligen Bewohner unter Moos und Laubdecke, waren seine Freunde. Mit denen gab es so gut wie keinen Ärger.

Beim ersten Mal, als die erfreulich hellbunt gekleidete, langhaarige Invasion durchs Blattgrün schimmernd auf ihn zu kam, war er feige »retiriert«, hatte sich hinters Gebüsch verzogen, mit dem Feldstecher die Dorfschönen ins Visier genommen und nachher feststellen müssen, dass ihn Vögel, Ameisen und Wildschweinchen nicht mehr in dem Maße interessierten wie bisher.

Darum stand er am nächsten Sonntag an derselben Stelle, wartete auf die Mädchen, trat hinter einer dicken Eiche hervor, zog seinen grünen befederten Hut mit einer weitausholenden Gebärde und verbeugte sich mit fast spanischer Grandezza.

Lisbeth und Regina taten sehr erschrocken und verschämt, stießen leise Überraschungsschreie aus wie sich das für christliche Jungfrauen gehörte, dabei hatten sie schon seit Längerem heimlich Ausschau nach dem jungen Grünrock gehalten. Thomas Bender jedoch ließ sich nicht einschüchtern, frisch fröhlich fragte er:

»Darf ich die Damen ein Stückchen begleiten, ich habe gerade ein wenig Zeit übrig.«

»Natürlich dürfen Sie, wenn Sie nichts weiter im Sinn haben«, sagte Regina, die schon in Koblenz in Stellung gewesen war, und darum nicht so um eine Antwort verlegen wie Lisbeth. Und als sie abends heimkamen, sagte Regina zur Lisbeth:

»Dat war doch emal eppes janz Anneres!«

»Da haste Rächt, hoffentlich kimmt der noch öfter«, meinte die, und er kam tatsächlich. Obwohl die Mädchen sich immer gut gefühlt hatten zu zweit, war das doch jetzt viel spannender, vor allem lustiger. Der »Fremde« gab von nun an ihren Wanderungen eine leicht abenteuerliche Note. Wenn die Cousinen sich unter der Woche trafen, hatten sie viel zu tuscheln und zu kichern.

»Mer maent, dir wärt irscht fufzehn Joahr alt«, sagte Marie manchmal, halb belustigt und halb ärgerlich, »so en Kickelerei!« Ihre Tochter Regina war schließlich schon einundzwanzig.

Aber heute Nachmittag, nachdem was sie Lisbeth zu berichten hatte, gibt es nichts mehr zu lachen. Sie wollen auf einmal ungestört sein und machen sich schnell aus dem Haus, auf in den Wald, in dem sie wie immer bald auf Thomas treffen. Der zieht wie immer spaßeshalber seinen grünen, befederten Hut, verbeugt sich aus »Spaß an der Freud« fast bis auf den Boden, richtet sich auf, um wie sonst immer in die erfreut blitzenden blauen Augenpaare zu sehen, sieht aber diesesmal in zwei ängstliche Kindergesichter.

»Was ist passiert?«, fragt er, und als die Mädchen schweigen, versucht er seine Betroffenheit mit militärischer Schnodderigkeit zu tarnen: »Na was ist los mit euch, und warum schaut ihr so dämlich aus der Wäsche?!« Sie wissen keine Antwort. Wie sollen sie ihm das erklären? Da legt er zum ersten Male seinen Arm um Lisbeths Schulter, immer war er neben Lisbeth gegangen, er wusste nicht recht wieso, jedoch nun geht ihm ein Licht auf. Und jetzt verrät ihm dieser ängstlich-innige Blick von schräg unten herauf, er ist mindestens einen Kopf größer als sie, alles. So verletzlich und schutzbedürftig kommt sie ihm vor. Aus seiner Stimme ist der ganze Übermut verschwunden:

»Nu min lütt Deern, vertell mi mol wat dau has«, fragt er in Plattdütsch. Wenns brenzlig wird, kann man es nur in seiner Muttersprache bewältigen. Lisbeth aber bleibt stumm, stumm und still vor Glückseligkeit wegen des starken Arms um ihre schmalen Schultern. »In all Ewichkeit so weiterjon, an nix denken, net an evangelisch oder kadolisch oder sonst eppes!« Regina die schon lange Bescheid weiß, hat einen kurzen Blick hinüber geworfen, geht auch still nebenher, will das Wunder nicht vorzeitig stören. Und in ihr wird jetzt der Wunsch lebendig, dieses Glück beschützen zu können, wird zum Vorsatz: »Ich will dene zwei helfen wo ich kann!«

Nach halbstündiger Wanderung mündet der Waldweg am Rande des Bachtales. Sie durchstreifen niederes Ginstergestrüpp, über einen felsigen Pfad geht es leicht abwärts bis zur Felskuppe, einem beliebten Aussichtsplatz. Sie hocken nun dicht beieinander auf einem von der Sonne erwärmten glatten Schieferbrocken. Schöner und friedlicher kann die Welt nirgends sein als hier, mit dem Blick ins Pommerbachtal, dessen Lieblichkeit in seiner Stille, und den mäßig hohen Bergketten zu beiden Seiten des Wiesengrundes besteht, durch welchen der Bach mit leisem Geplätscher über die glattgeschliffenen Steine seinen Weg zur nicht allzu fernen Mosel sucht.

Thomas hat das Fragen aufgegeben und denkt: »Ich warte bis sie von selber darüber sprechen wollen, was ihnen denn heut' über die Leber gelaufen ist.« Fast ohne es zu wollen, ganz aus einem Gefühl für die Besonderheit dieser Stunde, in der sie den Flügelschlag des Schicksals förmlich über dem Tälchen rauschen hören, – es ist jedoch nur »Hawäi« (Habicht), der über sie streicht, um sich wiesenabwärts auf eine Maus zu stürzen – fängt Thomas als erster an zu reden:

»Das hier ist ein schönes Plätzchen! Oft hab ich hier gesessen, abends oder frühmorgens fangen im Tal die Nachtigallen an zu singen, mindestens fünf, ich bin ja sonst kein großer Romantiker gewesen, aber hier bin ich zu einem geworden, hier in eurer Gegend!« Lisbeth hat nun ihren Kopf an seine Schulter gelehnt, da flüstert er dem Mädchen ins Ohr:

»Und soll ich dir sagen, woran ich dann immer gedacht habe, wenn die verflixten kleinen Vögelchen mit den zu ihrem zierlichen Körperbau in keinem Verhältnis stehenden starken, klaren, klagenden Stimmen mich verhext haben? – An dich! Die ganze Zeit und immer nur an dich!« Sie antwortet nun frei heraus, und Regina, die Rücken an Rücken mit ihr sitzt, darf es ruhig hören:

»Un ich musst och immer an dich denke, Thomas, ob ich wollt oder net, ich konnt net annerst, ich musst an dich denke, un et war eso schön, weil ich …« sie stockt ein wenig, er fragt nun:

»Weil …? Rede weiter, Elisabeth, genier dich nicht, komm sags mir«, bettelt er.

»Weil – ich han so eppes noch üwer keinen jesagt, et is, – ich han so e Jefühl, als ob ich dich janz schwer leev hät.«

Nun ist es heraus, Lisbeth ist knallrot im Gesicht, schämt sich jetzt doch, aber sie wehrt sich nicht, als er sie küsst. Und Regina schaut weg, schaut über das Tal in die Weite, wo die Moselberge sich als Kulisse und Abgrenzung der Landschaft gegen den mit weißen Wolkenbällen dekorierten Blauhimmel abzeichnen. Und weil sie auch einen Liebsten hat, der aber nicht so zum Greifen nah ist wie Lisbeths, denkt sie:

»Die Wolke sejeln all in Richtung Kowelenz, et wär schön, wenn ich mich oben droff legen und mitflieje könnt bis bei de Eddi, ach ja, dat wär schien!« Sie seufzt so abgrundtief und hörbar, dass die beiden Glückspilze aus ihrem Kuss erwachen. Lisbeth, die die Anwesenheit Reginas fast nicht mehr wahrgenommen hatte, fragt erschrocken:

»Regina, wat is? Haste eppes?«

»Nae, nae, nix besonneres, ich han jeroad an de Eddi jedacht, ich han en nou schun drei Monat net jesehn, dat wird einem lang, – un – ich machen mir Sorje wejen dir un Thomas, ich weiß noch net, ob dat gut ausjeht, wenn dein Elleren et erfoahre.« Lisbeth ist aus dem siebenten Himmel gestürzt, lässt nun wiederum den Kopf hängen. Da fragt Thomas:

»Was soll das heißen, ›wenn deine Eltern es erfahren‹, was dürfen die nicht wissen? Dass wir zwei uns lieben, dürfen sie also nicht wissen. Warum denn nicht? Bin ich ihnen etwa nicht gut genug? Ich habe mir bis heute noch nichts zu Schulden kommen lassen!« Regina antwortet für Lisbeth, die nun völlig verzweifelt drein sieht:

»Dat haste auch net, Thomas, all Leut im Dorf können dich gut leiden, un han Achtung vor dir, dou has nur ein Manko, dat dou net kadolisch bist.« Darüber hatte der junge Mann, im Elternhaus nicht allzu streng religiös erzogen, aber trotzdem ein gläubiger Protestant, noch gar nicht nachgedacht. Er ist auf einem Bauernhof der großen Hafenstadt nahegelegen aufgewachsen, da wo die Nebelhörner der Überseedampfer aus aller Herren Länder durch seine Nächte getutet hatten. Der Hof mit seinem tief herabreichenden Reetdach und den geschnitzten Pferdeköpfen aus vorchristlicher Zeit an den Giebelspitzen lag einzeln hinterm Deich. Schule, Kirche und Rathaus befanden sich in einer Hamburger Vorstadt, in die das Gehöft am Meer eingemeindet war.

Nur an besonderen evangelischen Feiertagen hatte sein Vater den zwei schmucksten Pferden das silberbeschlagene Geschirr angelegt, sie vor die geräumige Kutsche gespannt und war mit seiner Familie zur hohen Backsteinkirche in die Stadt gefahren. Dort besuchten er und seine beiden Geschwister acht Jahre die

Volksschule. Die Straße hatte keinerlei Steigungen, darum war es ein Kinderspiel, jeden Morgen mit den Fahrrädern die elf Kilometer bis zur Schule zu radeln. Für Herbst und Winter bestand eine Vereinbarung mit der Schule, die den Kindern hinterm Deich bei starkem Sturm und Regen erlaubte, daheim zu lernen. Für ausreichenden Lehrstoff war gesorgt.

Thomas besuchte später die mitten in der Stadt gelegene Realschule, weil er ja einen Beruf erlernen wollte. Piet, der ältere Bruder, sollte später einmal den Hof übernehmen, die nachgeborenen Söhne mussten selber ihr Auskommen suchen. Dann war da noch Jutta, seine um zwei Jahre jüngere Schwester, die nach ihrer Schulentlassung gerne Krankenschwester werden wollte, aber nicht durfte, weil ihre Mutter sie erstens dringend für die Haus-, Stall- und Gartenarbeit brauchte, und zweitens war da irgendwo von der guten Mutter Stine insgeheim ein zukünftiger Jungbauer für die Jutta vorgesehen. Der hatte einen viel stattlicheren Hof zu erwarten als ihr eigener, und da musste die Deern eine tüchtige Bäuerin werden, die das Gesinde scheuchen konnte, und brauchte nicht, wie Mutter Stine das ausdrückte, »für anner Leut die Nachtpötte auszukippen«.

Thomas war nach dem Unterricht an manchen Nachmittagen im Hafengebiet herumgestrichen. Sehnsucht im Herzen nach fernen Ländern. Er hörte durch das zänkische Geschrei der Möwen den Klang fremder Sprachen. Matrosen, die mit wiegendem Gang stadteinwärts zogen, unternehmungslustig, die Taschen vollgestopft mit der letzten Heuer, zu Abenteuern bereit, die den kurzen Landurlaub versüßen sollten.

Thomas hatte gewusst, in welche Straßen und Häuser ihre Wege führten, sie für sich selber aber nie in Betracht gezogen, so weit führte die Sympathie für alles Fremde denn doch nicht bei dem Bauernjungen. So hatte er seine elterlicherseits verbotenen Hafenaufenthalte darauf beschränkt, das Beladen und Löschen der Frachtschiffe zu beobachten, und dort, wo der Strom der Passagiere sich aus den riesigen Überseedampfern aufs Land ergoss, hatte er mit Menschen aller Hautfarben, Sprachen und Religionen Bekanntschaft geschlossen. Ab und zu verdiente der flinke, kräftige Junge sich gerne ein bisschen Taschengeld, indem er leichteres Gepäck für eine Dame trug oder ihr den Weg zum Hotel erklärte.

Wie könnte er sich hineindenken in diese Menschen hier im kleinen Eifeldorf, die selten sonst irgendwo hinkamen? Viele hundert Jahre alt ist hier die katholische Tradition, und für die Leute hier gibt es fast nichts Schlimmeres als eine sogenannte Mischehe, die von jeher seitens der Geistlichkeit als große Gefährdung des katholischen Ehepartners dargestellt wurde, weil sie in den meisten Fällen bei diesem zur Verflachung des wahren Glaubens führte. Thomas ist ein wenig ratlos, schließlich sagt er:

»Tschaa, und wieso bin ich deshalb nicht so gut wie ihr? Ich glaube doch an denselben Gott, ganz im Ernst, das hab ich von meinen Eltern, sind ganz passable Christen, anständige Leute sind das, und die haben mir auch beigebracht, dass man eine anständige Deern nicht zum Narren halten darf, dadran halt ich mich. Elisabeth, ich möchte dich, sobald ich befördert werde, gerne zu meiner Frau machen – ich liebe dich!« Der junge Mann hat mit einem solchen Ernst und die letzten Worte mit großer Innigkeit gesprochen, dass die Mädchen ihm sofort glauben. Lisbeth drückt ihm die Hand:

»Ich jelawen dir, Thomas, un je länger ich drüwer nodenke, weiß ich, dat unser Herrgott nix dagejen han kann, wenn mir zwei uns gern han, dem jefällt dat bestimmt net, dat sein Kinner sich of der Welt eso uneinig sein im Glauben.« Regina meint:

»Ein Möglichkeit gäb et ja für euch zwei, wenn dou dich daafe lässt un kadolich wirst Thomas, hat hier bestimmt keiner wat dejent, wenn ihr zusammen jeht.«

»Nu mal langsam, ich bin doch getauft! Bin getauft im Namen des Vaters und des Sohnes und des heiligen Geistes, ich war nämlich als kleiner Kroppsack mit dabei in der Kirche, als unser lütt Jutta getauft wurde, da hab ich genau aufgepasst, und mein Vater hat mir erklärt, das hätte der Pastor bei meiner Taufe auch so gesagt, als er mir ›dat Water üwern Kopp jeschütt hat‹. Nänänä, das sehe ich nicht ein, nochmal katholisch taufen! Das wäre wiederum meinen Eltern nicht recht!« Lisbeth presst schnell die Hände vors Gesicht, um ihre Tränen zu verbergen. Sie springt plötzlich auf:

»Komm Regina, mir jin haam, dat hat doch alles keine Zweck!« Thomas ist nun auch aufgestanden von dem sonnenerwärmten Schiefersitz, der ihm eben noch wie ein Königsthron erschienen war und mit einem Male doch nicht mehr ist als all das andere verdammte, graue Eifelgestein. So hart wie ihre Bauernschädel kommt es ihm vor – zögernd macht er einen Schritt auf Elisabeth zu, doch dann schließt er sie fest in seine Arme, tröstet sie:

»Nu lauf mir doch nicht davon, was soll ich denn machen ohne dich? Warten wir's doch erst mal ab! – Kommt Zeit, kommt Rat, die Hauptsache wird wohl sein, dass wir zusammenhalten! Oder willst du so schnell die Flinte ins Korn werfen? Das glaub ich aber nicht, so eine bist du bestimmt nicht, das weiß ich.« Das Mädchen macht sich los von ihm, zieht ihr sorgsam im Täschchen gehütetes, mit rosa Häkelspitze umrandetes Sonntagstaschentuch hervor, trocknet ihre nassen Augen und schnäuzt sich energisch die Nase:

»Entschuldige, Thomas, manchmal sein ich en Feichling, awer dou has recht, in Wirklichkeit sein ich doch keiner, ich halten zu dir, solang dou zu mir hälts, dat versprechen ich dir! Joff mir dein Hand!«, fordert sie ihn auf, und als er sie hinhält, schlägt sie mit der ihren hinein, wie sie es als Kind ihrem Vater beim Viehhandel abgeguckt hatte. Sie hatte schon damals gewusst, dass es nun gilt, und der Handel nicht mehr so ohne Weiteres rückgängig gemacht werden konnte. Jetzt drückt sie die Hand des jungen Forstmannes so kräftig, dass er aufschreit:

»Au! Zum Donnerwetter, du hast dir aber ein Händchen! Wo hast du halbe Portion nur all die Kraft her?«

»Nun ja, ich han halt immer schwer jeschafft mit mein Händ, dat jet Muskele, mehr wie bei so em Beamteanwärter, der nix anneres zu tun hat als im Büsch erümm zu spaziere un de Mädche oder de Reh offzulauern!«

Nun, da sie ihren heiteren, rivalisierenden Ton wiedergefunden haben, brechen alle drei in ein befreiendes Gelächter aus und wissen auf einmal gar nicht mehr, warum kurz vorher alles so dramatisch und bedrohlich ausgesehen hatte. Regina aber mahnt dennoch zur Vorsicht:

»Am besten hallen mir et vorläufig noch e bisje jeheim, ihr könnt euch bei uns treffen, mein Modter is net eso engherzig be viel annere im Dorf, un meine Vadter och net.« Thomas sagt aufbrausend:

»Wir brauchen uns doch nicht zu verstecken!«

»Beruhig dich, glaub et mir – et is besser. Mir dürfen der Tant Plun kein weitere Ursach jän für üwer euch zu tratsche, die bringt et fertig un macht et janze Kirchspiel mobil mitsamt em Pastur.«

Von nun an machen Lisbeth und Regina ihre Sonntagsausflüge nur noch per Rad. Irgendwo in der Eifel oder an der Mosel treffen sie dann an einer vorher ausgemachten Stelle auf einen flotten Motorradfahrer namens Thomas Bender, jetzt immer in Zivil, um noch weniger aufzufallen. Die grüne Uniform mitsamt Federhut hängt einsam in der winzigen Mietwohnung bei Schmitze Gret, der Witwe.

»Eijentlich schad drum, die Uniform hat dir wirklich schön jestannde, dadrin warste richtig schmuck«, schwärmt Lisbeth.

»Dass ihr Fraunsleute aber auch immer auf eine Uniform hereinfallen müsst! Ich glaube ohne die hättste mich glatt übersehen«, sagt Thomas grinsend.

»Dat kann schun sein, dann hätt ich awer Pesch jehatt, wenn ich eso dumm jewest wär. Meine Kuseng Günther sät och, dat mir Deutschen so richtig uniformbesessen wären, ›zieh dem Deutschen eine Uniform an und die dazugehörende Dienstmütze, dann marschiert er los, führt jeden Befehl aus, der ihm von Oben erteilt wird‹, sät der Günther, un der muss et wissen, is joa en Studierter.«

»Am schlimmste sin die in dene kackbroune Uniforme, dofür han ich Ängste! Awer dat därf mer net sagen, dat is jeführlich, wenn dou su en broun SA-Uniform anjehat hättst, wären mir bestimmt net off dich ereinjefalle«, sagt Regina herausfordernd.

»So, so, hereingefallen seid ihr auf mich, sag das nochmal, und ich schmeiße dich in die Mosel, du Luder!« Er packt sie beim Schlawittchen und befördert das kreischende Mädchen ein Stück weit dem Flusse zu, Lisbeth eilt ihrer Freundin zu Hilfe und schon ist die schönste Balgerei in Gange, alle drei landen lachend und prustend im Gras.

Während auf und im Lande jedermann noch sein kleines, privates Glück zu verwirklichen sucht, hat sich die Gewaltherrschaft schon längst wie eine riesige Käseglocke über Deutschland gestülpt. Nur wenige Schlupflöcher gibt es noch für Verfolgte. Ende neunzehnhundertachtunddreißig ist in Stadt und Land die Hölle los, aber nur für die sogenannten »artfremden Nichtarier.« Wer sich von denen bis jetzt noch mit einer gewissen letzten Gutgläubigkeit an sein Deutschtum und seine Heimat geklammert hatte, weiß nach der »Reichskristallnacht« nun endgültig, dass es kein Entrinnen mehr gibt. Die Konzentrationslager füllen sich mit Geknechteten, platzen so nach und nach aus den Nähten.

Das Ausland hält sich angesichts des mit den Fäusten aufs Rednerpult trommelnden, seine mit rollenden Rrrrr-Lauten gespickten Droh- und Schmähreden brüllenden deutschen Diktators, bedeckt. Sie glauben ihn noch besänftigen zu können, die Herren Chamberlain und Daladier, demokratisch, mit Verhandlungen und Verträgen, die der böhmische Gefreite in Kürze bricht und hohnlachend zerreißt. Kontinuierlich und ohne ausreichenden Einblick der Nachbarländer ist in Deutschland ein gewaltiges, modernes Rüstungspotential entwickelt worden.

Jahrzehnte später, das »Tausendjährige« Reich gehört gottlob der Vergangenheit an, seine Schrecken sind für die jüngere Generation schon nicht mehr sehr interessant, außer für Historiker und Journalisten, die sich durch Nachforschungen Einblicke in Hitlers Leben verschaffen, wird in einem deutschen Journal über genau diesen kritischen Zeitpunkt berichtet. Hitler hätte sich im Kreise seiner eingeschworenen Getreuen dahin geäußert, dass er beim nächsten Besuch den Herrn Chamberlain persönlich in den Arsch treten würde, dann bliebe dem gar nichts anderes mehr übrig als uns endlich den Krieg zu erklären. Und so steuert das Jahr neunzehnhundertneununddreißig unaufhaltsam auf den Krieg zu.

Die Leute im Dorf stehen mit ernsten Gesichtern beisammen, da ist nichts mehr zu spüren von dem begeisterten Patriotismus, als neunzehnhundertvierzehn der Kaiser Wilhelm mit Pathos verkündete: »So mögen denn die Waffen sprechen ...« Die meisten haben noch die Folgen dieses unsinnigen Krieges in den Knochen. Und als jetzt wiederum eine alles beherrschende Stimme verkündet:

»Seit fünfuhrfünfundzwanzig früh wird zurückgeschossen!«, wissen die älteren Leute was das bedeutet. Schon am folgenden Tage treffen die ersten Stellungsbefehle im Dorf ein, und so geht es jeden Tag weiter, bis alle Reservisten eingezogen sind, auch Jongles Peter und Schreiners Jupp, und nicht zuletzt Thomas Bender, Jongles Lisbeths heimlicher Schatz.

Rösje ist traurig, als Peter, der Lieblingsbruder, fort muss, während ihre Schwester Leni dem Schreinerjupp nachweint. Es liegt nun ein Jahr zurück, als sie ihm klarmachte:

»Wenn dou mit mir jon wells, dann musste mit och treu sin. Schun oft haste mir dat versproch, awer immer widder es mir zu

Ohre kumme, dat dou of annere Dörfer of der Musick woars, hinner irgend einem Mädche her woars un sojar mit em haamjange bist! Wenn ich dat noch ein einzig moal höre muss, brouchste net mie bei mich ze kumme, dann is endgültig Schluss!« Von da an hatte Jupp, dem die Leni eigentlich schon immer die Allerliebste gewesen war, es nicht mehr gewagt mit anderen zu flirten, und sie war dann in aller Öffentlichkeit »mit ihm jange« (Sie waren verlobt).

Fieberhaft warten die Angehörigen daheim auf Post von ihren Soldaten, und an Sonntagnachmittagen ist der große Tisch in Jongles Stube mit Papier bedeckt, rundum sitzen eifrige Briefschreiberinnen, die nun Gelegenheit haben, ihr Schreibtalent neu zu entdecken. Auch Rösje und Hildegard beugen sich über je einen Briefbogen. Rösje schreibt an Peter, Hildegard an ihre Freundin Ilse in Köln. Weil sie sich vor dieser nicht blamieren will, lässt sie Rösje vorsichtshalber ihre unvermeidlichen Fehler anstreichen und schreibt das Ganze nochmal neu. Ein bemerkenswerter Eifer für ein sonst so schreibfaules Mädchen.

Lisbeth jedoch, die eine Briefseite für Bruder Peter beigesteuert hat, geht hinauf ins Kämmerchen, wo sie einen winzigen Tisch unter das kleine Fenster platziert hat, auf dem sie ungestört ihre Liebesbriefe an Thomas schreibt. Sie kann es partout nicht ausstehen, wenn ihr dabei jemand über die Schulter sieht. Das hatte Vater Fritz am vorigen Sonntag gemacht. Obwohl sie das Geschriebene blitzschnell mit ihrer Hand bedeckte, hatte er »Mein lieber Thomas!« noch lesen können und »sososo« gemurmelt, aber als seine große Tochter ihren Kopf wandte und ihn erschrocken anstarrte, gesagt:

»Kuck mich net eso ängstlich an, dat kann ich net han, schreiv dou ruhig wäider, et is schon richtig eso.«

Selbstredend wusste Rösje schon lange, dass ihre große Schwester verliebt war und auch in wen. Sie hatte Lisbeth und Thomas in Tante Maries Garten, hinterm Haus auf der von Geißblatt und Flieder umwucherten Bank sitzen sehen. Das heißt, Lisbeth saß nicht auf der Bank, sie saß, wie es Hermann Löns so schön sagt und singt »auf seinem Schoß«. Eng umschlungen küssten sie sich gerade ausgiebig und bemerkten Rösje nicht, welche die Lust auf reife Mirabellen in den Garten gelockt hatte. Rösje zog sich blitzschnell zurück. Leicht verstört.

Das war also ihre strenge, große Schwester, die ihr gegenüber stets die große Lippe riskierte, die sie an allen Ecken und Enden zu erziehen versuchte und nicht mit Backpfeifen sparte, wenn Rösje ihr widersprach und nicht auf sie hören wollte!

»Na woart emol, van dir lossen ech mir nix mehr jefalle, ech säin och bal gruß«, dachte die fast Dreizehnjährige.

In der Tat ist Rösje im letzten Jahr stark gewachsen. Ihr Körper verändert sich, die bunten Sommerkleider, die ihr voriges Jahr noch gerade so passten, kurze Röckchen sind ja momentan ganz modern, sind ihr aber jetzt über der Brust alle zu eng geworden. Besonders wohl fühlt Rösje sich nicht mit ihren hervorsprießenden kleinen Brüsten, sie sind so empfindlich, es tut lausig weh, falls sie bei Spiel und Sport unsanft hinfällt, oder bei der Arbeit mit einem Gerätestiel daranstößt. Ihre beiden Schwestern tragen seit langem feste BH's, eine Art Leibchen, selbstgenäht aus weißem Baumwollstoff.

Rösje geht zur Tante Marie und will auch einen haben, und Monatsbinden braucht sie ebenfalls, die fertigt die Tante aus den besterhaltenen Stücken eines in der Mitte durchgewetzten Biberbetttuchs an. Rösje war durch das enge Zusammenleben mit ihren älteren Schwestern in gemeinsamen Schlafkammern auf das Blut vorbereitet, das ihr eines Tages an der Wade herunterlief. Mit leisem Schaudern hatte sie immer die blutbefleckten Sachen ihrer Schwestern wahrgenommen, eine plausible Erklärung für das Ganze erhielt sie aber nicht.

»Nou han ech dat och«, dachte sie, und weiter war nichts dabei, es war nur lästig und das Bauchweh ebenfalls. Nun, die Tante Marie muss die Kleider umändern, aus zweien wird eins genäht, und für sonntags gibt es sogar ein neues Kleid für Rösje. Der Satz: »Oh, bat biste für e groß Mädche wure!«, machte sie nur anfangs ein bisschen stolz, mittlerweile mag sie ihn schon gar nicht mehr leiden, so oft hat sie ihn gehört.

Nun lässt sie sich vorerst nicht anmerken, dass sie Lisbeth mit Thomas erwischt hatte. Sie trumpft auch nicht gegen sie auf, weil sie nachts ihre Schwester heimlich seufzen und manchmal sogar weinen hört. Sie hat schon wieder Mitleid mit ihr, jetzt wo der Thomas fort ist und evangelisch obendrein.

Sowas würde ihr nicht passieren, so ein Zores wegen einem Kerl! Als aber Lisbeth sie bei der nächsten Gelegenheit um die Ohren schlägt, weil sie mittags nach der Schule und dem aufgewärmten Essen den Abwasch nicht sofort machen will, packt das nun große, kräftig gewordene Schulmädchen zu, hält der dünnen Lisbeth beide Unterarme fest und drückt die Ältere solange an die Wand, bis die klein beigibt. Rösje lässt sie nun los, lacht sie aus und geht laut singend auf die Stubentür zu:

»Wo die dunklen Tannen stehn, ist so weich das grüne Moos.« Jetzt wendet sie sich nochmal um zu der verdutzten Lisbeth: »Uuund da hat er mich geküsst, und ich saß auf seinem Schoß! Ja grün ist die Heide, die Heide ist grün, aber rooot sind die Roosen, wenn sie da blühn!«, schmettert Rösje laut und gefühlvoll, als sie zuletzt durch den Hausflur in den Hof marschiert. Niemand ist daheim außer Fränzchen, der hat jetzt auch seine letzten Bratkartoffeln verspeist und läuft hinaus. Und Lisbeth wagt nicht mehr, Rösje zurück an die Arbeit zu rufen, verwirrt und resigniert macht sie den Riesenberg Abwasch allein, um anschließend mit einem Korb voller Butterbrote und einem Wasserkessel voll Malzkaffee zu dem Rest der Familie ins Kartoffelfeld zu gehen.

Anfang Dezember gehen drei vermummte Frauengestalten durch Wind und nasskaltes Schneegestöber, halten den Rosenkranz unter den dicken Umschlagstüchern in den klammen Fingern, Kätt betet vor, Lisbeth und Regina »holen ab«. Der Wind reißt ihnen das »Gegrüßet seist du« von den Lippen und weht das »Bitte für uns« den Pfaffenhausenerberg hinauf vor sich her bis zur Schwanenkirche, wo die Frauen, dort angekommen, vor der kleinen Seitentür den Schnee aus Mänteln und Tüchern klopfen, von den Nagelschuhen trampeln. Kalt ist der Kirchenraum, Eiseskälte geht auch vom Steinboden aus. Aber wenigstens sind sie hier vor dem Bild der Schmerzensreichen im Geflacker der Kerzen, die vermeintliche Wärme ausstrahlen, vor dem schneidenden Ostwind geschützt. Sie beten sich das Herz warm, bitten und flehen in bangen Sorgen um Peter, Thomas und Eddi, alle drei im noch kälteren Polen stationiert und festgehalten. Gewiss, sie haben den Blitzkrieg lebend überstanden. Jetzt könnten sie doch eigentlich heimkommen, denken ihre Angehörigen, aber den Frauen schwant Unheil. Einmal angefangen und schnell gesiegt, da kann es leicht weitergehen, die Generale haben Blut geleckt, der Führer gibt ihnen endlich wieder Gelegenheit, ihr Handwerk auszuüben.

Kätt steckt eine Kerze an, schaut zu der Frau mit dem toten Sohn auf und sagt leise: »Für os Peter, mach, dat en bal hamkimmt.« Die Mädchen folgen ihrem Beispiel, flüstern zum Entfachen der kleinen Flammen: »Für de Thomas, für de Eddi, un dat de Kreech bal ous is.«

Getröstet und nunmehr mit dem Wind im Rücken, bewältigen die drei den Heimweg ein gutes Stück leichter und schneller. Sie wissen noch nicht, wieviel hundertmal sie in den kommenden Jahren diesen Weg aus der Hoffnungslosigkeit zur aufkeimenden Zuversicht gehen müssen. Wissen nur von ihrem eigenen Leid, und erfahren fast nichts darüber, was sich in fremden Erdteilen ereignet. Der Krieg, der Terror beherrscht das Heimatland und nach und nach fast alle europäischen Nachbarstaaten.

2. Kapitel

Wie wenig weiß man in der Eifel von alldem was in der übrigen Welt passiert. Jenseits der Weltmeere seufzen auch andere Länder und Völker unter der Geißel irgendeines Diktators. So auch eine der größten Inselrepubliken Lateinamerikas, die Dominikanischen Republik. Ein Paradiesgarten. Die weißen Strände von der karibischen See umspült, Palmen und Zuckerrohrplantagen, zauberhafte uralte Städte aus der spanischen Kolonialzeit. Aber die Bezeichnung »Republik« in ihrer ureigensten Bedeutung ist nicht zutreffend. Seit dieser Inselstaat, der Jahrhunderte lang unter wechselnden Besitzansprüchen, blutigen Aufständen und bürgerkriegsähnlichen Freiheitskämpfen zu leiden hatte, achzehnhundertfünfundsechzig seine Unabhängigkeit erklärte, wird er von einem für Südamerika typischen Diktatoren-Regime beherrscht.

Im Jahre neunzehnhundertdreißig, drei Jahre vor Hitlers Machtergreifung in Deutschand, herrscht hier Trujillo, einer der schlimmsten, hinterhältigsten, machtbesessensten Despoten, scheinheilig und brutal. Anfangs noch von einem gewissen Teil des Volkes geliebt, wird er von einem mächtigen Clan gestützt und steigert seine Macht im Laufe der Zeit ins Unermessliche, beseitigt nach und nach jeden, der ihm nicht absolut willfährig ist.

So verschwinden aus den Sippen, in denen er politische Gegner vermutet, oder die von einem Denunzianten als solche verdächtigt und heimlich angezeigt worden sind, oft alle männlichen Personen in Verliese. Diese Männer werden meist ohne eine vorherige Gerichtsverhandlung verurteilt und ermordet. Trujillo, von Speichelleckern umgeben, lässt sich in prunkvollen Aufmärschen und öffentlichen Treuekundgebungen vom Volk als Held vergöttern und verehren, während ungezählte Menschen in alten Festungen oder Strafkolonien ihren Folterungen erliegen.

Es ist das gleiche System, das selbe Strickmuster seit Nero und noch früher, mit welchem die Tyrannen aller Zeiten ihre eisernen Netze stricken. Eng sind die Maschen, von Henkerstricken durchwebt das Muster. Auch Stalin gehört zu dieser Sorte Menschen, auf die der Name »Mensch« nicht mehr anwendbar ist. Ein brutaler, eiskalter Massenmörder an seinen eigenen Völkerschaften, was erst nach seinem Ableben in der Weltöffentlichkeit, und dann auch nur teilweise bekannt wird. Aber so eng das Netz auch ist, immer und zu allen Zeiten ist es einzelnen Menschen, oder sogar kleineren Gruppen von Leuten gelungen, durch diese Maschen zu schlüpfen. Über unwegsame Gebirgszüge oder durch einen mit bloßen Händen gegrabenen Tunnel.

Der erste Kriegswinter hat eine dicke Schneedecke über die Eifel gebreitet. Das Dorf, die Straßen und Wege sind gleichsam im weißen Element versunken. Überall in den Gehöften, in kleinen und großen Ortschaften wird das winterliche Weiß vom Feldgrau des Militärs unterbrochen. Einquartierung.

Für die Dörfler ist das eine fast willkommene Abwechslung im Verlauf der sich stets wiederholenden, gleichbleibenden ländlichen Jahresabläufe. Fremde Menschen im Hause, eine wohlklingende fremde Sprache, nicht hochdeutsch, aber doch irgendwie deutsch klingend und unterhaltsam. Am schnellsten wird sie von denjenigen Eifelern verstanden, die über Jahre hinweg Kunden der Borromäusbibliothek des Pfarrhauses waren. In den Büchern von Ludwig Ganghofer, Peter Dörfler Reimmichl, Anzengruber und anderer süddeutscher Schriftsteller ist ihnen zumindest die Satzstellung und die Ausdrucksweise der Alpenländler vertraut.

Reges Leben herrscht auf den Dorfstraßen, die sonst im Winter fast verödet daliegen. Sie haben den Schnee an den Wegrändern zu meterhohen Wällen hochgeschaufelt, weil die militärischen Übungen es erfordern. Die schweren Laster und die Personenkraftwagen der Offiziere, meist aus dem zivilen Bereich konfisziert, jetzt mit Tarnfarben überkleistert, brauchen eine freie Fahrbahn. Nicht zuletzt die Pferde und Mulis der Gebirgsjäger, Österreicher aus der sogenannten Ostmark.

Dass sie besonders nett und freundlich sind zu jedermann, sagen alle Dorfleute. Ihrem speziellen, unwiderstehlichen Charme erliegen die Dorfschönen aller Altersschichten, und »de Mädje« heißen jetzt »Madeln«. Freundschaften werden geschlossen, Tischgemeinschaften mit »ose Soldoate«, die mittags das an der Feldküche gefüllte Essgeschirr auf den Tisch stellen. Die Kinder essen gerne die mit frischen Fleischbrocken reichlich versehenen Graupen- und Gemüsesuppen, während der Toni, der Seppl und der Luigi aus Tirol und Kärnten sich an Mutters Deppekuchen und Birnenkompott ergötzen.

Jongles Rösje ist nun vierzehn, letztes Jahr aus der Schule entlassen. Hochgewachsen, rank und schlank, hat sie ihre beiden älteren Schwestern längst eingeholt. Sie ist aber, was Kleidung und Aufmachung betrifft, ein bisschen flotter als Lisbeth und Leni. Falls sie einen neuen Stoff ergattert, hat Tant Marie als Näherin ihre liebe Not mit ihr. Rösje weiß genau, was modern ist, und sie gibt keine Ruhe, bis das Kleid genau ihren Vorstellungen entspricht, ja, sie kommt mit einem selbstgezeichneten Entwurf zu ihr. Außerdem hat Rösje neues Lesefutter entdeckt, das sind die sogenannten »Illustrierten«, welche mit der Einquartierung ihren Weg ins Eifeldorf gefunden haben.

Hier sieht Rösje, wie sich die »schönen Frauen«, vorzugsweise Filmschauspielerinnen, anziehen, sieht eine andere Welt, die sie lockt und bis in die unruhigen Träume verfolgt. Wenn Fränzchen sich über ihr neues, kurzes, rotes, in der Taille gesmoktes Kleid lustig macht, ärgert sie das nicht im geringsten, spürt sie doch mit heimlichem Wohlbehagen die bewundernden Blicke des jungen Leutnants aus der Steiermark, der in Jongles Quartier bezogen hat.

Und der sieht aus als sei er ein der »Illustrierten« entsprungener Filmschauspieler! Ein Gesicht wie Milch und Blut. Schneeweiße

Zähne lachen aus einem griechischen Profil, von dem glänzenden schwarzgelockten Haar, das selbst der militärischste Schnitt nicht ganz zu bändigen vermag, ganz zu schweigen. Und dann die Augen. Diese schwarzen Schmachtaugen! Die haben schon so manche schwach werden lassen.

Rösje, die sprichwörtliche Unschuld vom Lande, ist total durcheinandergebracht von diesem Blick, der ihr das Feuer den Rücken runterlaufen lässt. Er bemerkt es mit einem Siegerlächeln. So ein blutjunges Ding wäre für ihn, den erfahrenen Liebhaber, genau die richtige Abwechslung! Wie alt mag sie sein? Sechzehn? Siebzehn? Er wird sie nicht fragen, notfalls kann er sich herausreden, sie hätte ausgeschaut wie achtzehn.

Und das Mädchen setzt alles daran älter zu scheinen als sie ist. Stundenlang steht sie in der Schlafkammer vor dem alten, halbblinden Spiegel, probiert neue Frisuren aus. Die verdammten langen Zöpfe sind ihr im Weg. Der Führer liebt zwar die Gretchenfrisur, Haargeflecht rund um den Kopf der deutschen Frau gelegt, jedoch Rösje ist das nicht flott genug. Kurzerhand schneidet sie ihre kastanienbraunen Zöpfe um mehr als die Hälfte ab, wirft sie ins Kanonenöfchen, welches daraufhin fröhlich bullert und fürchterlich stinkt. Sie reißt das Fenster auf, versperrt die Tür, damit es keiner merkt und riecht. Sie handelt wie im Fieber.

»Essig!«, denkt sie, rennt die Treppe hinunter, öffnet vorsichtig die Tür zur Küche, Gott sei Dank, da ist keiner! Schon hat sie die Essigflasche in der Hand, schleicht flink und geräuschlos die Stiegen wieder hoch, verschwindet im Kämmerchen, das immer noch von dem penetranten Geruch ihrer in hellen Flammen stehenden Zöpfe voll ist.

Sie verriegelt abermals die Tür hinter sich, geht zum Bulleröfchen und gießt einen Schuss Viezessig auf das glühende Eisen. Das hat sie Kätt abgekuckt, wenn der die Milch überkocht. Der Essigdampf vertreibt den Gestank aus der winzigen Schlafkammer mit dem breiten Bauernbett, das Rösje noch immer mit ihrer ältesten Schwester teilen muss. Auch so ein Ding, das ihr gar nicht mehr passt. Ein eigenes Zimmer zu haben ist auch einer ihrer vielen unerfüllten Träume.

»Ach joa«, seufzt das Mädchen, »su eppes jet et nur in dene Romane, ›geh auf dein Zimmer‹, heißt et da, wenn e Käend ›unartig‹ woar.« Sie schließt das Fenster, denn inzwischen ist der kleine Raum von der eingedrungenen, eisigen Winterluft völlig ausgekühlt, aber der verräterische Geruch ist einem erfrischenden Essigduft gewichen.

Wieder steht sie vor dem Spiegel. Der Rest ihrer Zöpfe hat sich gelöst, das Haar fällt nun schulterlang in schönen Wellen auf das rote Sonntagskleid.

»Dat dät mir schien ston«, murmelt sie, »awer die Welle halen net, die halen nur mit Dauerkrause vom Frisör.« Noch so ein unerfüllbarer Traum. Dauerwellen. Zu jung und kein Geld. Da hilft nix, sie muss sich etwas anderes ausdenken, hat schon einen Plan. In einem mit Handschnitzereien versehenen Holzkistchen, einem Erbstück der Großmutter Lina, die ihre Patin war, hat Rösje ihre geheimen Schätze verwahrt. Dieser Kasten hat sogar ein zierliches Vorhängeschloss, dessen Schlüsselchen sie an einer Silberkette unter den Kleidern trägt. Wohin sollte sie auch etwas Privates verstecken? In dem kleinen Zimmer ist kein Eckchen, welches nicht auch von Lisbeth kontrolliert werden kann. Nun, heute am Sonntagnachmittag ist Lisbeth zu Regina gegangen, Leni schreibt unten in der Stube einen Liebesbrief an Schreiners Jupp in Polen. Rösje schließt ihren Kasten auf und entnimmt ihm ein Stück Elektrokabel, textilummantelt, zirka achtzig Zentimeter lang. Das hat sie von Schreiners Hildegard, die es aus ihres Vaters Werkzeugskiste gemopst hat. Rasch biegt sie das Kabel zur halben Länge zusammen, klemmt ihr Haar dazwischen und fängt an, es von unten her vorsichtig aufzurollen. Auf dem Scheitelpunkt des Kopfes wird der Draht ineineinder gehakt. Dann schlägt sie das Stirnhaar mit einem Aufsteckkamm als Tolle darüber, das Ergebnis ist die hochmoderne »Olympiarolle«.

Das Mädchen dreht sich nach allen Seiten vor dem alten dunkelgerahmten Wandspiegel. Geschafft! »Eweil sehn ich aus be Zwanzisch!«

Sie schreckt zusammen, denn unten im Hof hört sie fröhliche Männerstimmen. Der Leutnant kommt mit seinem Kameraden vom täglichen Appell zurück in sein Quartier. Hastig verschließt sie ihr Schatzkästlein, sie hört wie die Soldaten sich den Schnee an der steinernen Haustreppe von den Schuhen abklopfen, wartet noch einen Moment bis sich die Haustür öffnet, dann schreitet sie ihrerseits die Holztreppe hinunter und hat ihren großen Auftritt.

Bewundernde Blicke von unten. Hacken werden zusammengeschlagen, Hände fahren zum Gruß an Mützenränder:

»Grüß Gott, schöne Rosel!«, grüßt Leutnant Richard von Strutz artig, während der Unteroffizier Leopold Kirchinger im lautesten Flüsterton »Sauber, sauber« stottert.

Sie weiß nicht was sie da herausfordert, hält alles für ein sehr aufregendes Spiel. Ein tief versteckter Trieb in ihr? Wo ist das kluge, vernunftbegabte Rösje geblieben? Sie bildet sich tatsächlich ein, dass sie jetzt aussieht wie die Schauspielerin Ilse Werner in Berlin.

Nicht lange genug kann sie ihren Sieg über ihr Backfischalter geniessen. Rumpelnd wird die schwere Eichenhaustür wiederum aufgestoßen. Fränzchen stürmt herein, gefolgt von zwei gleichaltrigen, ungebärdigen Eifelbuben, die alle noch keinen bewundernden Blick für »doofe Frauleut« haben. Fränzchen bleibt wie angewurzelt stehen, tippt sich an die Stirn, zeigt dann auf seine Schwester und sagt im verächtlichsten Ton, den er aufbringen kann:

»Lo kuckt usch doch dat jeckesch Deer an!« Willi und Ernst schneiden Fratzen, tatschen mit den Händen um ihre Köpfe, und sie gröhlen: »Olimpiaroll! Olimpiaroll! Et Rösje hattn Oolimmpiarooolll!«

Leutnant von Strutz und sein Unteroffizier sind zum Glück schon in ihre Kammer neben der Wohnstube gegangen.

Da verwandelt sich die schöne Rosel von einer Sekunde auf die andere ins alte Rösje zurück, springt die letzten drei Treppenstufen in einem Satz herunter, drischt auf ihren kleineren Bruder ein und wirft die zwei anderen, grinsenden Rotznasen zur Tür hinaus. Fränzchen flüchtet maulend in die Stube zum Vater, Rösje rennt wie von Sinnen zurück in ihr Kämmerchen, wo sie sich vor Wut heulend aufs Bett wirft. Wiederum so ein schöner Traum zerplatzt!

Oder doch nicht? Noch einmal steht sie vor dem Spiegel, rückt sich die neue Frisur zurecht. Jetzt kann sie nicht mehr zurück, die Zöpfe sind nur noch Stummelschwänze, falls sie neugeflochten werden – wer A sagt, muss auch B sagen und sie sagt laut:

»Eweile jin ech erunne, un lassen mich von keinem mieh in et Boxhorn jage, am winichste von so em klaene fresche Panz! Ich machen mir einfach nix draus, wat se all dezu soan, un basta!« Zuerst geht sie hinunter in die Küche zur Mutter, die weiß es schon, Fränzchen hat es ausposaunt. Jedoch Kätt ist gar nicht verärgert:

»Et staht dir gut«, sagt sie, »nur schoad, dat ich bal jar kein klaen Mädje mieh han.« Rösje ganz glücklich, umfasst Kätt und hält sie ein bisschen gern, was sie schon lange nicht mehr gemacht hat:

»Modterche, bat sein ech fruh, datste net schänns (schimpfst), dou bes doch de best Modter off der Welt!«

»Nou awer moal langsam, eso vollkommen sein ich jo doch net«, sagt Kätt, aber insgeheim freut sie sich dennoch über das Lob. In der Eifel ist man im Allgemeinen sparsam mit Lobeshymnen, man ist schon zufrieden, wenn man nicht getadelt wird. Darum sagt sie um ihre Rührung zu verbergen etwas barscher als gewollt:

»Jank in die Stuff un deck at de Desch! Un dann kimmste her un helfs mir et Ässe fertich mache!« Dienstfertig bindet Rösje sich eine buntgestreifte Küchenschürze um, nimmt einen Stoss Teller, um ihn in die Wohnstube zu tragen. Mit dem linken Ellbogen drückt sie die Klinke nieder, mit dem Knie die Tür nach innen auf und ihr Herz tut ein paar heftige Hopser, als sie die Schwelle überschreitet. Leni rafft schnell ihr Schreibzeug zusammen, als Rösje anfängt, die Teller auf dem Tisch zu verteilen, und sie sieht ihre »kleine« Schwester überhaupt nicht, Herz und Sinn sind ihr momentan noch in Polen verhaftet. Fränzchen stubst seinen Vater in die Seite:

»Lo, guck, bee doof!«, aber Fritz lacht nur und sagt:

»Jung, sei still, davon verstehste nix, uns Rösje is e groß Mädche, dat derf mit seiner Hoar mache wat et will.« Er tätschelt seiner jüngsten Tochter den Rücken:

»Staeht dir wirklich gut, die näi Frisur, awer, pass off, dat dou net zu dicht an die Soldoate kimms.« Diese Mahnung glaubt Fritz seiner zu rasch erblühten Jüngsten schuldig zu sein. Das Mädchen ist rot geworden, will zurück in die Küche, als ihr Richard von Strutz in die Quere kommt, und er kommt »dicht ran«. Breitet einfach die Arme aus und drückt sie heftig an sich. Einen Moment lang ist das Mädchen wie betäubt, als sie das heiße Geflüster hört:

»Schönste Rosel, gib mir ein einziges Busserl, ich sterb vor Sehnsucht nach dir!« Hatte sie sich das nicht in ihren immer verrückter werdenden Träumen herbeigesehnt? Doch jetzt, im dunklen Flur an die Wand gedrückt fühlt sie sich in die Enge getrieben, noch klang Fritz Stimme in ihr »net zu dicht an die Soldoate«, und sie stößt ihn von sich und zischt leise:

»Loass mich jon! Hür off mit dem Quatsch, dou Aff!«

Sie rennt in die Küche zu Kätt, lässt sich nichts anmerken, schneidet die Speckwürfel für die Krumbieresupp, tut sie in den langstieligen eisernen Tiegel und schiebt ihn ins Feuerloch des Herdes, so ist das »Schmelzes« schneller fertig.

Kätt wundert sich über Rösjes Arbeitseifer. »Eso wechselhaft is dat Mädche in der letzte Zäit, amol leev, annermol patzesch, amol fläissisch, annermol foul«, denkt sie, »et sein halt die Flejeljoahr, die jiehn erum.«

So wie Kätt denken fast alle Eltern hier, dass es aber für die Heranwachsenden eine verdammt schwere Zeit sein kann, darüber macht man sich nicht viel Gedanken. Religion, Arbeit, Gehorsam und Anstand sind das Wichtigste, was man »dene Völker« beibringen muss, dann wird »eppes richtijes drous.«

Dabei haben die Jongles Mädchen es noch relativ gut getroffen mit ihren Eltern, was Verständnis anbetrifft.

Die beiden Töchter von Tant Plun werden weitaus »strenger jehalle«. Margreta, die Älteste, ist nun schon dreiundzwanzig Jahre alt, noch nie hatte sie einen Freier, noch nie durfte sie an Kirmes auf die Tanzmusik gehen. Plun pflegte zu sagen:

»Off der Danzmusick, do staeht der Graf Deuwel persönlich mitte off der Danzfläsch, und der hat se all am Seil. Un dadran lässt der sie all um sich erum danze! Nur sehn kann mer en net, der is schlau, unsichtbar un schlau, un die merken all net, wie se in ihr Verderwe danze un springe!«

Margreta ist fügsam und ängstlich, am meisten fürchtet sie neben ihrer Mutter die Sünde und die Hölle. Obwohl sie ein hübsches Mädchen ist mit großen, dunklen Augen und naturgelocktem Blondhaar, ist sie so unvorteilhaft gekleidet wie eine Nonne. Sie glättet und strählt ihr Haar mit Öl und kämmt es so stramm wie möglich nach hinten, wo sie es im Nacken zu einen dicken, wulstigen Knoten dreht. »Nur net eitel sein« ist Margretas Lösung.

Oft genug hat ihr die verstorbene »Jett«, ihre Großmutter väterlicherseits, das uralte Gedicht gesagt, welches von einem Mädchen handelte, das vor lauter Eitelkeit sogar die Sonntagsmesse versäumte:

»Wenn ander Leut in Kirch sein gahn
dann hat sie vor dem Spiegel stahn
ihr geel kreiss Haar in Seit gelacht
das hat die Seel zur Höll gebracht.«

Seinerzeit hatte Margreta sich von ihrem Lehrer das Gedicht ins Neudeutsch übersetzen lassen, es lautete folgendermaßen bedrohlich:

»Wenn andere Leute in die Kirche gingen, stand das Mädchen vor dem Spiegel, um ihr gelbes krauses Haar in eine immer schönere Form zu legen. Wahrscheinlich solange bis die Messe aus war. Deshalb kam sie später in die Hölle.«

Darum ist Margreta wie Wachs in Pluns Händen, jedoch Vroni, die Jüngere gehorcht ihr nur widerwillig, tut heimlich was sie will.

Ihr Bruder Mätthes unterstützt sie dabei. Wenn sie spätabends aus dem Fenster des oberen Stockwerkes steigt, um heimlich auf die »Musick« zu gehen, steht er unten in den Brennnesseln und hält die Leiter fest, fängt sie schon auf der viertletzten Sprosse auf und stellt sie auf die Wiese, damit sie sich nicht an den scharfen Nesseln die seidenbestrumpften Beine verbrennt. Die hauchdünnen, rosa Strümpfe hatte er ihr gekauft, denn ab und zu verdiente Mätthes sich an der Mosel etwas Geld im Weinberg. Stolz führt er seine bildhübsche, quirlige Schwester in den Tanzsaal, und bringt sie nachts müde und sattgetanzt wie sie ist, nach Hause, diesmal durch die Haustür, er hatte sich zu diesem Zweck einen Nachschlüssel anfertigen lassen. Leise wie zwei Spitzbuben schleichen sie ins Haus und die Treppen hoch in die Betten.

»Wenn ech dich net hätt, bat dät ech dann bloß mache!?«, sagt sie oft zum Mätthes. »Ich verjeeng wie en Greev in der Pann.« (Ich müsste vergehen und verbrutzeln wie eine Griebe in der heißen Pfanne – Sprichwort) Mätthes lacht gern über Vronis Sprüche, weil es daheim oft zu muffig ist. Da kommt kein Frohsinn auf, zumal Vater Alfons ein ebenso stiller, eingeschüchterter Typ ist wie Margreta.

Er hatte seinerzeit ins Haus eingeheiratet. Plun und ihre betagte, rüstige Mutter hatten von Anfang an »et Heft in der Hand«. In den ersten Jahren hatte er sich noch zu wehren gewusst gegen Plun, bigott und herrschsüchtig wie sie sich nach anfänglicher verliebter Sanftmut entpuppte. Alfons konnte – im Gegensatz zu ihr – sehr genau unterscheiden zwischen Recht und Unrecht, aber diese Frau ließ nicht mit sich reden. Sie war schon beleidigt, wenn er es wagte, eine andere Meinung zu äußern, und wurde beim geringsten Anlass fuchsteufelswild. Es gab es oft Streit, weil Alfons nicht kapieren konnte, dass er eine Angelegenheit nicht mit logischen Argumenten mit ihr regeln konnte. Eines Tages gab er es auf.

Je eher er verstummte, desto schneller hörte sie auf, ihn zu beschimpfen. Er hatte längst bemerkt, wie seine Kinder darunter zu leiden hatten, und darum schluckte er seinen Ärger herunter. Als er den lange genug geschluckt hatte, fing er an, heimlich zu »schlucken«. Der selbstgekelterte Viez, sein harmloser täglicher Durstlöscher genügte nicht mehr. Jetzt trinkt er Schnaps. Letzteren versteckt er im Pferdestall in der Haferkiste oder sonstwo in dem weitläufigen fränkischen Gehöft. So ist von Pluns totalitärem Regime über ihre Familie, nur noch ein Scheinregime geblieben. Jeder, außer Margreta, sucht sich ein Schlupfloch, in das er sich verkriechen oder durch das er entfliehen kann.

Am besten verträgt sich Plun mit ihrem ältesten Sohn Vinzenz, der schon vor zwei Jahren aufs Nachbardorf geheiratet hat. Er war schon immer »meiner Modter ihre allerbeste Jung« gewesen, wie das im »Kowelenzer Schängelcheslied« heißt. Vinzenz war mehr, durfte mehr, er bekam auch mehr als die anderen. Wenn er jetzt ab und zu heimkommt, herrscht ausnahmsweise gute Stimmung im Hause.

»Vinz hat gut lache, un der verstaht et, der alt ›Schaloun‹ (jidd. böses Weib) Brei um et Moul zu schmiere. Der braucht ja net dehaam zu bläiwe, der hat in Röes en got neu Heimat jefunne«, sagt Vroni zu Mätthes beim Viehfüttern.

»Pah, ich weiß mir och schon e Plätzje«, meint der.

»Dou wirst mich doch net im Stich loasse Mätthesje, bat soll ich ohne dich anfänke?«

»Beruhig dich, mei Mädje, so flott sein ich noch net fort.« Jedoch muss er schneller von daheim fort als er dachte. Mit einem Mal ist Krieg, und Mätthes wird eingezogen. Alleingelassen sitzt Vroni eines Abends nach dem Füttern im warmen Viehstall zwischen den Kühen auf der Futterkrippe. Ihre Mutter lässt gerade wieder einmal in der Küche ihre spitze Zunge laufen, die arme Margreta hat eine Tasse zerbrochen.

Hier zwischen den Tieren ist es ja dagegen direkt gemütlich! Die kauen zufrieden ihre Rübenschnitzel, und das mahlende Kaugeräusch von sieben Rindviechern ist sehr beruhigend. Vroni krault »Bless«, ihrer dunkelbraunen Lieblingskuh mit dem weißen, sternförmigen Fleck auf der Stirn, den Nacken. Das Tier hat kluge Augen, es blickt das Mädchen so treu an, als ob es seinen Kummer verstehen könnte, und leckt mit seiner rauhen Zunge Vronis Arm.

»Joa, joa, Bless, dou bis e gut schlau Deer, keiner soll dich ›en dumm Koh‹ nenne.«

»Lo haste Recht«, sagt eine Stimme aus der dunklen Ecke des Stalles, aus dem Haufen sauberen Strohs erhebt sich Alfons.

»Vadter, bat has dou mich erschreckt!«

»Dat is doch e schien warm Plätzje häi, für sich e bisje auszuruhe, am liebste jing ich jar net mehr in et Haus.« Er klopft sich das Stroh von der Jacke und seufzt:

»Awer mir müssen jo erein äesse jon, et bleibt uns nix anneres übrich.« Vroni merkt, wie unglücklich dieser Mann ist, sie geht zu ihm und legt tröstend ihren Arm um ihn:

»Komm Vadter, ich jin mit dir, Kuraasch Alfons! Mir zwei müssen doch zusammehalte eweil, wo uns Mätthes fort is.« Alfons nickt, holt tief Luft, reckt den Kopf und geht mit. Vroni erschnuppert seinen Schnapsatem, er tut ihr schrecklich leid. Längst schon hatte sie die Flasche Moseltrester in der Mauernische hinter dem Strohhaufen entdeckt und schnell wieder Strohballen davor gesetzt.

Auch hier in Pittersch (Hausname) sind vier Soldaten in Mätthes Kammer einquartiert, die sich zwei Betten teilen müssen. Vinzenz hatte früher auch hier geschlafen. Plun macht jetzt hier eigenhändig die Betten, fegt oder putzt den Fußboden des geräumigen Zimmers. Ihre Töchter dürfen es nicht betreten.

»Die Kerle han nix anneres äem Kopp als bie uch die Unschuld zu raube«, schärft sie den Mädchen jeden Tag ein. Überall kann die Mutter jedoch nicht ihre Augen haben, zumal sie die Stallarbeit schon längst an die erwachsenen Kinder abgegeben hat. Sie bleibt, abgesehen vom Kirchgang, lieber in der warmen Stube.

Im hintersten Stall stehen etliche Mulis (Maulesel), die Transporter der Gebirgsjäger, ihre Karren in der Scheunentenne. So hat Vroni genug Gelegenheit, mit den feschen Tirolerbuben zu flirten und zu schäkern. Sie geht, im Gegensatz zum unerfahrenen Jongles Rösje einer kleinen Katzbalgerei im Stroh nicht aus dem Wege, lässt sich nicht zweimal um ein »Busserl« bitten.

Um mehr Freiheit zu haben, schickt sie Margreta in die Küche: »Gret, jank erein un helf der Modter koche«, sagt sie scheinheilig, »ich streuen noch die Ställ mit Stroh un melken die Küh.«

»Joa, ich jin erein, han suwieso de Schnuppe un de Huste«, sagt Margreta und ist froh ins Warme zu kommen.

»Dou bis e gut Deer, Vruntje«, sagt sie dann, bindet die schmutzige Schürze ab und hängt sie an einen Haken neben der »Kretzmüll« (Rübenschnitzelmühle). Vroni stellt die Milchkanne parat, hat schon den Melkeimer in der einen Hand, den Melkschemel in der anderen, als wolle sie sich rüstig ans Melken begeben, als irgendwoher aus der Scheune oder den Maulestellen ein Pfiff ertönt. Vroni läuft ein Schauer den Rücken herunter, sie ist wie elektrisiert, zittert vor Ungeduld.

Endlich ist die ältere Schwester zwischen den hoch aufgeschippten Schneewällen ins Haus getappt. Vroni stellt Eimer und Melkschemel erstmal beiseite, geht mit der schwankenden Stalllaterne in die Scheune und riegelt das Törchen hinter sich zu.

»Dou bist viel besser bie ech, Greta, dou konnts schun von klein an viel besser of alles verzichten«, murmelt sie, »awer ech will eppes vom Läwwe han! Ech kummen doch suwieso in de Höll. Konnt noch nie eso braf sein bie ech sollt. Hat immer so viel Sünde zu beichte, konnt se noch net emal net richtich bereue. Han immer so gern jenascht, heimlich Honich un Zucker jeleckt, e janz Deppe Kirmesplätzje jeklaut un mit em Mätthes hinner der Scheuer verspeist. Wix han ech jedesmoal jenuch krricht dafür! Awer et hat nix jenutzt, konnt et net sein lasse! Dafür hanse viel zu goot jeschmackt! Esu süß bie eweil dem Seppel sein Busserle.«

Flink und geschmeidig drückt sich das Mädchen an hoch bepackten Komisskarren vorbei, die schon mit festgezurrten graugrünen Planen versehen für die Geländeübung parat stehen, zu der die Gebirgsjäger morgen in aller Herrgottsfrühe ausrücken werden.

Am hinteren Ende der Tenne ist noch ein kleiner Freiraum, dort wo man das Heu für die Pferde von oben herunter hinwirft. Und just aus der Ecke blinkt jetzt eine Taschenlampe. Und dort sind Honigtopf und »Plätzjesdeppe« für die ach so naschhafte Vroni zu finden, dort im duftenden Heuhaufen liegen mit Seppl, das mundet noch besser als alle Kirmesplätzchen der ganzen Eifel!

Der erste Kriegswinter dümpelt vor sich hin, keiner weiß so recht, wie das nun weitergeht.

»Eijentlich könnt der Kreech bal aus sein, eiweile bo mir in Polen jewunne han«, sagt Schreiners Alois zum Jongles Fritz. »Ich wär fruh, wenn se ose Jupp täten haam schicke, dät en dringend in der Werkstatt brauche, ich han derart Jischt in meine Fingere, dat ich manchmoal bal kein Brett mehr festhalen kann.«

»Joa, dat wär nadierlich gut, wenn sie Schluss mache däten, awer dat jeht net so ohne Weiteres, der Engländer hat uns de Kreech erklärt, un verhannele will der Hitler net mehr mit dem Tommy, die Braune jän doch kein Ruh«, sagt Fritz, während er seine Pfeife stopft und sie dann mit einem Kienspan anzündet. Er sitzt auf einem Holzklotz neben dem alten, ausgedienten, eisernen Kochherd, den Alois mit Holzresten und Hobelspänen füttert. Und deshalb ist es schön warm in der Werkstatt. Zudem steht immer ein Blechtopf obenauf, in dem der zähfließende Holzleim streichfähig gehalten wird.

Backstuben, Schreiner-, Schuster-, Schmiede- und Schneiderwerkstätten sind beliebte Treffpunkte für die Männer des Dorfes, besonders jetzt im Winter, wo die Feldarbeit ruht. Sie sind für die kleinen Eifelbauern weitgehend der Ersatz für den Stammtisch im Gasthaus, den sich viele nicht leisten können.

Hier in so einer Werkstatt wird die Dorfgeschichte gemacht, über Ackerbau und Viehzucht, über Vergangenheit, Gegenwart und Zukunft philosophiert, und nicht zuletzt auch politisiert. Hier wird über zeitgenössisches und Zeitgenossen in der runden Umgebung geredet, gespottet, gelästert und geurteilt. So war das schon immer. Nur ist in den letzten Jahren die Politik ein vorrangiges Thema geworden, wobei sich selbst im kleinsten Dorf zwei Lager gebildet haben. Man weiß, bei wem man offen reden darf und bei wem man besser schweigen soll.

Zögernd öffnet sich mit einem Male die Werkstatttür um Kopfesbreite, und ein zerfurchtes, bärtiges Gesicht mit ängstlich spähenden Äuglein lugt in den Raum. Als sie außer Alois und Fritz niemanden erblicken, schiebt sich die mittelgroße, hagere Männergestalt im verschlissenen, schwarzen Mantel schnell in die warme Werkstatt. Jedoch dreht sich der Eindringling noch einmal um und späht zurück über die verschneite Dorfstraße und vergewissert sich, dass ihn keiner gesehen hat außer einem Tiroler Gebirgsjäger, der einsam und missvergnügt, die Hände in den Manteltaschen vergraben, weiße Atemwolken in die eiskalte Morgenluft stossend, über den festgetretenen, knirschenden Schnee tappt.

»Komm erein, Levi, mach die Dür zu, et zieht!«, ruft Alfons. Mit einem demütigen Seufzer, der sowohl Erleichterung als auch Kümmernis ausdrückt, nähert sich der Armeleutejude Levi dem wärmenden Feuerchen und spreizt die Finger über der glühenden Herdplatte, schnuppert genüsslich den Sauerkrautduft, der aus einem Eisentopf dringt, den Bäb da vor einer Stunde platziert hatte. Ab und zu schmurgelt sie nebenbei etwas in der Werkstatt, das entlastet den Küchenofen.

»No, wat is Levi, haste schon jemuffelt (gefrühstückt) heut Morjen?«, fragt Fritz gutmütig scherzhaft, und der klapperdürre Jude murmelt leicht verschämt:

»Nu wahrhaftig, es war kein Schawwes achele, zwo kalte Pellkardoffele, s' Fanni hat kei Knüppelche Holz mehr fürs Feuerche im Herd, un kei Tröpfche Ollich (Öl) für zu brate de Kardoffele, nu wahrhaftig, de Geschäfte gehn schlecht!«

Was Levi als »de Geschäfte« bezeichnet, so gehn die seit ein paar Jahren überhaupt nicht mehr. Er ist zwar immer noch als »Handelsmann« im Einwohnerverzeichnis eingetragen, jedoch waren seine mageren Einnahmen immer von den Geschäften seiner Berufskollegen, den jüdischen Viehhändlern abhängig gewesen. Und denen hatte man ja bekanntlich das Handwerk gelegt.

Levi war auf den großen Viehmärkten in Mayen, Ulmen, Daun und Wittlich, oder wie die traditionellen Marktflecken und Städchen der Eifel sonst noch hießen, eine bekannte Gestalt gewesen, und zwar als ein sogenannter »Zasseresmann«.

Dessen Aufgabe war es, unauffällig zwischen den feilgebotenen Tieren, Händlern und Bauern zu horchen und auszukundschaften, was der eine suchte und ein anderer feilbot. Sei es Ross oder Ochse, Rind, Schwein, Schaf, Milchkuh oder Geiß, Levi wusste genau, wo alles stand. Sah er einen feilschenden Bauern, der gerade einem Pferd das Maul aufriss, um an dessen Gebiss sein Alter abzuschätzen, trat er hinzu:

»Nu wahrhaftig, ich weiß dir e besseres! De wirst dich doch net mit dem alt Masick unglücklich mache? Siehste denn net, das es e Kippebeißer is!?« Manchmal geschah es dann, dass der Bauer nun misstrauisch geworden von dem Gaul abließ, und dem »Jiddje Levi« folgte, der ihn zu einem ihm wohlbekannten jüdischen Pferdehändler führte, der den Landwirt alsbald unter seine Fittiche nahm und ihm »e hundertprozentig gute Gaul« verkaufte. Je nachdem wie einträglich das Geschäft für den Händler abgelaufen war, erhielt der Zasseresmann einen bescheidenen Betrag für die Vermittlung. Für ein Pferd gabs am meisten, was »e Glücksfall« war für Levi, jedoch vermittelte er fast immer nur Kleinvieh, und dann klimperten ihm nur ein paar spärliche Münzen im »Räipert« (Manteltasche). Aber für diesen Fall war vorgesorgt. Seine Glaubensgenossen gaben regelmäßig Almosen für ihre bedürftigen Brüder. Schreiners Bäb und Jongles Kätt hatten irgendwann einmal auf dem Mayener Lukasmarkt einen kleinen Opferstock entdeckt. Er war mit der Aufschrift versehen: »Spendet für den armen Levi!«

Jetzt aber sind diese Einnahmen versiegt, keine Handelsjuden mehr, kein »Zasseresgeld«, die reicheren Glaubensbrüder ohne Geschäfte, kaum noch Spenden für den armen Levi und seinesgleichen. Wären da nicht in jedem Ort ein paar »brave Gojims« (Christenleute), wärs schon lange aus mit den Juden in den Dörfern. Die »Nichtarier« erhielten keine Lebensmittelkarten.

Bäb, die vom Küchenfenster aus gesehen hat, wer da in die Schreinerei geschlüpft war, kommt mit einem Töpfchen Nudelsuppe in der einen, einem verdeckten Teller Stampfkartoffeln, worauf sie ein Stückchen Rauchfleisch gelegt hat, in der anderen Hand, zur Werkstatt herüber, setzt alles auf einer Werkbank ab und schöpft noch einen Trumm »souren Kappes« auf die heißen Kartoffeln.

»Komm in et Haus essen, Alois«, sagte sie, »un bring mir dat Deppe mit dem Kappes mit. Vergiss awer net, die Werkstatt zuzuschließe!« Alois versteht den »Wink mit dem Zaunpfahl«. Obwohl es erst elf Uhr ist und demnach noch keine Essenszeit, legt er den Hobel hin und sagt:

»Komm Fritz, mir jin och äesse, dein Kätt woart sicher och schun auf dich. Trag dou den Kappes, ich schließen die Dür zu. Un dou Levi, lass et dir schmacke! Un ich bringen heut Abend, wenn et düster is, en Sack Holz hinner dein Haus! En ere Stund kummen ich widder her un schließen off, tschüss dann, bis noher.«

Dankbar löffelt der alte Mann die heiße Suppe, wohlig durchzieht's seine leeren Gedärme. »Ich muss langsam achele (essen), sonst gibts Bauchweh«, denkt er noch und holt den Teller mit »Kappes un Krumbiere« heran. Er stochert mit der Gabel in dem Essen, zu heiß ist's noch, er bläst drüber mit gespitzten Lippen ehe er die Gabel mit zitternder Hand in den Mund führt und mümmelt dann lange und genüsslich. Beim zweiten Zustechen stößt er auf etwas Festes, zieht es hervor und:

»Gott der Gerechte!«, ächzt Levi, »Wuzzeflaasch (Schweinefleisch)!« Es wäre das erstemal in seinem fast achtzigjährigen Leben, dass ein »Muffel« (Mundvoll) Fleisch über seine Lippen ginge, das nicht koscher wäre. Er legt es an den äußersten Tellerrand und isst dann mit gutem Gewissen den Teller leer.

Als Alois eine Stunde später die Tür aufschließt, hört Levi es nicht, er kauert vor dem Herd auf einem Holzklotz, vornüber gesunken in satter Mattigkeit und in die Wärme brömmelt und schnarcht er im süßen Schlaf des Vergessens vor sich hin.

»He Levi«, sagt Alois und rüttelt ihn sachte, »pass off, dat dou dir net den Bart verbrenns!« Verstört schaut der Alte um sich:

»W… wo sein ich?« Dann kommt er zu sich: »Han doch wahrhaftig getraamt ich wär off em Lukasmärtje, hät e gut Geschäft gemacht un davon e Zickelche kaaft für dehaam zu schlachte, 's Fanni hat gelacht, als ich es heimbracht hon –.« Jetzt schreckt er hoch, erhebt sich so flott es die alten Knochen zulassen: »Un eweil muss ich haam, 's Fanni macht sich Sorge!«

»Nou mal langsam Levi, et Fanni weiß, wo dou bist. Et Kätt hat uns Hildegard mit nen ›Parmitje‹ (Henkelmann) voll Supp bei et jeschickt. Un dou kanns hinner der Scheuer hoch üwer die Wies heimgehn, da sieht dich keiner, un häi drin is noch e frisch Brot für euch, mir han jestern jeback.« Alois drückt dem sich vor Dankbarkeit windenden Mann ein Säckchen in die Hand, klopft ihm auf die magere Schulter und sagt:

»Nou mach net so e Jedöns, un mach dich eweil heim bei dein Fraa!«

»Der alte Gott lebt noch!«, murmelt Levi, wirft das Säcklein über die Schulter und verschwindet durch den engen Gang zwischen Scheuer und Holzschuppen durch den dahinterliegenden verschneiten Garten über den Bungert (Obstwiese) seiner Behausung zu. Hinter Hummes dickem Birnbaum versteckt, verschnauft er eine Weile, öffnet den Brotbeutel und schnuppert den verheißungsvollen Duft des Bauernbrotes, bindet dann das Säcklein wieder sorgsam zu, um es zu seiner Frau heimzutragen.

Am Abend hockt Scheiners Hildegard bei Jongles Rösje in der Kammer. Wie immer haben die zwei Halbwüchsigen sich viel zu erzählen wenn sie ungestört sind. Lisbeth und Leni sitzen unten in der Stube, sind mit Schafswollespinnen beschäftigt. Hildegard zeigt ihrer Freundin wieder mal einen Brief vom »Kölner Ilse«. Diese innige Freundschaft zwischen den zwei ungleichen Mädchen besteht immer noch. Meistens lässt Ilse ihrer Kusine nur Grüße bestellen. An Rösje selber schreibt sie nicht. Der ist das gerade Recht, hat sie doch schon genug damit zu tun, ihrem Lieblingbruder Peter Briefe zu schreiben und Päckchen zu schicken. Und überhaupt dieses ganze Erwachsenwerden ist nicht so einfach, zumal der normale Rhythmus dieses Vorganges bei ihr arg ins Schleudern geraten ist. Im normalen Verlauf des Dorflebens würde sich noch kein Junge nach ihr, der Vierzehnjährigen, umdrehen, aber jetzt – dieser verflixte Leutnant von Strutz lässt keine Gelegenheit verstreichen, wo er das verunsicherte Mädchen mit Blicken und Frontalangriffen in Bedrängnis bringen kann. Wetten hat er mit seinen Kameraden abgeschlossen, dass er die »blitzsaubere Unschuld vom Lande soweit kriegt« und zwar noch bevor die Kompanie abrückt, was in einer Woche geschehen soll.

Mutter Kätt hat inzwischen mitbekommen, was da im Gange ist. Eindringlich und liebevoll hat sie ihre Tochter gewarnt, und bei dieser Gelegenheit es für an der Zeit gefunden, das Mädchen einigermaßen über bestimmte Dinge aufzuklären.

Rösje hatte daraufhin genug nachzudenken, dieses »Thema« war ihr völlig neu. Kaum eine Mutter brachte es fertig, offen mit ihren Töchtern zu reden. Außer Kätt, die Dank Mordjes Selma von jung an verbotene Bücher gelesen hatte.

Rösje gibt ihr Wissen an Hildegard weiter, die sich aber nicht sonderlich dafür interessiert. Auch die Sache mit diesem »Strutz« findet sie blöde.

»Lass dech von dem Aff net jekisch mache«, sagt sie nur. Rösje hat nun Angst vor der eigenen Courage bekommen und ihre Haare wieder in »Rattenschwänze« geflochten. Anders kann man die Frisur nicht bezeichnen, aber die langen Flechten sind nun mal im Bulleröfchen verkohlt. Kätt meint mitleidig:

»So brauchste nun doch net erumm zu laafe, dafür biste zu groß. Weißte wat? Jeh bei die Tant Marie un lass dir en Bubikopp schneiden, die kann dat gut.« Jedoch das verunsicherte Mädchen strählt sich die Zöpfchen vor dem Flechten mit Wasser bis sie fast waagerecht vom Kopfe abstehen, alles zur Abschreckung dieses Weiberhelden, wie ihre Mutter ihn bezeichnet hatte.

Die Woche darauf verlässt die Kompanie winkend und singend das Dorf. Viele heimliche Tränen fließen aus Mädchenaugen, aber der charmante Leutnant von Strutz hat seine Wette verloren. Er, der sich für unwiderstehlich hielt, weil er nach seinen Worten so manche Dame aus höchsten Kreisen »umgelegt« hatte, ist an einem spröden Eifelkind gescheitert, weil es eine kluge, wachsame Mutter hat.

Dieses Glück ist der lebenshungrigen Vroni nicht beschieden gewesen. Plun hätte es niemals fertig gebracht, über diese »Sünden« zu reden.

»Dat erfoahren die Mädcher noch freh jenoch, wenn sie emal verhäirod sein, dann muss mer dat jo mache, dann is dat Pflicht«, war ihre Ansicht. Und so war Vroni in blinder Verliebtheit in ihr Unglück gestolpert, wusste nicht, dass nach all dem Süßen die Bitterkeit kommt. Nach einem tränenreichen Abschied mit hundert Busserln am letzten Abend in der Scheunenecke, mit letzter Hingabe und tausend Liebesschwüren, wartet sie nun sehnsüchtig auf einen Brief von ihrem Seppl. Das Warten wird zur Pein, es dauert sehr lange, nun schon sechs Wochen.

»Kaen Post für mich?«, schreit sie jeden Vormittag von den Ställen her, wo sie sich so lange zu schaffen macht, bis der Postjohann mit der großen schwarzen Ledertasche durchs Dorf über den Schnee stapft. Es ist dies Jahr ein schneereicher Winter, kein Tauwetter über viele Wochen hin, der Frost will nicht enden, scheint es der Vroni, und der friert ihr das Herz jeden Tag ein Stückchen mehr zu Eis, wenn sie auf jede Anfrage nur ein Kopfschütteln bekommt.

Zitternd vor Kälte verkriecht sich das bleiche, ehemals so rotwangige Mädchen in den warmen Dunst des Stalles. Jedoch was ihr sonst Behaglichkeit verschaffte, treibt ihr nun Ekel in den Hals. Immer öfter erbricht sie sich in den Kuhdung. Sie zermartert sich das Hirn, immer wieder geht sie die einzelnen Situationen durch, ruft sie sich jedes der schönen Worte ins Gedächtnis zurück, die der Sepp zu ihr gesprochen hatte: Dass er sie treu und innig lieb hat, dass seine Eltern daheim in Tirol auch einen mittelgroßen Bauernhof hätten, seine einzige Schwester schon mit dem Förster verheiratet sei und er, der Sepp, den Hof übernehmen solle, sobald der Krieg aus ist. Und da fehle ihm nur noch eine fesche Bäuerin, und sie, die Vroni, wäre grad die Rechte, so blitzsauber und so tüchtig. Er hätte es schon seinen Eltern mitgeteilt, und die Mutter freue sich schon auf die Vroni, dass sie bald eine Hilf bekommt und Enkelkinder.

»Dat kann einer doch net all erfunden han, so kann einer doch net lügen!«, denkt das gutgläubige, grundehrliche Mädchen. Sie war zwar von Kind an ein wenig leichtsinnig und aufmüpfig gewesen, aber lügen konnte sie nicht. Lieber nahm sie eine Tracht Prügel in Kauf, als dass sie eine »Schandtat« abgeleugnet hätte.

Und nun? Wem in aller Welt konnte sie ihre Not anvertrauen? Dem Vater? »Nae, nae, der kann sich selwer net mehr helfe«, denkt Vroni.

Als sie sich eines Abends in der eiskalten Schlafkammer unter dem dicken Federbett dicht an ihre Schwester drückt um ein wenig schneller warm zu werden, Plun hält es nämlich für eine Verschwendung die Schlafräume zu heizen, fragte Vroni zaghaft:

»Greta, dätste morje nachmittag emal mit mir of de Schwanekirch jon? Ich han e dringend Anläijes (Anliegen).«

»Ei sicher jin ich mit dir, nur, et ist schwer kalt.«

»Dat macht nix, mir don uns warm an. Kält macht mir nix aus, et jibt Schlimmeres.« Nach diesen Worten dreht sie Greta den Rücken zu, beißt ins Kissen, damit die Ältere nicht ihr jäh aufsteigendes Schluchzen hört. Die merkt aber, wie Vronis Körper von heftigen Stößen und Krämpfen geschüttelt wird.

Da legt sie erschrocken ihren Arm um die jünger Schwester:

»Mein Gott, Vronichje, bat haste? Hat dir emes e Leid anjedon?« Greta streichelt scheu und unbeholfen Vronis Kopf, was diese nun völlig erschüttert. Zärtlichkeiten gibt es ansonsten nicht in der Familie, wo eine Plun das Zepter in der Hand hat. Und darum weint sich die leichtsinnige Vroni jetzt einmal gründlich an der Brust ihrer gutmütigen, frommen Schwester aus. Plötzlich fährt ihr der Gedanke durchs Hirn: »Wenn dat Greta wüsst, bat ich jemacht han – ich derf mich net veroade!« So plötzlich wie sie angefangen hat, hört sie nun auf zu weinen, trocknet sich das Gesicht am Biberbetttuch ab und sagt:

»Eweil is et widder gut, mir wolle schloafe, Gonacht Greta.« Die gibt sich aber damit nicht zufrieden:

»Dou has doch eppes Schlimmes, willste mir et net verzähle?«

»Dat kann ich net, Greta – loas mech eweil in Ruh – un schlaf gut.« Greta murmelt nun leise vor sich hin:

»Un dat Vroni is bestimmt eso verdrießlich wejen dem Seppel, un wenn dat meint, ich wär schäl (blind), dann hat et sich jetäuscht. Awer et brauch kein Ängste zu han, ich veroaden der Modter nix.«

Als die beiden am nächsten, schon dunkelnden Spätnachmittag von ihrem Bittgang zur »Schmerzhaften Mutter« heimkehren, ist es Vroni ein wenig leichter ums Gemüt, sie weiß auch nicht so recht wieso. Jedenfalls hatte sie oben in der alten Kirche ihre Sünden bereut, jedoch die Liebe saß immer noch fest in ihrem Herzen, die war auch mit der größten Reue nicht zu vertreiben gewesen. Aber eine winzige Hoffnung war in ihr aufgekeimt, die Gewissheit, dass die Muttergottes ihr eine Nachricht vom Seppel zukommen lässt, egal welche.

»Wenn er mich nicht mehr han will, soll er et mir frei un offen schreiwen, dat is besser als die Warterei jeden Tag, un weil er sich net meldt, fühlen ich mich so richtig verkrotzt (verachtet, weggeworfen)!«

Mit diesen Worten hatte sie es doch ihrer Schwester auf dem Heimweg sagen können, das war schon die erste Gnade. Nun war sie nicht mehr allein mit ihrem Kummer. Darauf hatte Margreta ihr anvertraut, dass sie auch schon einmal so einen »großen Verdross« durchgemacht habe, und es ihr nachfühlen könne. Ungläubig hatte Voni gefragt:

»Dou has en Jung jehat? Dat glaub ich dir net!«

»Denkste denn ich hätt kein Jefühl? O, un dat ich e Jefühl han«, hatte Greta fast leidenschaftlich geantwortet, »awer keiner bekuckt mich, un der, den ich jern han, der schon emal jar net! Un dat is noch schlimmer wie dein Verdross, dou has wenigstens eppes jehabt, egal wat nu passiert, dat kann dir keiner mehr weghole!«

»O Gott Greta, ich han dich ja jar net jekannt, han immer jemeint, dou wärs eso heilig un viel besser wie ich.«

»Nä Vroni, ich sein net besser, nur en Feischling sein ich, ich han zuviel Ängste vor der Modter! Ich sein noch net emal so kühn, mich emal e bissje fein zu mache. Un darum bekuckt mich der Franz och net.«

»Bat für en Franz?« Greta genierte sich nun doch, sie zögert, dann flüstert sie:

»Der Küstersch Franz – sag et nur keinem!« Vroni geht ein Licht auf. Der Franz dirigiert den Kirchenchor, und Greta singt da mit. Die einzige Gelegenheit, bei der ihre Schwester abends das Haus verlassen darf, sind die Chorproben.

»Ja dat is en feiner Kerl, der Franz, in den kann man sich verkucken, Schwesterche, dou has en guten Jeschmack!« Und zum ersten Male hörte Vroni so etwas wie ein kleines, glückliches Lachen aus dem Mund ihrer Schwester, dem jedoch ein verzagter Seufzer auf dem Fuße folgte:

»Awer der will mich ja net, der sät zwar immer ich hätt en wunderbar Altstimm, awer dat is och alles, ich sein ihm einfach net schön jenoch!«

»Babberlapapp!«, hatte Vroni da gesagt. »Dou bis üwerhaupt net schroa (hässlich), im Gejenteil, dou has wat janz Feines an dir, nur musst du eppes aus dir machen, dat wird deinem Küster noch besser jefalle als dein schön Altstimm!«

»Deinem Küster! Meinem Küster? Schwätz net so e dumm Zeug!«, hatte Margreta da geschimpft.

Und plötzlich hatten die zwei ungleichen Schwestern eine gemeinsame Basis gefunden, sie konnten herzhaft miteinander ratschen und am Ende über ihr Schicksal weinen und lachen.

Das ist die zweite Gnade, die sie von der Schwanenkirche her mit heimgebracht haben.

»Von eweil an halen mir zwei zusammen«, versprechen sie sich, ehe sie in die warme Küche eintreten.

Mutter Plun ist stolz auf die Mädchen, weil sie so fromm gewesen sind und fragt:

»Wievill Rusekränz hat dir jebät?«

»O – en janze Herd (jede Menge)«, sagt Vroni, und Greta beeilt sich hinzuzufügen.

»Mir han se jar net jezählt, sovill han mir jebät!« Es ist das erste Mal, dass Greta ihrer Mutter gegenüber so einen lockeren Ton riskiert. Die Mädchen stubsen sich heimlich an und fangen an zu kichern, sie waren nämlich vor lauter Erzählen unterwegs gar nicht zum Beten gekommen.

»Dir dumme Dinger, bat jet et denn da zu lache?«, fragt Plun verwundert. »Setzt euch an un trinkt en gut warm Tass Kaffi, und dann is et bal Zeit für et Vieh zu füttere un die Küh zu melke.« Die Schwestern schälen sich aus den dicken Mänteln, Strickschals und Mützen, stellen die vereisten Schuhe unter den Herd, reiben sich die halberfrorenen Füße und stecken sie dann in warme »Klompe« (Holzschuhe). Vroni sitzt schon am Tisch und schneidet vom guten frischgebackenen Brot etliche Scheiben, als sie auf dem Tisch die Butter vermisst. Da steht lediglich eine Schüssel »Äppelschmeer« und ein Rest halbvertrockneter Klatschkääs (Quark) auf einem zerbeulten Emailleteller. Keine Kaffeemilch.

Es gelüstet sie aber ganz schrecklich nach etwas Besserem. Margreta holt die große Blechkanne mit Malzkaffee vom Herd, und als sie Vroni die Tasse vollschüttet, bemerkt sie deren motziges, angewidertes Gesicht.

»Na, wat is, haste keine Hunger Vroni?«, fragt sie und kratzt sich ein wenig Quark vom Teller, den sie sich aufs Brot schmiert.

»Dat schmackt mir net, noch net emal Botter off em Desch! Der alt Jäizknoche (Geizhals)! Heut morje han ich sechs Pund Botter jemach, die sollen wahrscheinlech widder all verkaaft jän! Dat will ich doch emal sehn, ob mir zwei, die all die Arwet mache, net de Botter off et Bruut verdiene!« Vroni geht in die Speisekammer, die unmittelbar neben der Küche liegt, kommt mit einem Steintopf voll Butter zurück und knallt ihn mitten auf den Tisch. Krawumm!

Greta, immer noch ein bisschen furchtsam, zuckt zusammen und ruft leise:

»Vroni, hür off, die Modter kimmt!« Aber die Jüngere ist nicht zu bremsen. »Feischling«, sagt sie nur und rennt ein zweites Mal ins »Spindje« kommt mit einem schwarzgeräucherten Schinken zurück, den sie gerade neben den Buttertopf wirft, als Plun die Küche betritt.

Sie kommt vom Abtritt zurück, der auf der anderen Hofseite liegt. Im Winter ein beschwerlicher Weg für eine alte Frau, vereist und glatt. Sie tritt ins Warme, wo sofort ihre Brille beschlägt.

Umständlich setzt sie sich auf ihren Lehnstuhl, nimmt ein sauberes Taschentuch aus der Tischschublade und fängt an, die Brille zu putzen. Aufatmend setzt sie sie wieder auf die Nase, befestigt die runden Drähte des Nickelgestells um die Ohren und schaut in die Runde.

Doch was sie sieht, glaubt sie nicht. Es muss an der Brille liegen, wiederum reibt sie die kleinen Gläser blank, jedoch danach sieht sie das gleiche, unglaubliche Bild. Ihre Töchter sitzen an einem gewöhnlichen Werktagnachmittag am Tisch und streichen sich die goldgelbe Butter dick aufs Brot. Vroni nimmt das große Fleischmesser zur Hand, schneidet von dem außen schwarzen, innen hellroten Schinken dünne Scheiben und belegt sich und ihrer Schwester sorgsam die Brotscheiben damit. »SSSS!« Nach alter Manier stößt Plun jetzt ihren Zischlaut aus, mit welchem sie von jeher ihre Mitmenschen in Angst und Schrecken zu versetzen pflegte, schnappt dann nach Luft und keift:

»Seid dir dann janz vareckt?! Is dat alles, bat ihr off der Schwanekirch jelernt hat? So zu prasse!« Sie greift nach dem Schinken und zieht ihn zu sich herüber, grapscht auch nach dem »Botterdeppe«, erhebt sich mühsam um beides in Sicherheit zu bringen, jedoch die Mädchen sind flinker, Vroni schnappt sich blitzschnell den Schinken, Margreta die Butter und halten beides fest an sich gedrückt. Sprachlos lässt die alte Frau sich auf den Stuhl zurücksinken, ein leises Wimmern entfährt ihrer Brust und dann folgt zuerst heftig, dann immer schwächer werdend der längste Zischlaut, der je ihrem bösen Mundwerk entfuhr: »SSSS-s-s-s-s-s-s – – –.« Der Atem versagt ihr, aus und vorbei ist's mit der uneinschränkten Macht, die sie ihr Leben lang ausübte, vornüber fällt Pluns Kopf auf die Tischplatte. Und die Töchter erleben zum ersten Male, dass ihre Mutter bitterlich weint. Zwischen den einzelnen Schluchzern hören sie hervorgestoßene Worte:

»Missradene Käenner!« Und dann immer wieder die verzweifelte Frage: »Hergott wofür strafste mich esu hart? Sein ich net mäi janz Läwwe lang äen de Kirch jange? Han ich dat verdient?!« Margreta hat schon wieder Mitleid mit ihr, streicht der Mutter zaghaft über den Arm, aber diese stösst die Hand der Tochter heftig zurück und sagt verächtlich:

»Jank ewech! Jerad dou has mir am meiste wieh jedon, dat Vroni hat noch nie eppes jetaugt – awer von dir hät ich et net jedacht, dat dou dich von dem fresche Luder verderwe läß. Undank is der Welt Lohn! Ich han kein Döchter mehr! Mein zwien Junge sein im Kriech, un dir zwei macht mir nur Schand!« Die letzten Sätze hat Plun dermaßen theatralisch hervorgestoßen, dass es Margreta kalt den Rücken herunterläuft und dass sie nun auch zu heulen anfängt.

»Eweil is et awer jenuch, Modter!«, sagt Vroni ruhig. »Kannste eijentlich immer nur an dich denke? Bat is dann groß passiert? Mir han uns nur jeholt bat uns zusteht! Hol dir emal dein Bibel zur Hand, in der dou jeden Tag e Kabitel liest, do steht et schwarz of weiß jeschriwwe: ›Man soll dem Ochsen, der da drischt, das Maul nicht verbinden.‹ Un im Kadiessem (Katheschismus) find's dou den ›Geiz‹ bei dene ›Sieben Hauptsünden‹, un bei dene ›Himmelschreienden Sünden‹ findste ein, die heißt ›Arbeitern den verdienten Lohn vorenthalten.‹«

Jetzt auf einmal sagt Plun ganz kleinlaut und verwundert: »Ich wusst ja jar net, dat dou esu gut in der Biwel un im Kadiessem Bescheid weißt.«

»Na ja«, meint Vroni etwas versöhnlicher, »eso gut wie dou kennen ich mich net aus, vielleicht kann ich besser die richtije Antworte heraus läse, die für et miteinanner Läwwe am wichtigsten sein. – Un eweil Modter, mach dir och e gut Bottersteck (Butterbrot) mit Schinke droff, junn (gönne) dir selwer och emal eppes, dann jeht et uns all besser.« Als die Plun noch zögert, ergreift Margreta die Initiative, bereitet auf einem Brettchen ein saftiges Schinkenbrot zu, schneidet es in mungerechte »Müffelcher« und schiebt das Ganze der Mutter hin. Die kann nun nicht länger widerstehen.

»Dou jeckisch Dinge, ich sein doch net krank«, murmelt sie, schiebt sich dann einen der »Muffel« zwischen ihr mit der Zeit etwas lückenhaft gewordenes Gebiss und mümmelt genüsslich. Ihre Töchter atmen befreit auf, lachen lautlos, um die eventuell immer noch zerbrechliche, friedliche Atmosphäre nicht zu gefährden.

Auf einmal ist es so richtig gemütlich in der Bauernküche, wie es zuletzt in alten Zeiten einmal war, als die Großmutter hier das Sagen hatte. Und das ist die dritte Gnade, die sie aus der Schwanenkirche mitbekommen haben. Vom Hausflur her hören sie Schritte, schlurfende, unsichere Schritte. Das kann nur der Vater sein, der wie immer eine kleine Weile lauschend vor der Küchentür verharrt, um die Stimmung da drinnen anzupeilen. Dann kommt er mit geducktem Kopf herein, äugt in die Runde und sieht verwundert, dass die Frauen einträchtig vespern.

»Komm her Vadter, setz dich an, heut jet et eppes zu feiere«, sagt Vroni.

»Ei bat soll dat dann sein? Et hat doch nemes Namensdaach?«

Vroni kann ihm nicht so ohne weiteres erklären, was hier passiert ist, drum sagt sie ausweichend forsch:

»Frach net lang un komm her un trink mit uns Kaffi, ich verzählen dir dat en annermal.« Alfons, heute ausnahmsweise einmal nüchtern, verspürt plötzlich einen großen Heißhunger. Er setzt sich an den Tisch und langt kräftig zu.

In der Nacht aber kommen die Angst un der Kummer wieder in die Mädchenkammer, wie jede Nacht, und hocken sich wie Gespenster auf Vronis Brust, wie jede Nacht seit die Soldaten ausgerückt sind. Was ist, wenn der verflixte Seppel nun doch gelogen hat? Wird die Mutter auch so friedlich bleiben wie heute Nachmittag, falls sich Vronis begründeter Verdacht als wahr erweist, dass sie ein Kind von ihm kriegt?! Aufgeklärt wurde sie zwar nie, jedoch hatte das hellhörige Mädchen von klein an immer die Ohren gespitzt, wenn verheiratete Frauen vom Kinderkriegen redeten und darüber klagten, dass es ihnen anfangs jeden Morgen so furchtbar schlecht wurde, dass sie kotzen mussten, und dass, wenn »die Daach« ausblieben »et schun widder eso weit war«. Fieberhaft rechnet Vroni nach, wird von einer Panik erfasst, denn ihre »Tage« sind tatsächlich drei Wochen überfällig. Wieder und wieder sagt sie sich in verbohrter Verzweiflung, die keinen Ausweg mehr sieht:

»Die Muttergottes kann mir ja jar net helfe, weil ich jesündigt han, die is so rein un heilig jewest, dat die mit so einem schlechte Fraamensch wie ich nix zu don han will.«

Und am nächsten Vormittag steht Vroni wiederum wie seit Wochen vor Kälte bibbernd in der Hofeinfahrt, wartet fast ohne Hoffnung auf den Postjohann, der aber diesmal wie selbstverständlich auf sie zukommt und tatsächlich einen grauen Feldpostbrief in der Hand hält.

»Fräulein Veronika Ternes«, buchstabiert Johann, »der is für dich!« Sie reißt ihm den Brief aus der Hand und sagt hastig:

»Ja, ja, dat kann sein«, dreht sich auf dem Fuße um und rennt in ihren Kuhstall, als hänge dort der Himmel voller Geigen. Als sie jedoch den Brief näher in Augenschein nimmt, wird es ihr eigenartig bang ums Herz:

»Dat is ja jar net dem Seppl sein schön Schrift!?«, flüstert sie. Die kennt sie doch, weil er ihr ein Bild von sich geschenkt hatte mit einer ellenlangen Widmung hinten drauf, die Worte wie »ewige Treue« und »immer Dein lieber Josef« enthielt. Mit zittrigen Fingern reißt sie das kleine, graublaue Kuvert auf, entnimmt ihm ein ebensolches, mit ungelenken Schriftzeichen bedecktes Blatt Papier und liest kopfschüttelnd folgende Worte:

Sehr geehrtes Fräulein Veronika Ternes!

Ich heiße Gustav Hansen und schreibe für meinen Bettnachbarn und Kameraden Josef Kirchleitner eine Nachricht an sie, weil sie seine Braut sind, sagt er, und weil er nicht selber schreiben kann, weil er schwer verunglückt war und beide Arme und ein Knie gebrochen hat, die nun eingegips sind, und das Schlimmste ist, dass er auch einen Schädelbruch erlitten hat. Lange Zeit war er nicht zu sich gekommen. Erst seit gestern ist er richtig bei Besinnung und spricht in einem fort von seiner Vroni und es tut ihm schrecklich leid, dass er Ihnen nicht eher schreiben konnte. Er will gar nicht glauben, dass er so lange hier im Lazarett liegt. Er war beim Ausladen der Maultiere und der Karren aus einem Eisenbahnwaggon ausgerutscht und unter ein Wagenrad gekommen. So schwer verletzt kam er hierhin ins Lazarett in Pommern. Und jetzt weiß er noch nicht, wie lange es dauert, bis er wieder gesund ist. Und er lässt Sie herzlich grüßen, mit vielen Grüßen und Küssen, sagt er, und wartet nun sehnsüchtig solange, bis ein Brief von Ihnen kommt.

Hochachtungsvoll
Gustav Hansen, Obergefreiter!

Wieder einmal rinnen Vroni dicke Tränen über die Backen, sie sind aber diesmal nicht salzig. Jeder, der einmal Freudentränen geweint hat, weiß, wie süß sie schmecken, weil sie das Produkt reinsten Glückes sind. Der liebe Jung! Er hatte sie also nicht belogen und ausgenutzt! Vroni küsst den kleinen Brief, drückt ihn ans Herz und betet aus Herzensgrund:

»Leev Muttergottes, ich danken dir dafür! Sei mir net bös, dat ich dies Noacht eso misstrauisch war, dou bist zwar rein und heilich, awer dou hilfs och so em arme Fraamensch bat jesündigt hat. Dou weißt ja och, dat ich et net aus Schlechtigkeit jedon han, sondern weil ich den Seppl eso arg gern hat!«

Jäh enden die Glücksminuten, ja sie schämt sich ihrer fast, als ihr zum Bewusstsein kommt, dass der Seppl so schwer verunglückt ist. Der arm Jung! Noch heute Nachmittag wollte sie sich hinsetzen und ihm einen langen Brief schreiben. Aber wo? Die Küche war der einzige beheizte Raum im Hause, und hier im warmen Kuhstall stand kein Tisch. Vorerst wollte sie es der Mutter noch nicht »publik machen«. Höchstens der Margreta würde sie den Brief zeigen, die ist ja nun seit gestern auf ihrer Seite. Plötzlich hat sie eine gute Idee:

»Ich jien einfach in Jongles bei et Lisbeth un fragen, ob ich in ihrem Kämmerche en Breef schreiwe darf. Un dann schwätzen ich mit der Tant Kätt. Dat ich net eher da drauf komme sein! Die Tant Kätt is gut, die kann ich frage, ob ich am End e Kind zu krieje han, un mir en gude Rat jän, wat ich mache soll, un dann sehn mir mal weiter!«

Erlöst atmet das Mädchen auf, schiebt den kleinen graublauen Brief unter den Pullover an das heftig klopfende Herz in ihrer Brust, damit er nur ja nicht verloren geht. Sie weiß mit einem Male, dass die gestrige Wallfahrt zur Pieta in der Schwanenkirche sich rundum gelohnt hat. Vroni greift nach der Heugabel und verteilt nun mit raschen Bewegungen das kleingeschnittene Stroh zwischen den staksigen Kuhbeinen.

Ein halbes Jahr ist ins Land gegangen. Der Krieg ist immer noch nicht aus, im Gegenteil, er hat sich ausgebreitet. Im April 1940 besetzten deutsche Truppen Norwegen, es hieß, um den Engländern zuvorzukommen, im Mai marschierten sie in Frankreich, Luxemburg, Belgien und Holland ein, und daheim hatten die Angehörigen die Hoffnung auf die rasche Heimkehr ihrer Soldaten aufgeben müssen. Vergeblich warteten die Mädchen. Jongles Lisbeth auf ihren Thomas, ihre Schwester Leni auf ihren Jupp,

Schnädersch Regina auf ihr »Kowelenzer Schängelche« namens Eddi, Rösje auf ihren Lieblingsbruder Peter, Vroni auf ihren Bruder Mätthes, und mit noch größerer Sehnsucht auf ihren Tiroler Seppl.

Nach seinem ersten Lebenszeichen damals im eiskalten Winter, war ein lebhafter Briefwechsel entstanden. Anfangs musste der Obergefreite Gustav Hansen den »Postillion d' amour« machen, später dann schrieb Seppl selber in fast unleserlichen Lettern. Nachdem Vroni sich der Tant Kätt anvertraut hatte, war alles einfacher geworden. Die hatte ihr empfohlen, sich von einem Facharzt in Koblenz untersuchen zu lassen, und Vroni, die diesen Rat befolgte, war mit der Gewissheit heimgekommen, dass sie vom Seppl ein Kind erwartete. Nachdem dieser die freudige Nachricht erhalten hatte, setzte er alle Hebel in Bewegung, um möglichst bald eine sogenannte Ferntrauung mit Vroni zu vollziehen.

»Damit alles seine Richtigkeit hat, und mein Bub unter meinem Namen auf die Welt kommt. Und dass du, mein liebes Vronerl, dich net länger zu schämen brauchst«, schrieb er. So war es dann auch geschehen. Bereits vier Wochen später war die junge Eifelerin nicht mehr das Fräulein Veronika Ternes, sondern die Frau Veronika Kirchleitner.

An diesem neuen Namen hatte der Postjohann lange zu buchstabieren, der war in der hiesigen Gegend nicht geläufig. Als sich dann nach etwa vier Monaten bei der eher kleinen, zierlichen Vroni schon der Leib zu runden begann und sie die Sommerkleider über der Brust nicht mehr zuknöpfen konnte, so dass sie selbst an Sonntagen eine große Schürze drüber tat, merkte Plun es nun doch. Wohl oder Übel hatte sie sich darein finden müssen, als ihre Tochter Vroni den Wildfremden heiraten wollte, schließlich war die ja großjährig. Und vorläufig wollte Vroni ja noch daheim bleiben bis der Krieg vorbei wäre. Nur eines verstand die alte Frau nicht, nämlich dass ihre Tochter nun schon »in Hoffnung« war. Und darum sagte sie:

»Dat dou eweile amtlich verhäirod bis, dat han ich kabiert, awer dat mer von ner Ferntrauung och in Hoffnung kimmt, dat wusst ich net.« Vroni wusste keine Antwort, schaute hilfesuchend zu Margreta hin, und dann brachen die Schwestern in ein Gelächter aus, welches ihre Mutter ihnen sehr verübelte:

»Ja, ja, su es et richdich, lacht dir nur un macht uch lustig üwer en alt Fraa, die mit all dem moderne Zeug hout zu Daachs net mehr su richdich Bescheid weiß! – Un Dou Greta, seit dou die Dauerwelle has un dich nur noch fein mache wells, meinste och schun wunnerch bat dou wärs!«

Plun weinte wie so oft in letzter Zeit. Ihre frühere Energie war, seit die Töchter ihr nicht mehr aufs Wort gehorchten, in Selbstmitleid und Weinerlichkeit umgeschlagen. Zu früh eigentlich hatten sich bei ihr geistiger Abbau und Alterserscheinungen bemerkbar gemacht. Aber sie hatte Glück, ihre Familie hatte mehr Mitleid und Verständnis mit Plun, als sie selber jemals mit irgendeinem anderen Menschen hatte aufbringen können.

Nun ist es Sommer, die Welt ist voller Kriegsgeschrei, Hetze und Hasstiraden gegen die Feinde tönen aus den Volksempfängern in alle Stuben und Küchen. Schneidige Marschmusik und deutsche Volkslieder wechseln in bunter Reihenfolge. Nachdem die westlichen Nachbarländer überrumpelt und besetzt sind, kennt der Siegestaumel in Berlin keine Grenzen, Hitler verfällt nun endgültig dem Größenwahn.

Im Eifeldorf sieht man immer häufiger feldgraue Uniformen, es sind jedoch keine einquartierten fremden Soldaten mehr, vielmehr die eigenen Jungens im Heimaturlaub. Im Dorf finden vier »Kriegstrauungen« statt. Als erste heiraten Lisbeth Leiendecker und Thomas Bender, der ehemalige Jungförster. Er hat sich Heiratsurlaub genommen, war zuerst nach »Gottmannsförde«, dem Bauernhof seiner Eltern gefahren und hat seine Familie kurzerhand mit seines Vaters altem klapprigen Auto in die Eifel kutschiert. Mit leichter Verwunderung nehmen die selbstbewussten Deichbauern die kleinen Verhältnisse des immerhin größten Hofes im Dorf wahr. Fünfzig Kühe im eigenen Stall hinterm Deich, ihrer sieben zählen sie hier im Eifeler Kuhstall, neben zwei Ochsen und einem Stier. Jedoch haben sie soviel Anstand und gute Manieren im Leib, dass sie alles über Gebühr bewundern und vom eigenen Reichtum nichts merken lassen.

Die Hochzeit für ihre Lisbeth ist in Jongles von langer Hand vorbereitet, ein Kalb und ein Schwein, zwei Gänse und fünf Suppenhühner sind geschlachtet. Zahllose Kuchen sind gebacken worden und in den Kellergewölben des alten Bauernhauses, in denen es auch im Sommer schön kühl ist, gelagert, und verbreiten dort verlockende Düfte.

Ungezählte Einmachgläser, gefüllt mit den Früchten und Gemüsen der Voreifel, von den fleißigen Händen der Jongles Mädchen eingemacht, füllen die Regale in bunter Reihenfolge: Kirschen, Zwetschgen, Mirabellen, Reneclouden, Birnen, Stachelbeeren, Bohnen, Erbsen mit Möhren, Gurken und rote Beete. Und für die Hochzeit stehen da drei Kisten Moselwein, zur Hälfte trocken, zur Hälfte lieblich. Noch merkt man im Dorf nichts von Kriegsmängeln.

Angesichts dieses Kellers braucht nun auch die norddeutsche Großbäuerin ihre Anerkennung nicht mehr zu heucheln und findet ehrliche Lobesworte, die in dem Satz gipfeln:

»Dunnerslach, dat is nu allens ganz prächtig!« Und darüber freut sich am meisten ihr Sohn Thomas, dem das anfängliche Naserümpfen seiner selbstherrlichen Mutter nicht entgangen war. Aber es sollten dennoch einige Wölkchen den »siebenten Himmel der Liebe« trüben, in dem Lisbeth und Thomas jetzt schweben. Herbeigezogen vom Pastor, der am anderen Morgen anlässlich der kirchlichen Trauung nicht umhin konnte, in ernsten und mahnenden Worten darauf hinzuweisen, welche Gefahren in einer »Mischehe« dem katholischen Teil, trotz Einwilligung des evangelischen in eine katholische Kindererziehung der zu erwartenden Kinder, immer noch drohen. Und dass schon mancher Katholik später von seinem andersgläubigen Partner dazu gedrängt wurde, vom wahren Glauben abzufallen. Zumindest könne man die Befürchtung hegen, dass die Pflichten, die der wahre Glaube jedem Katholiken auferlege, nicht mehr so ernst genommen würden. Lisbeth spürt die Augen der ganzen Gemeinde auf ihrem schmalen, von weißer Kunstseide umspannten Rücken. Hilfesuchend blickt sie zu Thomas hinauf, der legt beruhigend seinen Arm um ihre Schultern, und das hat bislang noch kein Bräutigam in dieser Kirche gewagt.

»Ob dat bei dene Evangelije eso üblich ist?«, fragen sich die Leute insgeheim. Aber irgendwie kommt diese Geste gut an: »Der Thomas is en gude Kerl, der lässt dat Lisbeth kadolisch sein. Da brouch sich der Pastur kein Sorje zu mache.«

Zum Schluss der Brautmesse singt der kleine Mädchenchor unter der Leitung des Lehrers schön zweistimmig:

»So nimm denn meine Hände
und führe mich.
Bis an mein selig Ende
und ewiglich!
Ich mag allein nicht gehen
nicht einen Schritt.
wo du wirst geh'n und stehen
da nimm mich mit!«

Klar und hell kingen die Kinderstimmen, und die Brautmütter ziehen ihre Spitzentaschentücher aus den Handtaschen, um sich verstohlen die Tränen abzutupfen. Und der Jongles Fritz, selber in seinem ehemaligen schwarzen Brautanzug, räuspert sich kräftig, um es nicht den »Weibern« gleichtun zu müssen.

»Mäi klein Lisbetje!«, denkt er. »Mäi klein Mädje, nou is et en Fraa – leever Gott, mach, dat et glücklich wird!« In so einer Stunde denkt der Vater daran, wie die Amme ihm das kleine Bündelchen Mensch in die Arme legte, das erste Kind, ein Wunder! Und den glückstrahlenden Blick, den ihm sein Kättchen trotz großer Erschöpfung aus den verschwitzten Kissen zuwarf, hat er sein Lebtag nicht vergessen können.

Schon gut, dass er seine Rührseligkeit, nachdem der Festzug sich draußen wieder formiert, mit ein paar kräftigen Schnäpsen vertreiben kann. Zwei Flaschen Selbstgebrannter machen die Runde, auch Passanten lassen sich gerne »einen« einschenken und prosten dem jungen Paar zu.

In Anbetracht des anhaltend schönen Wetters haben fleißige Helfer die Tische im Hofe aufgestellt, weil die Stube in Jongles Haus nicht genug Sitzplätze aufweist. Fritz hatte sogar den Misthaufen gänzlich ausgeräumt und die Grube mit Brettern und grünen Zweigen abgedeckt. Nun sitzen sie alle im Schatten des alten Nussbaumes an den reichlich gedeckten Tischen. Der Moselwein sorgt für Fröhlichkeit. Vergessen sind für diesen einen schönen Tag der Krieg, der Naziterror, das Vaterland und der nahende Abschied.

Kätt ist so froh, dass auch Peter daheim in Urlaub sein darf. Rösje hat sich ihn, ihren Lieblingsbruder, als Tischherrn ausgesucht, heute braucht sie keinen anderen Bewunderer. Die »Kölner« sind gekommen mit Tochter Ilse, welcher die Schreiners Hildegard nicht von der Seite weicht. Leider konnte Cousin Günther nicht mitkommen, auch ihn hat es nach Frankreich verschlagen. Aber Schreiners Jupp, der gerade in Heimaturlaub weilt, ist als offizieller Verlobter von Lisbeths Schwester Leni geladen. Der ehemalige Bruder Leichtfuß hat nur Augen für sein Mädchen, die hübsche treue Leni.

Darum ist es eine Hochzeit mit viel Herz und Schmerz, mehrere junge Paare finden sich, klammern sich ans Leben, an die Hoffnung auf ein gemeinsames Leben nach dem Krieg. Noch ist keiner der einheimischen Soldaten im Krieg gefallen. Aus diesem Grund hat dieser hier im Dorf noch nicht seine grausame Fratze zur Gänze gezeigt. Darum ist diese Hochzeit heute, zu der alle Verwandten, Freunde und Nachbarn geladen sind, fast so unbeschwert wie in Friedenszeiten.

Selbst die wenig geliebte Tant Plun hat einen Ehrenplatz bekommen, der ihr als der ältesten Verwandten gebührt. Neben ihr Onkel Alfons, ihr Ehemann, und ihre beiden Töchter, Lisbeths Großcousinen Margreta und Vroni. Margreta sitzt neben ihrer Mutter, versorgt sie mit kleingeschnittenen Leckerbissen, während Vroni neben ihrem Vater Platz genommen hat, teils, weil er sich am besten mit ihr versteht, teils, um ihn davon abzuhalten, zu häufig sein Glas zu leeren. Vroni möchte, dass er das Fest fröhlich, aber ruhig übersteht. So ist es seit Generationen üblich und so hat sie es übernommen. Wenn in der eigenen Familie etwas nicht in Ordnung ist, darf das niemand erfahren, und jedes Familienmitglied setzt sich nach Kräften dafür ein, dass von dem Übel möglichst wenig nach Außen dringt.

Vroni selber ist inzwischen kugelrund, was sie mit einer weitgeschnittenen, buntgemusterten Bluse, die Schneidersch Marie aus einer Tischdecke genäht hat, zu kaschieren versucht. In der kommenden Woche wird sie von der Bildfläche des Dorfes verschwinden, denn Josef Kirchleitner, ihr zwar nur »bürgerlich« angetrauter Mann, wird kommen, dann werden sie gemeinsam nach Tirol fahren. Dort will sie ihr Kind zur Welt bringen und sechs Wochen später soll auch ihre kirchliche Hochzeit gefeiert werden, nicht hier daheim, sondern in Seppls Heimatort. Dort wird kein Hahn danach krähen, dass die beiden schon ein Kind haben.

Sepp, der wegen seiner schweren Verletzungen den Norwegenfeldzug nicht mitzumachen brauchte, war, nachdem er wieder leidlich gehen konnte, in seine Heimatgarnison Villach verlegt worden.

Der Abend des wunderschönen Hochzeitstages senkt sich leise über die sanften Höhenzüge der Voreifel. Zum letzen Male decken die Frauen und Mädchen die Tische mit frischen Tellern, das Abendessen wird aufgetragen. Und trotz des reichlichen Hochzeitsmahles am Mittag und der üppigen Kaffeetafel am Nachmittag, schmeckt das traditionelle Abendessen, bestehend aus Salzkartoffeln, frischem Kopfsalat und Schweinebraten mit Soße, noch einmal sehr gut.

Irgendwo treiben junge Burschen noch zwei lange Tische und anderthalb Dutzend Stühle auf, weil der Kirchenchor erschienen ist. Dieser ist zwar nicht eingeladen, weil der Dirigent Franz Weiler, alias Küstersch Franz, Soldat ist, und aus diesem Grunde die Hochzeitsmesse nicht einüben konnte. Er traf erst heute Nachmittag rein zufällig zum Heimaturlaub ein. Als er von Jongles Lisbeths Hochzeit erfuhr, trommelte er die Mitglieder seines Chores, in welchem die jetzige Braut lange Jahre Sopran gesungen hat, zusammen. Und nun sind sie hier, um dem jungen Paar ein Ständchen darzubringen. Kätt rennt ganz aufgeregt in die Küche:

»Der Kirchekuur is komme! Achzehn Mann! Bat sollen mir dene anbiede?!«, ruft sie in den dunstigen, mit appetitanregenden Düften geschwängerten Raum hinein.

»Beruhich dich, Kätt«, schreit Janikels Trein, die als altbewährte Köchin fungiert. »Et is noch jenuch Broade (Braten) doa, Krumbiere och, un Schloat (Salat) is jenuch im Jarde. Die Mädcher han die im Nu jeholt un fertich jemach. Lass die Sänger emal einstweile e paar schöne Lieder singe un sich dat Äeße verdiene, un dann kriejen se noher och eppes zu futtere!« Erleichtert geht die Brautmutter, die an diesem Tag nicht in der Küche arbeiten darf, zurück an ihren Platz neben der Braut. Und sie flüstert dieser die beruhigende Worte ins Ohr:

»Dat Trein sät, mir kriejen se all satt.« Kätt schüttelt verwundert den Kopf, als sie bedenkt, dass die Janickels Trein nun doch schon über siebzig ist.

»Et ist zwar manchmal en richtich Hex, dat Trein, awer bat ›schaffe‹ anbelangt, da macht et noch manch jungem Fraamensch eppes vor. Ich muss staune, wie dat Trein noch so e groß Essen organisiere kann un die janze Küchenmannschaft of Trab hält.«

Kätt hatte eigentlich ihre Schulfreundin, die fünfzigjährige Hannese Walburga, eine erstklassige Köchin, engagieren wollen, hatte sich aber letzendlich nicht getraut es zu tun. Trein wäre zutiefst beleidigt gewesen und hätte nie mehr einen Fuß über Jongles Schwelle gesetzt.

Der Chor formiert sich. Küster Franz, der sich zu Hause angekommen als erstes der leidigen, feldgrauen Uniform entledigt hat, trägt seinen Dirigentenanzug für festliche Anlässe: gestreifte Hose, schneeweißes Hemd mit schwarzer Fliege und den maßgeschneiderten Frack aus feinstem, schwarzem Tuch. Pittersch Margretas Herz tut einen Hopster, als sie die hohe Gestalt, den breiten Rücken und die dunkelgelockte Küstermähne, die selbst der strenge militärische Haarschnitt nicht ganz zu bändigen vermag, vor sich sieht. Tausendmal in demütiger, scheuer Verehrung in Gedanken von ihr, dem unscheinbaren Mauerblümchen, gestreichelt. Schon hebt er den Taktstock, summt noch einmal für jede Stimme den Ton, als Margreta ihre Schwester hastig fragt:

»Bat meinste, soll ich mitsinge, obwohl ich hier Gast sein?«

»Awer nadierlich, Gretelche«, sagt Vroni und stößt sie aufmunternd in die Rippen, »probier et einfach emal, ob deine Adonis heut e bissje mehr als dein schön Altstimm bewunnert, dou siehst prima aus mit deinem neue, ruude Kleid!«

Schon ist Margreta aufgesprungen, hat im Nu ihren angestammten Platz in der Chorgemeinschaft eingenommen und guckt aufs Notenblatt, das Wirze Lena bereiwillig mit ihr teilt.

»Die Himmel rühmen des Ewigen Ehre!«, schallt es froh und feierlich in die Runde des Hofplatzes und darüber hinaus in die Abendstille des Dorfes. Es fehlen allerdings einige gute Männerstimmen im Bass und im ersten Tenor. Vor allem vermisst man den triumphierend hellen Tenor vom Krumackersch Peter. Aber der Chor muss weiterbestehen, und darum geben die älteren männlichen Sänger ihr Bestes. Es folgen noch einige geistliche Gesänge, die dem Chor am geläufigsten sind, dann folgen weltliche Chorlieder, die nun schon von einigen weinseligen Hochzeitsgästen mitgesummt werden.

In Margretas Herzen macht sich das altbekannte Gefühl der Entsagung breit, Franz hat ihr noch keinen einzigen Blick gegönnt. Als er jedoch zum letzten Male den Takstock hebt, um zur Abendstunde das »Aveglöcklein« anzustimmen, in welchem Margreta ein Solo vorträgt, lauscht er für einige Augenblicke mit geschlossenen Augen diesem vertrauten, klangvollen »Alt«. »Eigentlich eher ein Mezzosopran, dat Margreta«, denkt er, »et is unverzeihlich, dat so en Stimm kein Ausbildung kriegt.« Als er die Augen aufmacht, lässt er beinahe den Taktstock fallen, weil er die Margreta als solche nicht wiedererkennt.

Ein bildschönes schlankes Mädchen im anliegenden, roten Kunstseidenfummel, der ihm knapp bis übers Knie reicht, mit langen seidenbestrumpften Beinen, steht da und singt der Pitterch Margreta ihren Solo.

Doch plötzlich kommt ihm dieser schwärmerische Blick aus den großen dunklen Augen bekannt vor, denn diesen hatte keine noch so strenge Frisur und kein noch so ungünstiges, altmodisches Kleid beeinträchtigen können. Und jetzt, von schwarzgelocktem Haar umrahmt, deucht es Franz, er habe noch in keine schöneren Augen geblickt. Margreta spürt es fast körperlich, dass er sie anschaut, und wie er sie anschaut. Und ihre Stimme jubiliert im reinsten dunklen Goldton das »Ave Maria« wie nie zuvor. Die Schmerzhafte Muttergottes von der Schwanenkirche hatte Margretas geheimste, verschämteste Gebete gehört! Un nun zwinkert Mutter Maria trotz ihrer traurigen Stellung, die sie nun mal für alle Zeiten da oben einnehmen muss, der braven Margreta ein bisschen zu, weil sich recht irdische Wünsche in ihren frommen Gesang hineingeschlichen haben. Zum Beispiel: »Ein einzijer Kuss vom Franz, dat wär für mich alles un jenuch für ewich!«

Inzwischen haben die Mädchen die beiden zusätzlichen Tische gedeckt, noch einmal durchduftet die Bratensoße den Hof und es funkelt der Wein in den Gläsern. Die Sänger schielen hinüber, spüren ihre trockenen, durstigen Kehlen. Franz wendet sich seinem Puplikum zu, verbeugt sich tief und elegant wie es seine Art ist, und wirft beim Aufrichten die dunkle, leider arg gestutzte Lockenmähne zurück. So lieben ihn die Frauen und Mädchen und sie klatschen wie verrückt. Um dem ein Ende zu machen, erhebt sich das Brautpaar und geht auf ihn zu, um ihm dankend die Hände zu schütteln. Lisbeth ruft laut in die Runde:

»Der Thomas un ich danken uch all! Dir hat uns en groß Freud jemach! Un eweile jeht an Eure Tisch, erhebt die Gläser un dann stoßen mir all zesamme an, un dann lasst et uch schmecke!« Das lassen sich die Leute nicht zweimal sagen, nach »Prost!« und

»Hoch solln sie leben!« wird es still an den zwei Tischen, man hört nur noch ab und zu ein gelegentlich nicht hochzeitsgemäßes Schmatzen.

3. Kapitel

Mit einem Zittern in den Beinen, das teils von dem jähen Glück, teils von den neuen hochhackigen Schuhen hervorgerufen wird, ist Margreta an ihren Platz neben Plun zurückgestakst. An das Gehen in den neuen Pumps mit den hohen Absätzen hat sie sich noch nicht gewöhnt, weil sie so etwas hoffärtiges früher nicht haben wollte. Als sie jedoch kürzlich auf ihrer amtlich zugeteilten Kleiderkarte unter anderem auch »1 Paar Schuhe« entdeckte, hatte sie keinen Augenblick gezögert, anstatt der dringend benötigten Arbeitsschuhe die roten, hochhackigen zu kaufen, die sie im Cochemer Schuhgeschäft entdeckte. Im ersten Kriegsjahr findet sich in den Schaufenstern noch dieses und jenes aus Friedenszeiten, jedoch später verschwindet alles Wertvolle »unterm Ladentisch«, wo es nur noch mittels »Eier und Speck« hervorgelockt werden kann. Margreta bereut ihren leichtsinnigen Kauf nicht, heute haben die Schuhe ihren Zweck erfüllt, Franz hat sie bewundert. »Die Werkeldaachsschuh lassen ich mir beim Schustermätthes flicke«, denkt das Mädchen und kümmert sich vorerst um seine Mutter, die genug hat und heim will. Vroni bittet ihren Vater, er möge mit Greta die Mutter heimführen, und dann bei dieser daheim bleiben. Vroni hofft, den Vater so vor dem endgültigen Rausch zu bewahren, der sich sehr blamabel auswirken würde, weil der meist in völliger Besinnungslosigkeit auf dem Fußboden endet. Wie oft hatte sie ihn in solch einem beängstigendem Zustand gefunden, irgendwo in einer Ecke des heimischen Gehöftes, hatte ihn an einen warmen, trockenen Platz geschleift, auf Stroh gebettet, mit einer Pferdedecke zugedeckt und ihn so vor dem Erfrieren bewahrt. Doch jetzt will Vroni selber nicht mehr so schwer heben, wegen des kleinen Tirolers in ihrem Bauch, jetzt muss ihre Schwester diese Beschwerlichkeiten auf sich nehmen, weil Vroni ja ohnehin bald wegzieht.

Und nun bewegen sich die drei »Pitterch« heimzu, quer über die Dorfstraße. Und die ihnen nachschauen, können nicht unterscheiden, wer von den Dreien am schlechtesten auf den Beinen ist, die alte tattrige Plun, der stark angesäuselte Alfons, oder die dünne Margreta auf ihren sieben Zentimeter hohen Absätzen.

Da! Jetzt ist es passiert! Die Hochzeitsgäste schreien: »O wei, o wei!« Alfons ist gestolpert, stürzt, reißt Plun mit nach unten auf die staubige, steinige Straße und Margreta kann die beiden ziemlich Schwergewichtigen nicht halten. Einen Moment steht sie händeringend, beugt sich dann zur Mutter hinunter, die mit dem Kopf auf einen Wackerstein aufgeschlagen ist. Blut schießt aus einer Platzwunde, Plun ist ohne Besinnung.

»Modter, Modterche«, jammert Margreta und drückt ihr weißes Spitzentaschentuch auf Pluns Stirn, das aber in Sekundenschnelle mit Blut durchtränkt ist, und sie schreit entsetzt: »Vadter so stieh doch off un helf!« Alfons aber liegt langgestreckt und schnarcht. Vroni ist hinzugekommen, und die Töchter sind voller Angst um die Mutter und schämen sich wegen ihres Vaters. Schon eilen hilfreiche Hochzeitsgäste herbei, zwei kräftige Mannsleute heben den Vater auf und schleppen ihn nach Hause. Maishannese Mei, die amtlich bestellte Krankenschwester der Pfarrei, hat immer und überall, selbst heute als Hochzeitsgast, ihr Rotkreuzköfferchen dabei. Sie versorgt die Wunde, reibt Pluns Stirn- und Herzgegend mit belebenden Essenzen ein. Währenddessen gebietet sie energisch, sofort den Doktor zu rufen. Es existieren nur zwei Telefonapparate im Ort, einer auf dem kleinen Postamt, der andere beim Ortsbürgermeister, der nur zwei Häuser weiter wohnt. Seine Tochter rennt nach Hause, um den Arzt im sechs Kilometer entfernten Moselort zu benachrichtigen, der Gott sei Dank ein Motorrad besitzt, welches wegen der Dringlichkeit und der Eile, die in seinem Beruf oft geboten sind, nicht von der Wehrmacht konfisziert wurde. Man hat Plun gerade heimgetragen und vorsichtig auf das Sofa in der guten Stube gebettet, auf dem sie in ihrem Leben noch nicht gesessen hatte, weil es immer geschont werden musste, als auch schon der junge Arzt eintrifft und die alte Frau eingehend untersucht.

Sein Gesicht wird immer ernster, als er außer der schweren Kopfverletzung noch einen Unterarmbruch und mit an Sicherheit grenzender Wahrscheinlichkeit einen Schenkelhalsbruch feststellt.

»Eigentlich müsste ihre Mutter in ein Krankenhaus eingeliefert werden, sie ist jedoch im Moment noch nicht transportfähig. Warten wir den morgigen Tag ab, vielleicht kann ich dann irgendeinen Krankentransportwagen organisieren. Für das Kreiskrankenhaus steht nur einer zur Verfügung, und der ist momentan wegen Altersschwäche in der Werkstatt. Es wäre gut, wenn die Krankenpflegerin diese Nacht hier wachen könnte. Ich werde ihr die nötigen Spritzen hierlassen, die Herz und Kreislauf unterstützen.«

Als der Arzt gegangen ist und Maishannese Mei ihren Platz eingenommen hat, gehen Margreta und Vroni aus dem Zimmer, Vroni schaut nach ihrem Vater, der fest schlafend auf seinem Bett liegt. Sie will sich nicht mehr wie sonst immer mit ihm abplagen und ihm die Kleider ausziehen, zieht ihm lediglich die Schuhe von den Füßen, lockert seinen Schlips, damit er mehr Luft kriegt, und wirft eine leichte Baumwolldecke über ihn. »Der Anzuch ist sowieso versaut«, denkt sie resigniert, »un mir is sowieso alles egal! So en Blamasch, ich sein et satt!« Vroni schaut noch einmal kurz bei ihrer Mutter herein und fragt:

»Kann ich noch eppes helfe?« Jedoch Mei winkt ab:

»Jank un leg dich nieder, dat is in deinem Zustand et beste, dou has jenuch Offrejung jehat. Dei Modter schläft eweil ruhig, ich han ihr en Spritz jän.« Da geht Vroni in ihre Kammer und legt sich mit sorgenvollem Herzen ins Bett. Schlafen kann sie jedoch nicht, weil das Kind in ihr unruhig ist, strampelt und ihr in einem fort gegen die Bauchdecke tritt. »Sei ruhig mei Levje, mir zwei müssen durchhalte, dat mir jesund in Tirol bei deinem Papa ankumme.«

Unten an die Hausmauer gelehnt steht Margreta und weint bitterlich. So musste also dieser wunderschöne Tag zu Ende gehen! Heute Abend denkt das Mädchen zum ersten Male nicht an Vater und Mutter, sie weint um ihr eigenes, ihrer Ansicht nach zerbrochenes Glück, ist so in Hoffnungslosigkeit und Verzweiflung versunken, dass sie gar nicht bemerkt, wie im späten Dämmerlicht des Sommerabends eine hohe Gestalt unter dem Torbogen steht, die sich jetzt vorsichtig, spähend auf sie zubewegt. Es ist der Küstersch Franz.

Behutsam löst er ihre nassgeheulten Hände vom Gesicht, zieht sein weißes Sacktuch aus der Frackschoßtasche und trocknet ihr Augen und Wangen:

»Nou mal janz ruhig mei Mädje, et is alles half eso schlimm.«

Und die allzeit schüchterne, zurückhaltende Greta sinkt an seine starke Brust, als wäre es das natürlichste auf der Welt. Es passiert einfach so, weil sie es in Gedanken schon über eine sehr lange Zeit geübt hatte. Franz ist ein bisschen irritiert, eigentlich hatte er vorgehabt, bei der schönen Altistin erst einmal einen vorsichtigen Annäherungsversuch zu machen.

»Na prima!«, denkt er und es kommt ihm ein Satz in den Sinn, den er kürzlich in einem der zerfledderten Romanheftchen eines Kameraden, der stets einige Exemplare dieser Zweigroschenromane in seinem Rucksack mit sich trug und sie beim Schein eines »Hindenburglichtes« im Unterstand oder Bunker verschlang, entdeckt hatte:

»Das Schicksal hat sie mir in die Arme geworfen!« Des einen Leid, des anderen Freud, denn so bald wäre sie nicht an seiner Brust gelandet, wäre die arme, alte Plun nicht so unglückselig gestürzt. Leise fragt er:

»Margreta, Gretelche, borim han ich net eher jemerkt, dat dou mich jern hast, un net jesehn bat dou für e fein Mädje bist? Hat ich Knöpp of de Auge?«

»Frag mich net Franz, dat is en kompliziert Sach, dat erklären ich dir en annermal.« Und sie fängt mit dem Küssen an, kann es so gut, als hätte sie ihr Leben lang nichts anderes getan als Männer zu verführen.

»Komm«, sagt Franz jetzt einigermaßen verwirrt, »loaß uns irjendwo annercht hinjon, wenn uns einer sehn tät, gäb dat Schwätzerei!«

»Dat is mir janz egal, no all dem, wat ich wejen dir durchjemacht han, Fränzje, is mir dat hunnert un dousendmal janz egal!«

»Glaub net, dat ich mich wejen dir schämen, et is nur – dein Modter leit lo drin …«

»Mei Modter? Die dut mir leid, awer ich han der nie leid jedon – die hat mich klein un hässlich jehalte, hat mir die Ängste vor dir un all Männer einjetrichtert als wären se all leibhaftije Deuwele, hat mich mei Läwwe lang jepiesakt! Ich han lang jenuch ihre Quatsch jeglaubt eweil sein ich an der Reih! Lang jenuch han ich jewoart! Eweil will ich dich han!« Franz erschrickt fast vor ihren starken Gefühlen, die mit einem Male ausbrechen wie ein Wildwasser, das einen hohen Damm durchbricht. Ängstlich blickt er um sich, legt seinen Arm um ihre Mitte und zieht sie mit sich fort, fort aus dem Hof, wo sie jeden Moment entdeckt werden können. Sie folgt ihm willig durchs Gartentor, sie streifen durch stark duftende Blumen und Kräuter, es ist eine der Sommernächte, in denen kein Tau die Wiesen benässt, da liegt noch das fast trockene Heu auf Schwaden, ein wunderbares Bett für ausschwärmende Pärchen. Sie, mit ihrer lang bewahrten Unschuld, er, als vielumschwärmter Junggeselle kein unbeschriebenes Blatt, jetzt jäh verliebt in Margreta.

Die rasch wechselnden Gefühlsstürme der verflossenen Stunden, die Mischung von langjähriger, hoffnungsloser Sehnsucht, überwältigendem Schreck beim Sturz der Eltern auf die steinige Straße und nachfolgender totaler Verzweiflung, dann die überraschende Zuwendung des Geliebten, waren eine zu starke Dosis für die arme Margreta, so dass sie sich widerstandslos hingegeben hätte. Sie will es! Franz jedoch nutzt ihren Zustand nicht aus, weil er letzten Endes ein grundanständiger Mensch ist. Ganz sanft sind seine Küsse auf Wangen und Haar. Zuletzt wiegt er sie sachte in seinen Armen:

»Ruhig mei Mädche, janz ruhig«, sagt er. Und in dieser zurückhaltenden Zärtlichkeit findet sie sich wieder, weint an seinem gestärkten Frackhemd wie ein kleines Mädchen bis das Prachtstück fast durchgeweicht ist. Nie hatte ihre Mutter ihr soviele Streicheleinheiten gegeben, wenn sie mit einem kleinen Kinderkummer, wie alle Kinder es zu allen Zeiten tun, zu ihr geflüchtet war und das verheulte Gesicht an ihre rauhe blauleinene Schürze gedrückt hatte.

»Jank mir ous de Feeß, ich han ze schaffe!«, hieß es dann. Und der Ton dieser barschen Stimme durchdringt mit einem Male die Wogen ihrer Glückseligkeit. Sie stößt Franz zurück und springt auf:

»Mein Gott! Mei Modter reeft!«

»Bat is Greta? Bat haste denn off einmol?«

»Se hat mich jeroof! Ich muss bei mei Modter jon!« In wilder Panik rennt Margreta durch die nächtliche Wiese, durchquert Garten und Hof, stürzt in die gute Stube, wo die Pflegerin Mei neben

Plun auf einem Stuhl sitzend beim Kerzenlicht gerade ein bisschen entschlummert ist. Schießlich hat Mei einen langen Hochzeitsfesttag hinter sich, das reichliche Essen und der ungewohnte Weingenuß hatten ihr den Rest gegeben.

Vor der Haustür steht ein verdatterter Küstersch Franz, in seinen Händen hält er die hochhackigen, roten Schuhe, die er in der Wiese aufgesammelt hat, nachdem Margreta sie im Laufen achtlos von den Füßen geschleudert hat.

Margreta beugt sich zur Mutter hinunter

»Modter bat willste? Dou has mich doch jeroof.« Plun starrt ihre Tochter mit weit aufgerissenen Augen an, sie gibt keine Antwort. Mei, die vom hereinstürmenden Mädchen aufgeweckt worden ist, fühlt Plun den Puls.

»Dei Modter is duut«, sagt sie und drückt der alten Bäuerin die Augen zu. »Ich kann et mir net begreife, vor zehn Minute war sie noch ruhig am schloafe.« Mei ist es peinlich, dass sie eingenickt war. Nur gut, dass Margreta das scheinbar nicht gemerkt hatte. Die jammert in einem Stück, macht sich heftige Vorwürfe, weil sie nicht hier bei der »sterwenskranke Fraa« geblieben war.

»Sei still Greta!«, sagte Mei. »Mit deinem Lamento mächste dei Modter och net mehr lebendich. Jank un ruf de Pastur, der kann ihr noch de ›Letzte Ölung‹ jänn, se is ja noch janz warm, un er soll sich jefällichst e besje tummele! Ich hat ihm ja jesagt, dat er et Plun direkt ›versehn‹ soll, awer der hat of den junge Schnösel von Dokter jehört un net off mich. Die hohen Herrn wollen et ja all besser wissen als wie en alt Krankeschwester, die schon hunderte von Leut hat sterwe jesehn!« Das verstörte Mädchen stürzt aus dem Zimmer, rennt die Treppe hinauf zu ihrer Schwester und schreit:

»Vroni, Vroni! Stieh off, de Modter stirvt, oder se is am End schon duut! Mach dat Altärche zurecht, ich laafen de Pastur hole!« Schon hastet sie an dem immer noch harrenden Franz vorbei, hört gar nicht sein erschrockenes:

»Greta, um Himmels willen! Wat is passiert? Wo laafste dann hin?!« Er geht rasch der Straße zu, von wo er das rote Kleid, im schwachen Schein der Straßenlaterne kurz aufleuchtend in der Kurve verschwinden sieht.

Drüben in Jongles Hof sitzen immer noch ein paar unentwegte, meist jüngere Hochzeitsgäste. Insbesondere die Pärchen sind sich ganz nahe auf die Pelle gerückt, und der Kirchenchor, sein geliebter Chor, sitzt noch geschlossen an den zwei Tischen, auf denen sich die Reihen der Moselweinflaschen inzwischen verdoppelt haben. Aus den von edlen Tropfen geklärten Stimmen klingen die Lieder auch ohne den Dirigenten in schönster Harmonie in den warmen Sommerabend.

»Der Holderstrauch, der Holderstrauch, der blüht so schön im Mai, da sang ein kleines Vögelein ein Lied von Lieb und Treu …« Küstersch Franz gehen die Worte des alten Volksliedes, welches er so oft gehört oder mitgesungen, zum ersten Male so recht ins Gemüt.

»Am Holderstrauch, am Holderstrauch, wir saßen Hand in Hand – die Glücklichsten im Land«, und dann weiter »– da weint ein Mägdlein sehr.«

»Un all dat han ich heut Owend erlebt«, denkt er. »Noch nie han ich jewusst, dat so eppes wahr sein könnt bat mer all so singt.«

Kastersch Lena, der glockenhelle Sopran, hat ihn trotz der Dunkelheit erspäht, denn sie vermisst ihn schon die ganze Zeit schmerzlich, kommt zu ihm herüber und ruft:

»He Franz, haste et Greta schlafe jedon?! Dann kannste eweil ja endlich bei us kumme un noch e bissje mit uns singe!« Doch er schüttelt verneinend den Kopf und deutet auf den kleinen, flackernden Schein des »ewigen Lichtes«, der immer näher kommt, und jetzt, da die Sänger drüben eine Pause machen, hört man deutlich ein silberhelles Geklingel, das Sterbe- oder »Versehschellchen«, welches der neben dem Pastor einherschreitende Messner schwingt.

»Marjuu!«, schreit Lena, läuft in Jongles Hof zurück und hindert die fröhlichen Sänger daran erneut ein Lied anzustimmen. Als der Pastor mit dem Sakrament in Pittersch Haus eintritt, erheben sich alle, gehen in den Hof des Sterbehauses, um die heilige Handlung da drinnen mit lautem Rosenkranzbeten zu begleiten. Solch ein ungewöhnlich jähes Ende einer Hochzeit hat es wohl noch nie hier im Dorf gegeben.

Das Brautpaar, welches sich schon vor einer Stunde ins stille Kämmerchen zurückgezogen hat, um endlich alleine zu sein, merkt in seiner Seligkeit überhaupt nicht, was da draußen vor sich geht. Jedoch Rösje, die den Frischverheirateten ihr Bett überlassen hatte und deshalb mit ihrer Mutter das Lager teilt, die nach all den anstrengenden Tagen in einen festen Schlaf gesunken ist, lauscht noch dem Gesang, der nun plötzlich aufgehört hat und aufgeregtem Gemurmel gewichen ist. Sie steht auf und schaut hinunter auf die Straße, sieht gerade noch das rötlich flackernde Licht in Tant Pluns Haustür verschwinden. Da weckt sie die Mutter. Kätt steht eilig auf, zieht sich notdürftig an und eilt zu der ungeliebten Cousine hinüber, um ihr im Sterben beizustehen und womöglich Abbitte zu tun für alle verärgerten, erbosten Gedanken, die sie nie laut ausgesprochen, aber doch in ihrem Busen gegen Plun gehegt hatte. In der Stube bei der Toten findet sie deren zerknirschte Familie, die wohl von ähnlichen Gewissensbissen geplagt da um Plun herumsteht.

Alfons, den seine Töchter unsanft mit einem Guss kalten Wassers aufgeweckt und ins Sterbezimmer gezwungen haben, liegt auf den Knien, fleht Gott und Plun um Vergebung an, gibt sich die ganze Schuld am Tode seiner Frau, weil er sie, so besoffen wie er nun mal gewesen ist, zu Fall gebracht hat. Schluchzend und mit gebrochener Stimme schwört er nun, nie mehr einen einzigen Tropfen zu trinken. Doch das nutzt der Plun nun auch nichts mehr. Eigentlich hatte sie unter der Trinkerei ihres Mannes nicht besonders viel gelitten, weil er schon viele Jahre keine wesentliche Rolle mehr in ihrem Leben gespielt hatte. Der selbstgebrannte Schnaps hatte sie ja nichts gekostet. Nach drei Tagen ist Plun beerdigt, keiner vermisst sie so recht, aber alle Leute reden nun etwas Gutes von ihr:

»Dat Pittersch Plun, woar en jaanz fromm Fraa.« In der Eifel hat nähmlich noch immer ein altes Sprichwort Gültigkeit:

»Wenn mer jeloevt wäre will, muss mer sterwe, wenn mer veroacht wäre will, muss mer häirode.« (Willst du gelobt werden, musst du sterben, willst du aber verachtet werden, dann musst du heiraten.) Es bedeutet, dass man von einem Verstorbenen das Gute aus seinem Leben hervorhebt, jedoch die Heiratenden gnadenlos nach ihren schlechten Eigenschaften oder Vermögensverhältnissen untersucht und beurteilt.

Nun, ein Gutes hat Pluns jähes Ende bewirkt: Alfons hält seinen Schwur, rührt keinen Alkohol mehr an, verkauft seine Destille mit allem Zubehör an Jäkel, einem Mausefallenhändler aus dem Kreis Daun, der zweimal jährlich das Dorf mit Mause- oder Rattenfallen, Kuchen und Kaffekannendrahtuntersetzern und Schneebesen versorgt. Von dem Erlös lässt er siebzehn Seelenmessen für seine Frau lesen. Schließlich hat er sie ja irgendwann einmal geliebt.

Küstersch Franz ist in den kommenden drei Wochen, das ist die ganze Zeit seines Heimaturlaubs, häufiger Gast in Pittersch, und schon haben sich die Leute wieder eine erstaunliche Neuigkeit zu erzählen:

»Der Koster jeht bei dat Pittersch Margreta freie, wer hätt dat jedacht, dat dat Trampelche off einmal eso vill Schangse hätt«, sagt Wehnersch Traut, die den schönen Franz für ihre hübsche Tochter Monika vorgesehen hat, zum Jongles Kätt.

»Borim dann net, dat Margreta is e fleißig Mädche, dat hat noch net vill zu lache jehat daheim, und et hat sich im letzte Joahr janz gut erraus jemach«, gibt Kätt resolut zur Antwort, denn sie kann gehässigen Tratsch nicht leiden.

Franz steht Greta zur Seite, als der Tiroler Sepp kommt, um ihre Schwester Vroni für immer mit sich zu nehmen.

»Nou han ich mit einem Schlag kein Modter un kein Schwester mieh! Borim muss uns Vroni eso weit fort jon? Wie soll ich mit all der Arwet fertig werde, wenn et Vroni fort is?«, jammert Greta. »Wer weiß wann uns Mättes aus em Kriech haam kimmt.« Franz legt seinen Arm um sie und sagt:

»Eweil hast ja mich, vielleicht werd ich wejen meiner schlechte Augen bal in die Garnison in Kowelenz versetzt, ich kann ja noch net emal schieße. Et wird sich alles rejele, morjefrüh fahren ich no Treis off et Amt und beantragen en polniche Kriegsjefangene für euch, dann kriegste Hilf, die arme Deuwele sind froh, wennse aus dem Jefangenelager eraus dürfe un beim Bauer schaffe, wo sie satt zu esse krieje un e warm Bett.« Und jetzt meldet sich Vater Alfons zu Wort:

»Un ich sein och noch da, mir jeht et jeden Daach e bisje besser, han mich jenuch in de Ecke verkroch un mich vor de Veranwortung jedrückt, mein arme Mädcher hatten vill mit mir auszuhale, von eweil an schaffen ich widder! Ich han vill gutzumachen!« Greta atmet auf:

»Et is gut Vadter, dou konnst ja nix dafür, ich sein froh, dat dou widder eso gut bist wie früher!«

4. Kapitel

Russland, 1943 – Stalingrad.

Nun, da alles hinter ihm liegt, tappt Thomas Bender mühsam schlurfend durch den von abertausend Füßen zertrampelten, schmutzigen Schnee. Hinter im liegen die schrecklichen Wochen des sinnlosen Kampfes, der seit dem 23. November eingekesselten 6. Armee, das Festkrallen in die von Bomben und Granaten zerpflügte russische Erde zwischen den Mauerresten der toten Stadt. Das entnervende Krachen und Bersten, das Gehämmer der Maschinengewehre erschallt nun nur noch gedämpft aus der Ferne, nun, da Thomas schon einen Tag lang im endlos scheinenden Zug der Gefangenen der geschlagenen Armee dahinstolpert. Rechts und links des elenden Weges liegen, schon halb vom Schnee verweht, tote Kameraden, einige von ihnen mit in letzter Sehnsucht nach Erlösung emporgehobenen Armen, verharren so im Eis erstarrt.

Auch Thomas hat das Maß des Leidens erreicht, die Grenze der Qual ist überschritten, verstummt ist in seinen Eingeweiden der schreiende Hunger, er spürt auch nicht mehr den Schmerz und die Kälte in seinen erfrorenen Zehen und Fingern. Noch einen letzten Schritt und er gleitet in eine Schneewehe am Rand des Leidensweges der Zahllosen.

O, nun endlich kann er ausruhen! Kein Gewehrkolben, kein »Dawei, dawei!« kann ihn mehr erschrecken. Und die weißen Weiten des ach so fremden Landes verwandeln sich in die Weiten der See hinterm Deich seiner Kindheit. Hier liegt er auf einmal auf seiner Lieblingsdüne am Strand in der Sonne, horcht in die Brandung und lauscht dem Geschrei der Möwen.

Jetzt verschwindet der Strand, vor seinen Augen liegt ein grünes Tal in seinem geliebten Eifeler Forstrevier, das Pommerbachtal. Er sitzt auf einem von der Sonne erhitzten Schieferblock, in seinem Arm hält er Lisbeth, seine junge angetraute Frau, und tief ins Bachtal hinunter stürzt ein Habicht im freien Fall, um sich unten das Küken eines Feldhuhns zu krallen. Lisbeth kuschelt sich erschauernd an Thomas:

»Dat arm Hinkelche hat aber och kein lang Läwwe«, meint sie und Thomas sagt:

»Nun spürt es aber auch keine Pein mehr.«

»Awer och kein Lieb mehr«, sagt Lisbeth und küsst ihn lange auf den Mund. So kommt es, dass der Obergefreite Thomas Bender einen Tag weit hinter Stalingrad im Schnee gebettet liegt, auf seinem abgemagerten, stillen Gesicht ein kleines, seliges Lächeln.

Es mag vorkommen, dass der Überlebende zweier in Liebe verbundener Menschen den Tod des Anderen erahnt. Nicht so Jongles Lisbeth in Endingen am Rande der Eifel, da wo man übers Moseltal zum Hunsrück hinüberschauen kann. Sie sitzt zu diesem Zeitpunkt in der warmen Stube am Mittagstisch, und weil gerade Freitag ist, gibt es einen knusprig braunen »Deppekuche«, groß genug, um sechs Leute rundherum satt zu machen. Dazu schmecken die in Zucker, Nelken und Zimt eingelegten Herrnbirnen. Fränzchen, der inzwischen ein großer, schlaksiger Franz geworden ist, fischt sich die letzte Birne aus der Schüssel, setzt diese an den Mund um genüsslich schmatzend den restlichen Saft auszuschlürfen. Rösje stößt ihn unsanft in die Rippen:

»He, schlurp net wie en Wuz!«

Grinsend setzt er die leere Schüssel ab und sagt: »Dou bis ja nur näidich, wills den Saft selber han.«

»Dat ihr zwei uch awer och immer zänke müsst, noch net emal am Tisch könnt ihr Ruh halle«, mahnt die Mutter Kätt. Und Lisbeth, der es recht gut geschmeckt hat, seufzt leise:

»Wenn doch der Thomas heut Mittach och häi so e gut Stück Deppekooche hätt! Der hat ihm immer so gut jeschmeckt, bei ihm daham kannten die den net.« Vater Fritz steht auf, reckt den Arm zum Radio auf dem Wandbrett und stellt die Nachrichten an. Aus dem Volksempfänger tönt, verbrämt mit Heldenpathos, eine Meldung vom Untergang der Armee Paulus. Lisbeth hält sich plötzlich den Bauch mit beiden Händen fest. Das Kind da drinnen springt und bewegt sich unruhig. Sie erhebt sich etwas schwerfälliger als sonst, weil ihr die Angst in die Beine gefahren ist, und will nach oben in ihre Kammer gehen. Fritz sieht Lisbeths schneeweißes Gesicht. »Hätt ich doch blos den blöde Kasten net anjestellt«, denkt er und dreht den Ausknopf. Nun ist die Marschmusik verstummt, ein betretenes Schweigen liegt über der Tischrunde. Fritz geht Lisbeth nach und nimmt sie liebevoll tröstend in die Arme:

»Laß de Kopp net hänge, mei Mädje. Et is gut, dat nou Schluß is in Stalingrad, wenn de Thomas in Jefangenschaft is kumme, hat er eher Chance, dat er üwerlebt un hamkimmt no dem verdammte

Kriech, un reg dich eweil mal net off, denk an et Kind, dou wirst sehn, et wird alles gut.«

»Danke Vadter, ich kann nix dafür, wenn ich mich so erschrecken, dat Radio mächt mich noch janz verückt, et is besser ich lejen mich e bisje hin, dann beruhicht sich dat Klein widder.« Lisbeth geht die schmale Holztreppe hoch, stocht im Kämmerchen den kleinen Bullerofen und kriecht unter das dicke Federbett. Hier, wo sie mit Thomas in seinem letzten Urlaub im September die Nächte verbracht hat, kann sie ungestört den Erinnerungen an ihr Glück nachgehen. »Nein«, denkt sie, »so eppes Schönes kann nie un nimmer schon zu End sein! So eppes is jenuch für e janz Läwwe. So en guder Mensch wie meine Thomas, der kann net einfach in Russland sterwe, den brauchen mir zwei noch.« Sanft streichelt sie ihren Bauch, das Kindchen ist nun wieder ruhig, Lisbeth schlummert ein wenig, eingebettet in ihrem großen Vertrauen in die Zukunft.

Als jedoch nach etlichen Wochen der Postjohann täglich die traurigsten Briefe der Welt ins Haus bringt, Briefe mit Lisbeths eigener Schrift, die aus Russland Retour kommen mit einem aufgedrückten bläulich verwischten Stempel versehen: »Unzustellbar weil Empfänger vermißt«, kann die Hochschwangere ihre innere Not und die ständig nagende Angst nicht mehr in Schranken halten. An einen unglückseligen Tag, nachdem sie gleich zwei Briefe und ein Päckchen zurückbekommen hat, schleppt sie sich von unterdrückten Weinkrämpfen geschüttelt die Treppe hinauf, zieht sich mit letzter Willensanstrengung am Holzgeländer hoch und taumelt in ihre Kammer, wo sie sich aufs Bett fallen lässt und plötzlich ungehemmt losschreit.

Rösje, die gerade beim Geschirrspülen ist, lässt einen Teller fallen, der krachend auf dem mit rotem Sandstein geplätteten Boden zersplittert.

»Modter! Modter!«, schreit sie zur Haustür hinaus, »uns Lisbeth, uns Lisbeth!« Kätt hat die grauenvollen Schreie bis in den hintersten Scheunenwinkel gehört, wo sie die »Krützmüll« (Rübenschnitzler) drehte und kommt schon über den Hof gerannt. Rösje, nun schon über ihrer Schwester gebeugt, versucht diese zu beruhigen, streichelt das bis zur Unkenntlichkeit verzerrte Gesicht:

»Lisbeth, Lisbetje, wat haste dann of emoul? Schrei doch net eso!« Aber Lisbeth ist wie von Sinnen, hört Rösje überhaupt nicht, schreit unentwegt, jetzt auf einmal wegen der plötzlich einsetzenden Schmerzen, die vom Rücken her nach vorne in den Bauch ziehen und diesen knallhart werden lassen.

Kätt ist im atemlosen Lauf hereingestürzt, sieht auf den ersten Blick, was vor sich geht, sagt leise aber bestimmend:

»Rösje, dou laafs eso flott wie de kanns et Berenze Traut (Hebamme) rufe, anschließend rennste of die Post an et Telefon un ruf de Dokter Perzborn an, un sags dem, dat er sofort kumme soll, et is en Frühjeburt!«

Jedoch kann die nach zehn Minuten eingetroffene Traut dem Unheil nicht Einhalt gebieten. Das kleine Mädchen wird totgeboren, Lisbeth liegt nun selber ganz still und stumm, spürt wie das Blut aus ihr hinausströmt und der nach einer halben Stunde eintreffende Arzt, es ist ein guter alter Landarzt, der schon vielen Kindbetterinnen beigestanden hat, konzentriert sich auf Lisbeths Rettung.

Vor der Kammertür steht Vater Fritz, der seit dem Mittagessen beim Schreiner in der Werkstatt gehockt hatte, er steht nun hilflos und kann vor Schrecken nicht beten, weil die Amme ihm ein kleines Bündel in die Hände gedrückt hatte und die Worte geflüstert:

»Jank un begrab et hinner der Friehofsmauer, dou weiß ja, in der unjesegnet Eck – et war – et war schun duut wie et kam, ich konnt ihm die Not-Tauf net mehr jän.« Fritz bringt es nicht übers Herz, Lisbeths innig geliebtes Kindje hinter der Friedhofsmauer zu verscharren. Er trägt es zum Schreiner, sagt, und dicke Tränen kullern jetzt über seine Backen:

»Alwis, dou muss mir eweil helfe, mach dem Kind hier en kleine Sarg, un, – un dann begräbste et dies Nacht in meinem Vater seinem Grab. Warum soll so e klein unschuldig Engelche net in jeweiheter Erd ruhen?«

»Hast Recht Fritz, dat wär unmenschlich, unser Herrgott hat so en Jesetz bestimmt net jemacht, dat er sein eijene, unschuldije Kinnerche net bei sich in de Himmel lässt un dat die hinner der Mauer verscharrt werden müsse. So eppes könne sich nur Mensche ausdenke, un nur die Häre, die selver nie e Kind off de Welt bringe musste. Jank eweil heim bei dein Fraa, ich begrab euch dat Kind dies Noacht.«

Franz und Rösje sind zur Schwanenkirche geeilt, fallen vor dem Bild der Schmerzhaften auf die Knie und ringen um das Leben ihrer Schwester. Bitter bereuen beide alle frechen Antworten, mit denen sie Lisbeth, die ja auch nicht immer sanft mit ihnen umgegangen war, geärgert hatten. Nachdem sie einen ganzen Rosenkranz gebetet haben, zündet Rösje eine Kerze an und sagt:

»Leev Modtergottes, helf unserm Lisbeth dat et net stirbt, dat Kindje is nou schun duut, so wie deine Sohn auf deinem Schoß. Dou weißt wie weh dat tut, awer uns Lisbeth soll am Läwwe bleiwe, dat täten mein Eltern net aushalte wenn et och stirbt, ich versprechen et dir, ich will nie mehr frech sein gejen uns arm Lisbeth!«

Das Frühjahr ist gekommen. Vom tiefer gelegenen Moseltal, wo schon drei Wochen früher die Zweige grün schimmern, kam es ganz sachte und lieblich die Berghänge und Seitentäler hoch, überstreifte den höher gelegenen »Kurrebesch« (Besch = Wald), dessen Name auf längst verblichene Kurfürsten hindeutet, schließlich begrünt es auch den »Wering«, den Oberbesch, zieht hinauf über die Fluren in den Hambucher- und Kaisersescher Besch, um im Verlaufe einiger Wochen die ganze, höhere Eifel aufzuwecken.

Um Endingen blüht es schon dicht bis in die Hausgärten. Pflaumen-, Zwetschgen-, Mirabellen- und Kirschbäume können ihre dicken Blütenknospen nun auch nicht mehr lange zuhalten. Über Allem die herzerwärmende Frühlingssonne und der endlose Gesang der Amseln. Sogar eine Singdrossel sitzt auf der Spitze des riesigen, alten Herrnbirnenbaumes und will die vielstrophigen Amsellieder übertönen. Sie singen alle, als wäre nichts geschehen, als gäbe es keinen Krieg.

Hinter der Scheune an die Mauer gelehnt sitzt Lisbeth, ein Schatten ihrer selbst. Sie ist so müde, ist noch nicht zu Kräften gekommen seit sie das Kindje verlor. Viele Wochen hatte sie im Bett gelegen, kaum etwas gesprochen oder gegessen. Die ganze Familie, insbesondere Rösje hatten sie mit großer Hingabe und Liebe gepflegt, sie nötigten ihr gute Bissen auf. Vater Fritz besorgte der Mosel lieblichsten Wein, Valwiger Herrnberg, verschlug jeden Morgen eigenhändig ein frisches Ei und Traubenzucker in einem Becher Wein und brachte ihn seiner Tochter ans Bett:

»Trink dat mei Mädje, dat jet Kraft, dat mächt Appedit!« Dankbar nimmt Lisbeth die Fürsorge der Familie an, jedoch ihr Geist ist irgendwo unterwegs, sucht das Kind, sucht ihren Liebsten, irgendwo muss er doch sein. – Und als eines Tages die amtliche Mitteilung kommt, die den Obergefreiten Thomas Bender als vermisst erklärt, glaubt sie es einfach nicht.

Nun war sie heute mit Kätt und Rösje zum Friedhof gegangen, weil man sie dort öfter an der Mauer vorbeistreichen gesehen hatte so als suche sie etwas. Darum sagten sich die Frauen, dass es nun an der Zeit sei, Lisbeth mit der traurigen Wahrheit zu konfrontieren. Sie waren mit ihr zum Grab ihrer Großvaters gegangen und hatten ihr gesagt, das kleine Mädchen sei hier hinein begraben worden. Und dort über dem blauen Vergissmeinnicht waren endlich Lisbeths Tränen aufgebrochen, bis Kätt und Rösje nach einer Weile die auf den Knien kauernde aufhoben und heimführten.

Es ist ihr etwas leichter ums Herz, nun, da sie weiß, wo es liegt. Wieder in ihrer Kammer angelangt sitzt Lisbeth auf der Bettkante, nimmt das postkartengroße Bild im schmalen Blechrahmen in die Hände, nein es trägt noch kein schwarzes Trauerbändchen oben schräg um die Ecke gebunden wie die Bilder von Bärens Maria und Bauers Hanna, deren Männer gefallen sind, nein und abermals nein! Ihr Thomas lebt, und sie muss es ihm jetzt erzählen, dass ihr Kindchen tot ist. Und über das Glas des kleinen Bildes rinnen Tränen wie Mairegen, der nun gegen das Kammerfenster schlägt. Ganz verschwommen blicken nun seine sonst lächelnden Gesichtszüge, vergrößert ist sein freundlich tröstender Blick. Lisbeth spürt jetzt in ihrem Herzen eine so tiefe Liebe und Verbundenheit, die keine Entfernung und kein Leid trennen können, mit dem Betttuchzipfel trocknet sie das Bild, reibt die Glasscheibe blitzblank und sagt:

»Thomas, dou kimms bald haam, un dann kriejen mir zwei noch so viel Kinner wie mir han wolle.« Erschöpft schläft sie ein, bis Kätt nach ihr schaut und sie zum Abendessen ruft.

Und wieder einmal ist Erntezeit. Ein blassblauer, wolkenloser Himmel wölbt sich über der Voreifel, stützt sich hinterm Treiser Schock auf den Hunsrück, über der Elz auf das Maifeld und jenseits des Pommerbachtals auf die Höhen hinter Brieden, Kail und Illerich. Die Sonne steht hoch am Firmament und brennt unerbittlich auf Tier und Mensch, die sich in den Roggen- und Weizenfeldern abrackern müssen. Denn die Ernte muss eingebracht werden, jetzt ist sie reif, jetzt sind die Ähren trocken, nachdem es vor vierzehn Tagen eine ganze Woche ununterbrochen geregnet hatte.

Fränzchen, nun ein Franz geworden, und allen Unkenrufen seiner älteren Schwestern zum Trotz ein tüchtiger, geschickter Bauernjunge, der im Winter die Landwirtschaftsschule in Kaisersesch besucht hat, sitzt auf der Mähmaschine, drückt die Garben ab und treibt zwischendurch mit der Peitsche und entsetzlichem Gefluche die steifen Ochsen an, die nun anstatt der fürs Militär requirierten Pferde die Maschine ziehen müssen. Kätt, Rösje und Lisbeth raffen die abgelegten Getreidebündel auf, legen sie ein Stück weit zur Seite, damit die Maschine die nächste Runde mähen kann, und Fritz geht mit der Bindernadel, einem vom Möntenicher Hermann erfundenen Patenthandwerkzeug, und einem dicken Bund Kordel hinterher und bindet die Garben. Leni, die mittlere Tochter ist nicht mehr dabei, da sie den Schreiners Jupp geheiratet hat und auch bei Schreiners wohnt. Sie führt dort den Haushalt. Ihre Schwiegermutter Bäb ist froh, dass sie nun eine so gute Hilfe hat, ihr Herz will nicht mehr so recht. Schreiners Hildegard ist nach Köln gezogen, wohnt bei ihrer geliebten Freundin Ilse und macht eine Lehre auf dem Postamt.

Obwohl Vater Fritz es nicht von ihr verlangt, geht Lisbeth mit in die Ernte. Hier kommt sie sich nicht so unnütz vor, obwohl ihr auch die Arbeit so schwer fällt wie nie im Leben. Jedoch will sie nicht mehr allein zu Hause bleiben. Dort steht sie die meiste Zeit am Fenster hinter der Gardine und schaut hinüber in Pittersch Hof, wo Greta, die vor anderthalb Jahren den Küster Franz geheiratet hat, ihr kleines Mädchen auf dem Arm trägt, oder in den Kinderwagen legt, den sie in einen schattigen Winkel des Hofes schiebt. Außerdem ist gerade die Vroni aus Tirol daheim zu Besuch und hat ihren zweijährigen Sohn mitgebracht, ein putzmunteres, bitzsauberes Buberl, wie sein stolzer Vater es ausdrückt. Nicht, dass Lisbeth ihren Großkusinen ihr Glück nicht gönnt, es wurde ihr nur zu lange weil sie ja überhaupt kein noch so kleines Lebenszeichen von ihrem Mann bekam. So schwand ihre mutige Hoffnung mit jedem Tag ein Stück mehr dahin, und mit ihr der Lebenswille und die Gesundheit.

Heute, an dem glühendheißen Erntetag, verlassen sie die Kräfte schon lange, bevor der Weizen fertig abgemäht, geschweige denn gebunden und zu »Kaaste« aufgestellt ist. Sie hockt schweißnass und teilnahmslos auf einer Garbe, starrt in den hitzeflirrenden Sommerhimmel. Alle Müdigkeit und Hoffnungslosigkeit der Welt liegen auf ihren schmalen, mager gewordenen Schultern und drücken sie nieder auf das Stoppelfeld.

Franz nähert sich fluchend und die Peitsche schwingend mit Ochsengespann und Mähmaschine, sieht auf den ersten Blick die nicht beiseite gerafften Weizengarben, auf den zweiten das Bündel Mensch, zwischen Stoppeln, Disteln und Weizen.

»Hüüh!«, brüllt er und zieht mit einem Ruck die Leinen straff, so dass es den Ochsen fast die sabbernden Mäuler zerreißt, die stehen aber sofort und gerne still, während der Junge vom Sitz der Mähmaschine springt und dann in einem Satz zu Lisbeth hin, wo er niederkniet, ihren Kopf anhebt, und als erstes versucht, ihr etwas Pfefferminztee aus seiner Feldflasche, die er immer am Gürtel trägt, einzuflößen. Jedoch sie öffnet weder die Augen noch die Lippen. Franz ruft nach Vater und Mutter, sie eilen herbei, stehen einen Moment erschrocken und ratlos da. Wie soll man auch auf freiem Felde bei dreißig Grad Hitze einen ohnmächtigen Menschen erfrischen? Franz rennt querfeldein, stürzt mehr als er läuft ins Bachtal, füllt seine Feldflasche und die große blecherne »Kaffibull« mit frischem Bachwasser, erklimmt keuchend den steilen Pfad, auf dem ihm Rösje auf halber Höhe entgegenkommt, ihm die Kanne aus der Hand reißt und so schneller bei der Ohnmächtigen sein kann. Kätt sitzt auf der Garbe, hat Lisbeths Oberkörper auf ihren Schoß gebettet. Jetzt tränkt sie ihr Kopftuch mit Bachwasser und kühlt der Tochter Gesicht, Nacken und Arme solange, bis sie wieder zu sich kommt.

»Ich han dir jesagt, dou täts besser deham bläiwe«, sagt Fritz, aber Lisbeth reagiert nicht mehr auf seine Worte. Zwei Felder weiter hat Mertes Johann seinen Erntewagen gerade halbvoll geladen. Auf diesen legen sie Lisbeth und fahren mit ihr heim, bringen sie ins Bett.

Die Kranke wird mit einem Male von heftigem Schüttelfrost geplagt und in der Nacht steigt das Fieber über vierzig Grad. Wohl ist sie jetzt bei Besinnung, aber der Atem ist kurz und er sticht sie wie mit Messern in Brust und Rippen. Der am nächsten Morgen herbeigerufene Arzt stellt eine schwere Rippenfellentzündung fest. Als Lisbeth nach sieben Wochen Krankenlager endlich fast fieberfrei ist und von Kätt gestützt in die Stube tritt, freuen sich alle, keiner lässt sich sein Erschrecken über ihr Aussehen anmerken: am ganzen Körper abgemagert, das immer noch schöne Gesicht bleich, mit eigenartig rotglühenden Bäckchen.

Draußen färben sich schon Bäume und Hecken herbstlich gelb. Die Bauern haben mit der Kartoffelernte begonnen, aber Lisbeth ist ans Haus gefesselt. Sie hüstelt vor sich hin, müht sich ab mit dem Kochen des Abendessens, damit die Mutter, wenn sie heimkommt, ein bisschen entlastet ist.

Eines Vormittags im Oktober steht ein Auto vor Jongles Haus, eine Rarität in diesen schlechten Zeiten, wo alles dem Endsieg dienen muss und kaum ein Zivilist außer den Parteibonzen ein Auto hat. Ein weißhaariger Herr im dunklen Anzug, mit Schlips und Kragen entsteigt dem Gefährt und auf dessen anderer Seite eine resolute Dame mittleren Alters mit straffem Haarknoten und im hellen Staubmantel. Lisbeth, hinter der Gardine stehend, schaut verwundert und mit einem plötzlich einsetzendem heftigen Herzklopfen, dass die fremden Stadtleute tatsächlich ins Haus kommen. Die Haustür ist wie alle Haustürn des Dorfes nicht abgeschlossen und schon klopft es an der Stubentür.

»He-rein«, stottert Lisbeth mit versagender Stimme, weil sie glaubt, die bringen eine Nachricht von Thomas. Die Tür geht auf, der Herr lässt der Dame den Vortritt und grüßt:

»Heil Hitler! Sind wir hier richtig bei Frau Elisabeth Bender? Ich bin Dr. Frisch und komme vom Gesundheitsamt Cochem, und darf ich vorstellen: Fräulein Klingel, Fürsorgerin des Kreises.« Lisbeth sagt:

»Guten Tag, bitte nehmen sie Platz, darf ich nach dem Grund ihres Besuches fragen? Mein Mann ist in Stalingrad vermisst, haben sie eine Nachricht für mich?« Sie verstummt plötzlich, weil es ihr zum Bewusstsein kommt, dass die vom Gesundheitsamt gar nichts von Thomas wissen können. »Verzeihung«, sagt sie leise, »es war ein Irrtum von mir.«

»Schon gut, liebe Frau Bender«, sagt Fräulein Klingel mit einfühlsamer Stimme, »wir kommen, weil ihr Hausarzt uns gemeldet hat, dass er beim Abhören ihrer Lunge verdächtige Geräusche gehört hat, die auf eine Tuberkulose hindeuten. Sie müssen

in allernächster Zeit auf das Gesundheitsamt kommen und sich durchleuchten lassen! Falls der Verdacht sich bestätigt, dürfen sie nicht mehr hier im Hause leben, sie kommen in eine Lungenheilstätte, bis ihre Gesundheit wieder vollständig hergestellt ist.«
Lisbeth zittern die Knie, sie setzt sich nieder auf die Bank hinterm Tisch, sucht Zuflucht auf dem Platz, der seit Kindsbeinen ihr Platz ist. »Ich han et an der Lung«, schießt es ihr durch den Kopf, »Schwindsucht – Ich han de Schwindsucht!« Trotz aller Trauer um ihr Kind und um Thomas, den sie, auch wenn sie sich's nicht eingestehen will, schon halbwegs abgeschrieben hat, zittert sie nun um ihr eigenes Leben. Fort ist mit einem Male die trübe Todessehnsucht, wie weggeblasen der Gedanke, der sie seit geraumer Zeit quält, »wenn de Thomas net mehr hamkimmt, will ich och net mehr läwwe«. Medizinalrat Dr. Frisch tätschelt ihr die Wange und sagt:

»Kopf hoch, Frau Bender! Kommen sie am nächsten Dienstag Vormittag zum Durchleuchten, vielleicht ist es noch nicht so schlimm, es ist lediglich eine Vorsichtsmaßnahme, denn die Volksgesundheit muss unter allen Umständen erhalten werden. Fräulein Klingel wird sie über alle weiteren Schritte informieren.« Nach einem fast herzlich herablassenden »Heil Hitler, Frau Bender!« verlassen die beamteten Gesundheitshüter die niedrige Bauernstube, bald darauf hört Lisbeth den Motor anspringen, sie tritt ans Fenster und sieht das Gefährt, gefolgt von einer Staubwolke zum Dorf hinausprettern.

»Wat soll dat schon heißen, ›Heil Hitler, Frau Bender‹, der Drecksack hat mir bis eweil nur Unglück jebracht, mir meinen Thomas fortjeholt, un mein Kindje tät och noch läwwe, wenn ich mich net so erschreckt hätt. Un die Volksjesundheit muss erhalten werden, wat für en Quatsch! Wenn ich an all die Jefallene un Verwundete denke, wat ist mit denen ihre Jesundheit?«

Als abends die Eltern heimkommen, wissen sie schon von dem Auto, das vor ihrem Hause gestanden hat. Näkels Fritz aus der Nachbarschaft, der schon am Nachmittag eine Fuhre »Krumbiere« heimgebracht hat, hat die Nachricht in die Feldflur getragen.

»Wat war dat für e Auto un wer war hier?«, fragt Kätt als erstes. Lisbeth erzählt, was es mit dem Besuch auf sich hatte und dass sie am nächsten Dienstag aufs Gesundheitsamt muss.

Und wieder einmal senkt sich die dunkle Sorgenwolke auf das alte Haus, verdichtet sich, als Lisbeth von Cochem heimkommt mit der Nachricht, dass sie nun doch einen größeren »Befund« in der Lunge hat und schon in drei Wochen in die Lungenheilstätte Waldbreitbach muss.

Rösje muss, nun da sie zur einzigen Tochter im Hause geworden ist, noch härter arbeiten. Alle Lasten, die einmal auf drei Mädchen verteilt waren, liegen nun allein auf ihren jungen Schultern. Hinzukommt, dass Franz im kommenden Jahr schon »gemustert« wird. Im Herbst muss er zum Militär, zuerst nach Koblenz auf die Festung Ehrenbreitstein, die in allen kriegerischen Zeiten als Kaserne dient. Nach Beendigung der Ausbildung hat er einen kurzen Heimaturlaub und der dumme Junge ist noch ganz stolz auf seine Uniform, trägt sein »Schiffchen« schief und keck in die Stirn gedrückt, als wolle er beweisen er sei nun endlich erwachsen und keiner, vor allem nicht Rösje, könne ihn von jetzt ab als dummen Jungen verschleißen. Als jedoch Mutter Kätt ihren »Kleinsten« zum Abschied heftig in die Arme schließt, wird es ihm ganz schummerig und er wäre am Ende doch lieber daheim geblieben.

Bereits nach vier Wochen kommen seine Briefe und Karten aus Russland, wo ihm ein früher, eisiger Winter den Spaß am »Soldatsein« endgültig austreibt. Wie gerne würde er jetzt in die Wärme der Eifeler Kuh- und Pferdeställe entfliehen und sie widerspruchslos ausmisten, nie mehr wollte er sich vor irgendeiner Arbeit drücken, wenn er eines Tages gesund heimkäme, das schwört er sich. Sehnsüchtig wartet er jeden Tag auf die Post von daheim, die Briefe von Rösje und Lisbeth, letztere mit zittrigen Buchstaben geschrieben, weil Lisbeth jetzt immer liegen muss, auch nicht daheim, sondern in einem Krankenhaus auf der Isolierstation, und es wird und wird nicht besser. In der Woche vor Weihnachten erreicht ihn das erste Weihnachtspäckchen gefüllt mit Spekulatius, Lebkuchen und Zigaretten, gepackt von seiner jüngsten Schwester, gleichzeitig mit dem Brief, der die Todesnachricht von seiner ältesten Schwester enthält, den er aber erst nach dem Päckchen in Augenschein nimmt. Und da sitzt er nun wie vom Donner gerührt in dem primitiven Unterstand, wo schon ein kleiner Tannenbaum für die Weihnachtsfeier aufgestellt ist und ein Kohlenöfchen mehr Qualm als Wärme abgibt, sitzt in eine Ecke gedrückt und heult wie ein »Schlosshund«.

Die Erde um den Unterstand erzittert, der »Iwan« greift wieder an, die deutsche Armee ist auf dem Rückzug und das Jongles Fränzchen aus der Eifel ist mit einem Male erwachsen geworden. Als die Kameraden von draußen hereinkommen, hat er die Tränen abgewischt und sich gründlich geschneuzt. Seine bislang lustig-verschmitzten Jungenaugen blicken todtraurig und hart. Er denkt: »Un eweil muss ich extra gut of mich offpasse, dat ich net och noch sterwe häi in der verdammte Kält un dem mannshohe Schnee, mein Vadter braucht mich!«

5. Kapitel

Deutschland ist besiegt. Der Kanonendonner ist verstummt, mit ihm das Dröhnen der Bombergeschwader bei Tag und Nacht, wenn sie vom Westen her die Eifel in großer Höhe überflogen um landeinwärts gelegene Großstädte, später auch die rundum liegenden kleineren Städte und Ortschaften anzusteuern, sich über diesen ihrer tödlichen Fracht zu entledigen um sie in Schutt und Asche zu legen. Über Dörfern, Wäldern und Fluren sausen keine Tiefflieger mehr, die mit Maschinengewehrsalven selbst unschuldig pflügende Ochsengespanne niedermähen.

Die Bauern können im Sommer und Herbst neunzehnhundertfünfundvierzig wieder unbehelligt ihre Heu-, Getreide- und Kartoffelernte einbringen. Allerdings sind es vorwiegend ältere Leute, Frauen und Kinder, die die Feldarbeit verrichten müssen, denn polnische und russische Kriegsgefangene, die in den vergangenen Jahren hier gearbeitet hatten und zumeist recht heimisch geworden waren, sind in ihre Heimat zurücktransportiert worden. Zu viele Dorfjungen und Männer sind gefallen, die übrigen befinden sich größtenteils noch in Kriegsgefangenschaft, irgendwo in Russland, Frankreich oder England, einige sogar in Amerika. Wie weit ist diese Reise für einen Eifeljungen, die er normalerweise in seinem ganzen zukünftigen Leben nicht geschafft hätte! Zwei Endinger sind aus Amerika ins Dorf zurückgekommen, der Mauers Karl und der Bärens Eduard. Karl, ein stiller, sehr kurzsichtiger Junge ist froh, dass er sich, nachdem er seinen schäbigen

Beutel in eine Stubenecke geworfen hat, hinter den Tisch auf die Bank auf seinen alten Platz setzen und die gute Kartoffelsuppe in sich hineinlöffeln kann. Gritt, seine ebenso stille wie bescheidene Mutter, dankt Gott für die Heimkehr ihres zweitjüngsten Sohnes. Seine zwei älteren Brüder werden zur Zeit noch, je einer in Russland und Frankreich, in Gefangenschaft festgehalten. Gritt hat sich um Karl, der – ohne seine dicken Brillengläser blind wie ein Maulwurf – noch ein halbes Kind war, als er ganz zuletzt auch in den Krieg gemusst hat, die größten Sorgen gemacht. Öfter hatte sie leise gejammert:

»Wenn uns Karl da stolpert im Kriech un seine Brell (Brille) verliert, seht der doch näist, un dann findt der se net mehr, un dann kann der sich doch net helfe, ohne sein Brell.« Nun ist er daheim, schaut treuherzig durch seine kleinen, dicken Brillengläser und verliert jetzt und fürderhin kein Wort über Amerika. Anders der Bärens Nikla. Nachdem er Finchen, seine kriegsgetraute junge Frau ausgiebig ans Herz gedrückt und geküsst hat, erzählt er pausenlos von Amerika, und das wochen- und monatelang, ja, nach vielen Jahren fallen ihm immer noch neue Geschichten von seiner großen Weltreise ein, die er seinen Kindern »verzellt« wie andere Leute Märchen erzählen. Und so wie diese beiden Amerikaheimkehrer sind wohl die meisten Leute auf dieser runden Welt grundverschieden. Janickels Trein, die zu allem ein passendes Sprichwort weiß, sagt oft:

»Der Herrgott hat villerlei Kostjänger off dieser Welt, awer kein, die nix äesse.« Das trifft ja in besonderem Maße auf unsere Heimkehrer zu, denn zuerst wird gegessen! »Derierscht Eppes Warmes en der Bouch.« Inzwischen stochen die Frauen das Herdfeuer, lassen darauf einen Waschtopf voller Brunnenwasser heiß werden, platzieren die Waschbütte neben dem Ofen, kramen das versteckte Stück Kernseife hervor und während der müde Krieger sich den Schmutz vieler Wochen von den mageren Rippen scheuert, legt man ihm frische Wäsche und sorgfältig gehütete, saubere Kleidungsstücke parat. Ja, welch ein Glück in jedem Hause wo sich das abspielt! Aber welche Trauer in jedem Haus, wo »er« nicht mehr kommt. Welch banges Warten in allen Schlafkammern, Küchen und Stuben, in die bis jetzt noch keine Nachricht von »ihm« gedrungen ist.

Auch in Jongles Haus ist man immer noch im Ungewissen über das Schicksal der beiden Söhne Peter und Franz. Seit kurz vor Kriegsende hat sich jede Spur von ihnen verloren. Von Peter war eine letzte Feldpostkarte aus Polen gekommen, kaum leserlich und arg zerfleddert von weiten Umwegen. Das war anfangs neunzehnhundertfünfundvierzig gewesen, jedoch von Franz kam keinerlei Nachricht.

Rösje schreibt an die betreffenden Stellen des Roten Kreuzes, die versuchen irgendeine Ordnung in das Chaos des Zusammenbruchs zu bringen, jedoch können auch sie vorerst nur ungenaue Angaben über die einzelnen, von den Russen besiegten oder in Partisanenkämpfen aufgeriebenen deutschen Truppenverbände machen. Nach einem gewissen Zeitraum werden viele, in keiner russischen Kriegsgefangenenliste aufgetauchten deutschen Soldaten als vermisst erklärt.

So ist die ursprünglich siebenköpfige Familie Leiendecker auf drei Personen zusammengeschrumpft. Besonders an Winterabenden, wenn keine Tagelöhner mit am Tisch sitzen, merken sie, dass dieser Familientisch viel zu groß geworden ist. Insbesondere der Heilige Abend ist sehr still und bedrückend.

Da stehen unter dem Christbaum die Bilder von Lisbeth und Thomas, von Peter und Franz, damit sie heute Abend wenigstens optisch dabei sind. Rösje hat sich alle Mühe gegeben, etwas vom Glanz der früheren Christabende in die Gegenwart hinüber zu retten, hat Zucker für den Spekulatius und Kerzen für den »Chrestbaam jehamstert«. Die Weihnachtsgeschenke sind selbstgefertigt, eine warme Schafswollstrickjacke im Zopfmuster für den Vater, ein gehäkeltes Umschlagtuch für die Mutter, letzteres besteht aus aufgeribbelten Kinderpullovern, die zu bunten Rosetten verarbeitet und zusammengefügt worden sind. Jeder in der Stube gibt sich Mühe, seine Trauer und seine Angst zu verbergen. Kätt versteckt ein paar Tränen, indem sie sich gründlich ins Sacktuch schneuzt, und Fritz bedankt sich übermäßig für die Strickjacke und das gehamsterte »Päckeltje Tubback«, und um ein kleines Lächeln in die Gesichter der »Fraaläit« zu locken, zieht er umständlich die Schafswolljacke an, stopft sich ein Pfeifchen mit englischem Tabak, weiß der Kuckuck wo Rösje den aufgetrieben hat, dann dreht er sich, wohlriechende Rauchwölkchen paffend vor dem kleinen Spiegel in der Stubenecke und sagt:

»Eweile sein ich en richtije Häär (Herr)!« Und Kätt denkt: »Wat is en doch für en gude Mensch, meine Fritz. Tut so als ob et ihm so richtig gut jing, nur um et uns leichter zu mache. Als ob ich net wüsst wie schrecklich er no em Lisbeth un dene Junge verlangert.«

Auf einmal hören sie von draußen Stimmen, es kommen Leute ins Haus. Ohne anzuklopfen, dies braucht es nicht bei nahen Verwandten, treten Tochter Leni und ihre Schwägerin Hildegard in die von wenigen Kerzen und ein paar »Hindenburglichtchen« erleuchtete Stube:

»Goden Owend Vadter, goden Owend Modter un Rösje!«, sagt Leni mit einem Kloß in Hals und Stimme. »Mir wollten aes gucke wat ihr su macht.« Hildegard bringt nur: »Wat für en schiene Chrestbaam« heraus. Viele Worte werden nicht gemacht zwischen den Eifelern, kein Händeschütteln, kein »Frohe Weihnachten«, jeder weiß, dass dieses heute verlogen klingt. Nur ein wenig beisammen sein will man an diesem Abend, wo die Erinnerungen überhand nehmen und die Abwesenden drei- und vierfach zählen. Nachdem Leni jedem ein bescheidenes Geschenk überreicht hat, was mit dem üblichen: »Merci, dat woar awer net nüdich« angenommen wird, rücken sie auf der Bank hinterm Tisch zusammen. Hildegard neben Rösje, ihrer früheren Schulfreundin. Das früher rotbackige, etwas pummelige Mädchen Hildegard ist kaum wiederzuerkennen. Ihre Schlankheit geht ins Knochige über, passt nicht recht zu ihr. Sie ist städtisch gekleidet, mit kurzem, engem Rock und ebensolchem Pulli, die staksigen Beine in Seidenstrümpfen, die ehemals strahlenden Blauaugen haben ihren Glanz eingebüßt, streng in erstarrter Trauer das ganze schmal gewordene Gesicht. Sie hat ihre Freundin Ilse verloren, die vor Jahresfrist in Köln bei einem Bombenangriff im Luftschutzkeller eines großen Mietshauses zusammen ihren Eltern und zirka vierzig anderen Kölnern umgekommen ist. Hildegard hatte den schweren Luftangriff in einem Luftschutzbunker in der Nähe ihres Arbeitsplatzes überlebt und war nach der Entwarnung nach Hause gegangen. Ihr Zuhause war die Wohnung von Jongles Resi und deren Mann Erich, die sie Onkel und Tante nannte, wo sie sich mit Ilse ein gemütliches Zimmer teilte.

Als sie sich jedoch der besagten, ihr zur zweiten Heimat gewordenen Straße genähert hatte, war diese schon am Eingang von einem Trümmerberg versperrt, sie hatte keinen Überblick mehr über das Ganze und war, von dunklen Vorahnungen gepackt, auf den Trümmerberg gestiegen. Da sah sie es. Wo das schöne, alte, vierstöckige Haus mit dem geschweiften Giebel mit der Hausnummer 24 gestanden hatte, klaffte eine Lücke. Die Trümmer bauten sich quer über die ganze Straße auf. Noch lag der staubige Dunst in der Luft, auf mehreren Gebäuden brannten die Dachstühle, glühende Balken fielen krachend auf das Pflaster. Und sie war den Trümmerberg hinuntergerutscht und gestürzt, blind vor Rauch und Tränen weitergestolpert bis zum Haus Nr. 24 – es war fort. Da war nur der graue Himmel und der Hinterhof, auf welchem eigentümlicherweise noch die zwei Pfähle mit der Wäscheleine stehengeblieben waren. Da schlenkerten grau und zerrissen die Bettlaken, welche sie und Ilse gestern schneeweiss gewaschen dort aufgehängt hatten. Auch Ilses Streifenpulli, von Hildegard aus Resten gestrickt, hing noch dort, und die roten Wollstreifen leuchteten sogar noch ein wenig durch all den Staub. Wie weit war sie einst in der Stadt herumgelaufen, um eben diese rote Wolle aufzutreiben, damit ein wenig Leben in das ansonsten so triste Strickbild kommen würde!

Ein wenig Leben? – Ilse, Ilse, Ilse, irgendwo musste doch noch ein wenig Leben von ihr sein! Hildegard hatte zuletzt flach auf den Trümmern gelegen, wo sie mit bloßen Händen ein Loch gegraben und lauschend das Ohr an den Boden gedrückt hatte, wo sie die Feuerwehrleute, in diesem Falle zwei fünfzehnjährige Hitlerjungen mit Milchgesichtern unter den schwarzen Stahlhelmen aufgehoben, auf eine Tragbahre gelegt und mühsam über die Trümmer bis zu einem Verbandsplatz geschleppt hatten. Nach zwei Wochen war sie aus einer schweren Nervenkrise zum ersten Male zu sich gekommen und hatte sich, als sie die Augen geöffnet hatte, in einem Raum wiedergefunden, in dem sechs Betten standen, und auf Endinger Platt einige Worte formuliert: »Ei, bo säin ich dann? Borim sein ich im Krankehaus?«, hatte sie die eintretende junge Frau mit Schwesternhäubchen gefragt.

»Dat weiß ich auch net eso jenau, sie sind nach dem letzte schwere Bombenangriff von Kölle mit rund fünfunzwanzisch Leut hier einjeliefert worden, un heut hören ich sie zum erstemal schwätze, un dat is prima.«

»Sein ich dann immer noch in Kölle?«

»Nä, nä, da sin all Krankehäuser entweder kapott oder überfüllt. Sie befinden sich in Jeroldstein in der schönen Eifel, dat heißt in em ehemalijen Sanatorium für Jecke, un dat steht mitten im Wald, hier findt der Ami uns eso schnell nit.« Stumm hatte Hildegard der rheinisch-fröhlich plaudernden Krankenschwester zugehört, und jetzt war ihr plötzlich zum Bewusstsein gekommen, was passiert war. Und als könne sie der krassen Wirklichkeit noch einmal entkommen, hatten sich ihre Augen wiederum geschlossen, jedoch die Trümmerberge in der Straße, Qualm, Feuer in den Dachstühlen, das fehlende Haus Nr. 24, die zerfetzten schmutzigen Bettlaken an der Leine schlenkernd und – o Gott, Ilses Pulli, rote Streifen durch den unsäglichen Staub schimmernd, diese Bilder hatten mit schrecklicher Deutlichkeit vor ihr gestanden als sie ins Zimmer hinein gefragt hatte:

»Schwester, können sie mir sagen, ob in der Maternusstraße in Kölle, Hausnummer 24, im Keller jemand überlebt hat?« Doch die Schwester war hinausgegangen, weil sie geglaubt hatte, die Patientin sei wieder eingeschlafen. Nun völlig in die Realität zurückgekehrt hatte Hildegard ihre Umgebung näher ins Auge gefasst und ihre Kleider entdeckt, die neben ihrem Bett an der Wand an einem Haken hingen. Darunter standen auch ihre braunen Halbschuhe mit den Söckchen drinnen, fein säuberlich nebeneinander.

Keine Sekunde länger hatte es sie auf dem schmalen Feldbett gehalten, und ebenso hastig wie leise war sie in ihre Kleider geschlüpft und aus dem Zimmer geschlichen, ohne eine der Mitpatientinnen, die zum Teil noch geschlafen oder in der frühen Dämmerung vor sich hin gedöst hatten, aufzuwecken. Es war ihr auch gelungen, durch eine kleine Hintertür, in welcher der Schlüssel von innen steckte, unbemerkt ins Freie zu gelangen, und plötzlich hatte sie im heimatlich anmutenden Wald gestanden, tief die unverwechselbar frische Eifelluft eingesogen und der wohlbekannten Melodie einer Amsel gelauscht.

So wars daheim immer gewesen. Punkt fünf Uhr an jedem Frühsommermorgen hatte eine Amsel, die auf dem Jakobsbirnenbaum vor ihrem kleinen Kammerfenster saß, mit zugegeben süß-schmelzenden, jedoch unverschämt lauten Tönen sie aus dem Schlaf geflötet. Und jetzt, hinter dem noch verschlafenen Gebäude im Grünen stehend, hatte zunächst nur noch ein Gedanke in ihrem Kopf Platz:

»Ich will haam bei mein Modter un meine Vadter!« Dann war sie losgerannt, quer durchs Gebüsch, querfeldein, bis sie auf einmal im Straßengraben einer steinigen, von Militärfahrzeugen und Panzern arg gebeutelten Landstraße gestanden und einen herannahenden Lastkraftwagen gestoppt hatte, indem sie sich mit beiden Armen heftig fuchtelnd auf die Straßenmitte gestellt hatte. Einer der beiden Soldaten hatte sich aus dem Fenster des Führerhauses gelehnt und verwundert gefragt:

»Nanu, schönes Fräulein, wo brennts denn so früh am Morgen?«

»Fahrt ihr in Richtung Kaisersesch? Könnt ihr mich ein Stück weit mitnehmen?«

»Nein, nein, aus der Richtung kommen wir gerade. Wir müssen jetzt nach Köln am Rhein!« Einen Moment lang hatte Hildegard gestutzt und sich dann plötzlich mit der Hand an die Stirn geschlagen. »Halt!«, dachte sie, »no Kölle fahren die? Nadierlich muss ich och nach Kölle! Ich muss doch no meinem Ilse soche, muss mich erkundije, ob et jerettet is, ich muss och widder of mein Arbeitstell!« Hastig war sie an den grauen Lastwagen getreten:

»Ich fahr mit nach Köln, wenn ihr für mich Platz habt und mich mitnehmt.« Und bereitwillig hatten die zwei Landser sie zwischen sich auf dem Fahrersitz Platz nehmen lassen. So eine hübsche, junge Beifahrerin fand sich nicht alle Tage. Leider Pech für die nicht mehr ganz jungen Soldaten, dass ihre Komplimente und sonstigen Annäherungsversuche keinen Anklang gefunden hatten, denn unterwegs durch die Eifel und auch am Rhein vorbei war Hildegard sehr wortkarg und stur gewesen und kurz vor der zerbombten Domstadt hatte sie darum gebeten, aussteigen zu dürfen und den Männern sogar das zum Dank fürs Mitfahren geforderte Küsschen verweigert, welche dann achselzuckend die Wagentür hinter ihr zugeknallt und sich grinsend an die Stirn getippt hatten. Hildegard aber war zielgerade in Richtung Dom gerannt, der schwarz über alle Tümmer ragte und in dessen unmittelbarer Nähe in einem halbwegs erhaltenen Untergeschoss und Kellerräumen das provisorisch eingerichtete Postamt, ihre Arbeitsstätte, untergebracht war.

Die Kolleginnen waren außer sich vor Freude und Überraschung, als ihre totgeglaubte, ja, schon totgesagte Mitarbeiterin plötzlich wieder lebendig vor ihnen gestanden hatte:

»Du lieber Jott! Hildejardchen! Bist du das wirklich?! Komm lass dich anfasse, wir dachten, du wärst auch im Keller in dem Haus, wo deine Bekannten jewohnt haben, totjeblieben. Da soll ja keiner mehr lebendig herausjekommen sein.« Und erst jetzt hatte sich Hildegards Starre gelöst. Auf einer schmalen Bretterbank hatte sie gehockt und solange still und bitterlich geweint, bis Frau Eberhard, ihre Vorgesetzte, sich neben sie gesetzt und tröstend ihren Arm um sie gelegt hatte. Jede im Raum wusste, dass sich hier jedes Wort erübrigte. Bis Irmchen Müller, die junge Kriegerwitwe, auch in Tränen ausgebrochen war, zu ihr getreten und ihr über das wirre Haar gestreichelt hatte:

»Du ärm Dier, ich weiß wie es dir zu Jemüte ist, so war es mir auch, als ich die Nachricht erhielt, dass mein Hermännchen jefallen ist. Aber pass ens op, dat vielle krieche (weinen) ist nicht juut, ich habe noch ein paar Kaffebohnen, ich koche dir und uns allen eine jute Tasse Kaffe, dann wird es dir gleich besser jehn. Den Kaffe hab ich jehamstert, gejen einen selbst jehäkelten Büstenhalter einjetauscht. Aus reiner weißer Baumwolle. Ich habe nämlich von meiner Oma die alte jehäkelte Bettsprei (Bettüberwurf) jekriegt, die habe ich aufgeribbelt und das jibt eine janze Menge Büstenhalters. Die kiegt man ja nirgens mehr. Und du kannst vorläufig bei mir wohnen, dem Hermännchen sein Bett steht ja sowieso leer.« Und erneut waren der blutjungen Kriegerwitwe die Tränen über die Backen gepurzelt: »Hermännche, mein ärm Hermännche ...« Da war Hildegard nun ihrerseits aufgesprungen und hatte Irmchen in den Arm genomen und getröstet, geteiltes Leid ist halbes Leid, wie es so schön heißt, und weil »das Irmchen« nur halb so schwermütig veranlagt war wie »Hildejardchen«, hatte sich die junge Kriegerwitwe zuerst wieder gefangen und energisch die Nase geputzt:

»Jetzt ist es aber juut. Jetzt wird Kaffe jekocht!« Und als nach einer halben Stunde der rar gewordene Kaffeeduft die kärglich eingerichteten Posträume durchzog, hatte sich leichter Optimismus, gepaart mit der winzigen Hoffnung auf eine bessere Zukunft unter den Frauen ausgebreitet. Und Irmchen hatte verheißungsvoll von weiteren Genüssen geplaudert, weil der nächste BH, diesmal für die dicke Frau Strunz aus dem Lebensmittelgeschäft, die noch immer »was unter der Theke« hat, schon bald fertig gehäkelt sei, und dass die Strunz, wegen des großen Materialverbrauchs mindesten ein Viertelpfund Kaffeeböhnchen mehr dafür herausrücken müsse wie als ihr Mariechen, das spindeldürre, sechzehnjährige Töchterchen.

Als jedoch nach einigen Wochen, in denen sich die Frauen öfter im Luftschutzbunker als in der Post aufgehalten hatten, auch diese Räume nach einem Luftangriff dem Erdboden gleich gemacht waren, hatte das Eifelmädchen nichts mehr in der verwüsteten Stadt gehalten. Irmchens Wohnung war auch so schwer beschädigt worden, dass diese gezwungen war, nach Sinzig zu ihren Großeltern zu ziehen. Gemeinsam hatten die beiden Frauen ihre letzten Habe mit einem Leiterwägelchen nach Sinzig gezogen, und Hildegard war wiederum zu Fuß quer durch die Eifel nach Hause gegangen. Jedenfalls hatte sie sich auf diesen umwaldeten Wegen sicherer gefühlt als auf den meist zerschossenen Bahnhöfen und Gleisen an Rhein und Mosel.

Schreiners Hildegard ist jetzt wieder daheim in Endingen, dem kleinen Eifeldorf auf den Moselhöhen, aber sie ist nicht mehr dieselbe wie früher. Die Hälfte ihres Herzens liegt in Köln begraben, unter den Trümmern eines zerstörten Hauses in der Maternusstraße Nummer 24.

Nun sitzt sie neben Jongles Rösje in der Bauernstube, wo am Christbaum die wenigen Kerzen mit ihrem stillen hellen Schein um die Wette leuchten, um den Menschen, die sich hier zusammen gefunden haben, ein bisschen Trost zu bringen. Über der Stube befindet sich das Zimmer der beiden abwesenden Söhne Peter und Franz, das nun immer noch unbewohnt ist. Ein Jahr zuvor an der letzten Kriegsweihnacht, waren hier zwei Soldaten einquartiert, sie gehörten zu einer Nachschubkolonne der deutschen Wehrmacht, die seit vielen Wochem im Dorf stationiert war. Es waren ältere Männer aus Thüringen. Familienväter, die am Heiligen Abend gewiss auch gerne bei ihren Frauen und Kindern gewesen wären. Auch sie saßen beim Kerzenschein und hatten die Weihnachtspäckchen von daheim ausgepackt. Zigaretten, Spekulatius, ein kleines Buch, was alles so in ein zweipfündiges Feldpostpäckchen hineingeht. Unten in der Stube hörten sie leise Musik, helle Kinderstimmen sangen Weihnachtslieder.

»Die Soldate han e Radio mit Batterie«, sagte Fritz, »mir han schun wochelang keine Strom, uns Radio jeht leider net.«

»Ei Vadter, jank doch erroff und sag dene, sie sollten erunner kumme, dann könnte mir och e bisje Musik hühre«, sagte Rösje und Kätt meinte:

»Ich han se doch schun poar mal einjelade, awer die han jesoat, sie wollten uns net störe am heilije Abend.« Rösje aber war kurzentschlossen aufgestanden:

»Wat heißt hier störe, ich jien se rofe, dann kummen se.« Und sie ging hinauf in die Jungenkammer, wo die beiden Soldaten auf dem Bettrand hockten und sofort aufsprangen, als hätten sie bloß darauf gewartet, dass sie jemand ruft. Bald darauf saßen Otto und Rudi aus Jena samt ihrem kleinen, knatternden Radio in der Runde und waren froh nicht allein zu sein. Und der Bielefelder Kinderchor sang von gelegentlichen Pfeiftönen und Geknatter begleitet: »Hohe Nacht der klaren Sterne.«

Als Rösje dann den Tisch deckte und Kätt eine große Schüssel mit »Krumbiereschloat« (Kartoffelsalat) brachte und auch selbstgebackenes Weißbrot, frischgerührte Butter und zweierlei Hausmacherwurst nebst einer großen Kanne Malzkaffee auf den Tisch stellte, griffen alle herzhaft zu. Die Soldaten lobten das Essen über den grünen Klee, schäkerten ein bisschen mit den Frauen und vertrieben damit den Trübsinn aus ihren heimwehgeplagten Herzen. Das ist nun schon ein Jahr her, aber Kätt kommt es vor, als sei es erst gestern gewesen, seit der letzte Kriegswinter mit viel Kälte, Eis und Schnee zu Ende gegangen war. Die deutsche Wehrmacht war an allen Fronten auf dem Rückzug und sehnlichst wünschten die Menschen, dass es nun schnell gehen möge, dass es ein Ende hatte mit dem Krieg, ein Ende mit Bomben und Hunger, ein Ende mit dem endlosen Warten auf die Väter und Söhne, die der Krieg in die verschiedensten europäischen Länder verschlagen hatte. Alles lag im Ungewissen, niemand hatte eine Vorstellung davon, ob es eine bessere Zukunft für unser Land gibt. Nur eines war vorerst wichtig, es sollte endlich Schluss sein! Insgeheim wurden hier im Westen des Landes von so manchem die feindlichen Truppen als Befreier erwartet.

Im März 45 war es dann soweit, die amerikanischen Panzer rollten über die Dorfstraße von Endingen, und in manch einem alten Fachwerkhaus erzitterte das ganze Gebälk von der Wucht der schweren Fahrzeuge, die den Erdboden rundum erschütterten. Die letzten deutschen Soldaten hatten schon vor acht Tagen das Dorf verlassen, vom Kirchturm und allen Hausgiebeln flatterten weiße Bettlaken oder Tischdecken, darum war kein Schuss gefallen. Viele Dorfbewohner, die vor dem herannahenden Feind ins Bachtal geflüchtet waren und sich dort in engen Schluchten, die schon vor Jahrhunderten als Zuflucht vor den Schweden dienten, versteckt hatten, kehrten zögernd in ihre Häuser zurück. Besonders freundlich waren die Amerikaner nicht, weil sie alle Deutschen für böse Nazis hielten, aber die Einwohner des Dorfes beruhigten sich bald, denn sie wurden nicht unnötig schikaniert.

Nach einigen Tagen war der ganze Spuk vorbei, die Amerikaner zogen weiter, irgendwo hatten sie eine Kommandantur eingerichtet, die alles überwachte, aber das fiel hier nicht weiter ins Gewicht, denn endlich konnten die Bauern wieder mit den Ochsengespannen auf ihre Äcker fahren und mit dem Hafersäen beginnen.

Geduldig scharrten sie die aufgeworfenen Stellungsgräben zu, kamen mit vielerlei brauchbaren Gegenständen von ihren Feldern und Wiesen heim. Gut erhaltene Uniformhosen und -jacken, große Rollen mit aufgewickeltem Kabeldraht, Wagenladungen mit den Kartuschen der Artilleriegeschosse. Hier, wo kaum noch ein Nagel aufzutreiben war, konnte man alles gebrauchen. Ganze Schuppen- und Scheunendächer werden mit in mühevoller Arbeit aufgeschnittenen und flachgeklopften Kartuschen aus starkem Eisenblech neu eingedeckt. Manch ein Eifelbauer bindet jahrelang beim Holzfällen seine »Schanzen« (Reisigbündel) mit »Amidraht«, weil das schneller geht als mit den herkömmlichen, gedrehten Weidenzweigen.

Der Mai ist schön in diesem Jahr, er überzieht das besiegte Land mit hellem Grün, als wäre nichts passiert. Dicke, aufspringende Knospen an allen Zweigen, Buschwindröschen, wildblühende Fliederbüsche und Weißdornhecken an den Hängen des Pfaffenhausener Bergweges, der hinaufführt zur Schwanenkirche. Mehrere junge Frauengestalten in hellen Sommerkleidern gehen diesen schmalen Weg, diesen hundertfach ausgetretenen Pfad, und beten den Rosenkranz zur schmerzhaften Muttergottes.

Die jungen Frauen und Mädchen gehen in weit ausholenden, ruhigen Schritten den ansteigenden Weg, wenn auch etwas besser gekleidet als sonst an Werktagen, so doch in ihren derben Nagelschuhen und selbstgestrickten, buntgeringelten Stricksöckchen. Es sind: Jongles Röschen, ihre Schwester Leni, nunmehr die Frau von Schreiners Jupp, Pittersch Greta, Schreiners Hildegard und Leiendeckersch Regina. Sie gehen alle in demselben Anliegen vereint, sie beten um die Heimkehr ihrer Männer und Brüder. Auf der Hochebene angelangt, schreiten sie rüstig voran, stimmen, weil es Mai ist, ein passendes Lied an: »Auf Christen kommt zu loben, der Mai ist froh erwacht!« und »Meerstern ich dich grüße, o Maria hilf!« Sie singen sich das bange Gefühl der Verzagtheit und des Wartens aus der Brust.

Aus alter Gewohnheit blicken sie nach vorne in eine bestimmte Richtung, halten Ausschau nach dem Punkt, wo noch vor gar nicht so langer Zeit am Horizont die Spitze eines kleinen Türmchens auftauchte, welches mit jedem Schritt und jedem Ave etwas mehr aus dem Boden wuchs, und schließlich das hohe Dach und dann die Umrisse der alten Wallfahrtskirche, Schwanenkirche genannt, darbot. Aber jetzt nicht mehr. Die Wallfahrerinnen wissen alle ganz genau, dass da keine Kirche mehr zu sehen ist, und trotzdem gehen sie diesen Weg, weil er schon über fünfhundert Jahre von vielen Generationen Eifeler Menschen beschritten wurde, wie heute, betend und singend, trotz der gebeugten Rücken, die oft gekrümmt waren von Fronarbeit und Hunger, den Kriegslasten und Forderungen eines harten, entbehrungsreichen Lebens. Junge Mütter gingen, trugen ihre kranken Kinder auf den Armen oder unter dem Herzen, beteten zur Schmerzhaften um Gesundung ihres Kindes oder um eine glückliche Niederkunft des Ungeborenen, Unfruchtbare flehten um Kindersegen. Wir merken schon, meistens ging es um Kinder, um die gesunden und kranken, um die geratenen und ungeratenen. Man könnte meinen, der Muttergottes wäre es mit der Zeit zuviel geworden, Jahrhunderte lang nicht aus der vielen Arbeit und den mannigfaltigen Sorgen um die Kinder herauszukommen, wenn man nicht wüßte, dass ihr im Himmel alles leichter fällt als damals im heiligen Land, als sie noch irdisch war, und sie sich gewiss auch plagte mit der täglichen Mühsal einer Mutter und den tausend Sorgen um ihren Sohn. Hatte sie doch von Anfang an wegen ihm viele Angst und Not gehabt. Schon vor seiner Geburt, als es fraglich war, ob ihr Bräutigam, der Josef, sie, die ohne ihn schwanger geworden war, überhaupt heiraten würde. Mit einem unehelichen Kind hätte man sie als Ehebrecherin verurteilt und sie wäre von den gesetzestreuen Männern und Schriftgelehrten ihres Volkes wahrscheinlich zur Stadt hinausgestoßen und gesteingt worden. Josef hatte sie jedoch nicht angezeigt und zu ihr gehalten. Egal was passiert war, hatte er seine Braut für unschuldig gehalten und auch bald die Bestätigung dafür bekommen. Die Stimme des Allmächtigen sprach so unverkennbar und klar in seinem Herzen, dass er, der in seinem Leben noch nie an dieser Stimme gezweifelt hatte, auf einmal genau wusste, was es mit dieser Schwangerschaft auf sich hatte. Sofort hatte er Maria zur Frau genommen, für sie gesorgt mit seiner Hände Arbeit und es auch an Fürsorglichkeit nicht fehlen lassen.

Oft hatte Rösje als Kind das schöne Bild von der heiligen Familie betrachtet welches in Jongles Stube über dem Tisch hing. Darauf stand der heilige Josef mit schöngelocktem Haar und feingezwirbelten Bart an einer Hobelbank. In der Hand hielt er eine Axt. Die Mutter Maria saß da, schöngekleidet wie eine feine Dame und zupfte an einem schneeweißen Spinnrocken und der hübsche Jesusknabe spielte mit einem niedlichen Lämmchen.

Rösje, die zuweilen ihre Mutter gefragt hatte ob das denn so fein gewesen sei in der heiligen Familie, hatte dann von Kätt die Antwort bekommen, dass fromme Bilder oft zu fein gemalt würden um Andacht in den Menschen zu erwecken, aber in Wahrheit hätte es damals gewiss ganz anders ausgesehen im Leben der einfachen Leute wie Maria und Josef es waren. Rösje hatte sich oft gefragt wie das Leben der Maria von Nazareth wohl in Wirklichkeit aus gesehen haben mag.

Und Rösje stellt sich vor wie Maria in ihrem kleinem Haus in Nazareth alles rechtzeitig für ihre Niederkunft vorbereitete und glücklich die von Josef so schön geschreinerte neue Wiege betrachtete. Da war auf einmal ein Trupp Römer durch die kleine Stadt geritten und hatte diesen verflixten Kaiserbefehl austrompetet: »Das alle Welt gezählet und aufgeschrieben werden sollte,« und dazu kam noch »ein Jeglicher in seiner (Geburts) Stadt.« Ein Mann musste dahin reisen, wo er geboren war und selbstverständlich mit seinem »angetrauten Weibe.« Ein Befehl des Kaisers war ein Befehl des Kaisers, ihm nicht nachzukommen wäre für einen Juden nicht ratsam, es konnte den Tod bedeuten. Nun war es aus gewesen mit der Ruhe und Geborgenheit daheim. Maria hatte sich im neunten Monat befunden, als sie den weiten Weg nach Bethlehem gehen musste. Die ersten Tage war sie noch tapfer neben Josef hergeschritten, wollte ihm keine unnötigen Sorgen machen, doch als sie gerade um die Ecke einer Felsnase eingebogen und am Horizont die ersten Häuser von Bethlehem aufgetaucht waren, hatte sie plötzlich ein leichtes, aber ziemlich deutliches Reißen im Rücken gespürt, welches nun, je näher sie der Stadt kamen, immer heftiger und häufiger aufgetreten war. »Das Weib hat Angst« steht noch heute in der Bibel geschrieben. Wo würden sie Unterkunft finden? Zuerst hatten sie alle Verwandten in Josefs Vaterstadt abgeklappert, aber alle Häuser waren wegen der Volkszählung voll belegt bis aufs Dach, auf welchem etliche unter freiem Himmel logierten. Es kam wie es kommen musste, die junge Frau hatte nun nicht mehr länger an sich halten können, das Wasser war ihr aus der Gebärmutter geflossen und Josef hatte sie in den großen Schafstall eines Vetters dritten Grades getragen, auf das sauberste Stroh gebettet, was da zu finden war und die Geburt ihres ersten Sohnes ging einigermaßen glücklich vonstatten, weil jetzt einige Hirtenfrauen, die Josef in seiner Not herbei gerufen hatte, zur Hilfe gekommen waren. Sie wussten was zu tun war, auch ihre Kinder waren alle so unkomfortabel auf die Welt gekommen. Und genau das hatte der Allmächtige so vorgesehen. Er wollte es den Leuten zeigen worauf es ankommt, als er in der Gestalt eines Armeleutekindes zu uns kam. Nicht auf Sicherheit und Komfort, sondern auf die Liebe der menschlichen Herzen, die bereit sind ihm zu helfen auf diese Welt zu kommen.

Maria hatte still und glücklich da gelegen, hatte wie alle Mütter nach einer Entbindung das kleine Gesicht ihres Kindes betrachtet, das nun sauber gewindelt neben ihr gelegen hatte. Denn Windeln hatte sie nun doch im Gepäck gehabt für alle Fälle. Etwas besorgt hatte sie an ihre Mutter Anna gedacht, die ihr mit Rat und Tat die ganze Zeit zur Seite gestanden hatte. Anna hatte an alles gedacht, auch dafür gesorgt, dass eine Hebamme und einige Frauen rechtzeitig herbeieilen würden, wenn die Stunde kam. Sie hatte einen Schlauch des besten Weines gekauft, auf dass täglich einige Schlucke Wein mit heilenden Kräutern gemischt zur Stärkung der Wöchnerin bereitet würden, damit ihre Tochter und das neue Enkelkind auch nicht das geringste entbehren müssten. Wenn die wüsste, dass Maria im Stall des hochmütigen Judokus niederkommen musste! Wer hätte das aber auch voraussehen können, das Kind war vorzeitig gekommen. Eigentlich wollten sie zum

Zeitpunkt der Geburt wieder daheim sein. Nun, es war alles gut gegangen und Maria lobte und pries Gott in ihrem Herzen. Leise hatte sie zu ihrem Mann gesagt:

»Es wird das Beste sein, wir verschweigen es der Mutter, dass Vetter Judokus uns nicht besser untergebracht hat, sie regt sich im Nachhinein nur unnötig auf, und mein Vater macht dem Judokus am Ende noch Vorhaltungen. Ich möchte keine Zwietracht säen in der Verwandtschaft wegen diesem, meinem Kinde, welches der Engel, als er es ankündigte, Friedensfürst genannt hat.« Und der allzeit gerechte, friedfertige Josef hatte dem zugestimmt. Man muss wissen, dass Marias Eltern, Joachim und Anna, bei aller Frömmigkeit doch vornehme wohlhabende Leute waren, die ihre Tochter Mirjam dem Zimmermann Josef nur darum anverlobt hatten, weil er aus dem Geschlechte Davids stammte, und vor allem weil er so gottesfürchtig war.

Nun war Josef gezwungen, noch solange in Bethlehem zu bleiben, bis die Wöchnerin sich erholt hatte. Die Kunde von der Geburt im Stalle hatte sich nun doch in der Verwandtschaft herumgesprochen. Allerdings glaubte niemand dem armen Hirtenvolk, welches eine Erscheinung von Engeln gehabt haben wollte. Ausgerechnet diese halbwilden, armen Schlucker, die am Sabbath wegen ihrer ärmlichen, zumeist aus Ziegenfellen angefertigten Bekleidung nicht wagten die Synagoge zu betreten. Keiner von denen hatte je eine Gesetzesrolle studiert, was konnten die schon von dem erhabenen Gott und seinen Engeln wissen?

Das junge Paar wohnte noch eine Zeit lang bei Josefs Base, der Witwe Sara, die sie mit vielen Entschuldigungen in ihr Haus gebeten hatte. Die hatte nämlich an dem Abend, als die beiden nach einer Herberge suchten, mit Fieber im Bett gelegen und gar nicht mitbekommen, dass der Türhüter ihre in Not geratenen Verwandten nicht in ihr Haus hereingelassen hatte. Durch die liebevolle Pflege Saras kam Maria rasch wieder zu Kräften, und man plante schon die Heimreise für die kommenden Tage, als sie an einem frühen Morgen, da die Sterne am Himmel noch nicht gänzlich erloschen waren, von einem, zu diesem Zeitpunkt ungewohnten Getümmel und Stimmengewirr aufgeweckt wurden. Saras ältester Sohn Benjamin eilte aufs Dach, um nach etwaiger Gefahr Ausschau zu halten. Man konnte nie sicher sein vor unliebsamen Maßnahmen der römischen Besatzungsmacht. Jedoch Benjamin rieb sich die Augen, weil er zu träumen glaubte, als er in die enge Gasse hinunterschaute.

Dort wimmelte es von Menschen und Tieren, und soweit Benjamin im diffusen Licht der Morgendämmerung und von einigen brennenden Fackeln erkennen konnte, waren es keine Einheimischen, denn fremde Sprachfetzen schwirrten zu ihm hinauf. Augenscheinlich war es eine Karawane, die von weit her kam, und sie zogen nicht durch die Gasse hindurch, sondern hatten ihre Reit- und Tragtiere zum Stehen gebracht. Drei der größten Kamele trugen reichverzierte Sättel und Sitzkissen, die von Schatten spendenden Baldachinen überdacht waren.

»Das sind scheinbar sehr hohe Herrschaften, die darunter sitzen«, dachte der Knabe. »So was gibt es hier in unserem Nest nicht. Wen die wohl hier suchen?« Und er wollte gerade zu seiner Mutter eilen, um ihr von dem sonderbaren Ereignis zu berichten, als der Erste von den drei Herrn seinen Arm ausstreckte, hoch zum Himmel hinauf deutete, und dann geradewegs auf das Haus der Witwe Sara. Auf seinen Befehl hin ging das Kamel in die Knie, um seinen Herrn absteigen zu lassen. Alle anderen stiegen nun ebenfalls ab, Herrschaften und Diener ließen sich in den Staub der Gasse nieder und verbeugten sich bis zur Erde. Jetzt erhob sich der Älteste von den drei Vornehmsten, holte ein Saiteninstrument unter seinem weiten Umhang hervor und stimmte einen lauten Lobgesang an. Alle waren aufgesprungen und stimmten ein in diese Hymne. Als sich dann noch die Blasinstrumente, Klingeln und Rasseln mit ihrem unbeschreiblichem Lärm dazugesellten, war auch der letzte Bewohner des Hauses sowie der ganzen Gasse aus den Schlaf gerissen worden. Alle kamen halbbekleidet auf die Dächer gestürmt, um zu schauen, was eigentlich los war.

Nur Josef war bei Maria geblieben, die gerade ihr Kind stillte. Als es auf einmal an die Pforte klopfte, ging Josef hin, öffnete sie einen Spalt breit und blickte in ein ihm unbekanntes, dunkelbärtiges Gesicht. Er hätte um ein Haar die Tür wieder geschlossen, wenn nicht das gütig strahlende Augenpaar des Fremden ihn davon abgehalten hätte. So trat Josef auf die Gasse, begrüßte den Fremden und fragte ihn nach seinem Begehr. Der antwortete mit einer Frage, mit der Josef zunächst nichts anzufangen wusste:

»Wohnt hier der neugeborene König der Juden?«

»Da habt ihr wohl den falschen Weg eingeschlagen. Der König Herodes wohnt in der Hauptstadt Jerusalem, ob der einen neugeborenen Sohn hat, weiß ich nicht.«

»Von dort kommen wir, Herodes konnte uns keine Auskunft geben, jedoch einer seiner Schriftgelehrten hat ihm einen Tipp gegeben, wonach dieses Kind in Bethlehem geboren werden soll. Wir sind seinem Stern gefolgt. Diesen hellen Stern haben wir, die Astrologen unseres Volkes, entdeckt. Einer uralten Prophezeiung zur Folge, kündigt dieser Stern die Geburt eines mächtigen Gottes an, und wir sind gekommen um ihn anzubeten.«

»Wartet eine Weile«, hatte Josef etwas verstört geantwortet, war zu Maria geeilt und hatte ihr die sonderbaren Worte berichtet. Die aber gedachte der Worte des Engels und gab zur Antwort:

»Lasse sie hereinkommen, ich glaube es hat seine Richtigkeit.« Und bald darauf füllten die drei Weisen mit Dienerschaft und all ihrem Gepränge den Innenhof, wo Maria mit dem Kinde und Josef sich niedergelassen hatte. Und es war eine der glücklichsten Stunden in Marias Leben, da sie nun vor ihrem Kind die Knie beugten und dessen erstaunt blickende, kluge Augen bewunderten. Sie hatten eine Menge wertvolle Geschenke mitgebracht, die für die Jungvermählten einen bescheidenen Reichtum bedeuteten, welchen Maria gut verwalten und sorgfältig aufzuheben gedachte.

Sara bot ihren vornehmen Gästen die besten Speisen und Getränke an, die sie im Hause hatte. Maria und Josef kümmerte es ein wenig, dass ihre Verwandte nun wegen ihnen so viel Arbeit hatte. Josef half Sara und ihren Töchtern, für die drei Herren eine Übernachtungsmöglichkeit im Hause vorzubereiten, während die Karawane auf dem freien Felde ihre Zelte aufschlug. Nach einigen Tagen Rast wollten diese wieder zur Heimreise aufbrechen und der Weg sollte wiederum über Jerusalem führen, wie sie es dem Herodes versprochen hatten, als Balthasar, der älteste der drei Weisen, in der Nacht im Traum eine Warnung erhielt, dem König Herodes nichts von der Entdeckung des Kindes zu vermelden, da dieser dem Kinde nach dem Leben trachte. Und als er das am Morgen seinen Freunden Kaspar und Melchior erzählte, sagten die, sie hätten denselbigen Traum gehabt. Darum kehrten sie auf einem anderen Wege in ihr Land zurück, nicht ohne Josef vor Herodes gewarnt zu haben.

Und Maria wurde es ganz bange ums Herz. Sie hatte schon einiges zusammengepackt, denn bald sollte es heim nach Nazareth gehen. Wie würden ihre Eltern sich freuen! Und dieses Mal brauchte sie nicht den ganzen Weg zu Fuß zu gehen, Josef hatte ein kräftiges Maultier gemietet. Jedoch es kam anders. Kaum eingeschlafen weckte Josef seine Frau und sprach ganz aufgeregt von einer Stimme, die ihm befohlen hätte, er solle mit ihr und dem Kind noch in derselben Nacht fliehen, die Soldateska des Herodes sei schon im Anmarsch und hätte den Befehl, alle Knäblein unter zwei Jahren zu töten, weil eines von ihnen ihm den Thron streitig mache. Welch ein furchtbarer Schrecken für eine Mutter! Welch ein Aufbruch unter Angst und Zittern! Alle im Hause halfen, in Eile die Flucht vorzubereiten. Wohin nur? Und dann mit dem kleinen Kind! Es war wie in allen vergangenen kriegerischen Zeiten in der Vergangenheit, wo Macht und Willkür Mütter mit ihren Kindern auf die Straßen zwangen, in die Fremde, ins Ungewisse.

Und das bis auf den heutigen Tag, dem schönen Frühlingstag in der Eifel, da eine Anzahl Frauen auf dem Weg zur Schwanenkirche sind und all diese Gedanken Rösje bei dem Rosenkranzbeten durch den Kopf gehen:

»Den du o Jungfrau empfangen, den du zu Elisabeth getragen, den du geboren hast, den du im Tempel wiedergefunden hast.« So trägt auch Jongles Leni, jetzt Schreiners Leni, heute ihr Kind zu Maria, trägt schon ziemlich schwer daran, denn sie ist im neunten Monat schwanger. Darum wollte Schreiners Bäb, Lenis Schwiegermutter, sie gar nicht mehr mitgehen lassen, aber die junge Frau hatte sich von ihr nicht zurückhalten lassen, weil sie die Muttergottes ganz innig bitten will, dass der Jupp bald heimkommt und daheim ist, wenn sie ihr Kind bekommt. Seit seinem letzten Urlaub im September hat sie ihn nicht mehr gesehen, sie weiß aber von einem Heimkehrer, dass der Schreiners Jupp, ihr Mann, lebt und sich in einem amerikanischen Gefangenenlager befindet.

Nach Beendigung des freudenreichen Rosenkranzes stimmt Pittersch Margreta, die langjährige Solosängerin des Kirchenchores, die sich vor zirka vier Jahren, aus lauter Liebe, vom Mauerblümchen zur schönen Rose gemausert hatte, um den vielbegehrten Chordirigenten, den Küsters Franz, zu erobern, und ihn auch bekam, deren Brüder Mätthes und Vincent noch nicht daheim eingetroffen sind, mit ihrer vollen Altstimme das Lied »Meerstern ich dich grüße, o-o-o Maria hilf …« an. In allen Strophen wiederholt sich das flehentliche »O-o-o Maria hilf!« Und mit diesem Hilferuf haben sich die Endinger Frauen dem großen Trümmerhaufen genähert, der einmal die Schwanenkirche war. Wo nehmen diese schlichten Frauen immer noch den Glauben her, dass diese Maria, die einstmals vor so einem erbärmlichen Potentaten, wie Herodes es war, mit ihrem kleinen Kind bei Nacht und Nebel von Bethlehem bis in das fremde Land Ägypten fliehen musste, die auch heutzutage nicht einmal ihr eigenes Haus vor der Zerstörung durch die amerikanischen Bomben hatte bewahren können, dass ausgerechnet sie, eine einfache Frau, die Macht hat, ihnen zu helfen? Den Glauben kann man nicht mit vernünftigen Argumenten erklären. Er ist einfach da.

An einer Stelle, dort wo sich ungefähr der Altar befunden hatte, steht noch eine einsame Strebe und zeigt anklagend in den unschuldig dreinblickenden, blauäugigen Eifelhimmel. Drumherum hat man an einer Stelle ein wenig von den Trümmern freigeräumt, ein bisschen Platz geschaffen für eine Sitz- und Kniebank. Und an dem Stück Wand, welches an der Strebe haftet, hängt ein Muttergottesbild, davor ein Wandbrett mit einigen Kerzenstummeln. Hier lassen sie sich nieder, auf der provisorischen Kniebank, auf den Steinen und Trümmern, wie Kinder es tun, wenn sie nach weiten Wanderwegen im Bachtal, rauhen Spielen und mit zerschundenen Knien rund um die Mutter sich drängen und wissen, dass die ihnen den Durst löscht und die Wunden verbindet.

Plötzlich vernehmen die Wallfahrerinnen ein Geräusch, ein Graben und Scharren in dem Trümmerberg. »Wer ist das denn?«, fragen sie sich und schauen nach. Da taucht aus der Tiefe ein schwitzendes, verschmutztes Gesicht auf. Eine kleine, dunkelgekleidete Männergestalt, über und über mit Staub und Erde bedeckt, steigt heraus zwischen zerbrochenem Gebälk und zerborstenen Steinen. Zuerst erkennen sie ihn nicht, doch als ihnen ein munteres »Grüß Gott!«, entgegenschallt, flüstert Rösje:

»Dat is doch ose Kaplon, wat mächt der dann elo?« Jetzt erwidern die Frauen den Gruß, gucken den Kaplan aber verdutzt und neugierig an. Er merkt, dass sie auf eine Erklärung von ihm warten. Freundlich lächelnd wie immer erzählt er ihnen, aus welchen Grund er hier arbeitet, dabei klopft er sich Kalk und Mörtel aus der schwarzen Soutane. Auf der Brust trägt Kaplan Höffling einen

Leinenbeutel, den er nun ablegt und vorsichtig niederstellt. Stück für Stück breitet er nun den Fund auf einer Decke aus, den er tief unter den Trümmern ausgebuddelt hat.

»Schaut einmal her!«, ruft er den staunenden Frauen zu. »Bald habe ich sie zusammen, die Pieta, es fehlen nur noch einige Bruchstücke.« Das dunkle Haar klebt ihm in der verschwitzten staubigen Stirn, aber seine Augen glänzen vor Glück.«

»Awer is denn elo keiner, der euch helft, Herr Kaplon? Dat is doch vill zu jefährlich für uch so allein, off einmol fällt euch noch eppes off de Kopp«, sagt Pittersch Margreta. Aber der schmächtige Mann lacht nur und antwortet:

»Das haben andere Leute auch schon gesagt, der Herr Pastor macht sich ebenfalls Sorgen um mich. Außer mir glaubt kaum noch einer, dass von der alten Figur noch etwas zu finden sei. Aber ich habe der Muttergottes versprochen, so lange zu graben, bis ich sie finde, und sie hat mir versprochen auf mich aufzupassen, dass mir nichts auf den Kopf fällt. Außerdem kann so ein kleines Kerlchen wie ich besser da unten suchen. Ein großer, schwerer Mann würde am Ende alles platt trampeln.« Fast scheu betrachten jetzt die Frauen die Bruchstücke der aus dem vierzehnten Jahrhundert stammenden Holzfigur. Da – es schimmert ein Stückchen vom goldenen Saum ihres Gewandes! Da – ist das mit Dornen gekrönte Haupt ihres Sohnes, und dort – das in stiller Trauer erstarrte Gesicht seiner Mutter Maria.

Auf dem Nachhauseweg reden sie miteinander, überlegen, ob man so eine kaputte Figur jemals wieder zusammenflicken kann, und zwar so, dass sie wieder so schön wird wie früher? Ja doch, in Trier soll es eine derartige Werkstatt geben, die können das machen, das sind Künstler, die verstehen sich auf sowas. Und was hat der Kaplan gesagt? Die Muttergottes hat es ihm versprochen, dass ihm nix passiert?!

»Ja, dat is en schwer fromme Mann, uns Kaplänche, von dem kannste alles han, der tät mitten in der Noacht offstohn un dir die Beicht abhöre, wenn er dir damit helfe könnt«, sagt Rösje und Regina fügt noch hinzu:

»Et hat mir einer jesacht, dat der Kaplan Höffling so ähnlich einer wär, als wie der heilije Pfarrer von Ars.«

Im Heimatdorf angekommen, trennen sich die Frauen und Mädchen, jede geht mit einem herzlichen »Gonacht« in ihr eigenes

Haus oder Gehöft. Es ist ziemlich spät geworden, die Abendglocke läutet und drüben im Kuckucksbüschelchen hat schon eine Nachtigall ihr Lied angestimmt. Jongles Rösje steht noch ein paar Minuten still im Hof, lauscht und sagt zu sich selber:

»Ich weiß et och net, borim (warum) ich jedesmol so e dumm Jefühl um et Herz erum kriech, wenn dat Vijelche so schön singt, es is doch grad eso, als ob mir eppes fehlen dät.« Doch dann geht sie ins Haus, zieht sich eine alte Kittelschürze über das helle Kleid, setzt die Kartoffeln fürs Abendessen aufs Feuer, nimmt sich einen Melkeimer und geht hinaus in den Kuhstall, wo Mutter Kätt schon mit dem Melken begonnen hat. Die fragt:

»Na, seid ihr schon zurück von der Schwannekirch? Da soll et ja schlimm aussehn. Hast dou och gut für uns Junge jebät? Wenn mir doch enlich emol en Noricht (Nachricht) kriejen täten, ob se noch am Läwwe sein.« Kätt seufzt aus Herzensgrund. Rösje erzählt ihr nun, was sie erlebt haben mit dem Kaplan und wie es da oben aussieht auf dem Röser Berg, und dass sie gesungen und gebetet hätten wie früher, und ein andächtiges Gefühl wäre da immer noch, wie früher. Kätt meint:

»Et wär ja schön, wenn se die alt Muttergottes widder reparieren könnten, der Pastur hat letzte Sonndach in der Kirch die Mannsleut aufjerufen, sie sollten sich bei dene Aufräumungsarbeiten beteiligen, weil die Schwannekirch widder offjebaut werden soll.«

»Ja ja«, sagt Rösje und ist mit ihren Gedanken schon wieder weit weg, nämlich bei dem »schiene Jung« (schöner, junger Mann), der in Schreiners zu Besuch ist, der sie jedesmal, wenn sie zu Leni und Hildegard kommt, mit seinen Blicken verschlingt. Eigentlich hat Rösje in der letzten Zeit immer häufiger irgendeine Ursache ihre Schwester zu besuchen, genau genommen mehrmals am Tage. Hildegard wundert sich schon, aber Rösje hat auf deren fragenden Blick hin immer eine Antwort parat, weil sie nämlich eifrig an den Babyjäckchen und -mützchen für Lenis kommendes Kindje häkelt und deren Anleitung für das neue Muster braucht. Gerade jetzt beim Melken hat Rösje Zeit, sich jedes einzelne Wort, dass der Fremde an sie gerichtet hat, noch einmal ins Gedächtnis zu rufen, sich jeden Blick, den sie mit ihm getauscht hat, immer wieder zu vergegenwärtigen. Und mit einem Mal weiß sie, wovon das dumme Gefühl ums Herz herum kommt, wenn die Nachtigall abends so süß daher flötet.

Kätt hat sich ziemlich mühsam von ihrem Melkschemel erhoben, sie ist jetzt erst Mitte Fünfzig, aber ihr Rücken ist schon »krummjeschafft«. Der Melkeimer ist randvoll, denn die Bless ist »frischmelkisch«. Kätt trägt den Eimer zur großen Milchkanne und schüttet sie durch ein feines Sieb hinein. Bless dreht ihren Kopf nach Kätt, guckt ihr mit runden Augen nach und muht leise. Man hat ihr vor zwei Wochen das Kälbchen weggenommen. Ab und zu kommt die jetzige Besatzungsmacht ins Dorf und beschlagnahmt Lebensmittel, vorzugsweise Eier, Fleisch oder auch Kartoffeln. Es gibt bereits einige Bauern im Dorf, die keine einzige »Krumbier« mehr im Keller haben. Das ist sehr ungewohnt für die Hausfrauen, wenn man bedenkt, dass die Kartoffeln in der Eifel die Grundlage für den täglichen Speisezettel und die gesamte Ernährung überhaupt sind. Bis zur nächsten Ernte müssen die Leute halt etwas anderes essen, Kohlrabi, Möhren oder sonstiges Gemüse mit einer Schnitte Brot dazu.

Das Kalb der Bless musste dranglauben, weil die Franzosen gerne Kalbfleisch essen. Der Bauer Fritz Leiendecker kann da genauso wenig dran ändern wie Bless. Die hatte ihren Schmerz wenigstens noch hinausschreien können. Zwei Tage und Nächte lang dröhnte ihr jammervolles Muhen durch das halbe Dorf und Kätt hatte sich nachts die Ohren zugestopft, denn dieses anklagende Muhen ließ sie ihre eigene Machtlosigkeit erst so richtig gewahr werden.

Am nächsten Vormittag ist es so, als hätte der Gang zur schmerzhaften Muttergottes schon Früchte getragen, als der Briefträger in Jongles Hof einbiegt, zwei Briefe mit einem aufgestempelten, roten Kreuz in der Hand hat, und er ruft schon von Weitem:

»Hee, Kätt! Dir hat Post!« Kätt, die gerade das Schweinefutter mischt, trocknet sich die Hände an der Sackschürze ab, geht mit gemischten Gefühlen auf den Postjohann zu, greift nach den Briefen, die aus zusammengeklebten Papieren bestehen, und sagt:

»Die muss ich awer vürsichtich offmache.« Darum geht sie in die Küche, dreht die Briefe um und um, erkennt auf dem einen die Schrift des Absenders, er kommt von Franz Leiendecker. Freude und Erwartung durchströmen gleichermaßen Kätts Herz und ihren ganzen Körper bis in den kleinen Zeh, und sie schreit in den Hof hinaus:

»Fritz! Rösje! Uns Fränzje hat jeschriwwe!« Rösje stürmt herein, dicht gefolgt von Vater Fritz. Die Hände von Mutter Kätt hantieren so fahrig, dass sie den Brief nicht aufkriegen. Da nimmt Fritz ihr das Schreiben ab und öffnet es vorsichtig mit einer Schere. Und es sind tatsächlich Worte ihres Sohnes und Bruders Franz, die er jetzt vorliest:

> Liebe Eltern und Geschwister!
> Ich bin noch am Leben und bin gesund. Sende Euch viele Grüße aus dem Gefangenenlager im fernen Russland. Ich habe wegen eines Beinschusses lange im Lazarett gelegen, bin gut behandelt worden und kann wieder gehen. Jetzt arbeite ich in der Landwirtschaft. Hoffentlich seid ihr noch alle gesund und munter. Bis auf ein frohes Wiedersehen in der Heimat verbleibe ich Euer liebender Sohn und Bruder, Franz.

Die Bauernküche ist zum Paradies geworden. Eines der freudenreichen Rosenkranzgeheimnisse, welches die Frauen den Pfaffenhausenerberg hinauf beteten, hat sich erfüllt: »– den du wiedergefunden hast«. Noch ahnen die drei Jonglesleute die sich in ihrer großen Freude umfangen halten, nicht, dass noch ein zweites, diesmal jedoch dunkles Geheimnis aus dem »Schmerzhaften Rosenkranz« ins Haus steht: »– der für uns das schwere Kreuz getragen hat«. Kätt hatte in ihrer Aufregung den zweiten Brief gar nicht mehr beachtet, er war unbemerkt unter den Tisch geflattert. Jetzt auf einmal sieht sie ihn, bückt sich mühsam, hebt ihn auf und sagt:

»Hat ich doch bal verjeas, lo is ja noch en Breef kumme.« Rösje, wie durch eine dunkle Vorahnung gewarnt, nimmt Kätt schnell den Brief aus der Hand, öffnet ihn und liest, sagt allerdings kein einziges Wort. Als sie aber nach einer längeren Weile immer noch nicht sagt, was es nun mit diesem zweiten Brief auf sich hat, nur stocksteif wie vom Donner gerührt und von den Eltern abgewandt dasteht, fragt Fritz:

»Wat is? Borim sagste nix? Is der och vom Fränzje?« Das Mädchen jedoch ist verstummt, sinkt in sich zusammen und gleitet lautlos auf den Küchenboden.

»Marjuu!!«, schreit Kätt, Fritz hebt seine Tochter hoch, bettet sie auf der Bank und erfrischt sie solange mit Essigwasser, bis sie die

Augen aufschlägt und mit einem verstörten Blick um sich schaut, einem Blick, der die Wirklichkeit nicht wahrhaben will. Sie bewegt lautlos die weiß gewordenen Lippen, dann sagt sie:

»Vadter«, sagt sie nur, »Vadter, uns Peter –«, weiter kommt sie nicht. Fritz liest nun selber den Brief, und der enthält die Nachricht, dass der Obergefreite Peter Leiendecker am 27. Januar 1945 in einem Lazarett bei Posen an seinen schweren Verletzungen verstorben ist. Und leider sei es der Organisation des internationalen Roten Kreuzes nicht eher möglich gewesen, seine Familie von dessen Ableben zu benachrichtigen, weil sie bis jetzt nur einen kleinen Teil aller beim Rückzug zu Tode gekommenen erfasst hätten.

Nun verlassen wir diese sonst so heimelige Wohnküche. Was bleibt da noch zu sagen oder zu schildern?! Ganz unter sich müssen die drei Menschen diese ersten Stunden überstehen, den Tag und die nicht enden wollende, durchwachte Nacht, um erst um vier Uhr in der Frühe vom Gebrüll der Horntiere und dem Gekreische der hungrigen Schweine in die Realität zurückgerufen zu werden.

Draußen winselt Lux, der Hofhund, und kratzt an der Haustür. Nach stundenlangem Bellen und Heulen, als ob er spüre, dass da drinnen etwas nicht stimmt, hatte er lange und heftig an seiner Kette gezerrt, sich losgerissen und fordert nun Einlass. Denn auch er hatte, wie alle anderen Tiere des Hofes, abends kein Futter bekommen. Es geschah dies zum erste Male seit der alte Hof existierte. Fritz geht zur Haustür und lässt Lux herein. Der große Hund, eine Mischung aus Bernhardiner und Schäferhund, springt an seinem Herrn hoch, leckt ihm vor Freude das Gesicht, so dass diesem gar nichts anderes übrig bleibt, als das arme Tier zu tätscheln und zu beruhigen: »Ja, ja, alter Fräind, is ja schon gut, dou krichs eweil dei Fressje.«

Wie gut, dass es die Tiere gibt, treue, anhängliche Geschöpfe Gottes, deren Wohlergehen als Haus- und Hofgenossen jedoch ganz von den Menschen abhängig ist. Das schlechte Gewissen dem Vieh gegenüber hat die Jonglesleute aus ihrem Schock gerüttelt.

»Mein Gott, mir han die Küh net jemolk!«, schreckt Kätt auf. Sie will sich erheben, aber sinkt mit zitternden Gliedern aufs Bett zurück. Da sagt Fritz:

»Bläiv im Bett, mei arm Kättje, dat alles off einmol war zu vill für dich. Et Rösje un ich, mir machen dat schon, mir jin eweil un versorjen dat Vieh.«

Während er im Hof zwischen Ställen, Futterküche und Scheune seine altgewohnten Schritte geht, denkt Fritz Leiendecker an seine beiden Söhne, wie sie als winzige Knirpse an seinen Hosenbeinen hingen und von ihm auf Pferde und Kühe gehoben werden wollten, wie sie dann, größer geworden, ihm helfen wollten bei der Arbeit, und er musste ihnen kleine Rechen oder Heugabeln schnitzen, und nicht zuletzt denkt er daran, welch prächtige, junge Menschen sie waren: Peter, der allzeit friedliche, fleißige Junge, immer darauf bedacht, seinen Eltern zur Seite zu stehen. Fast selbstständig hatte er in der Landwirtschaft gearbeitet. Fritz hatte ihn gewähren lassen, denn er war keiner von diesen herrschsüchtigen Vätern, die den Jungen nie das Ruder im Betrieb überlassen können. Ganz im Gegenteil, Fritz hatte sich insgeheim darauf gefreut, seinem verlässlichen, ältesten Sohn bald die ganze Verantwortung überlassen zu können. Fränzchen wollte eigentlich Elektriker werden, hatte jedoch seine kaum begonnene Lehre abgebrochen, um wieder daheim in der Landwirtschaft zu helfen, als Peter Soldat werden musste.

Nun ist mit einem Schlag alles anders und ungewiß geworden. Peter, der zukünftige Bauer, ist tot. Aber Franz lebt! Auf ihn will der Vater jetzt seine Hoffnung setzen! Fritz liebt seinen Jüngsten genau so wie seinen Ältesten, und darum muss er sich nun von Neuem anstrengen, weiterhin alle schweren Arbeiten auf sich nehmen, um den Hof zu erhalten bis Franz heimkommt. All diese Gedanken schleppt der alte Bauer, samt den schweren Strohballen und Futterbürden mit sich herum, bis der wütende Hunger der für einen Tag vergessenen Tiere gestillt ist.

Rösje melkt einer Kuh nach der anderen den strotzenden Euter leer. Dieses Mal stehen sie ganz still, keine trippelt unruhig oder jagt mit peitschendem Schwanz die Mücken fort, was der Melkerin sonst oft zur Plage wird. Sie schnaufen erleichtert und wühlen genüsslich mit ihren breiten Mäulern im saftigen, grünen Klee, welchen Fritz heute besonders reichlich auf die Krippen geschüttet hat. Und als früh um sieben die Morgenglocke läutet, ist die ganze Arbeit getan. Die Tiere liegen satt und behaglich wiederkäuend auf frischem Stroh, Lux lässt sich friedlich an seine lange Kette legen, mit der er den größten Teil des Hofes überqueren kann, und die Hühner scharren fröhlich gackernd hinterm Mist, picken die reichlich hingestreuten Weizenkörner auf, laufen in die Scheuer zu ihren Nestern und verkünden mit angeberisch lautem Geschrei jedes frisch gelegte Ei, als gäbe es nichts Wichtigeres auf der ganzen Welt. Alles scheint wieder im Lot zu sein.

Kätt ist inzwischen aufgestanden und hat Kaffee gekocht. Jetzt steht sie an der Haustür, überblickt den sauberen, gutversorgten Hof, schaut zum blühenden Jakobsbirnenbaum hinüber und wundert sich, dass alles noch so aussieht wie gestern Morgen, weil für sie doch wieder einmal ein Stück Welt zerbrochen ist. Rösje geht in die Küche und trinkt eine Tasse Malzkaffee, kriegt jedoch keinen Bissen Brot hinunter. Es hält sie plötzlich nicht mehr im Haus, und sie läuft hinüber zu Schreiners, wo die Familie auch gerade um den morgendlichen Kaffeetisch sitzt. Sie vergisst »Godemorje« zu sagen und will gleich mit dem herausplatzen was passiert ist, besinnt sich aber als sie Leni sieht. »Ich darf uns Leni net erschrecke, dat et Kind ihm net zu früh kimmt wie unserm Lisbeth«, denkt das Mädchen und ist still. Leni guckt verwundert und sagt fragend:

»Godemorje Schwesterherz, wat is denn los, dat dou eso früh jerannt kimms? Dou bist ja janz außer Atem.« Rosje setzt sich auf einen Stuhl und sagt:

»Trink zuerscht emal fertig Kaffee, ich verzellen dir noher, borim ich herkumme sein.« Sie blickt starr vor sich hin, sieht heute Morgen noch nicht einmal den Fremden, an den sie seit Wochen unablässig zu denken pflegte. Gerhard Lenz, so heißt der junge Mann aus Köln am Rhein, ist Hildegards ehemaliger Nachbar aus dem Haus in der Maternusstraße, der wie viele Soldaten vor einem Trümmerhaufen stand, als er aus dem Krieg heimkehrte. Er hatte fürs erste bei Schreiners Unterschlupf gefunden und machte sich nützlich in Haus und Hof so gut er es konnte. Gerhard hatte sich Hals über Kopf in das schöne Bauernmädchen Rosa Leiendecker verliebt, und wundert sich an dem heutigen, unglückseligen Morgen nicht wenig, dass Rösje ihm nicht einen einzigen, heimlich-verliebten Blick gönnt. Leni merkt, dass ihre Schwester ganz verstört ist, darum sagt sie:

»Komm, Rösje, mir zwei jien in die Stuff, ich will wissen, wat dou off em Herze hast.« Als die beiden nach längerer Zeit noch nicht in die Küche zurückgekommen sind, geht Hildegard und schaut nach. Sie findet Lena und Rösje nebeneinander auf dem Sofa sitzend. Die Jüngere hat ihren Kopf an die Schulter der Älteren gelehnt und weint wie ein Kind. Lena, ebenfalls mit verheultem Gesicht, streichelt und tröstet ihre »kleine Schwester«. Bald wissen es alle im Haus, dass der beliebte Nachbarjunge Peter nicht mehr heimkommt. Und als Rösje nach Hause will, weil sie sich Sorgen um ihre Mutter macht, geht sie dieses Mal durch den Garten hinter Schreiners Werkstatt und über die Wiesen, weil sie nicht mit ihrem verquollenen Gesicht über die Straße gehen will. Sie ist jetzt zu müde, um mit den Dorfleuten zu reden, vorerst will sie keinen Menschen sehen. Sie weiß noch nicht, dass da aber jemand hinter ihr hergelaufen kommt, der sie sehen will. Gerhard ist es, der sie zwischen den Haselnusshecken eingeholt hat. Er ruft leise ihren Namen, sie dreht sich um und erschrickt. Das Herz klopft ihr bis zum Halse, denn es ist das erste Mal, dass sie mit ihm alleine ist, er sie direkt anspricht, und das in so einem tragischen Augenblick! Noch einmal sagt er leise ihren Namen, sie dreht sich jetzt vollends nach ihm um und fragt:

»Wat wollen sie denn von mir?« Gerhard schaut sie an mit einem Blick, der ihr mehr sagt als irgendwelche Worte, die jetzt sowieso nicht angebracht wären, er breitet einfach seine Arme aus und zieht sie an seine Brust:

»Komm her, Mädche«, sagt er jetzt, und sie klammert sich an ihn als sei er ihr Erretter. Ganz behutsam und zärtlich geht er mit ihr um, wischt ihr mit seinem Taschentuch die Tränen ab und sagt auf Kölsch:

»Du ärm Dier, hast wohl dinge Broder arg jern jehabt?« Sie nickt und antwortet leise, aber so zutraulich, als ob sie diesen Gerhard schon immer gekannt hätte:

»Ja, da haste janz recht, er war mir am liebsten von all meinen Jewschwistern, ich schämen mich eijentlich e bissje, dat ich mich net mehr über die gut Nachricht freuen kann, dat mein jüngerer Broder Franz noch am Läwwe is.« Fast erschrocken hält sie sich den Mund zu, sie hat einen Gedanken ausgesprochen, mit dem sie sich seit gestern zusätzlich gequält hatte. Gerhard ist groß, stark und sieben Jahre älter als Rösje, er ist für sie das, was sie jetzt gerade braucht, Sicherheit und Ruhe. Mit seiner größeren Lebenserfahrung versucht er nun, ihr die Selbstvorwürfe auszureden:

»Schlag dir doch all die dummen Jedanken aus deinem Kopp. Du wirst sehen, wenn der erste Schmerz um deinen Lieblingsbruder sich jelecht hat, kannste dich auch wieder auf dat Fränzchen freuen, den haste doch auch jern, oder nit?«

»Sicher, sicher han ich den auch jern«, sagt Rösje und schaut Gerhard dankbar an.

»Siehste mein Mädche, dat Leben jeht weiter, un wenn es nicht der falsche Augenblick wäre, tät ich mich trauen, dich zu fragen, ob du neben dinge Bröder auch für mich noch e bisjen Platz in dingem Hääze hast, un mich villeicht auch e bissje jern hast!« Und als sie ganz perplex ist und einige Augenblicke lang gar nichts antworten kann, kommt es fast schüchtern aus ihm heraus:

»Wenn du heut nit antworten willst, is et auch nit schlimm, überleg et dir.« Rösjes graublaue Augen haben auf einmal wieder einem Schimmer Lebendigkeit, als sie nach einem tiefen Atemzug antwortet:

»Dat brauch ich mir net lang zu überlegen, Gerhard, ich weiß et schon. Seit ich dich kennenjelernt han, musst ich immer an dich denken, ich han dich jern, ich glaub, ich han dich jenau so lieb wie unsern Peter, nur anderster.«

»Dann is et juut, mein Mädche«, sagt er und im Schutz der dichtbelaubten Haselnusshecken, deren kreisrunde sanfte Blätter nichts als Streicheleinheiten zu verschenken haben, blüht inmitten des tiefsten Schmerzes die Liebe auf. Jongles Rösje, die Spröde, Tüchtige, die sich bis jetzt nur für das Wohlergehen anderer verantwortlich gefühlt hat, vergisst sie alle und verliert sich ganz in den Armen eines Mannes, den sie erst eine kurze Zeit kennt. Nach dem ersten zaghaften Kuss, weiß sie sofort wie es weitergeht und sie löst sich erst nach langer, heftiger Umarmung von ihm, flicht ihre dicken, dunkelblonden Zöpfe, die Gerhard aufgelöst und mit beiden Händen durchwühlt hatte, als ob es für ihn nichts Schöners gäbe auf dieser Welt, aufs Neue.

»Nun muss ich aber gehen«, sagt sie, »mein Modter und de Vadter sein so allein, vielleicht kann ich dene bisje Mut mache un helfen.« Schnell und leicht küsst sie ihn zum Abschied, ruft leise »Tschüss!« und eilt mit flinken Füssen hinter den Scheunen und Schuppen entlang. Er steht noch immer wie vom Blitz getroffen, als sie irgendwo hinter einem blühenden Holunderbusch verschwindet.

»Donnerwetter«, murmelt er, »dat Mädche hat aber ein Temprament! Dat hätt ich mir nit träumen lassen!« Plötzlich wirft er beide Arme in die Höhe und stößt einen Schrei aus wie weiland der Tarzan im Film. Erschreckt flüchtet die Schar der nistenden Vögel aus Bäumen und Hecken, schwirrt in die Flur, um erst dann zögernd zurückzukommen, als dieser fremde Stadtmensch wieder verschwunden ist.

Rösje schämt sich fast, so glücklich zu sein, als sie leise zu ihrer Mutter ins Zimmer tritt, und atmet erleichtert auf, als sie diese schlafend findet. Vorsichtig schließt sie die Kammertür hinter sich und geht hinunter in die Küche. Vater Fritz ist froh, als seine Tochter hereinkommt.

»Dein Modter hat sich in et Bett jelecht, ich han ihr en Schlaftablett jän, un ich sein froh, dat se eweil e bisje schläft. Setz dich an de Tisch un äss eppes«, sagt er, »mir han ja seit jester all nix mehr in de Leib kricht. Ich han dir och en Bunnekaffe jekocht un Eier jeback.« Eierbacken tut ein Eifeler nur zu ganz besonderen Anlässen. Und das können sogar die Männer, weil sie es manchmal heimlich machen am Sonntagvormittag, falls sie in der Frühmesse gewesen sind und die kleinen Kindern verwahren müssen, während die Mutter ins Hochamt geht. Die Eier frisch aus den Nestern gehoben, gar nicht erst ins Eierkörbchen zu den anderen gelegt, und dann zu dem brutzelnden Speck in die große, eiserne Pfanne geschlagen. Rösje schnuppert den altbekannten Duft und wird heute morgen an diese heimlichen Kindermahlzeiten mit Vater Fritz erinnert, wie sie rund um die duftende Pfanne sich drängelten, Lisbeth mit Kätt im Hochamt und Peter ebenfalls als Messdiener dort, Leni, Fränzchen und sie daheim, jedes mit einer Gabel und einem Stückchen Brot bewaffnet, heute einmal mehr Ei als Brot, und diese Köstlichkeit in sich hinein stopften. Vater Fritz aß übertrieben schmatzend mit, ließ den Kindern den größten Teil. Und nie wird Rösje den verschmitzt-liebevoll-glücklichen Blick vergessen, als sie einmal mit vollen Bäckchen kauend zu Fritz aufgeschaut hatte.

Diesen Blick sieht sie auch heute Morgen, allerdings ist der frühere Schalk ganz aus ihm verschwunden, aber da ist immer noch die gleiche, grundgütige Liebe und Fürsorglichkeit. Rösje drückt ihren Vater an sich und sagt:

»Ech danken dir Vadter, datste immer so got woarst.« Fritz jeniert sich ein wenig:

»Dat beruht of Gejenseitichkaet, setzt dich eweil emoal nieder un äes, mir zwei müssen den Betrieb offrecht halte, da fehlt Kraft.« Traurig fügt er hinzu:

»Uns arm Kätt muss vor allen Dingen jeschont jän, dat ist fix un fertig.«

»Ja Vadter, die Modter mächt mir och gruße Sorje.« Nachdem beide die Eierpfanne geleert und den auf dem Tauschwege erstandenen, raren Bohnenkaffe getrunken haben, fühlen sie sich dem Leben wieder gewachsen.

»Ich muss die Rummele drille, ich wär froh, wenn dou mitkäms, awer mir können et Kätt nit allein lasse«, sagt Fritz.

»Ich muss och eweil bei de Pastur jon un die Dudemesse für uns Peter bestelle, und dann muss ich die Verwandtschaft benachrichtije«, und plötzlich ist das Grauen wieder da, die unausweichliche Gewissheit des Todes, und dass sie den Peter nie mehr wiedersehen werden! Fritz nickt stumm, sie muss sich zusammenreißen, um weiterreden zu können:

»Ich jien uns Leni rufe, dat kann su lang bei der Modter bläiwe bis heut Medtag«, meint Rösje und läuft ein zweites Mal zu Schreiners. Bald darauf kommt sie mit Leni und Gerhard zurück, der ist ein wenig verlegen und sagt:

»Juten Morgen Herr Leiendecker.« Und weil Fritz so verwundert guckt, ist Rösje nicht gewillt mit ihrem Glück lange hinterm Berg zu halten:

»Vadter«, sagt sie, »dat is der Gerhard aus Kölle, den kennste ja, mir zwei han uns jern, un er hat sich anjeboten, uns bei der Arwet zu helfe, solang wie in Kölle noch nix los is, un se da nix zu ässe han.« Und Gerhard fügt hinzu:

»Su jut ich dat kann, helfen ich, ich bin zwar nur ene Federfuchser, awer sonst sehr anstellich.« Fritz, ganz verduzt, schüttelt die ihm dargebotene, kräftige Hand. »Is mir recht«, sagt er. »Helf können mir immer brauche«, und in dem Blick, mit dem er seiner Tochter zuzwinkert blitzt schon wieder ein bisschen von seinem alten Schalk. Dann holt er die beiden steifbeinigen Zugochsen aus dem Stall und führt sie zur Drillmaschine. Beim Anspannen muss aber die Tochter helfen. Gerhard steht daneben und zeigt reges Interesse. Rösje erklärt ihm jeden der vielen Griffe: wie man die

Stirnjoche anlegt, wo man die Riemen, Ketten und Leinen befestigt. »Einigermaßen kompliziert ist das schon«, denkt der Städter, »han mir die Burearbeit eijentlich viel einfacher vorjestellt.« Aber um seinem zukünftigen Schwiegervater zu imponieren, will er sich diese Kentnisse in kürzester Zeit alle aneignen. Wäre ja gelacht, er als zukünftiger Jurist hatte schon ganz andere, viel kniffligere Fälle gelöst!

»Da kannste ja mit meinem Vadter in et Feld jon, ich muss dringend bei de Pastur, un han och sonst noch vill zu erledije«, sagt Rösje. Als die beiden Frauen ins Haus gegangen sind, erinnert sich Gerhard daran, dass er dem Herrn Leiendecker noch nicht seine Teilnahme ausgedrückt hat, und gibt ihm noch einmal die Hand:

»Herzliches Beileid Herr Leiendecker.«

»Danke«, sagt Fritz und wischt sich mit dem Jackenärmel eine verschämte Träne von der Backe. Und zur Überbrückung seines Gefühlsausbruchs kommt es jetzt forscher als gewollt aus ihm heraus:

»Sei so gut un sach net immer Herr Leiendecker iwwer mich, ech sein keine Hääresh, ech haeßen Fritz un damit fertich!«

»Un ich heißen Mätthes«, erwidert der junge Mann. Fritz zieht den Ochsen mit dem Stecken eins über und ruft: »Joo Bless! Joo Max!!« Damit ist die Männerfreundschaft besiegelt. Bless und Max, auf deren dickem Fell so ein Schlag mit dem Haselholzstecken fast wie eine Streicheleinheit wirkt, setzen ihre dicken, kräftigen Beine in Bewegung. Vorerst im Zeitlupentempo. Erst als sie die für ihre Riesenkräfte verhältnismäßig leichte Sämaschine bis auf die Dorfstraße transportiert haben und Fritz sie durch einen weiteren Schlag und lautes Gebrüll antreibt, legen sie ein wenig Tempo zu, und das seltsame Gespann aus Bauer, Stadtmensch, zwei gutmütigen Zugtieren mit der scheppernden Maschine hinter sich, zieht von verwunderten Blicken begleitet durchs Dorf und weit hinaus in die frühjahrsmäßig grünende Feldflur.

Fritz atmet auf, hier draußen ist alles wie es immer war. Und als er auf seinem eigenen Acker angelangt ist, die Tiere mitsamt der Drillmaschine in die richtige Position gebracht hat, und sich die kleinen Rillen in der Erde schnurgerade hinziehen, ist es so, als ob sich ein Teil seines Kummers mit dem Samen in der Eifelerde versenken ließe. Wie heißt es doch bei den Indianern?

»Die Erde ist unsere Mutter, sie nährt uns als ihre Kinder und nimmt all unser Leid auf.« So oder ähnlich stand es in einem Indianerbuch seiner Kindheit geschrieben. »Damit han se ja tatsächlich Rächt, de ale Indianer«, denkt Fritz auf einmal, »awer dat die Haut von der Modter Erd net darf offjeritzt werde, dat trifft für uns Eifelboure net zu. Mir können häi kein Büffele jagen un gruße Fisch aus dem Mississippi fesche. Für us zu ernähre, müssen mir mit dem Plooch (Pflug) Fuhre (Furchen) in die Erd zeje, dat Korn un Waez, Krumbiere un Rummele wachse kinne.«

Gerhard leitet mit seiner rechten Hand den links im Gespann gehenden Bless am Halfter. Er soll darauf achten, dass dieser nicht aus der »Richt« geht. So gemächlich nebenher trappen, die gute Luft genießen und der aufsteigenden Lerche nachblicken, die sich im hellen Blau des Himmels so hoch hinauf traut, dass er zuletzt nur noch ihr unermüdliches Gezwitscher und einen winzigen Punkt da oben wahrnimmt, und dabei ganz ungestört an Rösje denken, das ist doch einfach nicht zu überbieten. Hier müsste man einfach bleiben können, nicht wieder zurück in die Stadt und in eine Kanzlei. Irgendwie ist er ganz aus der Bahn geworfen. Hinter ihm liegen die harten Soldatenjahre, der Kommis war ihm von Anfang an verhasst gewesen, und dann erst diese endlosen, strapaziösen Feldzüge, deren Notwendigkeit ihm überhaupt nie klar geworden war. Dieses tausendfache Töten von Menschen, die alle noch gerne gelebt hätten! Dieses sinnlose Zerstören und Niederbrennen von allem, was sich die Völker Europas in mühsamer Arbeit und unter großen Entbehrungen aufgebaut hatten! Die Eltern beide tot, die Anwaltskanzlei seines Vaters, die er einmal übernehmen sollte, liegt unter den Trümmern. Da ist niemand mehr, dem er eine Karriere schuldet. – Auf einmal reißt die Stimme des Bauern ihn aus seinen diffusen Gedankengängen:

»Hoaz«, schreit der, »hoaz! Dou muss offpasse, der Bless jeht newer dem Schritt!«

»Wat heißt denn Hoaz?«, schreit Gerhard nach hinten, wo Fritz mit der langen Leine hinter der Sämaschine hergeht. Der ruft:

»Hoaz haeßt rechts, un haar haeßt links!« Fritz ist aber nicht weiter ärgerlich, ist schon froh, heute Vormittag nicht alleine zu sein. »Muss ja och net alles könne, so en Städter, wär ja jar net verkehrt, wenn uns Rösje so en Studierten kricht, dann hätt et späder en goode Daach.« En Goode Daach kreje, das heißt auf hochdeutsch, dass es für jedes Bauernmädchen, dem es gelingt einen Beamten zu heiraten, automatisch bedeutet, ein fast arbeitsfreies, gutes und glückliches Leben zu haben, egal was der Ehemann für ein Mensch ist. Fritz, nicht ganz so naiv wie viele andere, schüttelt energisch seinen Kopf, um diese etwas voreiligen Pläne zu verscheuchen: »Wat denken ech dann elo schon widder für en Quatsch? Wer waeß dann, ob der Filou et üwerhaupt ernst meint?«

Als Fritz und Gerhard nach getaner Arbeit mittags heimkommen, finden sie ein Trauerhaus vor. Kätt ist aus ihrem Bett aufgestanden und sitzt zusammengesunken in der Küche. Viele Nachbarn und Verwandte sind gekommen, um ihre Anteilnahme zu bezeugen. Es ist schon ausgemacht, dass am übernächsten Tag das erste Sterbeamt für Peter gehalten wird. Kätt, die sonst allzeit freundlich-heitere Frau, redet heute kaum ein Wort. Schwägerin Marie sitzt neben ihr und hält ihre Hand. Die jüngeren Frauen bieten Nachbarschaftshilfe an, denn der übermorgige Tag soll wie eine Beerdigung gehalten werden. Alle Verwandten bis zum vierten, fünften Grad, auch diejenigen, welche nicht im Ort wohnen, müssen benachrichtigt und nach dem Totenamt zum Essen und Kaffeetrinken eingeladen werden. Janickels Trein, die hochbetagte, rüstige, will das Essen kochen, wie sie es immer getan hat, wenn in der Familie ein besonderes Ereignis statt fand, sei es aus traurigem oder freudigem Anlass, die Verwandtschaft sich zusammenfand. Pittersch Margreta und Cousine Regina bieten sich an, schon am nächsten Morgen in aller Frühe hierher zu kommen, um beim Hefekuchenbacken zu helfen. Die Trauer wird durch die vielen gemeinsamen Tätigkeiten vorerst in den Hintergrund geschoben und von allen mitgetragen. Vorerst. – Um sich nachher, wenn alle gegangen sind, wenn auch der letzte Verwandte abgereist ist, wieder im Hause breit zu machen.

In Schreiners Haus ist es derweil eng geworden, seit die Zwillingsbrüder Herbert und Otto, die im letzten Kriegsjahr als knapp Siebzehnjährige eingezogen worden waren, wieder heimgekommen sind. Gerhard, der in ihrer Kammer geschlafen hatte, muss sich notgedrungen auf dem Getreidespeicher einen Schlafplatz herrichten. Sommer und Herbst über findet er es noch ganz lustig da oben, wenn er morgens in aller Frühe aus der Dachluke über alle mit Schiefer gedeckten Dächer hinweg schaut, und aus jedem Schornstein kommt der Rauch des gerade angezündeten

Herdfeuers hervor, erst schwarz qualmend übers Dach kriechend, dann hell und gerade aufsteigend zum Himmel. Er hat ein ganz bestimmtes, spitzes Dach mit extra hohem Schornstein ins Visier genommen, an dem er genau festellen kann, dass dort ein dunkelblond gezopftes Mädchen schon ausgeschlafen und das Herdfeuer angezündet hat, und für ihn den Malzkaffee kocht.

Aber als Ende Oktober ein deftiger Herbststurm von Nordwest über Eifel und Hunsrück tobt, der zusätzlich noch miserable Regenschauer vor sich her treibt, wird es dem Kölner doch lausig kalt hier oben. Zitternd und verschnupft erscheint er eines Morgens in Jongles, hockt sich neben den warmen Herd und legt die klammen Hände an den heißen Kaffeekessel. Fritz, der schon am Tisch sitzt und Brot schneidet, sagt bedauernd:

»Eweil haste dir awer de Kräcks (Erkältung) jeholt of dem kalte Späicher, dat jeht so net weider! Wenn et em Kätt Recht is, kannste of dem Jungenzimmer schlafe.« Rösje, die gerade hereinkommt, hat die letzten Worte mitbekommen. Und sie sagt leise, derweil ihr die Röte im Gesicht auflammt:

»Vadter, dat jeht doch net, die Leut wissen doch all, dat mir zwei zusammen jehn, die denken doch dann schlecht von us.«

»De Läit, de Läit«, sagt Fritz verächtlich, »die können von mir aus denke, bat se wollen. Ich weiß doch, dat dou un de Gerhard wisse, bat sich jehiert, un damit basta! Soll der arm Deuwel sich of dem saukalte Späicher en Lungenenzündung un am End noch de Duut hole, wo bei us doch die warme Bette leddich stiehn?«

Rösje kann gegen diese logischen Argumente ihres Vaters nichts einwenden, zumal Gerhard, der Fritz mit heimlichem Frohlocken zugehört hat, sich plötzlich mit einem übertrieben heftigen Hustenanfall plagt und anschließend ebenso übertrieben, heftig zitternd und stöhnend auf der Bank zusammensinkt und Kätt, die gerade hereinkommt, ruft zu Tode erschrocken:

»Jessesmarjuu! Bat hat dann der Jung?« Und da sagt Fritz, gegen seine Gewohnheit in befehlendem Ton:

»Der muss sofort int Bett, Rösje mach flott in dene Junge ihrer Kammer et Feuer an! Kätt mach en Wärmflasch!«

Begütigend klopft er Gerhard den Rücken, zwinkert ihm zu und sagt:

»Ich holen dir en ›Häffe‹ (Schnaps), dann biste bal widder of de Bein.« Und während die aufgescheuchten Frauen ihm Kammer und Bett anwärmen, Fritz ihm unter die Arme greifend mit die Holztreppe zum »Owenoff« (erster Stock) hinaufpoltert, fühlt sich Gerhard mit einem Male ziemlich gesund, und er flüstert Fritz kurz vor der Kammertür ins Ohr:

»Fritz, ich danke dir.« Als er sich bald darauf unter dem dicken Federbett und in den molligen Bieberbetttüchern kuschelt, die heiße Wärmflasche an den Füßen und von Fritz mit einem zweiten Gläschen »Häffe« versorgt, lässt es sich der junge Mann so richtig gut gehen. Kätt kommt mit einem Fiebermesser bewaffnet herein, es stellt sich heraus, dass es zirka achtunddreißigsieben anzeigt, und darum Gerhards Aufenthalt hier im warmen Bett nicht unberechtigt ist. Darum muss er vorerst nicht auf den Acker, wo noch die letzten Runkelrüben und anschließend die Kohlrabi geerntet werden. Kätt versorgt den Kranken aufs Beste, während Rösje nun alleine, bei Wind und Regenwetter im Rübenacker steht und mit einem großen Brotmesser die »Rummele köppt«. Es tut ihr leid, dass der getreue Stanislaus, der fleißige, polnische Kriegsgefangene, nicht mehr dabei ist. Gleich nach Kriegsende war er in seine Heimat zurückgegangen. Zirka fünf Jahre lang war er bei Jongles beschäftigt gewesen, mit Familienanschluss. Denn bei Kätt gab es keinen Unterschied zwischen den Menschen, ob Polen, Franzosen oder Russen, alle wurden gleichermaßen in ihre Fürsorge eingeschlossen.

Gerhard wartet sehnsüchtig auf den Abend, weil dann Rösje mit dem Abendessen in sein Zimmer kommen darf. Fritz ruft ihr jedesmal nach:

»Denk dran, nur als Krankeschwester darfst lo erenn john!«

»In Ordnung Vadter!« ruft sie zurück. »Oder denkste ich wollt mich anstecke loaße? Sulang bee der Gerhard de Schnuppe hat, kricht der von mir keine Kuss!« Fritz grinst sich einen, während Kätt kopfschüttelnd die Suppe auf den Tisch stellt:

»Dou bes un bläivs en alte Jeck«, sagt sie und ist erst zufrieden, als Rösje kurz darauf wieder mit am Tisch sitzt und ihre »Krumbieresupp« löffelt. Nach fünf Tagen ist Gerhard fieberfrei und wieder leidlich auf den Beinen. Noch bleibt er daheim im Warmen, nimmt Kätt, der die täglichen Verrichtungen in Haus und Stall immer schwerer von der Hand gehen, die gröbsten Arbeiten ab, und sie gewöhnt sich schnell an den zukünftigen Schwiegersohn, weil er zwischendurch gerne einen Spaß macht und sie trotz ihrem Leid manchmal wieder zum Lachen bringen kann.

Im November ist das Wetter unverhältnismäßig mild, gegen Mittag drückt sogar die Sonne ein paar Strahlen durch den dunstverschleierten Novemberhimmel. Der letzte, hoch mit dicken Kohlrabi beladene Wagen steht in der Tenne, Rösje und Gerhard sind beim Abladen. Sie arbeiten gerne zusammen, nicht zuletzt deshalb, weil sie nachts zwar Tür an Tür, aber doch streng getrennt schlafen, sie hier in dunklen Scheunen- oder Rübenkellerecken ihrer Liebe einigermaßen freien Lauf lassen können. Es ist so wunderschön, wenn er ihr süße Worte ins Ohr flüstert:

»Rosi«, sagt er, weil ihm der Name »Rösje« nun doch zu bäuerisch erscheint, »Rosi, du bist die Schönste«, oder gar: »Ich will auf der janzen Welt kein anderes Mädchen als dich!« Und sie glaubt ihm jedes Wort, hat nur heimlich Angst, er könnte eines Tages nach Köln zurückgehen und nicht mehr wiederkommen. Da sie noch mit keinem Mann intim war, er jedoch schon einige feste Beziehungen hinter sich gebracht hat, versteht sie seine immer drängender werdenden, fordernden Liebkosungen nicht. Falls sich seine streichelnden Hände in ihren Ausschnitt drängen und ihre Brüste umfassen wollen, schreckt sie jedesmal wie von der Tarantel gestochen zurück, abrupt macht sie sich von ihm los, stößt ihn zurück.

»Dou derfs dich nie von em Mann an der Brost anpacke loaße, dann biste verlor!« Diese Warnung ihrer Mutter hat sich in Rösjens Kopf festgesetzt. Richtig aufgeklärt wurde sie nie. Ihre althergebrachten Moralvorstellungen kennen nur einen Unterschied zwischen den Männern: Es gibt gute, anständige Jungs und es gibt unanständige Dreckskerle, die von einem anständigen Mädchen etwas wollen, was es nicht tun darf, weil das eine Todsünde ist. Wohin aber mit all ihren neu aufgeweckten, leidenschaftlichen Gefühlen? Sie weiß sich keinen Rat, sie kommt sich schlecht vor, weil sie ihn eigentlich festhalten und nicht von sich stoßen möchte. Es tut ihr schrecklich weh, wenn Gerhard immer öfter sagt:

»Wenn du mich richtig jern hättst, würdtse dat nit mit mir mache, dann tästse mich nit so herzlos fortstoße, du liebst mich nicht!« Als Rösje dann in ihrer Seelenangst zur ehemaligen Schwanenkirche läuft, sich auf der grobgezimmerten Kniebank vor das glasgerahmte Ersatzmuttergottesbild wirft, bekommt sie merwürdigerweise kaum einen Rat und noch weniger Trost. Müde stapft sie über den verschlammten Feldweg heimzu, geniert sich ein bisschen vor der Muttergottes und denkt:

»Am End is Maria, die reine Jungfrau, für solche Fragen jar net zuständig. Zu hoch steht die üwer allen Frauen, da kann sie ja jar net mitfühlen, wie et mir zu Jemüht is. Un wat machen ich, wenn der Gerhard mich net mehr han will, weil ich zu altmodisch sein? Schließlich is er ja en Städter, un en Mann von Bildung. Nae, nae, dat halt ich net aus! Lewer will ich duut umfalle, als dat er mich net mehr han will! Annererseits hat er kein Rächt, so eppes schlechtes von mit zu verlangen! Aber der is ja üwerhaupt net schlecht, der Gerhard, er is en guude, guude Mensch, dat weiß ich janz jenau, un ich will ihn han, egal wat kimmt!«

Mit dieser Entschlossenheit kehrt sie heim. Still und in sich gekehrt tut sie ihre Arbeit in Stall und Küche, achtet nicht auf Gerhards fragende Blicke, der ihr offenes Lächeln vermisst. Sie schaut ihn nicht ein einziges Mal an. »Wat hat dat Mädche denn op einmal?«, denkt Gerhard. »Vielleicht hat das mit der Wallfahrt zu donn, am End hat et der Mutterjottes versproche, mit mir Schluss zu mache.«

Stumm sitzt Rösje hinterm Spinnrad, zupft an dem Bausch Schafswolle und lässt das Rädchen surren. Es geht auf Weihnachten zu, und aus dem selbstgesponnenen Garn lassen sich prima warme Sachen stricken, Geschenke für alle: Strümpfe, Handschuhe, Mützen oder Pullover. Punkt zehn Uhr packt sie die Wolle zusammen und stellt das Gerhard sitzen bei einer Partie Schach. Rösje sagt kurz »Gonacht« und geht hinauf in ihre Kammer. Lange liegt sie noch wach, spricht ihr Nachtgebet mit halbem Herzen, weil ihr bisheriges ruhiges, unschuldiges Gewissen, das angeblich so sanfte Ruhekissen, abhanden gekommen ist ist.

Ja, ihr bisheriges, selbstverständliches Leben, im stolzen Bewusstsein einer christlichen Jungfrau, selbstgerecht und über andere erhaben, die sich außerhalb einer rechtmäßig-kirchlich geschlossenen Ehe mit Männern einlassen, ist mit einem Male völlig aus dem Gleichgewicht geraten. Mit seinen gelegentlich kleinen, jedoch bis jetzt abgewehrten Übergriffen auf ihre intimen Körperstellen, hatte sich dieses Gefühl des Aufgebrochenseins, ja des in ihrem Innersten Berührtwordenseins in Rösje eingeschlichen. Und es ist nicht mehr zu verbannen.

Mit überscharfen Sinnen lauscht sie auf die Geräusche im Hause, das Rascheln und Gerenne der Mäuse in der dreihundert Jahre alten, aus Lehm und gedrehtem Stroh gefertigten Zimmerdecke, die Stimmen der beiden Männer drunten beim Schachspiel, die dunkle ihres Vaters, die helle, kräftigere von Gerhard. Die ertönen selten genug, weil die gelegentlich beim Schach zugeworfenen Worte im Allgemeinen nicht viel hergeben, aber Rösje nimmt sie wahr, weil sie ihre Kammertür nicht wie sonst ängstlich verriegelt, sondern einen Spalt breit offengelassen hat. Jetzt endlich, ein Stühlerücken, die schweren Schritte des Vaters im Gang, bis zur Haustür genau eins, zwei, drei, vier, fünf Schritte, jetzt dreht sich der große, eiserne Hausschlüssel im vorsintflutlichen Schloss, alles bekannte Geräusche, ins Selbstverständliche übergegangen, aber von ihr nie so beachtet wie heute Abend. Jetzt, die gutmütige Stimme des Vaters:

»Gonacht Gerhard, jelobt sei Jesus Christus!« Dann polternde Schritte die Holzstreppe herauf, Fritz trägt im Winter zu Hause seine Holzschuhe, weil sie ihm angeblich die Füße am besten warmhalten. So, nun schlurft er an Rösjes Tür vorbei, leise, um sie und Kätt nicht aufzuwecken, und eeendlich schließt sich seine Zimmertür hinter ihm. – Das ist auch so eine Besonderheit an alten Fachwerkhäusern, Rösje erkennt alle zwölf Fenster, und erst recht alle neun Türn am knarzenden quietschenden oder scheppernden Geräusch, egal ob beim Öffnen oder Schließen. Und jetzt öffnet und schließt sich unten die Küchentür. Leicht beschwingte Schritte die Treppe herauf, vier durch den oberen Flur, dann ein zögerndes Anhalten und Stehen vor ihrer Tür, ein leises Klopfen, und jetzt ein lautes Flüstern:

»Rosi, Rosi, schläfste schon? Biste böse mit mir? Du warst so komisch heut Abend! Wat han ich dir denn jedonn? Hörste mich?« Rösje hält die Hand vor den Mund, kann jedoch nicht verhindern, dass ein leises, unterdrücktes Jaulen herauskommt. Gerhard hat die Klinke nach unten gedrückt und merkt, dass die Tür nicht wie sonst veriegelt, sondern schon geöffnet ist. Er kommt in die Kammer, tastet sich vor bis zum Bett, und bald haben seine schönen, langfingrigen Hände auch das Mädchen gefunden. Sie wehrt sich nicht, sie rückt beiseite, macht ihm Platz und flüstert:

»Ich sein dir doch net bös, Gerhard, ich hat nur e bisje Angst davor, mit dir dadrüwer zu schwätze, wat et aus uns zwei jän soll, so kann dat ja net weider jon.«

»Aber mei lev Mädche, wat meinste damit, wie soll dat weiter jonn? Mir zwei han uns doch lieb, dat reicht doch«, sagt er und verschließt ihr den Mund mit einem heftigen Kuss. Wieder durchzieht ein Gefühl der völligen Hilflosigkeit das Mädchen, seine Hände sind plötzlich, ja fast gleichzeitig überall an ihr. Der erste Reflex in ihr ist wie immer die Abwehr, aber sie hatte ja schon vorher innerlich das Land ihrer sicheren Kindheit verlassen, und lässt sich nun von den Wogen fortreißen, die alle Barrieren fortschwemmen. Er hatte sich blitzschnell seiner Kleider entledigt, drängt sich an und auf ihren Körper, erzwingt sein angebliches Recht, während das Mädchen, des männlichen Körpers unkundig einen lauten Schrei ausstößt. Er hält ihr den Mund zu:

»Bscht! Still! Du weckst ja dat janze Haus.« Während sich Rösje wie in Panik unter ihm herausarbeitet, rollt er sich zur Seite und schläft binnen weniger Minuten bombenfest. Sie weint noch eine Weile in ihr Kissen, in ihrem Kopf hat kein klarer Gedanke mehr Platz, außer einem maßlosen Staunen darüber, dass dieses nun alles gewesen sein soll. Dieses Arge, was ihr geschehen ist, was sie auch uneingestanden, heimlich herbeigesehnt hat – dieser stechende Schmerz – ja warum in aller Welt sangen sie alle davon?! Plötzlich sitzt sie kerzengerade im Bett, neben sich den friedlich schnarchenden Mann, der ihr jetzt irgendwie fremd ist. Hastig steht sie auf, schleicht die Treppe hinunter und legt sich in der kleinen Kammer hinter der Wohnstube nieder, da wo früher der Großvater logiert hatte. Da steht zwar nur ein altes Kanapee, aber das passt gerade zu ihrer Stimmung.

»Nae, Nae, Gerhard, wenn mir dat vorher einer jesoat hätt, hätt ich dich net erein jelass!«, sagt sie wütend-enttäuscht und verkriecht sich zähneklappernd unter den alten, stickigen Decken. Die kleine Kammer ist im Laufe der Jahre zum Abstellraum geworden. Hier guckt so bald keiner herein, und den Gerhard will sie nicht mehr sehen! Und doch – und doch spürt sie irgendwo ein leises Bedauern, es war so schön gewesen, vorher. Lange genug hatte sie sich gewehrt.

»Röslein wehrte sich und stach, half ihm doch kein Weh und Ach, musst es eben leiden!«

Musst es eben leiden, Worte aus dem Munde des größten deutschen Geistes, dem sie den Titel Dichterfürst gaben. Und das Lied war mit der Zeit so beliebt geworden, dass es überall als Volkslied gesungen wird. Aus voller Brust hatte Rösje es auf jeder Hillig (Polterabend) mitgesungen, ohne sich je über die Bedeutung dieses Textes Gedanken zu machen. Musst es eben leiden, die Männer sangen es als unumstössliche Gegebenheit, die Frauen sangen es als das ihnen zugeteilte Schicksal.

Hillig, ja die war jetzt wohl bald fällig. Es musste nach der Heirat ja doch besser werden mit diesem Unangenehmen, sonst wären ihre Eltern, Fritz und Kätt, nicht so froh miteinander gewesen all die Jahre. Gleich Morgen wollte sie mit ihrer Mutter reden! Denn wenn sie von dieser Nacht ein Kind bekam, war es wohl dringend, sonst käme dieses zu früh, und das ganze Dorf wüsste dann, was sie getan hat. Schon ist Rösje über das Schlimmste hinweg, wie sie glaubt, wenn man nur wieder einen Ausweg weiß, dann geht es irgendwie weiter, das hat bis jetzt immer bei ihr funktioniert. Und weil ihr der kalte Mief hier nun doch nicht mehr passt, geht sie in die Küche, schürt das glimmende Herdfeuer, macht einen Tiegel Milch heiß, und nachdem sie die geschlürft hat, kuschelt sie sich auf die Holzkiste und schlummert da im Sitzen ein.

Nachdem Gerhard einige Tage vergeblich bei ihr angeklopft hatte, spricht sie mit ihm Tacheles: Dass sie mit ihrer Mutter gesprochen habe, und die wiederum mit ihrem Vater, und dass ihre Eltern dafür wären, dass nun bald geheiratet würde, und vorher lässt sie ihn nicht mehr in ihre Kammer, und damit basta! Da auf einmal! Sein Gesicht wird immer länger, er druckst herum, sein Kopf wiegt hin und her wie ein roter Mohn im Wind, so heftig war ihm das Blut ins Gesicht geschossen. Jedoch als das Mädchen die Gretchenfrage stellt, versucht er sich herauszuwinden:

So schnell schössen die Preußen nicht, und da wäre ja dieser Tage ein Brief von einem Freund und Geschäftspartner seines leider viel zu früh verschiedenen, lieben, unverjesslichen Vaters jekommen, einem alten Freund seiner Familie, den er schon als Kind Onkel Michel jenannt hätte, die seien nämlich kinderlos und haben ihn als ihr eijens betrachtet, ja, der liebe Onkel Michel, dat der noch lebt! Kurz un jut, der sei jetzt aus der Eifel, wo er und seine Frau, die juut Tant Zilli, sich im Krieg für en zeitlang hin verkrochen hatten, zurück nach Köln jezogen, hätte sich bei der

Besatzungbehörde jemeldet und um die Lizenz zur Wiedereröffnung der Anwaltskanzlei beworben, und, er war ja nachjewiesenerweise kein Nazi, dat konnt er belejen, weil er ja nicht in der Partei, und immer ein juter Katholik war, dat hätt ihm der Domprobst bescheinigt. »Nun kurz un jut, er hat die Jenemigung bekommen, un mein Adresse in Erfahrung jebracht und jetzt will er mich haben, als Juniorpartner, und sein Frau, die liebe Tant Zilli, als Sohn.«

So viel hat Gerhard noch nie an einem Stück gesprochen, Rösje sieht, während er spricht, ihre Hillig, ihre Hochzeit, samt ihrer großen Liebe den Rhein hinunterschwimmen, immer weiter fort, da hinter Holland soll das Wasser ja ins endlos große Meer fließen. Schneeweiß das Gesicht bis in die Lippen sitzt sie starr wie eine Statue. Er verlegt sich aufs Bitten. Aber sie sagt kein Wort. Es wird ihm unheimlich, denn sonst fangen »de Mädcher immer an ze krieche« (weinen), wenn man ihnen dergleichen klarmachte.

Rösje ist aus anderem Holz, der Bauernstolz lässt es nicht zu, ihm zu zeigen, wie abgrundtief sie verletzt ist. Schließlich bleibt ihm nichts anderes übrig, als zu gehen. Dieses Mal ist er der Geschlagene, da kann ihm selbst seine rheinische Frohnatur nicht helfen. Er weiß jetzt. »Et is die höchste Zick, dat ich mich hier fortmache!«

Nachdem Gerhard seinen Rucksack vollgestopft mit »Naturalien« (Lebensmittel) das Dorf verlassen hat, lässt Rösje ihren Stolz fahren. Von einer schweren Grippe erfasst, verkriecht sie sich heulend und zähneknirschend im Bett. Fritz stocht das Öfchen bis es rotglühend dasteht, besorgt bringt Kätt unentwegt heiße Hühnerbrühe und viel guten Zuspruch in die Kammer. Musst es eben leiden. In den Fieberträumen alle Lust, alle Pein, Wut, Selbstverachtung, Demütigung, Hass, Sehnsucht und, Liebe. Liebe. Liebe. Am Ende nichts als Groll auf diesen Feigling, jedoch schon mit einem Quentchen Gleichgültigkeit gemischt. Als das Fieber gesunken und der gesunden Jugend gewichen ist, spricht Rösje mit Kätt. Die gibt zu, dass sie ihre Tochter eher hätte vernünftig aufklären müssen. Jedoch führt sie zu ihrer Entschuldigung an, ihr Leid um Lisbeth, Peter und Franz hätte zu sehr ihren Blick für das wirkliche Leben und die Probleme ihrer jüngsten Tochter verdunkelt.

»Sei mir net bös, Rösje, ich konnt nur an meine Verdroß denke, un net an deine. Awer eiweile soll dat anderster werde, dou bis doch dat einzigste Mädche bat ich noch daham han, mir zwei müsse zusammehalte, mir zwei packen dat!«

»Et is gut, Modter, dou has et immer gut mit mir jemeint, du has nur net jewusst, bat dou für en dumm Koh als Dochter hast, fällt of so en Kerl erein, der sich »für en zeitlang in die Eifel« verkroche hat.« Sie schauen sich an, fangen plötzlich an zu lachen. Das befreit sie von weiteren, genierlichen Geständnissen.

»Jank erunner, Modter und koch en Bunnekaffee, in der hinnertste Schublad ist noch e Viertelche, ich stien eweile off, bal sein ich jesond!«

6. Kapitel

Als der herbe Märzwind von Norden her über das Land zwischen Elz und Endert fegt und die Ackerkrume soweit austrocknet, dass die Ochsengespanne mit Pflug, Egge und Sämaschine nicht mehr zu tief einsinken können, mühen sich Fritz und Rösje ab, den Hafer zu säen. Das Leben und die Arbeit müssen weitergehen. Aber es geht auf die Dauer nicht so weiter. Kätt schafft die Arbeit in Hof und Stall nicht mehr und Rösje kann nicht überall gleichzeitig sein. Nun setzt die traditionelle Nachbarschafts- und Verwandtenhilfe ein. Die Schreinersjungen Herbert und Otto, jetzt noch ohne Arbeitsstelle, helfen Fritz in der Landwirtschaft, und so geht alles wieder seinen einigermaßen geordneten Gang.

Leni hat ein gesundes Mädchen zur Welt gebracht. Dieses Kind ist jetzt der Mittelpunkt von zwei Familien, Schreiners und Jongles. Die winzige, ach so süße, kleine Marlene ist das erste, lebende Enkelkind von Schreiners Bäb und Alois, sowie von Jongles Kätt und Fritz, und so kündet Marlenchen die neue Generation an. Ihr erstes Lächeln, später ihr Lachen, Weinen, Brabbeln, Wachsen und Werden, ihre ersten Silben und Wortgebilde sind monatelang das Hauptgesprächsthema bei Schreiners und Jongles, vornehmlich unter den Frauen. Zwar ist Lenis Wunsch, ihr Mann, der Schreiners Jupp, möge vor der Geburt des Kindes aus der Kriegsgefangenschaft zurück sein, nicht in Erfüllung gegangen. Als er heimkam, war Marlene schon acht Monate alt. Schnell hatte sich das aufgeweckte Kind an das neue, anfangs abgemagerte, schmale, mit der Zeit jedoch immer rundere Gesicht seines Erzeugers gewöhnt, der es sichtlich genoss, nicht nur von Leni und Bäb, sondern auch von Marlene angestrahlt und verwöhnt zu werden.

Allein Hildegard steht immer noch ein wenig außerhalb. Nicht weil irgendein Mitglied der Großfamilie sich nicht um sie bemüht hätte, sie selber hat sich dorthin gestellt. Ilse, ihr Lebensinhalt ist tot, sie ist daheim und doch nicht daheim, sie mag das Dorf nicht mehr wie früher einmal. Die große Stadt liegt in Trümmern und hier im Dorf und im Haus hat sie keine rechte Beschäftigung mehr, zumal schon eine alte und eine junge Hausfrau in Schreiners schalten und walten.

Ab und zu geht sie aus alter Gewohnheit zu Jongles. Rösje ist froh, wenn Hildegard kommt. Sie, die ihr früher immer bei den Schularbeiten geholfen hat, möchte ihr auch jetzt gerne aus ihrer Schwermut heraushelfen, zumal sie nun selber erfahren hat, was es heißt, verlassen zu werden. Aber Rösje merkt schnell, das Hildegard sich ihr nicht anvertrauen kann, und sie respektiert das. Darum erzählt sie nun ihrerseits von der Pleite mit dem Kölner. Hildegards Interesse ist mit einem Male geweckt, als sie sagt:

»Hättste mich gefragt, dann hätt ich dir gleich sagen könne, wat der für en Filou is! Scheinheilig is er, un schön Sprüch machen, dat konnt der immer schon. Hat et bei mir och versucht mit seinem Süßholzraspeln, hat awer schnell kapiert, dat ich an so eppes kein Interesse hat. Außer guder Nachbarschaft is da nix jewest. Der hat dir awer bestimmt net verzellt, dat er schun zweimal verlobt war in Kölle!« Rösje ist baff.

»Nae, dat hat er mir net verzellt! Awer ich woar ja eso verknallt in den Kerl, dat ich an so eppes üwerhaupt net jedacht han.« Und Hildegard sagt mitfühlend, jedoch nicht ohne leisen Spott:

»Ja, ja, dat Röslein rot, die Unschuld vom Lande, dou wars jenau dat richtije für den alten Schmecklecker, verjiss ihn!«

»Recht haste ja Hildegard, komm lass uns alle zwei ose Verdross verjesse! Komm jeh mit mir in den Joarte (Garten), un helf mir umgrawe, Arwet is die best Medizin! De Sunn scheint un de Vöjelcher peifen, dann kummen mir flott auf annere Jedanke.« Hildegard zieht ihren engen Rock und die Seidenstrümpfe aus und steht bald in bunter Kittelschürze, Wollsocken und Nagelschuhen neben Rösje in Jongles großem Garten. Zwei Spaten graben mehr als einer. Bald liegt ein großes Stück dunkelbrauner Gartenerde umgewendet da und wird anschließend mit Hacke und Rechen feingemacht. Hildegard wird richtig munter, denn das Gefühl, immer noch gut mit Hacke, Spaten, Rechen und Erde hantieren zu können, löst sie langsam aber sicher aus ihrer Versteinerung. Rösje zieht Furchen und Hildegard legt jeweils drei Rillen Zwiebel, dicke Bohnen, Zuckererbsen und Salat hinein, im genau vorgeschriebenen Abstand, so wie sie es als kleines Mädchen bei ihrer Mutter Bäb erlernt hatte. Und wieder einmal erweist sich der alte Indianerspruch von der Mutter Erde, die unseren Kummer aufnimmt, als zutreffend, denn als die beiden Mädchen nach getaner Arbeit ihr Werk betrachten, ist der nagende, allgegenwärtige Liebeskummer dahinein untergebuddelt.

»Ich danken dir, Hildje, dat dou mir jeholf has, ich weiß bal net mehr, wie ich die ville Arwet all jedon kriejen, mein Modter kann wirklich bal nix mehr schaffe, so schwach is ihr Herz.«

»Nix zu danken, Rösje, et hat mir richtich Spaß jemacht. Wenn dou wills, komm ich dir öfter helfen, vorläufig han ich daheim net viel ze don. Awer der Bürjermeister hat mir in Aussicht jestellt, dat ich nächst Joahr, wenn der alt Postjohann pensioniert wird, die Poststell übernehme kann.«

»Dat wär ja prima«, meint Rösje, »dann brauchste net mieh no Kölle ze jon.« Und weil Hildegard ohnehin Nagelschuhe und Kittelschürze anhat, probiert sie aus, ob sie noch überhaupt melken kann, hilft beim Vieh- und Schweinefüttern, klettert wie einst in Schuppen und Scheunen hoch, wo sie an vielen, altbekannten Stellen die Hühnernester findet und anschließend ein Dutzend frische Eier zu Kätt in die Küche bringt. Diese schmälzt gerade einen großen Kochpott voller Kartoffelsuppe mit ausgelassenem Speck und gerösteten Zwiebeln, und dieser Duft lässt Hildegard das Wasser im Munde zusammenlaufen. Kätt sagt herzlich:

»Ich han jesehn, wie gut dou dem Rösje jeholf hast, dat war schön von dir, komm setz dich mit an de Tisch, ich han jenuch jekocht.« Das lässt sich Hildegard nicht zweimal sagen, denn »Jongles Kätt ihre Krumbieresopp« ist weltberühmt. Dazu gibt es frisches Brot mit selbstgemachter Butter oder »Klatschkäs«. Und weil heute Abend um den großen alten Tisch noch einmal viele Leute drumherum sitzen, auch Fritz und die Schreinersjungen sind vom Acker heimgekommen, ist es fast so schön wie in alten Zeiten. Kätt wartet zwar Tag für Tag und Woche für Woche auf

Franz, behält es aber für sich, will den anderen mit ihren ewigen Klagen nicht den Appetit verderben.

Hildegard bleibt noch ein wenig, als ihre Brüder heimgegangen sind, hilft beim Abwasch und geht anschließend mit Rösje hinauf in die Schlafkammer. Es scheint, als ob die Zeit um viele Jahre zurückgedreht sei, die alte Kinderfreundschaft kehrt in kleinen Schritten zurück. Mit einem Male haben sie sich ziemlich viel zu »verzelle«. Weil ihre Erfahrungen im Erwachsensein so schmerzlich waren, werden sie vorerst ausgeklammert, sie durchleben die gemeinsamen Kinderjahre und haben viel zu lachen. Und just in einer Gesprächspause, als sie die Müdigkeit ins Gähnen bringt und die eine sagt:

»Ich jelawen et ist bal zwölf, ich muss heimjon«, hören sie von draußen heftiges Bummern und Klopfen gegen eine Haustür, jedoch es klopft nicht an die Eigene. Rösje läuft ans Fenster und lauscht. Es kommt von drüben, das Klopfen und Rufen kommt eindeutig aus Pittersch Hof. Jetzt erkennt sie die Stimme:

»Et is der Pittersch Mätthes«, sagt Rösje, »der is aus der Jefangenschaft hamkumme!«

7. Kapitel

Zehn weitere Nachkriegsjahre sind ins Land gegangen. In den Städten sind die Trümmer beiseite geräumt, überall entstehen Neubauten, Wohnblocks und große Kaufhäuser, in denen man, sofern man Geld hat, alles kaufen kann, was das Herz begehrt.

In unserem Eifeldorf jedoch hat sich nicht viel verändert, war es doch von Bombenhagel und Artilleriebeschuss verschont geblieben. Die deutschen Kriegsgefangenen sind, bis auf die vermisst gemeldeten, alle heimgekehrt. So auch der Franz Leiendecker, genannt Jongles Franz. Was ist jedoch aus dem munteren, allzeit zu Schelmenstreichen aufgelegten Fränzchen geworden? Ein sichtlich zu früh gealteter, hinkender junger Mann, dem alle Lebensfreude abhanden gekommen zu sein scheint. Mutter Kätt, die gerade mit einer Flickarbeit beschäftigt am Fenster sitzt, sieht die abgerissene Gestalt ins Hoftor einbiegen, sie greift sich ans Herz, stößt einen Schrei aus:

»Rösje, Fritz!! Uns Fränzje kimmt haam!«, und so schnell sie ihre Gichtfüße tragen, rennt sie ihm entgegen, ist als erste bei ihm und drückt ihn an die Brust. Der Spätheimkehrer weiß nicht, wie ihm zu Mute ist, als ihn bald Vater, Schwester und dann die ganze Nachbarschaft umringen. Kaum dass er ein paar Worte gesagt hat, strebt er ins Haus, um den vielen Fragen zu entgehen, die gutgemeint, aber für ihn im Moment zuviel sind. In den folgenden Wochen wird er von Mutter und Schwester verwöhnt und aufgepäppelt, Vater Fritz versucht vergeblich, seinem Sohn neuen Mut zu machen. Es dauert lange, bis der frühere Franz, der seinem Vater alles erzählte, wieder zum Vorschein kommt. Das passiert erstmalig nach einem gemeinsamen Abend im Dorfkrug, nachdem Franz mit alten Schulfreunden einige »Schäppche« und ein halbes Dutzend »Häffe« (Schnaps) getrunken hat. Spät in der Nacht wankt er, von seinem Vater gestützt, heimzu. Mit Mühe bringt Fritz den Jungen die Haustreppe hoch und in die Küche. Und dann, als Franz auf seinem alten Platz auf der Bank sitzt, lässt er seinen Kopf auf die Tischplatte fallen, birgt sein Gesicht im angewinkelten Arm und heult Rotz und Wasser, ist wieder der kleine Junge, der von größeren, frechen Kerlen Wixe gekriegt hat und sich beim »Vadter« ausweint.

»Wart nur, dene werd ich et zeigen, denen hau ich den Buckel voll, wenn ich se nächstens treff, dene werd ich Mores lehre, meinem gude Fränzje eso weh ze don!« Auch jetzt setzt sich Fritz neben seinen Sohn, legt den Arm um ihn und hält ihn fest, bis der sein ganzes Elend, die langen Jahre der Demütigungen, des Hungers, des Heimwehs und des angetanen Unrechts herausgeheult hat.

Aber Fritz kann seinem Sohn dieses Mal nicht versprechen, dass er ihn rächen wird. Denn diejenigen, die dieses Unrecht über Millionen Menschen gebracht haben, sind für einen kleinen Eifelbauern unerreichbar. Fritz hat nicht mehr die Kraft, um seinen schwer angeschlagenen Sohn die Treppe hinauf in seine Kammer zu transportieren, mit etwas Mühe und gutem Zureden bringt er ihn in die Wohnstube auf das Kanapee, bleibt bei ihm, bis er sich beruhigt hat und eingeschlafen ist. Als er schließlich selber neben seiner Kätt liegt, die noch wacht, die gewartet hat wie immer, wenn ein Familienmitglied noch nicht heimgekommen ist, reden die beiden alt gewordenen miteinander und man merkt, dass sich in die anfängliche Freude über Fränzchens Heimkehr eine unbestimmte Sorge eingeschlichen hat. Fritz meint:

»Der Jung hat zuvill mitjemacht, awer dou wirst sehn Kätt, der kricht sich widder, der is ous Afeler Holz.«

»Dat wollen mir hoffe«, sagt Kätt, »awer er woar einfach noch zu jung für alles, er woar ja noch e halb Kind wie er fortjehn musst.«

»Die Hauptsach is, er is emal daheim, Kätt, alles annere wird sich einrenken mit der Zeit, lass uns eweil schlafe. Gonacht Kättje.« Fritz streicht ihr mit seiner von der harten Arbeit schwieligen Hand übers Gesicht, und Kätt flüstert noch ein letztes Ave beim Einschlafen, träumt, sie kniee in der neu erbauten Schwanenkirche vor der inzwischen renovierten Pieta, um der »Schmerzhaften« ihr Fränzchen noch einmal so richtig ans Herz zu legen.

Ja, die Schwanenkirche steht wieder! Der uralten Verbundenheit mit diesem Wallfahrtsort, dem Fleiß und der frohen Opfergesinnung der umliegenden Bevölkerung ist es zu verdanken, dass diese Kirche neu erstanden ist. Zwar nicht im alten Stil, dieser ist nur an der äußeren Silhouette erkennbar, aber sie steht wieder am alten Ort mit dem unschätzbaren Kleinod, dem alten Bild der »Schmerzhaften Muttergottes«, dem Sinnbild aller leidenden Mütter der Erde.

Es gibt kaum eine Sorge, die sie nicht auch am eigenen Leibe gespürt hätte: Einen Sohn, der von daheim fortging, Kost und Logis im Ungewissen, seinen zwar himmlischen, jedoch schwierigen, nicht landesüblichen Auftrag zu erfüllen versuchte, der ihm schließlich Gefangenschaft und ein schmähliches Ende brachte. Ausgestoßen von der Priesterschaft einer Glaubensgemeinschaft, die sich im Besitz der einzig wahren Religion glaubt. Und gerade darum vertrauen die Menschen dieser einfachen Frau aus Nazareth, weil sie einst alles ausgehalten hat, was es auf dieser Welt so an Kummer und Schmerzen auszuhalten gibt. Haben die frommen, gesetzestreuen Leute etwa nicht hinter ihr her getuschelt, als ihr Sohn zum Außenseiter gestempelt wurde, der mit seinen dubiosen Gesellen, meist Fischern, die keine Lust zum Arbeiten hatten, durchs Land zog und eine Lehre verkündete, die den ehrbaren Priestern ein Dorn im Auge war?! Wunder wirkte er zwar, ja ja, aber steht er nicht mit Beelzebub, dem obersten der Teufel, im Bunde? Und seine Eltern? Der Vater ein armer Schlucker, ein

Zimmermann, der es nie zu etwas gebracht hat! Und die Mutter? Zwar aus guter Familie, aber sie hat den Jungen, der von klein an Flausen im Kopf hatte, nicht streng genug erzogen!

Eine Nachbarin wusste zu berichten, dass dieser Junge schon im Alter von zwölf Jahren seinen Eltern nicht mehr gehorcht hatte, damals, anlässlich einer Wallfahrt nach Jerusalem. Er sei einfach im Tempel sitzen geblieben, als man mit Trompetenschall bekannt gemacht hatte, die Reisegesellschaft aus Nazareth solle sich zur Heimreise formieren. Drei Tage habe man den Jesus gesucht, Maria sei vor Angst und Sorge ganz krank gewesen, und als sie ihn im Tempel wiedergefunden und zu Rede gestellt hatte, habe dieser Junge keinerlei Reue gezeigt, das konnte ja nicht gut gehen mit so einem ungehorsamen Knaben! Eigentlich hätte ihn sein Vater Josef die Zuchtrute spüren lassen müssen, aber der sei immer viel zu gutmütig gewesen.

Keine Mutter kann es leiden, wenn die Leute über ihren Sohn, sei es zu Recht oder sei es zu Unrecht, reden. Jongles Kätt bekommt so dieses und jenes zugetragen von Leuten, die es gut meinen, aber böse treffen. Um so böser trifft es Kätt, weil es stimmt, was von Franz gesagt wird, nämlich dass er »gerne trinkt«. Immer öfter geht er abends ins Wirtshaus, geht nachts ein Lied gröhlend heimzu. Rösje, Kätt und Fritz schämen sich. Aus der glücklichen, lange ersehnten Heimkehr aus der Kriegsgefangenschaft ihres Sohnes und Bruders, ist ein handfestes Familienkreuz geworden. Anderen Tags reden sie ihm ins Gewissen, er verspricht angesichts der Tränen seiner Mutter, er wolle es nie wieder tun, es ist ihm ernst. Er weiß selber nicht, dass er nicht halten kann was er verspricht, geht mit seinem Vater auf den Acker, arbeitet einige Tage fleißig, obwohl sein steifes Knie ihn bei der Feldarbeit sehr schmerzt und behindert. Dann, nach fünf Tagen qualvoller Abstinenz, gelingt es Franz nicht mehr an der Wirtschaft vorbei zu kommen. Er überlässt Fritz die Zügel des Pferdes und sagt fast flehend:

»Vadter – aan Flasch Beer!?«

»Na gut«, sagt Fritz, weil es ihm das Herz abdrückt, als er den unterwürfig-bettelnden Blick seines Jungen wahrnimmt, »awer mach dat dou zom Abendesse deham bist.«

»Janz bestimmt Vadter!«, ruft Franz und hinkt wie von Furien gehetzt durch die offene Tür in die Wirtsstube, an den Tresen, trinkt ein Bier, das zweite folgt ohne inneren Wiederstand, erst nach dem dritten hält er kurz inne, ein flüchtiger Gedanke an sein Versprechen, doch da spendiert ihm der Hennesjes Paul das vierte, danach hört er auf zu zählen und der Abend endet spät abends im Straßengraben gegenüber des väterlichen Gehöftes. Und wer ihn dort findet, ist der Pittersch Mätthes, der offizielle Bräutigam von Jongles Rösje. Er hat den Feierabend mit ihr verbracht, und er ist von Herzen froh mit sich und der Welt, weil die Hochzeit mit Rösje nun schon für den kommenden Monat geplant ist. Ja, geplant wurde so manches, zum Beispiel wollten Mätthes und Rösje den Pittersch Hof übernehmen, wenn Franz heimkommt. Der würde sich bald eine Frau suchen und die Jongles Eltern wären halbwegs versorgt, zumal ihre beiden Töchter, Rösje und Leni, in der Nachbarschaft wohnen würden und im Notfall immer zur Hand gehen könnten.

Aber leider gehen jahrelang gehegte Hoffnungen und Pläne nicht immer in Erfüllung. Das ahnt Mätthes jetzt, wo er seinen zukünftigen Schwager aus dem Straßengraben hebt, ihn vorerst in den eigenen Hof schleppt und mittels kalten Brunnenwassers, welches er dem Hilflosen über den Kopf schüttet, wieder zum Bewusstsein bringt. Franz schüttelt sich und sagt:

»Mätthes, i-ich ka-kann net hamjohn, han meinem Vadter ver-versproch, dat ich nur ein Beer trinke dät, kann net haam, kann net haam – mein arm Modter, ech sein en Taugenix …«

»Beruhich dich, Franz, ich sag dem Rösje Bescheid, dat dou hier bei uns bes, dou kanns hier schlafe, hier bei us in der Kammer of der Kautsch.« Mätthes säubert Franz, bringt ihn ins Haus in die hintere Kammer, bleibt noch eine Weile, bis er eingeschlafen ist. Mätthes ist klar geworden, dass dieser kranke Mensch so schnell keinen Hof übernehmen kann und eine Frau findet so einer schon gar nicht. Noch einmal klopft er bei Rösje an, die noch mit ihrem Strickzeug in der Küche sitzt und Radiomusik hört. Sie ruft:

»Herein!«, hofft, dass es Franz ist, sieht Mätthes und fragt, als sie dessen bekümmerten Gesichtsausdruck sieht:

»Mätthes, wat is passiert? Haste uns Franz net gesehn?«

»Doch, ich han ihn funne, han ihn bei uns in de Kammer gelecht, er schläft eweil, ich wollt net, dat dein Modter eppes hört.« Rösje hat ihr Strickzeug beseite gelegt, fährt sich mit den gespreizten Händen durchs Haar, genau gesagt, sie rauft sich die Haare vor Verzweiflung:

»Ich weiß och net mehr, wat ich met dem mache soll, wie ich den Kerl vom Trinke aafhale soll! Ich han alles versucht, im Gude un im Böse han ich mit em jeredt, han mir di Zung franselich jeschwätzt, nix hat et jenutzt!« Sie fängt an zu weinen. Mätthes ist ein besonnener Mensch, er weiß, dass jetzt gute Ratschläge fehl am Platze sind, hat er doch selber mit seinem Vater das gleiche erlebt, und der hatte eines Tages mit dem Trinken aufgehört. Das erzählt er jetzt seinem Mädchen und meint, sie solle die Hoffnung nicht aufgeben. Noch lange sitzen die zwei zusammen, nachdem Rösje die Mutter beruhigt hat, indem sie sie belog, Franz sei zeitig heimgekommen und alles sei in Ordnung.

»Bat soll aus us zwei jän, Mätthes!?«, fragt sie. »Ich kann doch net fort aus dem Haus, mein Modter is krank, mei Vadter is alt, wie soll dat weiterjohn mit us?« Mätthes nimmt Rösje in die Arme, tröstet sie:

»Kommt Zeit, kommt Rat, die Hauptsach is, dat mir zwei zusammehale. Ich schwätzen noch emal mit meinem Schwager un unserm Margreta, villeicht bleiwen die doch bei uns daheim wohne, und dann zejen ich bei dich hier in et Haus.« Rösje lässt sich nur zu gerne die Sorgen vertreiben, irgendeine Lösung werden sie schon finden, sie und Mätthes, sie sind jung und stark, »Grund und Boden« haben sie genug unter den Füßen, wenn sie die beiden Höfe gemeinsam bewirtschaften, die Pittersch und die Jongles. Und so beschließen die beiden am heutigen Abend, sich durch nichts und niemanden ihr Leben und ihre Zukunft zerstören zu lassen und allen Widrigkeiten zum Trotz im nächsten Monat, nach der Heuernte, ihre Hochzeit zu halten.

Mätthes lebt jetzt noch mit seinem Vater Alfons, seiner Schwester Margreta und deren Mann, dem Küster Franz zusammen. Letzterer hat nach seiner Entlassung aus der Gefangenschaft gleich nach Kriegsende seinen Dienst als Küster, Organist und Chorleiter wieder aufgenommen und sich in mehreren Lehrgängen für Kirchenmusik weitergebildet. Er hoffte, irgendwo in einer großen Stadtpfarrei hauptamtlich angestellt zu werden, hatte sich unter anderem in Koblenz und Trier beworben und vorgestellt, und war mit einer Bewerbung an der Herz-Jesukirche in die engere Auswahl gekommen. Er musste sich gedulden, bis diese schwer beschädigte Kirche wieder ganz hergesellt ist. Nun sieht auch er seine Berufspläne in Frage gestellt, weil Margreta ihren Vater nicht alleinlassen kann und will. So war das schon immer gewesen hier in der Eifel, die Leute »schickten sich drein« in ihr »Schicksal«, wie das Wort es ja auch beinhaltet.

In den folgenden Wochen nimmt der Jongles Franz sich zusammen. Seine Schwester Rösje war auf den Gedanken gekommen, ihm daheim jeden Abend ein paar Flaschen Bier parat zu stellen, die er sozusagen als Belohnung mit Fritz zusammen trinken darf, es ist scheinbar eine gute Lösung des Problems, wenn auch, wie es sich später herausstellt, die falsche. Vorerst ist »Heumacher«. Frühmorgens um vier schultern Fritz und Mätthes die Sensen, mähen die noch im Tau stehenden Wiesen und Kleefelder rundum an, später kommt Franz mit den Pferden und der Mähmaschine nach, was ihm wie früher immer noch Spaß macht. Fritz kann jetzt die Arbeit etwas gemächlicher angehen, das gemeinsame Bewirtschaften der Nachbarhöfe hat schon auch seine Vorteile. Denn am späteren Vormittag, nachdem er seinen Dienst in der Kirche getan hat, gesellen sich der Küster Franz und Margreta hinzu, die das abgemähte Gras oder den Klee mit Heugabeln aufschütteln und zum Trocknen ausbreiten.

Rösje ist daheim mit Stall und Hausarbeit voll ausgelastet, ist schon froh, dass Kätt die Kartoffeln schält, den Salat oder das Gemüse putzt, weil auch die Pittersch bei Jongles mit am Tisch sitzen. Nach dem Abendessen kommen die mit Schreiners Jupp verheiratete Schwester Leni und Hildegard, es gilt die Hochzeit zu planen, Plätzchen werden gebacken, neue Blusen genäht. Das Brautkleid näht immer noch die Tant Marie, trotz ihrer sechsundsiebzig Jahre. An einem denkwürdigen Abend, acht Tage vor ihrer Hochzeit, sitzt die Braut noch spät in der Stube und befestigt mit viel Geduld den langen weißen Schleier am Myrtenkranz. Mätthes schaut ihr zu und sieht ihr verliebt in die Augen und sagt:

»Dou wirst en schön Brout! Menschenskind, bat han ich für e Glück!« Rösje wird es mit einem Male ganz mulmig, denn insgeheim fragt sie sich, ob sie den Kranz überhaupt noch tragen darf. Natürlich hat sie Mätthes erzählt, dass sie etwas mit dem Kölner Gerhard hatte, was aber nun schon lange aus sei. Aber aus Angst davor, dass Mätthes sie nicht mehr haben wollte, wenn er es erfahren würde, hat sie verschwiegen, was sie mit dem alles »gemacht« hatte. Sie schämt sich jetzt vor ihrem Bräutigam, zumal dieser nie solche Forderungen an sie gestellt hat. Der wusste, was er einem anständigen Eifeler Mädchen schuldig war.

»Mätthes, ich muss dir eppes sage«, beginnt sie zögernd, »awer dou muss mir verspreche, dat dou mir net bös bist, – ich wollt et dir schon lang verzelle – dat sein ich dir schuldich«, und wieder bringt sie es nicht über die Lippen. Matthes setzt sich neben sie, nimmt ihr das Nähzeug aus den Händen und sagt:

»Eweil ruh dich emal e bissje aus, dou schaffs ja vill zu vill. Un schwätz dich ruhig aus bei mir, mir zwei sein bald Mann un Fraa, mir wollen doch kein Jeheimnisse voreinander han. Un bös sein ich dir off jarjeine Fall, egal bat dou sagst, nur eins därfste mir net sage, dat dou mich net mehr järn hast.« Zur Bekräftigung seiner Worte küsst er sie mit Inbrunst. Sie überlegt sich währenddessen, wie sie es ihm nun beibringen soll, denkt, am besten schnell und deutlich, sie macht sich von ihm los und stößt die fünf Worte hervor:

»Ich sein kein Jungfrau mehr!«

»Wenn dat alles is bat dou mir zu sagen hast! – Dafür hättste dich net esu lang quäle müsse«, meint Mätthes trocken, »dat mächt mir jornix aus. War et der Kölner?«

»Ja, er hat mich so unner Druck jesetzt, hat immer jesagt, ich liebe ihn net, wenn ich et net mit ihm mach. Ich war ja so dumm un vertrauensseelich, ich wollt ihn net verliere. Un wie ich die Red of et heirode bracht han, da hat er sich aus dem Staub jemacht. Un seither wollt ich von keinem Mann mehr eppes wisse, bis dou komme bist. Da wusst ich jeleich, dat ich mich of dich verlasse konnt.«

»Mir verzellste nix neues, Röje, die Sort Bursche han ich beim Komiss zur Jenüje kenne jelernt. Et tut mir nur leid um dich, dat dou so einem in die Händ jefalle bist un drunner has leiden müsse, dou has sowat net verdient, mein gut Mädche. Un wat die Jungfrauenschaft anbetrifft, is dat doch nur en rein körperliche Zustand, wat nutzt mir en jungfräulich Braut, die späder e bös, dumm, jehässig Mensch is? Mein Modter, Gott hab sie selig, hat immer damit jestrunzt, dat sie unberührt in die Ehe jegangen sei, – awer, man soll ja dene Dude nix Böses nachsage, awer Tatsach is, sie hat unserm Vadter un uns all dat Läwwe zur Höll jemacht.«

»Mach dir kein Sorje, Mätthes, ich will dir en janz leev Frau sein«, sagt sie aufatmend und wendet sich erneut ihrem Brautschleier zu.

»Dat weiß ich!«, sagt Mätthes.

Nach diesen Gespräch ist Rösje wie erlöst. Sie hat ein rundum gutes Gefühl, wenn sie an ihren zukünftigen Mann denkt. Sie weiß jetzt, dass sie mit ihm über alles reden kann, weil er viel klüger ist als die meisten im Dorf, und dass er eine sehr hohe Meinung von ihr hat.

Und wieder einmal ist Hochzeit auf dem Jongles Hof. Ein schöner und ein froher Tag soll es sein. Noch ehe sich der Hochzeitszug zum Weg in die Kirche formiert, treten die Brautleute vor ihre Eltern, danken ihnen und bitten um ihren Segen. Als Vater Fritz und Mutter Kätt nach alten Brauch den beiden ein Kreuzchen auf ihre Stirnen machen, muss Kätt sich umwenden und weinen, weil Rösje im Brautstaat ihrer Schwester Lisbeth, die so früh mit ihrem Kind hat sterben müssen, so ähnlich sieht. Rösje versteht ihre Mutter, legt ihren Arm um sie, sagt leise:

»Modter, uns Lisbeth is lang im Himmel, dat will net han, dat dou immer noch heuls, zumal net heut, dat Lisbeth freut sich bestimmt mit us.«

»Sei mir net bös, Rösje, ich kann nix dafür, lass dir von mir alt Fraa den Tag net verderbe.« Plötzlich greift sich Kätt ans Herz, ist leichenblass und murmelt: »Fritz, bring mich in et Bett, ich kann net mit in die Kirch jon. Et tut mir eso leid, awer ich kann net.« Schon läuten alle Glocken, es ist schon höchste Zeit, und während die Hochzeitsgesellschafft in die Kirche einzieht, fehlen die Braut und der Brautvater, weil sie Kätt ins Bett helfen müssen. Pittersch Margreta läuft zurück zu Jongles und ruft zur Haustür hinein:

»Mach flott Rösje, dou kimms ze spät, uns Mätthes is schon fix un fertich vor Offrejung, ich bleiwen bei deiner Modter!« Fritz und Rösje hasten, so schnell es die hochhackigen Brautschuhe und der Schleier zulassen in die Kirche, wo sie das brausende Orgeln umfängt und der Bräutigam aufatmet, als die Braut endlich neben ihm kniet. Er drückt ihre Hand, hält sie fest, als wolle sie ihm nochmals entweichen.

»Entschudigung«, flüstert sie, »et is net so schlimm mit meiner Modter, sie kann überhaupt kein Offrejung mehr vertron.« So ist vom ersten Tage an die Ehe der Rosa Leiendecker in Pflichten und sparsame Freuden eingebunden, wie es ihr ganzes Leben lang sein wird.

Kätt geht es am Nachmittag etwas besser, sie setzt sich an den mit Kuchen überladenen Tisch und hört nicht auf sich zu entschuldigen, weil sie anstatt mitzuhelfen noch zusätzliche Umstände gemacht hat. Das geht so lange bis Ihre Tochter Leni zu ihr sagt: »Modter, et is eweile awer gut! Dou has jeschafft, als mir noch nix helfe konnten, un eweil schaffen mir und dou kanns net mehr helfe!« Da gibt sich Kätt zufrieden und sie versucht sich anstandshalber an einem Stückchen Erpeletoart (Erdbeertorte).

Zur Hochzeit ihres Lieblingsbruders ist auch Vroni gekommen, die man im Dorf schon jahrelang nicht mehr gesehen hat. Da gibt es ein großes Raunen und Staunen, als die schmucke Tirolerin mit ihrem Mann und sage und schreibe sieben prächtigen Kindern, alle in Tiroler Landestracht, aufmarschieren. Mätthes, Margreta und Vater Alfons sind glücklich, dass die »Österreicher«, wie sie in der Familie genannt werden, den weiten Weg nicht gescheut haben. Es hat lange gedauert, ehe Sepp und Vroni sich diesen großen Geländewagen mit Wohnanhänger, in den die ganze Familie reinpasst, leisten konnten. Vronis Gesicht ist immer noch rosig und faltenfrei, aber ihre verarbeiteten Hände kann sie nicht verbergen. Schaffen musste sie von Kind an, jedoch das Leben einer Bergbäuerin ist noch viel härter als das einer Eifelbäuerin. Das Kraxeln in den steilen Almwiesen, in denen man das Heu nur mit der Sense mähen kann und teilweise auf dem Rücken ins nächste Stadel tragen musste, ließ in ihr oft den Vergleich mit der zweieinhalb Morgen großen »Berdelswies« daheim aufkommen, von dem weitläufigen »Bungert« gleich hinter Pittersch Scheune gar nicht zu reden. Aber Vroni war zäh und willensstark. Sie biss die Zähne aufeinander und ließ sich nichts anmerken, wollte den übrigen Bäuerinnen um Nichts nachstehen. So hatte sie es in der Heimat ihres Mannes nach und nach zur vollen Anerkennung gebracht. Dank ihrer Sprachbegabung erlernte sie sehr schnell die Mundart der Tiroler, sang ihre Lieder und tanzte ihre Tänze, als hätte sie nie etwas anderes getan. Jedoch jetzt, in ihrem Geburtsort, spricht sie sofort wieder Eifeler Platt und freut sich diebisch, dass Sepp, ihr Mann, kein Wort davon versteht.

Ein zweiter Schatten fällt auf Rösjens Hochzeitstag, als sie ihren Bruder Franz vermisst. Sie lässt sich nichts anmerken, wartet noch eine Stunde mit ungutem Gefühl im Bauch, dann entschuldigt sie sich bei Mätthes und Freundin Hildegard, die als Brautjungfer fungiert, geht ins Haus und sucht Franz, ruft seinen Namen, erkundigt sich in der Küche nach ihm, wo einige Frauen und Mädchen schon das Abendessen vorbereiten, aber niemand hat ihn gesehen. Schließlich geht sie durch die Hintertür in den Garten, gelangt durch ein Pförtchen in die Scheune, wo sie ein leises Stöhnen hört. Es kommt eindeutig aus dem Pferdestall, der sich neben der Tenne befindet. Fieberhaft überlegt sie, wie sie ungesehen aus der Scheune in den danebenliegenden Pferdestall gelangen kann. Sie müsste dann aus der Scheune heraus drei Schritte durch den Hof bis zur Stalltür. Nein es geht nicht, die Hochzeitsgesellschaft sitzt im Hof unter dem großen Nussbaum. Keiner könnte verstehen, warum eine weißgekleidete Braut aus der Scheuer kommt und in den Pferdestall geht. So wickelt sie sich den lästigen Schleier um den Hals, streift die hochhackigen Brautschuhe ab und klettert die Leiter hoch aufs Heu. Dort befindet sich eine kleine Falltür, durch die das Heu hinunter in den »Pärdsstall« geschüttet werden kann. Nein, sie wird heute kein Pferd füttern, das wäre ja noch schöner! Langsam öffnet Rösje die Klappe und guckt nach unten. Dort liegt ihr Bruder im Heu, scheinbar besinnungslos, der neue, dunkelblaue Sonntagsanzug ist von oben bis unten besudelt, zwei leere Schnapsflaschen neben ihm. Es sind die Flaschen, aus denen die Zuschauer des Hochzeitszuges mit einem Schnäpschen erfreut wurden. Man hatte sie später irgendwo im Hause abgestellt. Eine blinde Wut steigt in ihr auf, sie hält sich den Mund zu, um nicht lauthals loszuschreien und zu fluchen. Hatte er ihr und Kätt nicht hoch und heilig versprochen, sich bei der Hochzeit nicht zu betrinken? Erbost murmelt sie vor sich hin.

»Dou elender Drecksack! Haste mich noch net jenuch jeärjert?! Von klein an haste mir nix als Streich jespillt, un heut verdirbste mir die Huchzent! Wärste doch besser in Russland bliwe, dou rosender Panz – un uns Peter wär an deiner Stell ham kumme.« Plötzlich hält sie inne, erschrickt vor ihren eigenen Worten und bereut sie sofort. Mitleid erfasst sie angesichts des Elenden. »Fränzje, sei mir net bös, et is net so jemeint«, flüstert sie, schließt leise die Klappe, findet unbemerkt den Weg zurück zum Bräutgam, nicht ohne vorher Fritz zu informieren. Der sagt laut:

»Ich muss emal no dem Braun gucke jon, ich fürchten, der hat sich bissje am frische Klee verpänzt.« Mätthes hat alles mitbekommen, wusste es sofort, als er Rösjens verstörtes Gesicht mit der aufgesetzten Heiterkeit erblickte.

»Na, wat is?«, fragt er. »Hatten mir net ausjemacht, dat mir kein Jeheimnisse mehr voreinander han?« Er steht auf als wolle er zum Abtritt gehen, guckt im Vorbeigehen in den Pferdestall und sagt zum Fritz: »Am besten is, dou jehs an et Telefon un reefs den Dokter, dat kann jefährlich sein. Der Franz braucht Hilf.« Fritz fragt verstört:

»Im Himmels willen, wat soan die Leut? So en Schand! Sag nur nix dem Kätt!«

»Wat die Leut soan, spillt eweile kein Roll. Dat jeht eweile um e Menscheläwe. Jedenfalls rufen ich de Krankewoon (Krankenwagen), und den Doktor Röhrig. Deiner Fraa un dene Huchzentgäst kannste ja verzelle, der Franz hätt wollen de Pärd füttere, is im Stall ausjerutscht un mit seinem Kopp off dem Steinboddem ofjeschlagen.« Er rennt gleich los ins Oberdorf zur Postfiliale zum Telefon und nach einer knappen Stunde ist der ganze Spuk vorbei. Franz liegt gesäubert auf der Trage des Rettungswagens, immer noch nicht ganz bei Sinnen, sein Vater Fritz und ein Sanitäter sitzen neben ihm auf dem Weg ins Krankenhaus. Der Sanitäter sieht, dass Fritz vor Angst und Scham fast vergeht und redet ihm gut zu:

»Machen sie sich nicht zu viele Sorgen, den kriegen wir schon wieder hin, in ein paar Tagen geht es ihm wieder richtig gut.« Fritz sagt klagend:

»Ich verstinn et net, dat man sich so schlecht beherrsche kann, er war doch früher so en brave Jung, eh er in de Kriech jon musst, dat hat er sich all in der Jefangenschafft anjewöhnt, da hatten sie nix zu essen, han sich heimlich Schnaps jebrannt.«

»Ihr Sohn ist nicht der Einzige, der in diesem Zustand heimgekommen ist, das hat mit mangelnder Selbstbeherrschung nichts zu tun, das ist krankhaft. Er soll eine Kur machen, alleine kommt er da nicht raus. Reden sie mit ihrem Arzt, der kann ihnen sagen, wohin sie sich wenden können.« Als Franz im Krankenzimmer zu sich kommt, sieht er seinen Vater und fragt:

»Ei bo sein ich dann? Wat is passiert?« Fritz, der froh ist, dass sein Sohn wieder bei sich ist, lässt sich das nicht anmerken, schont ihn nicht länger und sagt streng:

»Dou has dich besoff, un diesmal hätt et dich bal et Läwe jekost, mit dir müssen mir wohl annere Saete ofzeje (andere Saiten aufziehen), so kann dat net weiderjon!« Als Franz zu heulen anfängt, geht Fritz wortlos aus dem Zimmer, er kann und will einfach nicht mehr. Vor dem Krankenhaus wartet der Küsterfranz mit seinem neuen Motorrad auf den Brautvater, um ihn pünktlich zum hochzeitlichen Abendessen heimzubringen. Alle Augen sind fragend auf Fritz gerichtet, als er ohne viel zu reden seinen Teller mit einem großen Stück duftendem Schweinebraten, neuen Kartoffeln und Salat belädt. Fritz sagt beiläufig:

»Dem Franz jeht et schon widder vill besser, hat en Jehirnerschütterung, muss mindestens acht Daach im Krankehaus bleiwe.« Rösje atmet erleichtert auf, wie von einer Last befreit. »Vorerst is emal Ruh im Haus«, denkt sie, »un heut is mein Huchzent, un die will ich eweil so richtch feiere! Ärjere kann ich mich späder widder!« Und als nach dem Essen einige Frauen und Mädche als Spaßmacher auftreten, lustige und zum Teil recht derbe Sketche bringen, ist die gute Stimmung gerettet. Der Moselwein tut sein Bestes, und als jetzt drei Musikanten mit Ziehharmonika, Geige und der großen Trumm zum Tanze aufspielen, ist Rösje die Erste, die aufspringt und ihren Bäutigam auf die kleine, aus Brettern zusammengefügte Tanzfläche zieht. Dort reißt sie sich Kranz und Schleier vom Kopf.

»Der hinnert mich beim danze!«, ruft sie übermütig und wirft das kostbare Stück der Schreines Hildegard zu.

»Als nächstes bist dou an der Reih!« Aber Hildegard schüttelt unmerklich den Kopf, glättet und faltet vorsichtig Kranz und Schleier, bringt ihn ins Haus und trägt ihn oben in die Kammer, wo das mit weißem Damast bezogene Brautbett steht. Erinnerungen an die Kindheit, an all die gemeinsamen Stunden, die sie hier mit Rösje verbracht hat, kommen über sie. Wie sie vor Fränzchen die Tür verschlossen haben und wie er solange wütend mit dem Fuß dagegen getreten hat, bis sein Vater ihn am Ohr nahm, ihn wegbrachte mit den Worten:

»Franz, loas die jeckije Frauleut in Ruh, komm mir zwien jin in de Pärdsstall dat neu Filtje (Fohlen) kucken.« Die Mädchen waren unter sich gut dran, ohne den kleinen »Panz« konnten sie viel besser spielen. »Jenau wie heut«, denkt Hildegard, »jetzt wo du fort bist, können sie all vill besser miteinander feiern, arm Fränzje.«

Sie legt Kranz und Schleier auf die Kommode, schaut auf das Bild an der Wand, eine alte, verblichene Fotografie. Darauf stehen eingehakt drei halbwüchsige Mädchen nebeneinander, Rösje, Hildegard und Ilse. »Ilse«, flüstert Hildegard und weiß es mit einem Male ganz genau, dass sie niemals einen Brautschleier braucht, und schon gar kein Brautbett. Und ist zufrieden.

In den folgenden Tagen wird ein bisschen nachgefeiert. Es gibt noch jede Menge Kuchen, Plätzchen und Bohnenkaffe am Nachmittag, kalten Braten, Schinken, Weißbrot und Wein am Abend.

Die Arbeit auf den Feldern ruht, weil Korn und Weizen noch nicht reif für die Ernte sind. Die Leute sitzen beieinander und haben sich so viel zu erzählen, weil sie sich so lange nicht gesehen: Pittersch Vroni aus Österreich, Cousine Regina, welche nach Koblenz verheiratet ist, und der Cousin Günther aus Köln, der als einziger aus seiner Familie den Krieg überlebt hatte. Das Wetter feiert heute mit und beschert vom Morgen bis zum Abend Sonnenschein, bei mäßigen fünfundzwanzig Grad und leichtem Sommerwind. Für den zahlreichen Nachwuchs ist reichlich Platz zum Austoben auf den umliegenden Wiesen. Hier lernen sie sich als Verwandte kennen und neue Freundschaften werden geschlossen. Vronis Ältester, der Toni, ist mit seinen sechzehn Jahren fast erwachsen, ein hübscher, brünetter Tiroler, und erobert mit seinem angeborenen Charme die Herzen der Cousinen und Großcousinen im Handumdrehen. Alfons und Fritz stellen schmunzelnd fest, dass hier schon ein bisschen geflirtet wird, und die Alten sagen halb resigniert, halb wehmütig:

»Fritz, lo kannste sehn, dat mir alt sein wure. Dat is nu schon die zweit Generation nach us, die bal gruß wierd.«

»Ja, ja, Alfons, das ist des Lebens Lauf, wie dat so schien jeschriwwe staht, die einen kommen, die anderen gehn. Hoffentlich erläwen uns Känner un Enkele friedlichere Zeite als wie mir. Zwien Kreech (Kriege) han mir mitjemacht.«

Zwei Wochen nach der Hochzeit kommt Franz nach Hause, rechtzeitig zum Beginn der Ernte. Er entschuldigt sich wie schon so oft, verspricht, sich nie wieder zu betrinken.

Seine Mutter glaubt ihm, Rösje, immer noch verärgert, meint trocken:

»Verspreach net esu vill, lass et einfach sein!« Sie und Mätthes stehen schon für die Ernte gerüstet im Hof. Er mit dem »Reaf«, das ist eine Sense mit besonderer Vorrichtung zum Anmähen der Getreidefelder, sie mit der Sichel zum Einsammeln und Aufraffen der Ähren. Sie drückt ihrem Bruder ein dickes Knäuel Binderkordel und eine sogenannte Bindernadel in die Hände und sagt versöhnlich:

»Komm jehste mit off Falkenrod anmähen, dou kanns doch su flott Jarwe (Garben) binden.« Franz ist froh, dass es keine weitere Strafpredigt mehr gibt und geht mit großen Schritten, wenn auch hinkend, dem jungen Paar voraus. Sie mähen an diesem Vormittag drei größere Haferfelder rundum an, so dass am Nachmittag der von zwei oder gar drei Pferden gezogene Selbstbinder die Arbeit übernehmen kann. Franz, der sich schon immer für Maschinen interessiert hat, freut sich riesig auf den »Selbstbinder« und dass er ihn fahren darf. Die Jongles hatten bislang noch mit einer Mähmaschine gearbeitet, während die Pittersch schon vor dem Krieg einen Selbstbinder besaßen. Da brauchten die Erntehelfer nur die fertig gebundenen Garben zu Kasten (Getreidehucken) aufzustellen.

In knapp vier Wochen ist die Ernte unter Dach und Fach. Es ist dieses Jahr eine gute Ernte, die Scheunen sind vollgestopft bis unter die Firstbalken. Außerdem stehen vor dem Dorf etliche »Jarwebär« (haushoch aufgeschichtete Garbenhaufen), die unmittelbar nach der Ernte ausgedroschen werden können. Schöne, trockene Erntewochen bringen vollreife Roggen und Weizenkörner, die wiederum gutes Mehl und in folgedessen schönes, lockeres Bauernbrot für alle Tage versprechen und zu den Festtagen ebensolchen Streusel- und Rollkuchen.

Nun, da die Ernte geborgen ist, sitzen Jongles Fritz und Pittersch Alfons abends im Hof auf der Holzbank und schmauchen ihre Pfeifen. Die Sonne ist gerade dabei sich hinter dem Scheunendach zu verstecken, der Himmel färbt sich gemächlich glutrot, ein Zeichen dafür, dass es am nächsten Tag wiederum schönes Wetter gibt. Und Fritz sagt:

»Dat Wedder scheint sich noch net zu ändere, eweil täten mir dringend Rejen brauchen, dat Foder (Grünfutter) wird knapp.«

»Ja, ja, Fritz, Io haste Recht, de Klee is bald all abjemäht un die Wiese sein verdeert (verdorrt).«

»Nu ja, dat han mir schun öfter erlebt, mer kann net alles Maulmaß (mundgerecht) han, en schöne Äer (Ernte), un vill Rejen für et Gras un de Klee.« Alfons reibt sich leise knurrend sein rechtes Bein:

»Dou wirs sehn, et jibt ander Wedder, dat spüren ich schun immer zwei Tag vorher.«

»Nu ja, dann lass et emal kräftich reene«, sagt Fritz, klopft seine inzwischen kalt gewordene Pfeife aus und erhebt sich ein bisschen steif. »Et wird Zeit für die Heia, Gonacht Alfons!«

»Gonacht Fritz, schloaf gut,« erwidert Alfons, dann schlurft er auf seinen knorrigen Stecken gestützt nach Hause. Das Leben scheint es recht gut zu meinen mit den Leuten vom Jongles- und Pittersch Hof. Die jungen Leute verstehen sich alle recht gut, die Alten tun sich zusammen, versorgen die Tiere so gut sie es noch können, haben immer »Ansproch« und überlassen den Jungen die Feldarbeit. Es ist jetzt keiner in der Familiengemeinschaft, der kommandiert, stänkert oder ständig die anderen kritisiert. Wie hart ist es gewesen, mit solchen Menschen wie Mätthes Mutter, der bigotten, bösartigen Pittersch Plun, oder dem herrschsüchtigen, geizigen Jongles Grußvadter Jahr und Tag auszukommen. Kaum jemand hatte eine Möglichkeit, aus solchen Familienkonstellationen auszubrechen, denn nur wenige hatten außer der Landwirtschaft einen Beruf erlernt. Der Grund und Boden musste alle ernähren, auch die Kranken und Schwachen. Scheidung war in den rein katholischen Eifeldörfern noch ein Fremdwort. Das hatte gewiss auch sein Gutes und ein vom Galgenhumor geprägtes Sprichwort lautete: »Den Esel, den mer sich saelt, den muss mer och laede.« (Den Esel den man sich aussucht und anseilt, dessen Halfter man ergreift, muss man später ein Leben lang leiten. Das bedeutet, ist er gut und geduldig hast du Glück, hast Du aber einen bockigen Esel gehalftert, musst Du ihn ebenfalls ein Leben lang leiten.) Reine Glücksache war es, in einer friedliebenden Familie das Licht der Welt zu erblicken, oder in eine einzuheiraten. Das Zusammenleben von drei Generationen unter einem Dach konnte in seltenen Fällen den Himmel, jedoch viel zu oft die Hölle auf Erden bedeuten. Insbesondere ergaben sich viele Zwistigkeiten zwischen Schwiegermutter und »Schnürsch« (Schwiegertochter), sowie zwischen Schwiegervater und »Aedem« (Schwiegersohn). Und das bei aller Frömmigkeit, bei strenger Einhaltung der Fastenzeit, der Abstinenztage und der Sonntagspflicht. In der Einstufung der reichlichen Sünden muss da etwas schief gelaufen sein im katholischen Glauben, weil die schlimmsten Todsünden nicht in der Rubrik Lieblosigkeit wider den Nächsten zu suchen waren, sondern bei der Liebe zwischen den Geschlechtern, will sagen, falls ein Mädchen ein uneheliches Kind bekam, war diese Sünde und Schande nicht zu überbieten. Eifrig wurde auch an den zehn Fingern abgezählt, ob bei einem jungverheirateten Paar seit der Hochzeit neun Monate vergangen waren, wenn das erste Kind zur Welt kam.

Manchmal fiel die Rechnung ein bisschen knapp aus, falls sich so ein Winzling um etliche Tage verrechnete, und zu früh mit seinem Näschen die frische Luft außerhalb des warmen Bauches seiner Mutter schnuppern wollte. Dann waren es halt nur achteinhalb Monate, und die arme Mutter mochte noch so sehr ihre vorehelische Unschuld beteuern, der Verdacht auf verbotene Liebe vor der Hochzeit konnte nie ganz aus der Welt geschafft werden.

So ergeht es auch Jongles Rösje. Genau acht Monate und acht Tage nach der Hochzeit bringt sie ihr erstes Kind, einen Jungen, zur Welt. Glücklich und bang betrachtet sie das kleine, noch ganz mit zartem Flaum überzogene Gesichtchen neben sich auf dem Kissen. Das Kind ist gesund, wiegt aber nur viereinhalb Pfund. »Der Kleine ist mindestens vier Wochen zu früh gekommen«, sagt Paula, die Hebamme, »hoffentlich schießt bei dir die Milch bald ein. Vorerst müssen wir ihm eine andere Nahrung besorgen. Der Mätthes muss heut' noch nach Karden oder Kaisersesch fahren und in der Apotheke eine Milchpumpe sowie ›Eledon‹ kaufen!« Und schon fällt der erste Schatten auf das Glück der jungen Mutter, es ist ihr mit einem Male so Angst ums Herz wie nie im Leben, denn noch nie hat sie sich so sehr um jemanden gesorgt wie jetzt um das Kind. Sie fürchtet, es nicht »großzukriegen«. Rösje ist nun schon über dreißig, lange hatten sie und Mätthes mit dem Heiraten gewartet wegen ihres Bruders Franz. »Was für ein Unsinn«, denkt sie jetzt, »am Ende bin ich schon zu alt.« Sie äußert ihre Befürchtungen gegenüber Paula, doch die sagt sehr resolut, wie das alle Hebammen so an sich haben:

»Du bist noch lange nicht zu alt zum Kinderkriegen, mach dir vor allen Dingen keinen schweren Kopf, sonst verkrampfst du dich und dann kommt die Milch überhaupt nicht. Sobald wir die Milchpumpe hier haben, üben wir jeden Tag regelmäßig, dann kommt sie nach und nach.« Mutter Kätt hat sich neben das Bett ihrer Tochter gesetzt, hält ihre Hand solange, bis sie so fest schläft wie der Säugling. Als Rösje nach drei Stunden aufwacht, hat Mätthes schon die Sachen aus der Apotheke besorgt und steht am Fußende des Bettes. Er deutet geheimnisvoll grinsend auf Paula, die das Kind auf die Kommode gebettet hat und ihm mittels einer kleinen Flasche mit winzigem Sauger die künstliche Nahrung schmackhaft zu machen versucht. Rösje und Kätt schicken gleichzeitig flehende Stoßgebete gen Himmel, und der junge Vater verspricht zehn »Jäng« (Wallfahrtsgänge) zur Schwanenkirche, obwohl er sonst gar nicht so besonders fromm ist. Und, o Wunder, der Kleine fängt an zu saugen, trinkt sein erstes Schlückchen. Es scheint ihm zu schmecken, denn als die ihm zugemessene Portion alle ist, nuckelt er immer noch weiter am leeren Fläschchen. Paula sagt liebevoll resolut, wie es den Hebammen so eigen ist:

»Schluss jetzt, mehr gibts nicht, sonst kriegste Bauchpein.«

»Na Gott sei Dank!«, sagt Mätthes aufatmend. »Dat wär ja noch schöner, wenn der net jern trinke dät, dann wär er ja janz aus der Art jeschlagen.« Rösje weiß nicht, ob sie darüber lachen oder weinen soll.

»Mach net eso dumme Verzelltje (Erzählchen), mit so eppes spaßt mer net«, sagt sie, aber sie weiß, dass Mätthes hinter seinem faulen Witz nur seine Rührung verstecken will. Die darf nämlich ein richtiger Eifeler Mannskerl unter gar keinen Umständen vor anderen Leuten zeigen.

In den folgenden Wochen bewährt sich die Solidarität der Frauen innerhalb der Familie und Nachbarschaft. Pittersch Margreta, Rösjens Schwägerin, hat einen wahren Narren an dem winzigen Kerlchen gefressen, auch Schreines Hildegard, die Posthalterin des Dorfes, lässt es sich nicht nehmen, nach Dienstschluss »dat Kindje« zu füttern und zu windeln. Anfangs musste der Kleine alle zwei Stunden eine kleine Mahlzeit haben.

Rösje ist fast eifersüchtig, sie muss laut altem Brauchtum neun Tage im Bett liegen bleiben, muss zuschauen, wie die anderen ihr Kindchen füttern, es liebkosen und umhertragen. Ungeduldig hantiert sie mit der Milchpumpe, um ihren prallen Brüsten ein paar Tropfen Muttermilch zu entlocken, aber außer Schmerzen kommt da gar nichts. Das hat sie sich alles ganz anders vorgestellt. Nach drei Tagen vergeblichen Bemühens liegt sie erschöpft und weinend da. Es ist später Abend als ihr Mann sie so vorfindet. Mätthes kann es nicht länger mitansehen. Er legt sich neben sie zur Ruhe, streichelt sie ganz sanft, redet ihr gut zu:

»Mei Levje (Liebchen), quäl dich doch net eso, hör of zu heulen, dat Kind kann doch die Nahrung gut vertrage, dat Paula sät et is janz jesund, dou wirst sehn, dat Peterche wird auch ohne Muttermilch groß und stark.« Aber noch ist Rösje trotzig:

»Dou has gut schwätze, dou weißt net wie dat ist, wenn en Frau ihr eijen Kind net nähren kann, ich sein kein gut Modter ich hätt die schwer Mann Wäsch (Wäschekorb) net tragen dürfen, dann wär mein Kind och net zu früh kumme!« Aber Mätthes lässt sich dieses Mal auf keine Diskussionen ein, er hat erfahren müssen, dass das bei dieser Frau nichts bringt. Er bietet seine ganze Liebe und Fürsorglichkeit auf, entwindet ihren Händen diese verflixte Milchpumpe, küsst und streichelt Rösje so lange, bis sie sich entspannt, und in der schimmernden Frühlingsnacht erwacht ihre Liebe zur innigsten Intimität. Er liebkost mit seinen Lippen ihre arme malträtierte Brust, behutsam beginnt er zu saugen, und was die Gewalt nicht erreichen konnte, bringt die Liebe. Er spürt etwas Süßes auf seiner Zunge.

»Mätthes, wat machste?«, fragt sie ermattet. Im selben Moment ertönt ein quäkendes Stimmchen. Mätthes springt auf, hebt den Säugling aus der Wiege und legt ihn Rösje an die Brust. Nun geschieht das kleine Wunder. Die Milch fließt, das Kind trinkt. Stolz betrachtet Mätthes im Schein der verhangenen Nachttischlampe seine glückliche Frau:

»Siehste nu Levje, dat han mir zwei janz allein jeschafft, dafür brauchen mir kein Pump, kein Paula, kein Margreta un kein Hildegard.« Vierzehn Tage später hat das Kind fast fünfhundert Gramm zugenommen und ist kräftig genug für die Taufe. Paula hat es zwar auf Grund seiner Winzigkeit gleich nach der Geburt »notgetauft«, aber auf die feierliche Taufe in der Kirche und den anschließenden Weiberkaffee will man nicht verzichten. Der kleine Junge heißt nun Peter, nach seinem im Krieg gefallenen Onkel.

Schnell erholt sich Rösje von der Geburt und wirtschaftet so fröhlich in Haus und Hof wie eh und je, als Kätt sich still ins Bett legt, um nie wieder aufzustehen.

»Et tut mir eso leid, dat ich dir net mie helfe kann«, sagt sie fast jeden Tag zu ihrer Tochter, »ich hät dir doch eso jern die Kinner verwahrt, awer ich kann net mie, ich han jar kein Kräfte mie, dou muss et nou all allein mache, dat spüren ich jenau.« Rösje, die nach gründlicher Untersuchung der Patientin durch Doktor Röhrig die Auskunft bekommen hat, der Motor, damit war das altersschwache Herz von Kätt gemeint, sei nunmal bald ausgelaufen, sieht mit Bangen den Verfall in dem von Kind an vertrauten Gesicht ihrer Mutter, sagt gegen ihre eigene Überzeugung:

»Modter, sag doch su eppes net, dou wirs widder jesund.« Kätt ist nicht abergläubig, aber irgendwie treffen alte Sprüche wie der folgende auch schon mal zu: »Der Aen kimmt un der Anner muss jon.« (Der Eine kommt, der Andere muss gehen). Es geschieht ab und zu, dass in einer Familie ein Kind zur Welt kommt und im selben Jahr einer von den Alten stirbt. Als Kätt sich dahingehend äußert, antwortet Fritz:

»Dat is doch reiner Zufall, Kätt, mir han doch noch nie an so en Quatsch jelaaft (geglaubt)!« Eigentlich will sie noch gerne leben, immer weiter für alle sorgen, jedoch bittet sie den Herrgott, er möge ihr und ihrer Familie ein allzu langes Krankliegen ersparen. Fritz verbringt viele Stunden am Bett seiner Frau, während Rösje seine Stallarbeiten übernommen hat. In der frühen Morgendämmerung horcht Kätt auf die vertrauten Geräusche in Haus und Hof. Als erster kräht der Hahn, das ärgert Tell, den Hofhund, der jetzt wütend bellt und alle anderen aufweckt. Kätt hört das Muhen der »frischmelkigen« Kuh Bless, deren Kälbchen man verkauft hat, und gleich darauf klopft das Pferd mit dem Huf an die Stalltür. Am liebsten aber hört sie Peterchens helles Stimmchen. Und wenn Rösje ihr den Morgenkaffee bringt, sagt Kätt: »Dat Peterche war awer wieder früh wach, ich han et schon um sechs Uhr plappere jehört, un dann meine ich jedesmal, et tät e Vöjelche zwitschere.«

»Dat is gut«, denkt Kätt, »jung Läwe is im Haus un uns Rösje hat ein gute Mann, su wie ich einen hat, schad is nur, dat ich den Fritz bal allein lasse muss, un uns Fränzje, der arm Kerl, mächt mir Sorje.«

An einem trüben Novembertag geht es mit Kätt zu Ende. Man schickt nach dem Pastor, der bald darauf kommt und ihr die Sterbesakramente erteilt. Der Abschied von der Mutter mit dem großen, guten Herzen ist schwer. Still, ohne viel Umstände zu machen, schläft sie ein. So wie sie alles Notwendige in ihrem einfachen Leben getan hatte, stirbt sie daheim, unter demselben

Dach, wo sie das Licht der Welt erblickte, aufwuchs, heiratete, ihre Kinder bekam, liebte, lebte und arbeitete. Nie hatte sie für längere Zeit das Dorf verlassen. Ihre weiteste Reise war die nach Köln am Rhein, wo sie ihre Schwester Resi besucht hatte. Reiseziele waren außerdem Koblenz, Andernach, Mayen, Kaisersesch. Der Zahnarzt, der ab und zu einen faulen Zahn zog, der Augendoktor, der eine Altersbrille verschrieb, der »Pieß« in Klotten an der Mosel, der einmal einen gebrochenen Arm, ein andermal einen verstauchten Fuß richtete, oder auch ein Markttag in einem der vorgenannten Orte, waren die Reiseziele der Jongles Kätt gewesen. Nun tritt sie ihre letzte Reise an, und dafür braucht sie noch nicht einmal das Dorf zu verlassen. Gleich hinter der Kirche wird sie in die Erde gebettet.

Der am heftigsten leidet ist Fränzchen, ihr Jüngster. Seit seiner Heimkehr hat er sich geistig nicht weiterentwickelt, im Gegenteil. Sein Verhalten ist das eines Kindes, einmal lieb und ein andermal trotzig und dennoch so hilflos. Lange noch steht er heulend am Grab, als die anderen heimgegangen sind:

»Modter, wat soll ich ohne dich mache? Wär ich doch besser mit dir jestorwe.« Rösje, die zu Hause den Trauergästen Kaffee einschenkt, sagt leise zu Mätthes:

»Sei so gut un jank nach dem Franz gucken, ich han kein Ruh wejen dem.« Schwer lasten Kätts Worte auf ihr: »Dou muss mir versprechen, immer of uns Franz aufzupasse.« Was kann man gegen die Worte einer Sterbenden einwenden? Man verspricht, was man später kaum halten kann.

Mätthes geht hinaus und schaut die Dorfstraße hinauf und hinunter, sie ist menschenleer. Der späte Novembernachmittag ist schon in die frühe Dämmerung übergegangen. Mit langen Schritten hastet Mätthes in Richtung Kirche, nichts Gutes ahnend betritt er den Friedhof, wo sich der feuchtkalte Nebel auf Kreuze und Gräberreihen gelegt hat. An dem frisch aufgeworfenen, mit Kränzen bedeckten Hügel kauert eine vor Kälte und Nässe zitternde Gestalt. Jongles Franz.

»He Franz!«, ruft Mätthes leise, aber der rührt sich nicht, er rüttelt ihn an der Schulter:

»Komm jehste mit heim. Dou bist ja janz verfror, dou holste ja den Tod.«

»Dat wär gut, wenn ich direkt hier of der Platz sterwe dät«, murmelt Franz. Mätthes greift dem Verstörten unter die Arme, stellt ihn auf seine vor Kälte erstarrten, wackligen Beine, stützt und führt ihn unter gutem Zureden nach Hause. Jetzt erst riecht Mätthes den Alkohol. Seit Rösjens Hochzeit hatte Franz nichts mehr getrunken. »Nu fängt dat Elend widder an«, denkt Mätthes. Er bringt den Hilflosen in seine Kammer, wo er ihm die feuchten Kleider auszieht und ihn ins Bett bugsiert.

»Dem Franz is et net gut.«, sagt Mätthes, als er zurück in die Stube tritt und die fragenden Augen der Trauergesellschaft sieht. »Er muss sich in et Bett leje, ich denken er hat en schwer Erkäldung.« Fritz steht auf.

»Dann machen ech en Wärmflasch für ihn un en Tass heiße Kaffee«, sagt er und geht, vorsichtig die Tasse tragend hinaus. Nachdem er Franz die Wärmflasche an die eiskalten Füße geschoben hat, sitzt Fritz noch lange neben ihm auf der Bettkante. Franz, der sich zähneklappernd unter dem dicken Federbett verkrochen hat, stört sich nicht an seinen Vater und schläft endlich ein. Fritz geht schwerfällig und gebeugt hinunter in die Küche, der Kaffee in der Tasse ist schal und kalt geworden und er gießt ihn in den »Säueimer«.

In den folgenden Wochen muss Rösje wiederum einen Kranken pflegen, ihr Bruder hat sich eine Lungenentzündung samt Rippenfellentzündung zugezogen. Das Fieber steigt abends bis auf vierzig oder einundvierzig Grad, jeder Atemzug bereitet Franz einen heftig stechenden Schmerz in Brust und Rippengegend. Es ist dieses Mal eine heimtückische, langwierige Krankheit. Der Arzt kommt jede Woche und tut sein Bestes, nach vierzehn Tagen sinkt das Fieber auf achtunddreißig, erst nach zwei weiteren Wochen ist Franz endlich fieberfrei, aber ans Aufstehen ist nicht zu denken. Er ist sehr geschwächt und hat keinen Funken Lebenswillen mehr in sich. So verbringt er noch viele Wochen teilnahmslos im Bett liegend, lässt sich von Rösje und Fritz bedienen. Unterdessen hat sich der Winter verabschiedet, die Märzsonne scheint wärmend ins Krankenzimmer. Rösje, die Franz wie jeden Tag das Mittagessen ans Bett gebracht hat, steht an den Türrahmen gelehnt, sie ist total erschöpft und schwindlig, alles dreht sich um sie. Peterchen ist hinter ihr die Treppe hochgekrabbelt, sie nimmt ihn auf den Arm, um ihn davon abzuhalten, im Zimmer alles vom Tisch oder der Komode zu reißen. Der Kleine ist flink wie ein Wiesel, richtet sich überall an Stühlen und sonstigen Möbeln auf. Alleine zu laufen traut er sich noch nicht. Mätthes hat schon früh die Pferde angeschirrt, ist zum Dorf hinaus in die Feldflur, denn die Frühjahrsbestellung hat begonnen. Als Rösje jetzt sieht, wie ihr Bruder lustlos sein Essen wegschiebt, fragt sie:

»Is et dir widder net gut jenuch?«

»Die Krumbieresopp (Kartoffelsuppe) schmackt mir net, mein Modter hat viel bessere jekocht als dou.« Jetzt platzt Rösje der Kragen, sie wehrt sich:

»Steh off un koch dir selwer eppes, Franz, der Dokter hat et dir jesagt un heut sagen ich et dir, dou solls offstehn!« In seinem blassen Gesicht spiegeln sich Trotz und Wehleidigkeit:

»Ich kann doch net«, greint er.

»Wat heißt hier ich kann doch net, dou wills net! Meinste ich tät dich aus Pläsier eso lang versorje? Ich han dat klein Kind, un in sechs Monat kriejen ich schun widder eins. Dou denks nur an dich un an deine eijene Verdross. Mir tut et jenau so leid, dat uns Modter jestorwe is wie dir, awer man därf sich doch net eso hänge loße, dat kann net eso weider jon mit dir!«

Abrupt verlässt sie die Kammer, wirft die Tür mit einem Knall hinter sich zu, dass der Sand aus einem der vielen Risse der gekalkten Zimmerdecke rieselt. Franz ist geschockt, er fühlt sich verkannt und verstoßen wie als Schuljunge, wenn ihn der Lehrer zur Strafe hinter die Tafel stellte. Er weiß nichts mehr mit sich anzufangen, wendet schließlich seinen Kopf auf dem Kissen hin und her und hin und her, er glaubt den Verstand zu verlieren. Jetzt schallt von der Straße das fröhliche Geschrei der Schulkinder und Franz hält inne. »De Schull is aus«, denkt er, sieht sich selber als kleinen Dotz mit dem »Schullesack« auf das Haus zu rennen, und spürt mit einem Mal wie damals das gute Gefühl, endlich daheim angekommen zu sein. Plötzlich hält es ihn nicht mehr in den zerwühlten Kissen. Lange genug hat er die Wände angestarrt, kennt jede einzelne Ranke im Blumenmuster der gestrichenen Wand, hellblau der Grundton, dunkelblau das mittels einer Gummirolle aufgetragene Muster.

Franz schiebt ein Bein nach dem anderen aus dem Bett, steht ein wenig wackelig auf beiden Füßen, tastet sich an der Wand entlang bis zum geöffneten Fenster und blickt hinaus. Noch zeichnen die unbelaubten Bäume mit ihren Ästen und Zweigen schwarzes Filigran in das blasse Himmelsblau, jedoch die Silhouetten der nahen Moselhöhen, insbesondere die des Treiser Schock, sind in diesen gewissen sanft schimmernden Dunst gehüllt, der den nahenden Frühling erahnen lässt. Und zum ersten Mal nach langen, trostlosen Wochen spürt der Junge einen Hauch von neuem Leben in sich. »Wie kann ich doch froh sein«, denkt er »dat ich widder de Hunsrück un den Treiser Schock sehn kann, un net mie den verdammte Jefangenenlagerhof, un dahinter nix als Russland un nochemal Russland so weit ich gucke konnt.«

»Heh, Franz! Loa biste ja widder, wie jeht et dir?« ruft Pittersch Margreta, als sie das Bleichgesicht am Fenster sieht. Franz atmet tief durch, spürt nicht den geringsten Schmerz in Brust und Rippen:

»Et jeht mir gut Margreta«, sagt er mehr zu sich selbst, aber laut genug, um im gegenüberliegenden Pittersch Hof verstanden zu werden. Jetzt auf einmal spürt er Hunger und er löffelt schuldbewusst den vorhin verschmähten Teller »Krumbieresopp« und isst das Wurstbrot, welches Rösje ihm gebracht hat. Dann sucht er seine Klamotten zusammen, zieht sich an und geht zögernd die Treppe hinunter bis in die Küche, wo Fritz, Mätthes und Rösje am Mittagstisch sitzen.

»Ei, wer kimmt dann elo?«, ruft Vater Fritz erfreut. Franz sagt mit fester Stimme:

»Ich sein et Vadter«, und zu Rösje gewandt: »Die Sopp hat mir prima jeschmackt, sei mir net mie bös. Un von eweile an brouchste mich net mehr zu bediene, et wird Zeit, dat ich widder eppes schaffe.«

»Gott sei Dank«, sagt Rösje, »awer mach langsam.« Peterchen, den sie mit Suppe gefüttert hat, ist auf ihrem Schoß eingeschlafen, und glücklich über die gute Wendung der Dinge, bringt sie den Kleinen ins Bett.

8. Kapitel

Das Eifeldorf hat sich verändert. Das ging so schnell, dass vor allem die älteren Menschen mit ihren Vorstellungen vom Leben nicht mehr mitgekommen sind. Der Aufbau im Lande, man nennt ihn Wirtschaftswunder, braucht so viele Hände, dass die kleineren Landwirte ihr Land an größere verpachten, weil sie überall mehr und schneller Geld verdienen können als in der Landwirtschaft.

Jongles Rösje und Mätthes haben ihren Hof nicht aufgegeben, haben moderne Ställe gebaut, ein Futtersilo gebaut, einen Kredit für den großen Traktor, einen Kredit für den Mähdrescher, weitere Kredite für immer mehr Maschinen in Hof und Haus aufgenommen und immer größere Erträge erwirtschaftet. Siebenundfünfzig Milchkühe stehen zuletzt im neuen Stall mit der automatischen Fress- und Trinkanlage. Und hinter den Kühen läuft ein Förderband, welches den Mist hinaus befördert. Das sieht alles ganz toll aus und man könnte meinen, so eine Bäuerin wäre heutzutage schneller mit der Arbeit fertig. Doch die Rechnung geht nicht auf. Früher hatte sie eine Stunde für das Melken ihrer sechs Kühe gebraucht, heute mit der Melkmaschine schafft sie fünfzig Kühe in zweieinhalb Stunden.

»Eigentlich war es früher gemütlicher«, denkt Rösje, »man hatte weniger Geld, keine Schulden und war zufriedener.« Aber Mätthes kann nicht widerstehen, wenn Dorfbewohner, die jetzt auswärts wohnen oder arbeiten, zu ihm kommen und ihm ein gutes Feld zum Verkauf anbieten, oder wenn sie kommen und ihren ganzen Hof als Pachtland anbieten. Dann muss halt ein noch größerer Traktor her und den alten gibt man in Zahlung, aber den Rest der diesjährigen Ernte zahlt man drauf, in der Hoffnung, dass es sich irgendwann einmal rechnet.

Eigenlich könnte ihr Bruder Franz eine große Hilfe für sie sein, jedoch ist auf ihn nicht immer Verlass, weil er, wie am heutigen Morgen, mit dem Hintern nicht aus dem Bett kommt. Denn gestern war Schützenfest im Dorf und Franz schießt sehr gut, ist sogar Schützenkönig geworden in diesem Jahr. Das war ein Grund zum Feiern bis in die Morgenstunden. Um fünf in der Frühe hatten ihn die Schützenbrüder heimgebracht, alle sturzbesoffen.

»Mit dem brouch ich heut net mehr zu rechene«, denkt Rösje, »un grad heut is et mir jar net gut, bo ech ›mein Daach han‹.«

Andererseits ist sie aber jedesmal froh darüber, wenn sie ihr monatliches Blut sieht, weil fünf Kinder im Alter von vier bis sechzehn Jahren sind genug. Und immer noch diese Angst vor der Schwangerschaft. Rösje ist nun Mitte Vierzig, aber, wie die Frauen es ausdrücken, immer noch nicht »langst Schmitz Backes«. Mätthes und Rösje bemühen sich redlich, ihren Ehealltag mit den Geboten der Kirche in Einklang zu bringen und nach der Knaus-Ogino-Methode, der einzig erlaubten Verhütung zu leben, die aber nach Rösjens Ansicht mehr als fragwürdig ist. Erstens ist sie zur Schwangerschaftsverhütung nicht hundertprozentig sicher und zweitens darf sie als Frau nur an den Tagen mit ihren Mann schlafen, an denen sie überhaupt keine Lust dazu verspürt. »Und was mach ich, wenn der Mätthes grad dann Lust hat, wenn ich se och han?«, fragt sie sich oft. Dann kommt es nämlich ab und zu mal vor, dass »gepfuscht« wird im Bett, und das ist dann eine sogenannte schwere Sünde, und dann darf man nicht mehr zur Kommunion gehen, bevor man diese gebeichtet hat, und wie oft man gesündigt hat. Oh – diese Angst vor dem Beichtstuhl! Oh – diese peinliche Befragung und Ermahnung seitens des Beichtvaters! Es kommen da mühsam gestotterte Sätze vor wie:

»Ich wollte es nicht, mein Mann war daran schuld.« (Notlüge im Beichtstuhl) Die Antwort kann verschieden lauten: »Dann ist es für sie keine Sünde«, oder aber: »In der Ehe sündigt man nicht allein, beide werden schuldig!« Und das Verhängnis nimmt seinen Lauf, die Frau gelobt Besserung und wird prompt im nächsten Monat schwanger, obwohl der Arzt bei der letzten Fehlgeburt, die mit unverhältnismäßig hohem Butverlust verlaufen war, eindringlich vor einer weiteren Schwangerschaft gewarnt hatte. So ist es Jongles Rösje ergangen, und sie fragt sich oft, was so ein unverheirateter Geistlicher davon wissen kann, wie es ist, verheiratet zu sein, was es überhaupt heißt, eine Frau, und zusätzlich auch noch Bäuerin zu sein, die bei aller schweren Arbeit die Last der Verantwortung für alles trägt. Dabei hat Rösje es noch gut getroffen mit ihrem Mätthes. Er hilft ihr, wo er kann und kommandiert sie nicht herum oder treibt sie an die Arbeit wie zum Beispiel der Müllersch Edmund es macht. Seine Frau, die Hedwig, hat nur zwei lebende Kinder, aber mindestens vier Fehlgeburten. Erst bei der letzten Ernte hatte sie ein Kind im siebenten Monat tot geboren. Rösje hatte es mitbekommen, wie die Hedwig bei dreißig Grad

Hitze auf dem Nachbarfeld Garben aufgestellt und sich schweißüberströmt für einen Moment auf ein Garbenbündel niedergelassen hat und dabei die Hände in den Rücken gepresst hielt.

»He! Mach vorrann! – Mir müssen heut noch im Oberflur die Waez (Weizen) aafmache!«, hatte der Edmund vom Binder her gebrüllt und zur Bekräftigung wie verrückt auf die Pferde eingeschlagen. Und die Hedwig hatte sich bei jedem Peitschenknall geduckt, als sei er für sie geschlagen. Mühsam hatte sie sich erhoben und weitergeschuftet bis sie nach einer weiteren halben Stunde am Feldrain umgekippt ist, und ihr Mann sie murrend aufhob und unfreundlich »Mach dich haam«, sagte. Rösje war mit Fina, ihrer dreizehnjährigen Tochter, der armen Frau zu Hilfe geeilt und hatten mit ihr, sie von beiden Seiten stützend, den Heimweg angetreten. Jongles Rösje war noch immer für eine passende Bemerkung gut, und sie rief dem Edmund frei ins Gesicht:

»Dou solls dich eppes schäme, dou Menscheschinder.« Sie brauchten fast eine ganze Stunde für den Heimweg vom Falkenrod bis ins Dorf, wo man sonst in zwanzig Minuten daheim war. Immer wieder war Hedwig stehen geblieben, weil eine Wehe sie auf dem holprigen Feldweg fast zu Boden zwang. Die Fruchtblase war geplatzt. Wasser und Blut benetzten Kittelschürze und Strümpfe der in große Not geratenen Frau. Daheim angekommen, hatte Rösje Hedwig mit Müh und Not ins Bett gebracht, während Fina die Hebamme herbeirief. Es war zu spät, das Kind kam tot zur Welt. Hedwig lag zu Tode erschöpft im Bett, ihr sonnenverbranntes Gesicht war aschgrau. Vom schlechten Gewissen getrieben, war Edmund nun doch heimgekommen. Als er den kleinen toten Jungen sah, fing er an zu weinen. Aber Leiendeckers Rösjens Wut war noch nicht verraucht:

»Spoar dir dein Krokodilsträne, dat Kind hast dou janz allein of deinem Jewisse!«, sagte sie leise, um Hedwig, die nun endlich eingeschlafen war, nicht aufzuwecken. Aber in ihrer Stimme war verhaltenes Donnergrollen. Edmund greinte:

»Ausjerechnet en Jung, un ich wollt immer esu jern en Jung han, bat han ich doch immer für e Pesch.« Rösje schob ihn zur Kammertür hinaus und schnaubte:

»Ich, un immer nur ich! Denkste net einmol an dein Fraa!? Denkste net einmol an dein unschuldije Kinner, dene dou Dengeler kein Zeit jelassen hast für in Ruh dat Licht der Welt zu erblicke?« Und Edmund verstummte, erschrak jäh, als ein schwarzer Mercedes vor der Haustür einparkte. Es war der Doktor Meyer aus Kaisersesch, den Fina auf Geheiß der Hebamme telefonisch herbeigerufen hatte.

»Auch dat noch«, murrte er und verdrückte sich in der Scheune, wo er sich an seinem Selbstbinder zu schaffen machte. »Dat jibt mir awer noch en groß Rechnung, die Amm, der Dokter, un ich han immer noch keine Jung, und eweil fängt et och noch an zu reene, un ich wollt doch hout noch im Oberflur de Waez (Weizen) aafmähen.« Nur gut, dass Rösje nicht in seiner Nähe war, sie hätte ihm die Augen ausgekratzt. Ein greller Blitz gepaart mit einem die Ohren betäubenden Donnerschag ließ die alte Scheuer erbeben, gleichzeitig hatte der Himmel seine Schleusen geöffnet und ein Wolkenbruch tratschte über Dorf und Flur. Jetzt erst bekam Edmund es mit der Angst zu tun und schlug ein großes Kreuzzeichen über sich zur Abwehr des Unheils.

Hedwig konnte nach dieser gewaltsamen Niederkunft keine Kinder mehr bekommen, und ihr Mann bedauerte sich sein Leben lang, dass er »nur« zwei Töchter, aber keinen Sohn hatte. Hedwig ist das egal, sowie ihr fast alles gleichgültig geworden ist, ihre Töchter ausgenommen. Für diese arbeitet sie weiter Jahr um Jahr so viel wie ihre Kräfte hergeben, versucht, den heranwachsenden Mädchen die schwerste Arbeit vom Halse zu halten, und verstummt, wenn Edmund den Koller hat. Aber falls er ihre Kinder schlagen will, verwandelt sich die kleine, verängstigte Maus Hedwig in eine Löwin. Sie geht dazwischen, stellt sich vor ihre Kinder, faucht den Jähzornigen an und nimmt selber die Schläge in Kauf. Ab und zu erkundigt sich Rösje nach ihrem Befinden und Hedwig verstummt. Sie sagt höchstens:

»Och, et jeht mir janz gut.« Sie beklagt sich nie über Edmund, egal was passiert ist, er ist ja ihr Mann. Denn es steht in der alten, christlichen Hauspostille, die aus Großmutters Zeiten im Hause ist, geschrieben, dass es einem Ehebruch gleichkommt, wenn man mit jemandem anderen schlecht über seinen Ehepartner redet. In diesem kuriosen Buch wird das Wohl und die Harmonie in einer Ehe und Familie hauptsächlich in die Verantwortung der Frauen gelegt. Folgende Belehrung ist sehr wahrscheinlich weniger für die bäuerliche als für die Arbeiter-, Angestellten- und Beamtenfamilien gedacht, in denen der Vater das Brot verdienen muss:

»Wenn dein Mann am Abend nach einem schweren Arbeitstag heimkommt, sollten die Kinder bereits im Bett liegen, das Haus bzw. die Wohnung muss sauber und aufgeräumt sein, du selber solltest nett gekleidet und frisiert mit einem freundlichen Gruß und lieben Lächeln deinen Mann empfangen, und das wohlzubereitete Abendessen sollte auf dem Tisch stehen. Dann wird dein Mann sich daheim wohlfühlen und kann sich nach des Tages Last und Mühen zu Hause ausruhen. Sollte es aber umgekehrt sein, und dein Mann kommt in eine Wohnung, die vor Schmutz und Unordnung strotzt, weil die kleinen ungewaschenen Kinder sich schreiend und zankend auf dem Boden kugeln, und du selber stehst in verschwitzter, beschmutzter Bluse am Herd, weil das Essen noch nicht fertig gekocht ist, dann bist du schuld, wenn dein Mann die Flucht ergreift, ins Wirtshaus geht und sich betrinkt.« Aber derartiges steht nicht nur in manchen fragwürdigen Büchern niedergeschrieben. Es besteht außerdem ein ungeschriebenes, altes Gesetz in der Eifel, dass man über alles schweigt, was innerhalb der eigenen Familie verkehrt ist. Nach dem Motto: Wo man nicht drüber redet, das existiert nicht.

Obwohl Leiendeckers Rösje nicht mit allzu großer Geduld und Demut gesegnet ist, haben sich noch einige dieser alten, ungeschriebenen Gesetze und Vorurteile in ihr eingenistet. Ihre Mutter Kätt war in ihren jungen Jahren eine frohgemute, aufgeklärte Frau gewesen, hatte aber im Alter durch Unglück und Krankheiten viel von ihrer Courage und ihrem logischen Denken eingebüßt. Wie hätte sie sonst ihrer Tochter die ganze Verantwortung für »et Fränzje« aufbürden können? Seit Vater Fritz sie verlassen hat, er ruht nun schon seit drei Jahren auf dem Friedhof neben seiner Kätt im Schatten des großen Kastanienbaums begraben, ist es für Rösje noch schwieriger geworden, mit ihrem Bruder umzugehen. An und für sich hat Franz einen gutmütigen Kern, er arbeitet gerne in der Landwirtschaft und kennt sich mit Maschinen und Pferden gleichermaßen gut aus. Aber er ist eifersüchtig auf Mätthes, fühlt sich als »fünftes Rad am Wagen«. Das gibt immer wieder Anlass zu Streit und Unfrieden in Jongles Haus. Obwohl Mätthes ein vernünftiger, friedlicher Mensch ist, platzt ihm der Kragen, wenn Franz seine Schwester absichtlich ärgert oder bei jeder Gelegenheit versucht, die Kinder zu verwöhnen und gegen ihre Mutter aufzuhetzen. Peter, der älteste, und die nur um anderthalb Jahr jüngere Schwester Claudia müssen morgens sehr früh aufstehen, weil sie die höhere Schule in der Kreisstadt besuchen. Um viertel nach sechs fährt ein Bus ins Moseltal, dann geht es drei Stationen weiter mit der Bundesbahn. Erst am Nachmittag um zwei oder halb drei, kommen die Schüler nach Hause. Rösje ist streng darauf bedacht, dass ihre Kinder abends um acht Uhr ins Bett gehen. Ihre Rede:

»Ihr müsst Morjen früh in der Schull wackerich sein un vill lerne«, ist zum geflügelten Wort im Hause geworden. Aber Franz schlägt sich auf die Seite der maulenden Halbwüchsigen:

»Lass die arme Kinner doch noch den Film kucke! Dou bis aber en richtich bös, bös Mama!«

Die neueste Errungenschaft in Jongles ist nämlich ein Fernsehapparat. Rösje wurde aber bei einem Elternabend von den Lehrpersonen darauf hingewiesen, dass die Schüler, welche abends lange fernsehen, im Unterricht sehr unkonzentriert seien. Heute abend ist es wieder einmal so weit, dass Rösje vor Verdruss und Wut die Tränen kommen, sie liebt ihre Kinder. Warum sagt der Franz so etwas?

»Misch dou dich net drenn, mer meint dou hättst keine Verstand«, schimpft sie mit Franz, und zu den Kindern sagt sie unfreundlicher als sie es eigentlich will: »Ihr mach euch in et Bett, basta!« Dieses Mal gehorchen sie, weil Mätthes hereingekommen ist, der mit einem Blick die leidige Situation erfasst hat, seinem Schwager einen verächtlichen Blick zuwirft, und seinen großen Kindern, Peter, Claudia und Fina, ein freundliches, aber bestimmtes: »Gonacht!«, sagt. Dann packt er sich die zwei Kleinsten, das vierjährige Hermännchen und die sechsjährige Sabine. Beide krabbeln, schon gewaschen und im Schlafanzug auf dem Fußboden, auf den Rücken:

»So, ihr kleinen Krutscheltje, mir jehn eweil auch in die Heia!« Rösje atmet auf, jetzt kann sie sich endlich hinsetzen, Strümpfe stopfen und sich zugegebenermaßen auf den Krimi mit Kommissar Maigret freuen. Aber Franz gibt keinen Frieden, er grummelt:

»Dou kucks Fernsehn, un deine Kinner gönnste et net. Un immer den blöde Krimi, ich will heut Awend Fußball kucke!«

»Un ich kucken den Krimi, Fußball kimmt noch öfter dies Woch, dou has jerstern un vorjestern Fußball jekuckt.«

»Mach wat dou wills!«, sagt Franz aufsässig. »Dann jin ich ewe in die Wirtschaft Fußball kucke!«, setzt sein Hütchen auf und ist schon draußen. Rösje sitzt da mit ihren zwanzig Paar mehr oder weniger durchlöcherten Socken und ihrem schlechten Gewissen, weil Franz wegen ihr in die Wirtschaft ist und wahrscheinlich betrunken heimkommt. Jedoch für eine Stunde vergisst sie ihren Ärger bei den weichen Bandonionklängen und Komissar Maigret, der in einer schummrigen Pariser Gasse ein langes Streichholz an der Hauswand reibend entzündet, sich trotz des dringend zu lösenden Mordfalles in aller Ruhe seine Pfeife ansteckt und runde, gemütliche Dampfwölkchen in den spärlichen Schein der Straßenlampe pafft.

Die Wanduhr schlägt elfmal, als Rösje vor dem Fernseher eingenickt ist und ihr die Socke samt dem hölzernen Stopfpilz aus den Händen geglitten ist. Sie schreckt auf, als ihr Kopf zu weit nach vorne kippt. »Et is spät, un ich han die Stremp noch net zur Hälft gestoppt, egal ich jin eweil schlafe«, denkt sie und räumt die Ungestopften in ein Flickkörbchen, welches schon im Hause ist, so weit sie sich zurückerinnern kann. Sie liebt alte Gegenstände, auch wenn sie nicht in die moderne, neureiche Zeit passen. Dieses alte »Stoppkärvje« erzählt, wie es allen alten Dingen eigen ist, seine eigene Geschichte: vom Großvater Hanjusep, der an Wintertagen neben Kartoffel- und Obstkörben die feinsten Handarbeitskörbchen flechten konnte. So verdiente er sich ein paar Mark nebenbei. Als nun sein Sohn Fritz sich in Jongles Kättje verliebte, musste sein Vater ein extra feines, kunstvoll geflochtenes Weidenkörbchen machen, und Fritz schenkte es am St. Stephanstag, dem 2. Weihnachtstag, der Katharina Junglas als Liebespfand. Heimlich, denn ihr Vater hatte ihr verboten mit dem »Hungerleider zu gehen«. Aber Kättje hatte dank der Unterstützung ihrer Mutter, die sich insgeheim freute, dass da endlich einmal jemand ihrem geizigen, herrschsüchtigen Jongles Hannes die Stirn bot, ihren Fritz geheiratet. Und sie sind immer ein glückliches Paar gewesen, wenn auch Fritz nur einen Morgen Land mit in die Ehe gebracht hatte. Rösje betrachtet den Stopfpilz, der ihr schon so viele Dienste getan hat. Er ist bei weitem nicht so alt, wie das Körbchen. Ihre Mutter brachte ihn mit, von einer Busfahrt des Müttervereins zum Kölner Dom. Es war kurz nach dem Krieg, die Frauen packten sich Butterbrote, Äpfel und Thermoskannen mit Malzkaffee als

Reiseproviant ein, denn es gab noch nicht viel zu kaufen in Köln. Neben kleinen Andachtsbildchen, Halsketten und Rosenkränze aus Holzkügelchen gefertigt, gab es eben diesen, aus hellem Holz gedrechselten Pilz mit der sinnigen Aufschrift:

»Wenn dich die bösen Buben locken, dann bleib zu Haus und stopfe Socken.« Die Schrift ist von lauter Sticheleien kaum noch zu lesen, jedoch erheitert sie Rösje immer noch. Wie hatte sie sich damals über dieses Mitbringsel gefreut! Unvorstellbar für heutzutage, und das ist erst knapp dreißig Jahre her. Die Mädchen von heute stopfen weder Socken, noch bleiben sie zu Hause hocken! »Gut so«, denkt Rösje. »Die sollen et besser han wie mir et früher hatten.« Sie wundert sich, dass Mätthes nicht mehr herunter gekommen ist, nachdem er Hermännchen und Sabine ins Bett gebracht hatte. Sie findet ihn schlafend neben den Kleinen auf dem breiten Bett liegen. »Der ist müdgeschafft«, denkt sie, stupst ihn liebevoll an und flüstert:

»Mättesje nu komm, dou musst dich wenigstens ausdon eh dou schlafe jehst.« Willig steht er auf und lässt sich, noch halb im Schlaf, ins andere Zimmer führen. Sie ist noch munter, hat ja schon eine Stunde Fernsehschlaf hinter sich, und hilft ihm beim Ausziehen, kitzelt ein bisschen an ihm herum, nichts zu machen – kaum liegt sein Kopf auf dem Kissen schläft er schon weiter. »Soll er schlafen, der Gute«, denkt sie und gibt ihm einen Gutenachtkuss auf seine vollen, schön geschwungenen Lippen. Und er lächelt ein bisschen im Schlaf.

Rösje löscht das Licht, aber schläft noch lange nicht vor lauter Sehnsucht, denn der Hunger nach Glück ist immer noch in ihr, als sei sie erst siebzehn. Es ist ja auch greifbar, das Glück, solange sie ihren Kopf auf Mätthes Schulter betten kann, solange sie ihre gut gewachsenen, gesunden Kinder versorgen und anschauen kann. Sie will nicht undankbar sein, sich nichts draus machen, dass Franz, der nun polternd die Treppe hochkommt und brabbelnd in seiner Kammer zur Ruhe geht, sie so oft ärgert. Wie oft hat sie sich vorgenommen, sich nicht mehr mit ihm zu streiten, wie oft schon hatte sie die Muttergottes in der Schwanenkirche um Sanftmut und Geduld angefleht. Ja, wenn sie mit Mätthes und den Kindern allein leben könnte! Dann wäre es einfach, ein gottgefälliges Leben in Güte und Sanftmut zu führen. Aber Franz hat nun mal das Wohnrecht hier, die Felder des Hofes gehören ihm zur Hälfte, und außerdem hatte sie der Mutter das Wort gegeben, für ihn zu sorgen, und das tut sie ja. Und wenn andere Leute sich über ihren Bruder lustig machen, falls er »einen sitzen hat«, dann verteidigt sie ihn und nimmt ihn in Schutz.

Franz erhält wegen seiner Kriegsbeschädigung monatlich dreihundertundfünfundsiebzig Mark Rente, viel Geld für einen Landwirt. Genug für diverse »Schäppche« und Zigaretten. Aber er hat die Kinder gern, und die mögen ihn, nicht zuletzt, weil er die Anlaufstelle für zusätzliches Taschengeld ist. An Weihnachten und an Geburtstagen bekommen sie vom Onkel Franz prompt all die Geschenke, die sie sich gewünscht hatten. Da lässt er sich nicht lumpen, und dafür bringt er es fertig, den ganzen Advent über nicht in die Wirtschaft zu gehen, denn er hat, wie schon gesagt, einen guten Kern. Mit diesem versöhnlichen Gedanken schläft Rösje endlich ein, dem neuen, arbeitsreichen Tag entgegen. Früh wird aufgestanden in Jongles, die vielen Tiere wollen gefüttert, gemolken und die Ställe ausgemistet werden. Nach anderthalb Stunden, die Rösje mit Mätthes gemeinsam in den Ställen arbeitet, sagt er zu ihr:

»Jank dou die Kinner wecke, ich machen dat hier fertig.« Sie zieht den Arbeitskittel, Kopftuch und Gummistiefel aus, alles stinkt nach Stall und Mist, das mögen die Kinder nicht. Früher hat das niemandem etwas ausgemacht, jeder im Dorf roch nach Tieren. Aber jetzt gibt es hier schon viele Familien die keine Landwirtschaft betreiben, und da riecht man ganz einfach den Unterschied. Und wenn der Berens Karl, ein fünfzigjähriger Junggeselle, der jetzt im großen Stil Schweinezucht betreibt, am Feierabend für ein paar Stündchen ins Nachbarhaus zu Müllersch Werner geht, weil ihn das einschichtige Leben ab und zu in die Gesellschaft anderer Menschen treibt, war er bisher überall ein willkommener Gast, weil Karl an und für sich ein unterhaltsamer Typ ist. Aber Müllersch Annelies sagt anderen Tags zur Schmitte Franziska:

»Jestern Omend war Berens Karl bei us. Ich kann den ja janz gut leide, un uns Werner unnerhält sich eso jern mit dem, weil er so jescheit is un viel weiß, un man kann mit dem Karl iwwer alles schwätze, ejal ob et sich um die Politik oder üwer Landwirtschaft un Viezucht handelt. Awer dem Karl sein Bux un sein mistije Schuh han dermaße no Säuststall jestonk! Mir is et janz schlächt wure, ich musst eraus an die frisch Loft jon.« Franziska erwidert:

»Dem Karl fehlt en Fraa. Seit sein Modter duut is, hat der en schlächt Wirtschaft im Haus.« Und Annelies lacht:

»Der Karl hat noch nie Spass an dene Frauleut jehat, un dat is et einzije Thema, wo er net drüwer schwätze will.« Leiendeckers Rösje hatte zufällig dieses Gespräch mitgehört. Es war im Edeka-Laden, wo die Dorfbewohner aufeinander trafen, und sie sagte:

»Net jeder Mensch is für et Heirode jeschaffe, soll doch jeder no seinem Fasson seelich werden!«

Baden und duschen sind ganz groß in Mode gekommen, und darum befinden sich auch in fast allen alten Häusern neu eingebaute Badezimmer. Auch Rösje wäscht sich sorgfältig Gesicht, Arme und Hände mit duftender Seife, bevor sie in die Küche geht, wo Claudia und Fina schon am Kaffee kochen sind.

»Oh, ihr seid schon auf?!«, ruft sie erfreut. »Dann jin ich die annere wecken.« Sie rüttelt ihren Ältesten wach. Sabine und Hermännchen hopsen schon munter im Bett herum. Peter ruft jetzt aus dem Bad:

»Mama, ich brouch e frisch Hemd!«

»Hast doch jestern e frischet anjedon, dat is noch gut!«

»Nä, dat stinkt no Schweiß, ich sitzen in der Schul neben em feine Cochemer Mädche, dat sät dann ich wär en Bauer.«

»Da brouchste dich net für zu schäme, die Mieseler (Moselaner) han schon immer jemeint sie wären eppes Besseres.«

»Mama, so is dat heut doch net mer, dat Andrea is zum Beispiel total O. K.!« Rösje kapituliert, reicht ihm sein letztes, sauberes Hemd und sagt gar nichts mehr. »Der Jung wird groß«, denkt sie, »der will schon dene Mädcher imponiere, un ich därf treu un braf jede Woch siewe Himme (Hemden) wäsche un büjele, als ob ich nix anneres zu don hät.«

Kurz darauf kommt Peter aus dem Bad, Rösje schwillt das Herz vor liebevollem Stolz, so ein hübscher Junge! Und er schaut sie mit seinen blauen Augen so treu an, wie ehemals ihr Bruder Peter, der im Krieg gefallen ist, und er hat auch das gleiche gewellte blonde Haar wie dieser. Der einzige Unterschied ist, dass Peter Nr. 2 dieses schulterlang trägt. Eine neue Mode unter den Jugendlichen, die in vergangene Jahrhunderte zurückgreift. In manchen Familien führt das zu heftigen Auseinandersetzungen, hauptsächlich zwischen Vätern und Söhnen. Mätthes sieht es gelassener:

»Mir läwen heut Gott sei Dank inner Demokratie, da kann man keinem mehr en kurze militärische Haarschnitt befehlen.« Nur einmal hatte Rösje mit leisem Vorwurf zu Peter gesagt: »Mit deine lange Hoar siehste aus wie Jesus in der Biwel jemalt is.«

»Und? Haste wat gegen Jesus? Der war doch schwer in Ordnung«, war Peters schlagfertige Antwort, und wieder einmal war sie mit ihrem Latein am Ende gewesen. Am heutigen Morgen hat sie keine Zeit, sich auf irgendwelche Diskussionen einzulassen, denn Sabine quietscht nebenan ganz erbärmlich. Sie ist ein sanftes, feingliedriges Mädchen, und wenn das robuste Hermännchen, obwohl zwei Jahre jünger als Sabinchen, sich auf sie wirft und sie massakriert, kann sie sich nur retten, indem sie kreischend die Mutter herbeizitiert.

»Et is datselbe Spiel, wie uns Fränzje et mit mir jemacht hat früher«, denkt Rösje, läuft ins Kinderzimmer, grapscht Hermännchen am Genick, trennt ihn von Sabine und schleppt den Widerstrebenden ins Bad, wo sie ihn mit Wasser und Seiflappen bearbeitet. Sabine wäscht und kämmt sich alleine, zieht sich schon lange selber an. Sie ist ein sogenanntes »pflegeleichtes« Kind. »Eigentlich is et zu brav«, denkt Rösje. »Dat Mädche kann sich in seinem spätere Läwe net jenuch wehren.« Als sie mit den zwei Kleinen in die Küche kommt, verlassen die drei Großen schon das Haus, rufen noch »Tschüss!« und weg sind sie. Mätthes kommt herein zum Kaffeetrinken, nimmt Hermännchen auf den Schoß und schmiert ihm ein Brot mit Butter und Gelee. Der Knirps guckt triumphierend in die Runde, er fühlt sich ganz als »em Vadter seine Jung«. Es ist aber so, dass Mätthes immer ein Kind auf seinem linken Knie haben muss, sonst schmeckt ihm das Essen nicht. Sabinchen sitzt brav neben ihrer Mutter und schmiert sich selber ihre Brote. Nie macht sie sich den geringsten Fleck aufs Kleid.

»Der Jung müsst auch bald allein esse lerne un of dem Stuhl sitze, die anderen konnten all schon mit drei Joahr allein esse.«

»Un bat soll ich dann mache?«, fragt Mätthes augenzwinkernd. »Du weißt doch, dat et mir net schmeckt ohne Kind off em Knie, dann müssen mir uns noch eins anschaffe.«

»Ohne mich«, antwortet Rösje. »Et sei denn, dou täts eins of die Welt bringe!« Sie putzt Hermännchen den Marmeladenschnurrbart ab und sagt zu ihrem kinderlieben Mann:

»Bring se schun emal in de Kindergarten, dat is jescheiter wie so dumme Verzählcher mache, dou alter Kinnerflabbes.«

»Ech han heut Morje wirklich kein Zeit, ech muss dringend Hawer säen im Owerflur, un der Franz kimmt hout Morje och widder net aus em Bett, ich muss mich dummele, et is schun spät«, sagt er und geht in den Hof. Kurz darauf hört sie den Traktor knattern. Sie zieht den Kindern ihre Anoraks über, denn draußen weht, trotz Sonnenschein, ein kalter Märzwind.

»Kommt Kinnerche, heut Morje geht die Mama mal mit euch, für mich is dat en kleine Spaziergang, egal ob ich späder an mein Arwet komm, fertig werd ich doch nie.«

Die Dorfstraße ist neu asphaltiert, auf jeder Seite befindet sich ein breiter Bürgersteig, man braucht sich noch nicht mal mehr die Schuhe schmutzig zu machen wie vor einigen Jahren, als die Straße ein etwas besserer Feldweg war mit Wagenspuren, Schlaglöchern und großen Pfützen bei Regenwetter. Wasserleitungen und Kanalbau, der neu erbaute Kindergarten, all das hatte die Bürger viel Geld gekostet, doch jetzt möchte es keiner mehr missen. Fröhlich geht Rösje mit ihren Trabanten durch das Dorf, wo ihr von hüben und drüben ein herzliches »Gode Morje!« entgegenschallt. Und da erlebt sie es wieder einmal, das Gefühl daheim zu sein, und dass sie nirgendwo anders leben möchte als hier in ihrem Dorf, wo sie mit jedem reden kann, und jeder gerne mit ihr spricht, egal ob sie mit ihm verwandt ist oder nicht. Gewiss möchte sie gerne etwas von der Welt sehen, aber für mehr als eine Tagesbusfahrt mit den Landfrauen oder dem Mütterverein hat die Zeit bis jetzt nicht gereicht. Einen gemeinsamen Urlaub mit Mätthes und den Kindern, so wie es jetzt viele tun, können sie nicht machen. Die Tiere müssen täglich versorgt werden, nur die Ackerarbeiten ruhen im Winter. Mätthes war im vergangenen November zum ersten Male in Tirol, wo er seine Lieblingsschwester, die Vroni, auf ihrem Bergbauernhof besucht hatte. Er kam ganz erfrischt von dieser Reise zurück und hatte viel zu erzählen.

»Nächst Joahr fährste mit, Fraa! Bis dahin han ich den Peter, dat Claudia un dat Fina im Melken un Füttere anjelernt, dat mir unbesorgt ein Woch fortfahren können. Dou solls net auf alles verzichte wat annere Frauen sich leisten, nur weil dou en Bäuerin bist. Unserm Vroni jeht et janz gut lo in Tirol, die Landschaft is grandios, aber ich wollt da kein Bouer sein, so buckelich wie dat Land da is, da sin mir uns schöne, große, jelatte (ebenen) Felder doch lieber.«

»Dou brauchs net zu denke, ich wär unzufridde oder neidisch off annere Fraue«, hatte sie geantwortet. »Ech sein dat einfache Läwe jewöhnt, ich entbehren nix, solang mir all jesond sein un unser Betrieb einijermaßen in Ordnung is.« Das hatte Rösje ganz ehrlich gemeint, damals. Als sie jedoch heute Morgen, nachdem sie Sabine und Hermännchen in dem niedrigen, weitgestreckten Gebäude mit den buntbemalten Fenstern der Obhut der netten Erzieherinnen übergeben hat, noch anschließend einen Brief zur Post bringt und noch ein paar Worte mit ihrer Freundin Hildegard der Posthalterin wechseln will, kommt sie gar nicht dazu, weil da die Baltes Marianne, die gestern aus dem Urlaub zurückgekommen ist, und das mit dem Fugzeug, dermaßen begeistert von Mallorca schnattert, dass sich alle anderen, die noch nicht in Mallorca waren, vorkommen, als seien sie die letzten Trottel. Und deshalb packt heute Morgen auch Leiendeckers Rösje ein unbestimmtes Gefühl, eine Mischung aus Fernweh und Minderwertigkeit. Und darum sieht und riecht sie auf dem Nachhauseweg nicht die ersten Veilchen, die in kleinen Büscheln unter Schreiners Hecke blühen und duften, und merkt noch nicht einmal, dass der kalte Märzwind sich gelegt hat und spürt auch nicht die Wärme der Sonne auf ihrer Haut. Wie braun die Marianne ist, nicht nur Gesicht und Arme, wie sie es selber im Sommer bei der Feldarbeit wird. Das knappe Trägerblüschen über dem weißen Minirock ließ keinen Zweifel aufkommen, dass die Marianne überall braungebrannt ist. Sie sieht flott aus, wie ein junges Mädchen, ist aber schon über dreißig.

»Daneben bin ich der reinste Bauerntrampel«, denkt Rösje und beschließt, nicht nur für ihre Töchter, sondern auch für sich selber ein paar flottere Kleidungsstücke zu erwerben. Ihre Figur ist trotz fünf Schwangerschaften noch ganz passabel, kein Gramm Fett zuviel. Aber hatte sie sich nicht ein bisschen vernachlässigt, weil sie für Mätthes immer ohne jede Konkurrenz die Schönste und Beste war? Egal ob sie in alten Latschen und verwaschenen Kittelschürzen herumlief, sie ist seiner Bewunderung immer sicher. Und sie fragt sich mit einem Male, ob sie sich nicht zu sicher fühlt, und setzt ihren Verjüngungsplan bald in die Tat um.

Und so wundert sich der gute Mätthes nicht wenig, als er eines Tages im Jongles Garten eine schlanke, jugendliche Frau in hellblauen Jeans und blauweiß-gestreiftem T-Shirt werkeln sieht. Kopfschüttelnd geht er zur Haustür und ruft ins Haus hinein:

»Rösje, wer schafft den elo in unserm Joarde?« Als er keine Antwort bekommt, treibt ihn die Neugierde in den Garten. Die Frauensperson legt gerade die dicken Bohnen in eine aufgezogene Furche und Mätthes bewundert das stramme Hinterteil. Es kann nicht eine seiner Töchter sein, die sind in der Schule, außerdem interessieren sie sich kaum für Gartenarbeit, und wenn sie helfen müssen, dann nur unter Anweisung ihrer Mutter. Mätthes räuspert sich und ruft leise:

»Hallo!« Die Frau richtet sich auf, dreht sich um und sagt munter:

»Mätthes, bring mir en Eimer Kunstdünger, un weil du grad mal daham bist, kannste mir noch helfe e Stück frühe Krumbiere setze.« Daran erkennt er sie, das ist seine Frau! Falls er sich nicht auf dem Acker befindet, hat sie sofort eine Arbeit für ihn parat. Schon bückt sie sich wieder, um die nächste Reihe Bohnen zu legen. Er kann nicht anders, ist mit ein paar großen Schritten ist hinter ihr und versetzt ihr einen Schlag auf das jeansumspannte Hinterteil. Rösje schreit empört:

»Au!«, will nach ihm grapschen, doch er ist blitzschnell bis zum Gartentürchen geflüchtet und ruft lachend:

»Dou has mich aber schön dranjekricht, dou Luderche, ich han jemeint lo wäre e jung Mädche am schaffe!«

»Un eweile biste enttäuscht, dat et nur dein alt Fraa is, hää?«

»Dat fragste ja nur, weil dou dat Jendael (Gegenteil) höre willst, ech sein net enttäuscht, dat dou et bist, ich sein froh, dat dou et bist, un dat weißte janz jenau! Staht dir übrigens gut, die neu Bux, un ich helfen dir die Krumbiere setze, dat se net dreckich wird.«

»Die darf dreckich werden, wäscht sich besser als en Kittelschürz un ich brauch se noch net emal zu büjele«, sagt Rösje und verbannt ein für alle mal ihre alten Kittelschürzen. Und so ändert sich das Leben und das Brauchtum im Dorf in den siebziger Jahren in vielen Dingen, die seit Jahrhunderten festgelegt waren. Sohn Peter ließ nicht nur seine Haare bis in den halben Rücken wachsen, er will nach dem Abitur weder studieren noch Bauer werden, und hat eines Morgens mit Rucksack und Gitarre das alte Fachwerkhaus verlassen. Er will mit einem Freund auf Wanderschaft gehen und lässt seine tief betrübten Eltern ratlos zurück.

»Jung, dat kannste doch net machen, denk an dein Zukunft!«, hatte Mätthes immer wieder gesagt.

»Kind, dat kannste mir doch net antun, ich han doch alles für dich jetan, dat dou of die Schul konnst jehn un eppes aus dir wird«, hatte Rösje unter Tränen gebettelt und geschimpft.

Alles half nichts, Peter ließ sich nichts mehr sagen, er wollte fort.

»Un wovon willste leben?«, fragte sein Vater. »Von mir kriechste keine Penning für in der Welt herum zu stromern, ich han meine Traktor un den gruße Kuhstall noch lang net bezahlt.«

»Ich brauch dein Geld net Vadter! Der Andi un ich, wir machen gute Musik und singen können wir auch, damit verdienen wir uns dat Essen. Ich han von meinem Sparbuch alles abgehoben, un der Onkel Franz hat mir wat vorjestreckt.«

»Nadierlich, uns Franz, der Drecksack! Der steckt mit dir unner einer Deck!«, schrie Rösje und brach in ein verzweifeltes Weinen aus.

»Mama, hör auf zu heulen! Mach mir kein schlecht Jewissen! Ich komm schon durch!« Und so geht er dann frühmorgens aus dem Haus mit seinem hohen Rucksack und der Gitarre. Rösje schaut ihm nach und es bricht ihr das Herz. Ihr Junge, der Erstgeborene! Wie hat sich nach seiner Geburt ihr Leben grundlegend geändert. Man wird Mutter und mit einem Male ist alles anders.

Jetzt ist Peter schon sechs Monate fort, ab und zu kommt eine bunte Ansichtskarte, einmal aus Südfrankreich, ein andermal aus Spanien. Nachts liegt Rösje wach und denkt darüber nach, ob er wohl ein Dach über dem Kopf hat? Ob er etwas zu essen hat? Und immer wieder kommt die quälende Frage, was sie und Mätthes wohl alles falsch gemacht haben in der Erziehung der Kinder. Hätten sie ihn doch nicht aufs Gymnasium gehen sondern so wie früher daheim in der Landwirtschaft arbeiten lassen, dann wäre das nicht passiert. Von daheim fortlaufen ohne Sinn und Zweck, wie ein Landstreicher und Straßenmusikant in der Welt herumtrampen! Rösje heult vor Wut und Schmerz in ihr Kissen, Mätthes soll es nicht hören, aber er merkt es doch. Behutsam streichelt er ihren Rücken, Schultern und Nacken sind wieder einmal total verkrampft.

»Mein arm Mädje, sei net eso verdrießlich, der Jung kimmt bestimmt bal widder haam«, sagt er leise. »Der kimmt net unner die Räder, der hat en guten Kern.«

»Dat glaub ich ja auch«, schnieft Rösje. »Nur, ich kann et immer noch net verstohn, dat uns Peter so mir nix dir nix fortjelaaf is, wat han ich nur falsch jemacht?« Mätthes meint:

»Quäl dich doch net mit so dumme Jedanke. Dou has alles so gut jemacht wie dou et mache kuns. Fehler machen mir all, un wenn eppes falsch war, kannste dat net mehr rückgängig mache. Heutzutag erzieht man sein Kinner net allein, die Umwelt und die Aufklärung sind da auch dran beteiligt. Guck emal no Berlin, wie da die Studente mit dene lange Haar of dene Straße demonstriere! In manchen han sie ja recht, awer die schütte das Kind mit dem Bade aus, die lassen überhaupt nix mer gelte, wat ihre Alten ihne beijebracht han.« Während Mätthes redet, hat sich Rösje entspannt. Es ist doch gut, dass sie nicht alleine gelassen ist mit ihrem großen Kummer. Und kurz vor dem Einschlafen sagt sie noch:

»Hast recht, Mätthes, ich sein et net allein schold, dat er fortjemacht is, un morje is Sunnich (Sonntag), da jehn mir all zusammen off die Schwanekirch un bädden, dat en bal haam kimmt.«

Am Sonntag Abend ist der Bittgang gehalten, die Familie sitzt friedlich beim Abendbrot, und Rösje hat neue Zuversicht im Herzen, weil sie heute ganz deutlich gespürt hat, dass die Muttergottes den Peter heimschicken wird. Und sie überlegt, dass Maria vor zweitausend Jahren die gleichen Sorgen um ihren Sohn hatte, der sein Elternhaus verließ, ohne festes Einkommen, ohne Kost und Logis, und mit ihr fremden Fischern als Jüngern eine neue Lehre verkündigte, die mit den Gesetzen der hohen Priesterschaft nicht im Einklang stand. Und als man ihr zutrug, dass er sich bei denen viele Feinde gemacht hatte und sie ihm nach dem Leben trachteten, war sie mit der ganzen Verwandtschaft in die Stadt gereist, wo er gerade predigte und die Kranken heilte. Das Haus, in dem er weilte, war von vielen Menschen umringt, sie konnte nicht zu ihm. So schickte sie einen Knaben zu ihm, der sich durch das Menschengewimmel hindurchwand, mit der Botschaft:

»Herr, deine Mutter und deine Brüder sind gekommen und wollen mit dir sprechen.« Aber Jesus, der wusste, dass sie ihn mit nach Hause nehmen wollten, hatte nur eine schroffe Antwort für sie:

»Wer ist meine Mutter? Und wer sind meine Brüder?« Und er streckte seine Hand über seine Jünger aus und sagte:

»Das hier sind meine Mutter und meine Brüder. Denn wer den Willen meines himmlischen Vaters erfüllt, der ist für mich Bruder, Schwester und Mutter.« Maria musste erkennen, dass ihr Sohn nicht von seiner Sendung abzubringen war, auch nicht wegen ihrer menschlich sehr verständlichen Angst und Sorge um ihn.

Für Rösje ist es jedoch undenkbar, dass Jesus seiner Mutter keine Erklärung seiner abweisenden Worte gegeben hat, er, der angesichts der trauernden Witwe von Naim von Mitleid ergriffen ihren toten Sohn auferweckte und ihn seiner Mutter zurückgab, der die weinenden Frauen am Rande seines Kreuzweges tröstete. »Und so bin auch ich getröstet worden,« denkt Rösje.

Maria schloss sich den Frauen an, die mit den Jüngern Jesus folgten, die ihm dienten und ihn unterstützten. So konnte sie ihm nahe sein, hörte seine Predigten in Synagogen und auf Plätzen, erlebte die Freude und die Beisterung der Menschenmenge und die Dankbarkeit derer, die er von seelischen und körperlichen Krankheiten heilte. Sah und hörte ihn zu dem gelähmten Jakob aus Judäa sprechen:

»Steh auf, nimm dein Bett und geh umher!« Maria sah, wie der seit Jahren an sein Lager gefesselte junge Mann sich anstrengte, puterrot war sein schweißbedecktes Gesicht, flehend war sein Blick auf den fremden Heiler gerichtet, von dem ihm seine Freunde so wunderbares berichtet hatten. Würde er mich gesund machen, wenn er wüßte, dass ich ein unentdeckter Kindermörder bin? Sieben Jahre hatte Jakob mit einer unerklärlichen Lähmung gelebt, die ihn in einer der von Reue und Abscheu vor sich selber verbrachten Nächte, in denen er sich selber verfluchte, befallen hatte, ohne auch nur einen Finger rühren zu können. Sein Vater, ein reicher Händler, der Schiffe besaß, welche Waren über das Meer nach Griechenland und Rom brachten, hatte berühmte Ärzte aus der ganzen, damals bekannten Welt konsultiert, aber keiner von denen hatte Jakob die geringste Besserung gebracht. Alle Bäder, Salben und Tinkturen waren umsonst gewesen. Zauberer und Hexen, in aller Heimlichkeit von seinen verzweifelten Eltern herbeizitiert, schlichen mit gefüllten Beuteln davon in die Nacht, und die geprellte Familie wartete vergeblich auf die Wirkung der Zauberspüche, war außerdem bedrückt, weil sie sich mit dem Hokuspokus dieser lichtscheuen Menschen gegen Gottes Gesetze versündigt hatte.

Jesus von Nazareth sah Jakob mit wissenden, aber gütigen Augen an und der Gelähmte erkannte, dass dieser alles wusste, ihn aber nicht verdammte. Und er glaubte an ihn. Und Jesus sprach:

»Deine Sünden sind dir vergeben!« Im gleichen Augenblick wurde Jakob von einem nie erlebten Frieden erfüllt. »Es ist alles gut so«, dachte er. »Ich will gelähmt bleiben, als Buße für meine Tat. Gott hat meine heißen Tränen gesehen, die ich sieben Jahre lang Nacht für Nacht vergossen habe.« Jakob schloss seine Augen, und zum ersten Male nach unzähligen durchwachten Tagen und Nächten fiel er in einen tiefen, friedlichen Schlaf. Die Menschenmenge wartete wie gebannt, auch Maria wartete bangen Herzens auf ein Zeichen. Einige Spitzel des Hohenpriesters, die sich wie überall, wo »dieser Zimmermannssohn« aus Nazareth predigte und Kranken heilte, unter die Menschen mischten, um ihn eines Verstoßes gegen das jüdische Gesetz zu überführen, sagten:

»Da hat er aber den Mund zu voll genommen, keiner kann Sünden vergeben außer Gott, und wie kann er mehr wissen als dieser berühmte Suleiman Misrachi aus Ägypten, ein Arzt des Pharao, den Jakobs Vater um viele hundert Goldstücke und sieben seiner besten Rennpferde rufen ließ?«

Maria sah und hörte die abfälligen Reden, das Getuschel, die Häme in vielen Gesichtern, sah die Rücken der Davonschleichenden. Jesus aber wandte sich für einen Augenblick lächelnd Maria und den anderen Frauen zu, und sein Gesicht war Liebe. Dann rief er denen, die ihm den Rücken zugewandt hatten, zu:

»Heh, was ist leichter zu sagen, deine Sünden sind dir vergeben oder«, bei den folgenden Worten rüttelte er Jakob aus dem Schlaf: »Ich sage dir, steh auf, nimm dein Bett und gehe!« Jakob spürte, wie eine große Kraft seine Glieder durchdrang. Er stand auf ohne Mühe, sprang in närrischer Freude rund um sein Lager, fiel vor Jesus auf die Knie, stammelte tausend Dankesworte. Maria Magdalena, Johanna, Susanna sowie viele andere Frauen im Jesu Gefolge umarmten sich, tanzten vor Freude. Maria, seine Mutter, stimmte ihren großen Lobgesang an, denselben, den sie gesprochen hatte, als sie mit ihrem Kind unter dem Herzen ihre Base Elisabeth besuchte hatte:

»Hoch preiset meine Seele den Herrn und mein Geist frohlockt in Gott meinem Heiland. Großes hat an mir getan der Mächtige!« Und sollte sie je gezweifelt haben, so war sie jetzt mit dem gleichen Geiste erfüllt wie damals, Glaube, Freude und Zuversicht waren mit einem Male wieder da. Sie würde nicht mehr nach Nazareth in den Schutz ihrer Familie zurückgehen, sie wollte ihrem Sohn folgen bis hinauf nach Jerusalem, in seiner Nähe sein, egal was passierte. Und es ließ sich ja alles gut an, immer mehr Menschen glaubten an ihn, umjubelten ihn beim Einzug in die Stadt. Kinder schwenkten Palmen, Männer breiteten ihre Obergewänder vor ihm aus, auf dass er seinen Fuß nicht in den Staub der Gassen setzen musste. Sprechchöre drangen bis hinauf in den Tempel und in die Ohren der Priester und Schriftgelehrten:

»Hosianna dem Sohne Davids, hochgelobt sei der da kommt im Namen dessen, der da ist! Hosianna, Hosianna!« Die Lobeshymnen erfüllten Maria mit stolzer Freude, so wie jede Mutter stolz ist auf ihr Kind, wenn es solch großen Erfolg hat. Jedoch in irgendeinem Winkel ihres Herzens nistete die Weisssagung des Simeon. Das Schwert. Würde es letztendlich sie und ihren Sohn durchdringen? So geschah es. Diesen Triumpfzug verziehen die Gesetzeslehrer Jesus nicht. Noch am selben Tag wurde sein Tod beschlossen und sie gaubten, den Willen Jahves zu erfüllen. Sie klemmten sich hinter den Schattenkönig Herodes und der wiederum buckelte vor Pilatus, dem römischen Statthalter, der zwar keine Schuld an Jesus fand und seine Hände in Unschuld wusch, aber zu feige war, sich gegen die jüdische Priesterschaft zu stellen, die Jesus des Aufruhrs und Ungehorsams gegen den römischen Kaiser bezichtigten. Pilatus hatte keine Lust, sich wegen eines Juden in die Nesseln zu setzen. Seine Aufgabe war es, in diesem nach seiner Auffassung primitiven Land mit einem widerspenstigem Volk für Gehorsam, Ruhe und Ordnung zu sorgen.

An dem Tage, da Jesus unter dem Jubel des Volkes in Jerusalem eingezogen war, wohnten Maria und ihre Gefährtinnen im Hause Johannas, der Frau des Chuzas, der ein Beamter des Königs Herodes war. Hier bereiteten sie sich auf das Osterfest vor. Nach einem einfachen Mahle, welches sie in einer fast ausgelassenen Stimmung zu sich genommen hatten, legten sie sich in froher Erwartung der kommenden Tage zur Ruhe. Morgen, ja Morgen würden sie hinauf zum Tempel gehen. Und vielleicht würde Jesus, der ja eine

Ausbildung als Wanderprediger gemacht hatte, auch dort predigen dürfen. Jetzt, da so viel Volk an ihn glaubte. Johanna, die mit Maria das Lager teilte, fragte:

»Weißt du, wann die Männer heimkommen wollten?«

»Ich weiß auch nichts Genaues«, gab Maria zur Antwort, »Sie hatten vor, nach dem Essen des Osterlammes noch einen Spaziergang zum Ölgarten zu machen und dort gemeinsam zu beten«, sagte Maria. Johanna gab zu bedenken:

»Hoffentlich geht das gut, mein Mann hat durchblicken lassen, ihm sei zu Ohren gekommen, dass ein Anschlag auf Jesus und seine Jünger geplant sei und dass es klüger sei, sie würden sich während der Festtage ganz unauffällig benehmen.« So war das Glück dieses Tages schon etwas getrübt, als die Frauen endlich einschliefen. Früh wollten sie aufstehen, sich in frisch gewaschene Gewänder kleiden und auf den Weg machen. Hinauf zum Tempel! Sie würden siebenmal so viel Zeit brauchen als sonst, weil die Stadt von Menschen wimmelte, Pilger aus vielen Ländern, die das Passahfest hier feiern wollten. Maria war schon eine Stunde vor Tagesanbruch wach. Dunkle Vorahnungen lagen wie ein Stein auf ihrem Herzen, und so betete sie leise, warf ihre Sorgen auf den Herrn. Gerade hatte sich der neue Tag mit einem hellen Lichtstreifen an der Decke angemeldet, als sie ein Klopfen an der Haustür vernahm. Sie weckte Johanna und bat sie nachzuschauen, wer da in aller Frühe um Einlass bat. Bevor Johanna den schweren Riegel zurückschob fragte sie:

»Wer ist es, der da Einlass begehrt?« Eine ängstliche, junge Männerstimme rief leise:

»Ich bin es, Johannes, euer Freund!« Kaum hatte Johanna den Riegel zurückgeschoben, drängte sich ein schmaler Jüngling durch die erst zwei Spann weit geöffnete Tür, bis auf das Lendentuch war er nackt. Hastig verriegelte er die Tür hinter sich. Johanna, die nichts Gutes ahnte, nahm den zitternden Jungen in die Arme und fragte:

»Was ist geschehen, Johannes, warum bist du nackt?«

»Sie haben den Meister verhaftet! Gestern Abend im Ölgarten, verhaftet und ins Haus des Hohenpriesters geschleppt! Dann zu Pilatus, ich folgte von ferne. Pilatus wollte ihn anscheinend frei lassen, er stellte ihn nach dem Verhör dem Volke vor und fragte:

»Wen soll ich freilassen, Jesus oder Barabas den Mörder? Die Leute waren wie verhext. Bestochen und aufgehetzt von den Priestern und Gesetzeslehrern schrien sie in einem fort:

»Den Barabas gib frei, Jesus muss sterben! Ans Kreuz mit ihm, ans Kreuz!« Schluchzend war Johannes auf ein Lager niedergesunken, Johanna gab ihm ein Obergewand, Maria trat hinzu, sah, in welchem Zustand der beste Freund ihres Sohnes sich befand, und wusste sofort, dass ihre dunklen Vorahnungen sie eingeholt hatten. Sie fragte:

»Wo ist er?«

»Im Hause des Kaiphas. Der hohe Rat hat die ganze Nacht getagt und es kam mir zu Ohren, sie hätten Jesus der Gotteslästerung beschuldigt und einhellig zum Tode verurteilt.«

»Wo sind seine Jünger? Hat denn niemand ein gutes Zeugnis für meinen Sohn abgelegt?«

»Alle sind geflohen! Ich habe bis am Morgen vor dem Gebäude auf Jesus gewartet, bin aber von den Wächtern ergriffen worden. Ich wehrte mich, aber sie waren in der Überzahl, zerrissen mein Obergewand. Da konnte ich entfliehen und in der Menge der fremden Pilger untertauchen.« Inzwischen waren die anderen Frauen aufgewacht und hörten mit Entsetzen, was passiert war. Jetzt hielt sie nichts mehr im Hause. Eilends und furchtlos begaben sie sich auf den Weg in die Stadt. Wenn sie auch gegen die höhere Gewalt nichts ausrichten konnten, so wollten sie doch ihrem Herrn nahe sein und trotz des geifernden Pöbels zu ihm halten. Johannes, der inzwischen wieder Mut gefasst hatte, ging voran und bahnte den Frauen den Weg durch die Menschenmenge. Trotzdem kamen sie nur langsam vorwärts.

Es herrschte eine seltsame Unruhe in den Gassen Jerusalems. Das frohe Singen und Beten der Pilger war verstummt, als sie plötzlich keinen Schritt mehr weiter konnten. Es war ein Stau entstanden. Furcht griff um sich, da ein Trupp bewaffneter römischer Soldaten mit Getöse und chernem Schritt ihnen entgegenkam. Maria und Johannes drückten sich in eine Türnische, während ihre Begleiterinnen an ihnen vorbeigedrängt wurden. Plötzlich schrie Maria Magdalena schrill auf. Etwa zehn Schritte hinter den Römern wankte ein Mensch, beladen mit einem grob behauenen Baumstamm, der ihn mit jedem Schritt mehr zu Boden drückte. Sein ehemals weißer Leibrock war über und über mit Blut befleckt. Jetzt stolperte er und lag der Länge nach im Staub der Gasse, der schwere Balken lastete auf seinem Rücken. Der neben ihm schreitende Söldner fluchte und stieß den Häftling mit dem Fuß in die Rippen:

»Auf! Vorwärts, das ist nun schon das dritte Mal, wenn das so weitergeht, sind wir heute Abend noch nicht fertig mit dir!« Da trat der Hauptmann hinzu und sagte:

»Lass das sein, er schafft es nicht mehr. Der Befehl lautet Kreuzigung und einen Toten dürfen wir nicht kreuzigen!« Der Hauptmann blickt in die Runde, er sieht einen kräftigen Landmann und befiehlt diesem, den schweren Kreuzesbalken zu tragen. Johannes eilt furchtlos zu Jesus und hilft ihm auf die Beine. Die Frauen umringen Jesus, laut weinend und klagend. Veronika, eine vornehme Frau aus Jerusalem, drückt ein weißes Leinentuch auf sein zerschundenes Gesicht. Jesus bedankt sich, liebevoll ist sein Blick:

»Weinet nicht, ihr meine Getreuen. Weine nicht Mutter, ich muss meinen Weg zu Ende gehen. Johannes, kümmere du dich um meine Mutter wie wir es besprochen haben. Weinet nicht, es wird alles wieder gut. Und nun lasst mich gehen.«

Einigermaßen verwundert hatte der junge Hauptmann zugesehen, und es kamen ihm Zweifel auf an der Schuld des Delinquenten, so wie dieser benahm sich kein Verbrecher. Aber er musste seinem Befehl Folge leisten und daher befahl er den Frauen, Jesus loszulassen. Und weiter ging der Zug zur Stadt hinaus, den Berg hinauf nach Golgata, dem Richtplatz der Römer. Dort ragten schauerlichen Galgen gleichend eine Anzahl Balken in den von grauem Gewölk verhangenen Himmel. Diese Balken konnten immer wieder für eine Hinrichtung verwendet werden, denn Holz war rar und teuer. Es wuchsen nicht mehr genug brauchbare Bäume in diesem geknechteten Land, wo es außer den Straßenräubern und Kriminellen auch immer wieder Rebellen gab, die von den Römern gefasst und gekreuzigt wurden. Die zum Tode Verurteilten schleppten die Querbalken selber zu diesem unheimlichen Ort. So auch Jesus von Nazareth.

Maria, Johannes, Maria Magdalena, Johanna, Susanna und viele Andere, die Jesus und seine Jünger unterstützt hatten, standen in einiger Entfernung und sahen was geschah. Machtlos und fassungslos. Ein schweres Gewitter war ausgebrochen. Der Himmel war schwarz, und im Schein der grellen Blitze sah Maria die aufgerichteten Kreuze mit den bis aufs Lendentuch entblößten Körpern, erkannte, dass der Mittlere ihr Sohn war. Sie hörte Jesus schreien, sah wie sein Kopf auf die Brust sank, sie wollte zu ihm eilen, musste aber vor den Speeren der Soldaten weichen. Aber als sie nach einer Weile sah, dass sie Leitern anstellten, um die Hingerichteten herunterzuholen, hielt sie keiner mehr auf. Der Hauptmann befahl:

»Lasst sie, sie ist seine Mutter!« Und so legten sie Jesus in ihren Schoß, und sie spürte, wie das von Simeon geweißsagte Schwert durch ihr Herz drang. Sie streichelte und küsste seine erbleichten Wangen, flüsterte Kosenamen, die sie ihm als Kind gegeben hatte:

»Jochua, mein kleiner Schatz, wie haben sie dir wehgetan, mein Jochi, – laß mich nicht zu lange allein, nimm mich bald zu dir.« Lange saß sie da und hielt ihn, war zu einer Bildsäule erstarrt.

Dieses Bild aber ging durch die Jahrhunderte, durch die Jahrtausende. Es steht noch heute in vielen Kapellen und Kirchen, geformt oder geschnitzt von großen Künstlern oder einfachen Menschen. Oft ist es so, dass die Gestalt der Mutter nicht im richtigen Größenverhältnis zu ihrem erwachsenen Sohne steht, seine Gestalt ist die eines halbwüchsigen Kindes. So ist es bei der Pieta des Michelangelo in Rom, und auch bei der Pieta in der Schwanenkirche in der Eifel.

Über vierhundert Jahre ist dieses Bildnis der Schmerzensreichen ein Ort der Zuflucht für die gewiss nicht im Wohlstand lebende Bevölkerung gewesen. Den oft kinderreichen Müttern starben ihre Säuglinge und Kleinkinder unter der Hand weg, und mit jedem verstorbenen Kindlein ging ein Stück ihres Herzens mit. Die anderen Familienangehörigen mochten so ein Kleines schneller verschmerzen, waren doch genug andere Mäuler zu stopfen. Nicht so die Mütter. Sie trauerten und sannen oft noch lange selbst den Fehlgeburten und den Totgeborenen nach, zumal wenn sie ungetauft waren. Nie würden sie es wiedersehen, das Kleinod, von Gott ihnen anvertraut und unter ihren Herzen getragen, weil es ja angeblich ungetauft nicht in den Himmel kam.

Da mochten der einen oder anderen Frau wohl Zweifel kommen, weil selbst der hartherzigste Mensch so ein kleines unschuldiges Kind nicht für etwas bestrafen würde, für das es nichts konnte, und bestimmt nicht der gerechte, liebende Gott. Tröstlich war es, wenn man vor dem Bilde der Schmerzensreichen sein Herz ausschütten konnte, der ihr Sohn im Himmel ein wichtiges Amt übertragen hatte und die Macht, den Menschen zu helfen.

9. Kapitel

Wir schreiben das Jahr 1973, als in einer schönen Frühlingsnacht ein junger Wandersmann mit Gitarre und Bündel auf dem Rücken vor Jongles Haustür steht. Es ist Peter.

Stille liegt über dem Dorf, nur ein Paar Grillen zirpen im Duett. Drüben bei Pittersch schlägt Luchs, der Hofhund, an, verstummt jedoch bald, da der Fremde in Jongles Hof sich mucksmäuschenstill verhält. Peter atmet den vertrauten Geruch des Hofes, Tiere und Menschen schlafen, der Duft von tausend Blumen aus Rösjens Garten schwängert die Luft. Er ist ja so froh daheim zu sein. Er hat die Hand schon erhoben, will an die Tür zu klopfen, dann besinnt er sich eines anderen und sagt leise: »Ich lasse sie schlafen, ich weiß ja, wo der Schlüssel zur Hintertür liegt.« Er geht durch die Scheune ums Haus und tastet an der Wand hoch. Auf dem Sims eines kleinen Stallfensters liegt, von einem flachen Stein bedeckt, ein Schlüssel. Jetzt, da seine Hand das kühle Eisen umfasst, durchflutet ihn mit aller Macht die Freude, einen Schlüssel zu haben, mit dem er eine Tür aufschließen kann zu einem Haus in dem er geborgen sein wird, wo die Bewohner auf ihn gewartet haben, Essen, Trinken, ein Bad, ein Bett, alles gehört ihm wieder.

Wie oft hat er in Frankreich und später in Spanien abends vor so einem verschlossenen Haus gestanden, es war dunkel und kalt, aber niemand schloss ihm auf. Drinnen war es warm, die Leute mochten beim Spiel oder vor dem Fernseher sitzen, aber er schämte sich, an die Tür zu klopfen oder auf den Klingelkopf zu drücken, weil er sich doch einen Rest seines Eifeler Bauernstolzes bewahrt hatte, der ihm sagte: »Ich sein doch kane Bäddeler!« Aber, wenn er an sich herunter sah, die Klamotten zerrissen und dreckig, Bart und Haare struppig und ungepflegt, so würden sie ihn todsicher für einen Landstreicher halten. Nein, nein! Da verkroch er sich lieber im Stroh in der allein stehenden Scheune, die er vor dem

Dorf gesehen hatte, wo ihn kein Mensch sah und kein Hofhund verbellte. Nach und nach gingen die Lichter aus, die Leute legten sich unter die mit Wärmeflaschen und heißen Steinen vorgewärmten Federbetten. Sein Freund hatte ihn im Stich gelassen, war mit dem letzten gemeinsam verdienten Geld in einen Zug gestiegen, der in Richtung Heimat fuhr. So hatte er sich allein durch den vergangenen Winter gequält, musste am Ende doch um Nahrung betteln, um nicht zu verhungern. Er bedankte sich mit seiner Musik, hätte auch gerne ein Liedchen zum Besten gegeben, wäre er nicht von einer chronischen Heiserkeit geplagt worden.

Eines Morgens, als der Abbe einer größeren Gemeinde seine Kirche betrat, fand dieser den Jongles Peter. Vom Fieber geschüttelt hockte der an eine Säule gelehnt, über ihm das Bild der Pieta. Sie hatte eine entfernte Ähnlichkeit mit der »Schwanenkircher Muttergottes«. Der junge Priester sorgte für rasche Hilfe. Er und der Küster trugen Peter ins bescheidene Pfarrhaus. Der herbeigerufene Arzt stellte eine eitrige Mandelentzündung fest. Dazu kamen Unterernährung, Frostbeulen an Händen und Füßen und Verwahrlosung.

Madam Marie Lerouge, die Gattin des Küsters, die ein paar Mal in der Woche im Pfarrhaus nach dem Rechten sah, nahm sich des Patienten an. Am ersten Tag ließ sie den Jungen in Ruhe. Zuerst musste durch Medikamente und Umschläge das Fieber sinken. Am zweiten Tag brachte sie saubere Wäsche und Kleidung, die sie daheim und in der Nachbarschaft für ihn gesammelt hatte. Sie maß die Temperatur, die auf siebenunddreißigacht gesunken war. Dann ertönte ihre helle Stimme:

»Allez-hopp, Monsieur!« Es folgte ein Wortschwall auf Französisch. Peter verstand jedes Wort, schließlich war Französich sein Wahlfach gewesen, hatte ihm im Abitur eine Eins eingebracht. Und er grinste in sich hinein, sagte auf Eifeler Platt:

»Ei zum Dunnerkeil Mädje, dou kanns äwer gut schänne!« Er stellte vorsichtig einen Fuß nach dem anderen vor das Bett und stand auf wackligen Beinen, das ganze Zimmer drehte sich um ihn, so dass er sich auf die kleine, bildhübsche Marie stützen musst. Schimpfend und lachend führte sie ihn ins Bad, wo sie ihn gründlich einseifte und mit einer Wurzelbürste schrubbte. Bald darauf lag Peter frisch gebadet und bekleidet mit einem altväterlichen, weißen Nachthemd im Bett und fühlte sich großartig. Marie war inzwischen schon in die Küche gelaufen und trug, gefolgt von dem Abbe, ein Tablett mit dem Frühstück herein. Kaffee, Weißbrot, Butter, Honig und ein Ei. Als der junge Geistliche ihn anlachte und sich nach seinem Befinden erkundigte, antwortete Peter in perfektem Französisch und bedankte sich überschwänglich für alles. Madam Lerouge stand fassungslos da und ihr hübsches Gesicht unter dem schwarzen Pony war puterrot. Hatte der Nichtsnutz ihre zum Teil recht derben Ausdrücke alle verstanden!? Sie huschte aus dem Zimmer.

Der Duft von Kaffee, frischem Baguette und Wildhonig hatte Peters Gehirn umnebelt, er aß mit großem Heißhunger und sein Gastgeber schaute ihm mit Vergnügen zu. Monsignore hatte schnell herausgefunden, dass der fremde, kranke Vogel, der ihm hier zugeflogen, ein gebildeter Landstreicher war. Dann war der Arzt noch einmal gekommen, der eine Besserung der Halsentzündung feststellte.

»Aber er darf noch keinesfalls aufstehen, noch viel weniger auf die Straße«, hatte er gesagt und Peter war es mulmig geworden. Er erklärte dem Abbe, dass er kein Geld habe, um den Doktor zu bezahlen, aber er würde, sobald er wieder auf den Beinen sei, nach Hause wandern und seine Eltern würden gewiss alle Unkosten ersetzen. Der gab zur Antwort:

»Machen sie sich keine Sorgen, darüber reden wir, wenn sie wieder ganz gesund sind.«

Bereits nach vierzehn Tagen, die Peter in dem gastlichen Pfarrhaus in Südfrankreich verbracht hatte, konnte er sich wieder auf die Wanderschaft begeben, nachdem er sich wohl tausendmal bei den netten Leuten bedankte, die ihm im wahrsten Sinne des Wortes das Leben gerettet hatten. Der Abbe wollte ihm das Fahrgeld leihen, aber Peter nahm es nicht an. Er sagte:

»Ich habe unüberlegt und leichtsinnig gehandelt, und nun will ich die Suppe auch auslöffeln, die ich mir eingebrockt habe.« Seinen Eltern hatte er einen Brief geschrieben, in dem er seine Heimkehr in etwa vier Wochen ankündigt.

Noch einmal hatte er die Strapazen der Wanderschaft auf sich genommen, bis zu dem Zeitpunkt, wo er daheim hinter Jongles Haus steht, den Schlüssel findet, ins Schloss steckt, ihn ganz vorsichtig umdreht, um ja niemanden aufzuwecken. In der Küche findet er Brot, Butter und »Johannestrauweschelee« und Milch.

Malzkaffee ist noch im roten Emaillekessel auf dem Herd, warmgehalten von der Glut unter der Asche, die Peter nun mit gespitzten Lippen anbläst. Schnell zerpflückt er etwas von dem »Anfengsholz«, welches für den kommenden Morgen parat gemacht ist, legt es auf die Glut, bläst bis die Flammen im dürren Reisig knistern, brät im eisernen Tiegel Speck und schlägt zwei Eier hinein. Es ist fürwahr ein Göttermahl!

Aber trotz aller Vorsicht beim Hantieren hatte er ein leises Klappern des Tiegels und Klicken der Herdtür nicht vermeiden können. Peter hatte die wachsamen Ohren von Rösje unterschätzt. Wie in jeder Nacht liegt sie auf der Lauer, wartet auf ihren nichtsnutzigen Jungen, denkt sich eine tüchtige Strafpredigt in immer neuen Variationen aus. Jetzt hört sie das charakteristische Zuschnappen der Herdtür, das leise Quietschen der Klotür, dann das Knarren der Küchentür und steht fünf Minuten später im geblümten Nachthemd in der Küche. Die Texte der Strafpredigten sind mit einem Male alle vergessen. Sie drückt ihren Erstgeborenen an die üppige Mutterbrust und sagt:

»Peterche, meine gode Jung, dat dou wiederkumme bes!«, sagt sie immer wieder. Peter sieht ihre nackten Füße auf den Küchenfliesen, unterdrückt die Freudentränen und sagt mit rauher Stimme:

»Modter, do dir dein Pandoffele an, dou has jo nackije Feeß, am End kriegste noch de Schnuppe.« Jetzt geniert sich Rösje, lässt ihn los, zieht sich eine Kittelschürze übers Nachthemd und Pantoffeln an die Füße und legt dickeres Holz aufs Feuer.

»Soll ich dir eppes zu äesse mache?«, fragt sie, aber Peter winkt ab, versichert ihr, dass er »eweil potzesatt« ist, nur noch nach einer Dusche und seinem Bett verlange.

»Et is erst vier Uhr morjens, jank un schlaf noch e paar Stunne«, sagt er liebevoll, als er ihr immer noch schönes Gesicht betrachtet und etliche Kummerfalten entdeckt, die vor anderthalb Jahr noch nicht vorhanden waren. Leichtfüßig, als sei sie von einer zentnerschweren Last befreit, läuft Jongles Rösje die Treppe hinauf zum ersten Stock, schlüpft zu Mätthes ins Bett. Der fragt schlaftrunken:

»Levje, bee spät is et, müssen mir schun offstohn?«

»Nae mei Mätthesje, mir schlaofen eweil noch jaaanz lang.« Und kaum legt sie ihren Kopf aufs Kissen, ist sie auch schon eingeschlafen, hört bis in einen schönen Traum hinein das Wasser im Badezimmer plätschern. Um fünf Uhr rappelt der Wecker. Mätthes steht gähnend auf und wundert sich, dass seine Frau, die sonst immer vor ihm wach ist, noch bombenfest schläft. Sie ist doch nicht krank? Er legt seine Hand auf ihre Stirne, nein, Fieber hat sie keines, wacht aber nicht mal auf, als er ihr Haar streichelt. Nun gut, soll sie schlafen, die Gute, hat sie doch in der letzten Zeit so viele schlaflose Nächte verbracht. »Un dat alles wejen dem undankbaren Luftikus! Dem werd ich emol gründlich Bescheid soan, lass den irscht emol hamkumme!«, denkt Mätthes, geht hinunter in die Küche und wundert sich über das brennende Herdfeuer mit einem Topf kochenden Wassers obenauf. Da hat jemand zwei Brikett aufs Feuer gelegt, wer nur? Jetzt erst entdeckt er den Rucksack und die Gitarre. Dem guten Vater wird es so komisch ums Herz, dass er nach Luft schnappt und sich erst einmal hinsetzen muss. Dann betet er aus tiefster Brust:

»Herrgott ech danken dir, dat uns Peter is widderkumme!« Und weil das Wasser so schön kocht, ergreift Mätthes die Kaffeebüchse, löffelt zwei Lot Bohnenkaffee in die hölzerne Kaffeemühle, die er sich zum Mahlen zwischen die Knie klemmt.

»Heut Morje jet et emal Bunnekaffe, zur Feier des Tages!« Mätthes deckt den Früstückstisch mit allem Guten, das er in der Speisekammer finden kann, das normalerweise nur am Sonntagmorgen auf den Tisch kommt. Außer Butter, Brombeergelee, »Äppelschmeer« und Klatschkäse, steht da ein Teller mit feingeschnittenem Schinken, eine Dose mit Hausmacher Leberwurst, und für jeden ein gekochtes Ei. Es ist Melkzeit, dieses Mal weckt er Rösje nicht auf, klopft vielmehr an die Kammertür neben der Küche, wo Schwager Franz schläft.

»Heh, Franz!«, ruft er und stürmt auch schon hinein in die Kammer, rüttelt Franz wach, der sich grunzend umdreht und weiterschlafen will. Aber Mätthes muss es jetzt jemandem sagen:

»Uns Peter is widderkumme!« Franz ist mit einem Male hell wach. Heimlich war er die ganze Zeit über von einem schlechten Gewissen geplagt worden, weil er seinem Neffen auf die Sprünge geholfen hatte, als der fort wollte. Und weil er im Grunde genommen ein gutmütiger Mensch war, hatte ihn der Kummer seiner Schwester nicht kalt gelassen. Er nahm ihr so manche Arbeit ab, das Verhältnis zwischen Bruder und Schwester hatte sich gebessert.

»Wat sagste? Uns Pitterche is widder da?!«, schreit er jetzt. »Ei zum Dunnerkeil!«

»Pst!«, macht Mätthes. »Stieh off un helf mir melke, et Rösje soll emal ausschlafe, seit neulich der Breef von dem Lausert kumme is, hat dat arm Deer kein Aug mehr zu jedon.« So flink wie heute ist Franz noch nie in die Kleider gefahren, zehn Minuten später steht er im Kuhstall an der Melkmaschine. Es ist bereits halb neun, als die Familie vollzählig am Frühstückstisch sitzt, denn es ist schulfreier Samstag. Rösje blickt in die Runde, so gut hat es ihr lange nicht geschmeckt wie heute Morgen. So hübsche, gescheite Kinder hat sie! Claudia und Fina fragen Peter Löcher in den Bauch, wollen Frankreich kennen lernen. Hermännchen, der heute absolut keine Beachtung findet, macht auf sich aufmerksam, indem er der sensiblen Sabine unterm Tisch ans Schienbein tritt, die daraufhin in ein lautes Jammern ausbricht, und so ist für den Jüngsten alles wieder beim Alten, als seine Mutter ihn schimpfend am Ohr zieht:

»Dou Lausert! Kannste noch net emal heut e bisje braf sein, wo deine Broder is heimkumme? Raus mit dir, dat mir in Ruh Kaffi trinke könne!« Hermännchen schnappt sich sein Schinkenbrot und trollt sich zur Tür hinaus, aber nicht ohne sich noch einmal blitzschnell umzudrehen und die Zunge herauszustecken. Alle lachen.

»Der hat sich awer noch kein bisje jeändert!«, stellt Peter fest.

»Un wat haste jetzt vor?«, fragt Mätthes seinen heimgekehrten Sohn. »Willste studiere john oder sonst eppes lerne?« Peter antwortet ausweichend und einigermaßen verlegen:

»Ich denke, ich bleiwen zuerst emal deham un helfe schaffe diesen Summer, bis zum Herbst han ich noch jenoch Zeit für mir dadrüwer Jedanken zu mache. Die Hauptsach is, dat ich deham sein. Ich muss euch noch verzelle, wie dat war, wie ich wieder die Kurv jekriegt han, dat war nämlich so …« Peter erzählt nun von seiner fast wunderbaren Rettung in dieser Kirche in Südfrankreich, wie er sich bis zu der Säule mit der Pieta geschleppt hatte, »un die hat jenau so ausjesehn wie die Schwanekirche Muttergottes«, sagt er. Seine Mutter muss sich zum wievielten Male die Nase schneuzen, damit keiner ihre Tränen und Ergriffenheit sieht. Wie oft war sie »of Schwannekirch« gerannt, manchesmal noch spätabends, wenn sie mit der Arbeit fertig war, auch wenn Mätthes sie zurückhalten wollte:

»Dou täts dich jescheiter ins Bett lejen, dou machs dich noch kobott!«, sagte er oft, aber umsonst. Und jetzt nimmt sie sich fest vor, noch einen letzten »Gang« den Pfaffenhausener Berg hinauf zu machen, dieses Mal mit der ganzen Familie, um sich bei der Muttergottes zu bedanken. Jetzt gleich eröffnet sie ihren Plan ihrer Familie, »man muss das Eisen schmieden, solange es heiß ist«, denkt Rösje, »wer weiß, wat die sonst schun all wieder für Plän han für de Sunndach.«

Peter, Mätthes, Franz und Sabine sind einverstanden, aber die großen Mädchen haben tatsächlich schon etwas anderes vor, sie wollen nach Cochem ins Kino. Schon kommt der Ärger wieder in Rösje hoch, und dabei hatte sie sich doch so fest vorgenommen mit allem zufrieden zu sein, falls ihre Gebete erhört würden.

Jetzt kommt Hermänchen, der an der Tür gelauscht hatte, herein, drängt sich auf ihren Schoß und sagt:

»Modter, lass die jeckije Frauleut doch jon wohin se wollen, ich jien of jeden Fall mit dir.« Rösje drückt Hermännchen einen Kuss auf die Backe und sagt:

»Dou bist meine allerbeste Jung«, und Hermännchen blickt triumphierend in die Runde.

Am Sonntagnachmittag, als sich die Familie Leiendecker auf dem Weg zur Schwanenkirche befindet und gerade die Brücke über den an dieser Stelle noch jungen Brohlbach überschreitet, erklingt hinter ihnen das helle Geklingel zweier Fahrräder. Alle Köpfe drehen sich nach hinten, es sind Claudia und Fina, die sich da heftig gestikulierend nähern. Rösjens Herz macht einen freudigen Hüpfer. »Et sein doch gude Mädche, die zwei!«, denkt sie. »Awer wat machen se für e Jedöns? Et wird doch hoffentlich nix passiert sein?« Dicht hinter ihnen quietschen die Bremsen der Fahrräder, die wegen der steil abfallenden Wegstrecke in ein rasantes Tempo geraten waren. Mätthes ruft:

»Dat is awer fein, dat mir eiweil vollzählich sein, da könne mir direkt mit dem Rusekranzbete anfänke.« Claudias Stimme klingt ganz ratlos und traurig, als sie sagt:

»Die Muttergottes is fort!«

»Wie, wat? Wiso fort? Die kann doch net fort sein!«, rufen und fragen nun alle durcheinander.

»Et is aber doch wahr«, sagt Fina, »mir wollten et zuerzt och net jelawe (glauben), darum han mir de Pastur anjeroof, der hat uns bestätigt, dat die Pieta in der letzten Nacht jestohlen is worden.« Da sagt Rösje:

»Wer in aller Welt mächt da su eppes?!« Und sie hasten schnaufend den Berg hoch, rennen ohne Gebet auf die Kirche zu, die ihnen äußerlich den gewohnt vertrauten Anblick bietet, betreten ängstlich den Innenraum, in welchem sich die Strahlen der Sonne in den aus hunderten von kleinen, bunten Glasecken bestehenden Fenstern brechen. Jedoch durch das Fenster vorne rechts blickt der blaue Eifelhimmel ungehindert, weil es von frevelnder Hand zerbrochen wurde, und der Platz der »Schmerzensreichen« ist leer. Alle knien zuerst wie verwaist und stumm in den Kirchenstühlen, bis auf einmal Hermännchens helle Kinderstimme ruft:

»Guck doch Modter, da hinne is ja noch en Muttergottes!« Seine Hand zeigt auf die wunderschöne Madonna mit dem Kind, die vorne links vor dem Altarraum steht. Allen wird es mit einem Male ganz warm ums Herz, weil sie der Anwesenheit der Muttergottes gewahr werden, die nicht allein von einem geschnitzten Bild abhängt.

Es sollten etliche Jahre vergehen, bis eine neue, in Oberammergau geschnitzte Pieta an Stelle der alten angebracht wurde, nachdem die Polizei keine Spur von dieser gefunden hatte.

10. Kapitel

Jongles Rösje steht vor dem großen Spiegel in ihrem Schlafzimmer, festlich gekleidet im langen schwarzen Samtrock und mit weißer Spitzenbluse. Mätthes kommt herein, tritt hinter sie und sagt bewundernd:

»Zum Dunnerwedder! Wat hast dou dich awer fein jemacht!«

Rösje befestigt eine Rosenkospe in ihrem frisch dauergewellten dunkelblonden Haar, dreht sich vor dem Spiegel und lacht. Sie weiß, dass sie es, wenn sie es darauf anlegt, trotz ihrer fünfzig Jahre immer noch mit einer Dreißigerin aufnehmen kann. Sie hat gelernt, mit ein wenig Lippenstift und Schminke ganz dezent nachzuhelfen.

»Dou sehs awer och janz schien aus, komm her, ich steck dir och e Sträusje an«, sagt sie und befestigt eine dicke, rote Nelke an dem Revers seines neuen dunkelblauen Anzugs.

»Danke, mein Mädje«, sagt er und küsst sie vorsichtig auf die Wange, wagt es nicht, sie auf den Mund zu küssen aus Angst, er könnte ihre »Kriegsbemalung« beschädigen. Durch das offene Fenster lacht der hellblaue Eifelhimmel wie jeden Mai, blühende Bäume und grüne Saatfelder so weit das Auge reicht. Es reicht bis zu den grün umrandeten Moselhängen und darüber hinaus auf die Hunsrückhöhen, den sanft geschwungenen Treiser Schockberg, der den Begriff »Heimat« abrundet, aber auch ab und zu ein Unwetter abhält, so dass es sich nur noch abgeschwächt über der Voreifel ausregnet.

Wieder einmal findet in Jongles Haus eine Hochzeit statt. Claudia, die Älteste, heiratet Micha, einen jungen Mann aus Ochtendung. Man feiert so ein großes Fest nicht mehr daheim, sondern im Wirtshaus, wo es größere Räumlichkeiten gibt. Die kirchliche Trauung findet in der Schwanenkirche statt, die in der neueren Zeit eine beliebte Hochzeitskirche geworden ist, und das nicht nur für die umliegenden Dörfer des »Nasser Kirchspiels«, sondern darüber hinaus für die weitere Umgebung, das Maifeld bis an Mosel und Rhein. Der Pastor kommt nicht mehr nach mit dem Lesen von Brautmessen, hauptsächlich im Frühjahr, wenn der Saft in die Bäume steigt.

Rösje ist heute glücklich, ist froh, dass Claudia und ihr langjähriger Freund sich für eine Trauung in der Schwanenkirche entschieden haben, die für alle ihre Vorfahren eine Zuflucht war. Rösje, die vor lauter Arbeit in Hof und Familie nicht die eifrigste Kirchgängerin ist, betet gern während sie schafft so manches »Ave Maria« für sich, für ihre Familie, für Verwandte und Freunde, für alle Gläubigen und Unläubigen, für den Frieden in der ganzen Welt und daheim. Sie denkt voller Dankbarkeit an Maria, die Frau aus dem Volk, der der Herrgott die Aufgabe der Mutterschaft für seinen Sohn auf Erden, und dann für alle Menschen übertragen hat.

Längst schon ist die alte Pieta, die einst von frevelnder Hand gestohlen wurde, durch eine neue ersetzt, die nach dem Vorbild der alten Figur in Oberammergau geschnitzt worden ist. Kaum jemand redet noch von diesem Kirchenraub, die neue Muttergottes ist so gut wie die alte, eben auch nur ein Abbild der Frau aus Nazareth, die man im Gebet überall erreichen kann, weil sie in Gott dem Allgegenwärtigen verweilt. »Leider für uns Menschen unsichtbar, darum brauchen wir Bilder«, denkt Rösje. »Bilder und besondere Orte, die sie sich ausgesucht hat, um ihren Kindern begreiflicher zu sein.«

Ein Pulk von über zwanzig Autos, alle ein bisschen herausgeputzt mit flatternden, weißen Seidenbändern, ist heute auf dem Weg zur Schwanenkirche. Allen voran der Wagen mit dem Brautpaar und den Trauzeugen, das sind Claudias Bruder Peter und eine Schwester des Bräutigams namens Marlene, eine dunkeläugige, schwarzhaarige Schönheit, die heftig mit dem blonden Peter flirtet. Nun ja, es bewahrheitet sich wieder einmal ein altes Eifeler Sprichwort: »Aus aner Huchzent jet et oft en zweit« (Auf einer Hochzeit bahnt sich gern eine zweite Hochzeit an.).

Bei Rösje und Mätthes sitzen auf dem Rücksitz ihr Jüngster, der jetzt kein Hermännchen mehr ist, sondern ein langer, schlaksiger »Herm«, und Tochter Sabine, nach außen ein besonders feines engelsgleiches Wesen, die früher die Zielscheibe der verbalen Angriffe des temperamentvollen jüngeren Brüderchens war, dem sie es heute mit trickreichen Machenschaften heimzahlt, wogegen sich Herm nicht mehr zu wehren vermag. Denn so wild wie Hermännchen einst war, so ruhig ist er heute geworden. Der folgende Wagen, ein roter VW mit offenem Verdeck, gehört Onkel Franz. Bei ihm sitzen Claudias Schwester Fina, Schreiners Hildegard und Schreiners Leni. Es folgen noch so manche bekannte

Namen, Margreta und ihr Mann, der Küstersch Franz, Schreiners Jupp und seine Brüder samt Ehefrauen, dann die vielen Freunde des Brautpaares.

Wie oft hat Rösje in den vergangenen Wochen die Personen zusammengezählt und oh Schreck, es waren jedesmal noch einige Leute dazu gekommen, so dass die Zahl der Hochzeitsgäste am Ende auf über hundert angestiegen war. Und wie sie es von früher her gewohnt war, berechnete sie auch immer wieder die Kosten, sie würden so ungefähr fünfzehntausend Mark betragen. Nun ja, die Familie des Bräutigams würde auch ihren Anteil bezahlen. Mätthes hatte ihr öfter darüber hinweg zu helfen versucht:

»Mach dir net so viel Jedanke, lo kummen mir och noch drüwwer weg, bis heut sein mir noch net bankrott jange.«

»Sei dou emol still, wenn dou net su en spoarsam Fraa jehat häts, wer weis wo dou hin wärs kumme«, sagte sie dann halb im Spaß und halb im Ernst.

Es waren keine leichten Jahre gewesen: in der Landwirtschaft mit allen Neuerungen mitzuhalten, damit sie sich noch lohnte. Fünf Kinder großzuziehen, Schulen, Bücher, Kleidung. Ja früher, da war das alles viel bescheidener gewesen, dabei hatte sich Rösje nie arm gefühlt. Keiner im Dorf hatte mehr, und man war zufrieden, wenn am Jahresende alles bezahlt war: Steuern, Feuerversicherung, Kunstdünger, Handwerksleute wie Schmied, Stellmacher, Schuster, Schneider und Tagelöhner.

Aber die Zeit bleibt nicht stehen. Besonders auf dem Lande hat sie in den vergangenen vierzig Jahren mehr Veränderungen gebracht als in den zweihundert Jahren zuvor. Wenn Rösje ihre Kinder, wenn sie mit immer höheren Ansprüchen an sie herantraten, öfter auf ihr früheres, einfacheres Leben hinwies, bekam sie die Antwort:

»Mama sei endlich mal still von früher, mir läwen heut, da kannste nix dran ännere. Un ich brauch endlich en neu Jeans, un diesmal will ich en echte Levis, un en Adidas-Sportanzuch, ich will net ausjelacht were!«

So vieles geht dem Jongles Rösje durch den Sinn, heute, wo das erste ihrer Kinder Hochzeit hat.

»Wat simulierste, Rösje?«, fragt Mätthes, der am Steuer sitzt und mit fröhlichem Hupen die Hochzeitskarawane anführt, »un mach net so nachdenklich Jesicht! Lächle doch e bissje! Heut is en schöne Daach! Die Sunn scheint, sei froh und lass die Sorje hinter dir, heut wird jefeiert! Un wenn die Muttergottes van der Schwanekirch ihre Sejen dazu jibt, kann nix mehr schief jehn!«

*   *
  *

»Eifel-Bücher« im Rhein-Mosel-Verlag

Rosi Nieder: Silvesterknaller
Vulkanausbruch in der Eifel 2010/11
– Roman um Zukunft und Vergangenheit –

Als sich drei »alte« Freundinnen zu einer Silvesterfeier in einer einsamen Blockhütte in der Vulkaneifel treffen und auf ihre Kinder- und Jugendzeit zurückblicken, ahnen sie nicht, dass ihnen das Abenteuer ihres Lebens bevorsteht.
Ein Vulkan bricht aus. Die Erde bebt. Asche fällt vom Himmel. Sie müssen fliehen ...

Die Autorin beschreibt äußerst spannend das Geschehen in der Silvesternacht und lässt in Rückblicken das Leben in den 50er- und 60er-Jahren Revue passieren.

ISBN 3-89801-025-2 • 200 Seiten • 10,90 EUR

Johannes Spielbock: Mord im Kylltal
Kriminalroman aus der Eifel

Johannes findet seinen Freund im Wald, tot. Er ist mit Zweigen zugedeckt: Ein Verbrechen soll vertuscht werden. Als bald danach ein junger Mann auf merkwürdige Weise aus dem Leben scheidet, kommt Johannes erheblich ins Grübeln. Er erkennt Zusammenhänge, hört nach und fragt sich um. Das Herumhorchen stört. Unversehens bekommt er es mit offener Gewalt zu tun. Sein Weiterleben in der Eifel wird gefährlich ...

ISBN 3-89801-023-6 • 152 Seiten • 9,90 EUR

»Eifel-Bücher« im Rhein-Mosel-Verlag

Hubert vom Venn: Sterne der Eifel
Fortsetzung von
»Mein Jahr in der Eifel«

Doch erstens kommt es anders ...
Das Schicksal verschlug uns nämlich nicht in die Provence sondern vielmehr in die Eifel. Genauer gesagt auf eine Eifeler Insel, die nicht etwa von tosendem Wasser umspült wird, sondern von Belgien.

Kurzum: Allen Unkenrufen und Belästigungen durch Besucher aus der Stadt zum Trotz, haben wir uns in dieser Eifel auf Dauer eingerichtet – wenn man so will, also diesseits von Afrika. Und das nun schon im zweiten Jahr.

ISBN 3-89801-024-4 • 176 Seiten • 9,90 EUR

Günter Krieger: Brennende Seelen
Roman um St. Ursula

Seit dem frühen Mittelalter genießt die Heilige Ursula, Tochter eines britannischen Fürsten, volkstümliche Verehrung. In der Nähe von Köln soll sie, mitsamt ihren Gefährtinnen, im 5. Jahrhundert den Märtyrertod erlitten haben.
Der Roman erzählt von glühenden Leidenschaften und einer großen Liebe. Auch dunkle Zeitalter gebären Menschen, derer man sich noch nach Jahrhunderten erinnert, weil sie erstaunliche Taten vollbrachten.

ISBN 3-89801-026-0 • 216 Seiten • 10,90 EUR

»Eifel-Bücher« im Rhein-Mosel-Verlag

W. Spielmann: Geologische Streifzüge durch die Eifel
Gesteine prägen Landschaft und Natur

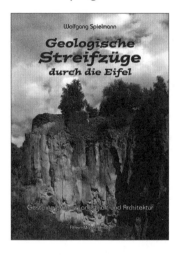

Die Eifel ist eine der abwechslungsreichsten Mittelgebirgslandschaften Deutschlands. Ihre feurige Vergangenheit, die vor ca. 50 Millionen Jahren in der Tertiärzeit begann und erst mit der jüngsten Eiszeit zu Ende ging, hat eine einzigartige Formenwelt in dieser Region hinterlassen. Vielfältig präsentieren sich aber auch die Sedimentgesteine im Eifelraum, die wiederum oft Fundstätten prächtig erhaltener Fossilien darstellen, die weit über dieses Gebiet hinaus berühmt geworden sind. Die geologischen Streifzüge führen uns u.a. in folgende Gebiete: die Wittlicher Senke, die westliche Vulkaneifel, die vulkanische Hocheifel, die Gerolsteiner-Hillesheimer Region, die Mayen-Laacher Region, die Trier-Bitburger Bucht.

ISBN 3-89801-013-9
128 Seiten • 14,90 EUR

»Eifel-Bücher« im Rhein-Mosel-Verlag

Franz-Josef Dosio: Beinwell • Bärlauch • Löwenzahn
Wild- und Heilkräuter aus der Mosel-Eifel-Hunsrück-Region

Dieses Buch soll Ihnen nicht nur die Geschichte(n) von einigen heimischen Wild-/Heilkräutern nahe bringen. Es soll Sie süchtig machen; süchtig nach Natur. Dass es sich dabei um kein Bestimmungsbuch im üblichen Sinne handelt, werden Sie schnell bemerkt haben. Fühlen Sie sich dennoch animiert, mit den Heilpflanzen auf »Blütenfühlung« zu gehen. Sie werden feststellen, dass sich hinter den vermeintlichen Unkräutern wunderschöne, kostbare Geschöpfe verbergen, denen die Menschen sehr viel zu verdanken haben. Nicht umsonst heißt es: »Gegen jede Krankheit ist ein Kraut gewachsen«. Noch heute sind Pflanzen die Basis für unzählige Medikamente. Und die Homöopathie wäre ohne die pflanzlichen Substanzen undenkbar. Versuchen Sie selbst einmal Wildkräuter, die meist ja auch Heilkräuter sind, persönlich kennenzulernen. Sie können sich Zeit lassen, denn Pflanzen halten still, bieten Ihnen alle Zeit der Welt, um einzutauchen in die Wunderwelt der Farben, Formen und Gerüche.

ISBN 3-89801-017-1
120 Seiten • 12,40 EUR

RHEIN-MOSEL-VERLAG

Literatur und Sachbücher & Elektronische Publikationen

- Regionalbezogene klassische Literatur
  u.a. Clara Viebig

- Literatur vom Lande
  u.a. Katharina Wolter, Armin Peter Faust, Georg Giesing

- »Edition Schrittmacher« – Literatur aus Rheinland-Pfalz

- Romane und Erzählungen aus der Region
  u.a. Hubert vom Venn, Rosi Nieder, Johannes Spielbock

- Sachbücher zu Landschaft und Geschichte der Region, Reiseführer

- RMV-Regional-Romane und Krimis

- Chroniken für Ortsgemeinden und andere Auftragsproduktionen wie Gedichtbände und Erzählungen

- Reiseführer über unsere Region im Internet:
  www.moselreise.de
  www.eifelreise.de
  www.rheinreise.de
  www.hunsrueckreise.de
  www.nahereise.de

- Internetauftritte von der Homepage bis zum kompletten Shop

Rhein-Mosel-Verlag
Bad Bertricher Straße 12
56859 Alf/Mosel
Tel. 06542/5151   Fax 06542/61158
e-mail: rhein-mosel-verlag@t-online.de
Internet: www.rhein-mosel-verlag.de